아버지의 정인

아버지의 정인

JMG

■ 차례

대청봉 가는 길

대청봉 가는 길

승용차가 용대리 삼거리에 도착했다.

차멀미에 곯아떨어진 인호를 부둥켜안으며 나는 차창 밖으로 고개를 돌렸다. 두어 개의 민박집과 슈퍼마켓이 들어 서 있는 버스정류장 옆에 '백담사입구'라고 쓴 안내판이 서 있다. 아이엠에프(IMF) 강풍이 한창 몰아치던 재작년 가을, 갈채출판사 윤성두 사장과 이곳에 왔을 때도 저 표지판은 외롭게 용대리 삼거리를 지키고 있었다.

"슈퍼에 좀 다녀오겠습니다."

운전석에 앉아 있던 인호어머니가 길 옆에다 차를 세우며 말했다. 갈색 선글라스에다 물방울무늬가 박힌 스카프로 머리를 질끈 동여맨 얼굴이었지만 참 깨끗하고 귀티가 흐르는 얼굴이었다. 무슨 사연이 있기에 저렇게 해맑고 아름다운 여인이 해마다 설악산을 찾을까?

홍천에서 점심을 먹으며 혜경이가 해주던 말을 되새기며 나는 얼른 다녀오시라고 고개를 숙였다.

"뭐, 필요한 것 없으세요?"

조수석에 앉아 있던 혜경이도 덩달아 차에서 내리며 물었다. 나는 인호어머니의 정중한 친절과 혜경이의 잔잔한 마음 씀씀이가 부담스러워 고개를 저었다.

"어, 없습니다. 어서 다녀오십시오."

나는 인호를 부둥켜안은 채로 다시 고개를 숙였다. 혜경이는 해가 기울고 있는 서쪽 하늘을 바라보며 잠시 옆구리를 통통 두들겨 댔다. 그러다 언니를 따라 슈퍼 쪽으로 걸어갔다. 청바지에다 노란 등산용 재킷을 걸친 그녀의 모습은 한창 인생의 전성기를 맞이하고 있는 듯했다.

"저 애는 아마 평생 글을 쓰며 출판 분야 쪽에서 일을 할 것 같습니다. 앞으로 잘 좀 보살펴 주십시오."

홍천에서 점심을 먹고 인제로 넘어왔을 때, 버스터미널 옆에 승용차를 세워놓고 잠시 휴식을 취하면서 인호어머니가 해주던 말이었다. 나는 그때 인호어머니가 왜 나에게 그런 부탁을 했을까 하고 되짚어보다 갑자기 쓴 입맛을 다셨다.

일당 5만 원에 고용되어 온 일용직 잡부 같으면 분수에 맞게 처신할 줄 알아야 하는데 나는 그때 왜 그따위 쓸데없는 말까지 했을까? 지금 생각해 보니 마포에서 10년간 글타래출판사를 운영해 왔다고 내 이력을 밝힌 것이 인호어머니의 입에서 그런 부탁의 말까지 나오게 했다는 생각이 들었다.

후회가 막심했다. 앞으로 인호어머니가 자기 동생의 앞날을 염려하며 자꾸 부탁의 손길을 뻗치면 어떻게 할 것인가? 그때는 결국 내가 처해 있는 상황까지 고백하며 나에게는 혜경이를 도와줄 수 있는 힘이 없다고 이

실직고해야 할 것이 아닌가.

나는 인호어머니에게 큰 실망을 안겨줄 일을 무의식중에 하고 말았다는 생각이 들어 체념하듯 한숨을 쉬었다. 그 숨결이 뜨거웠던지, 무릎에 안겨 있던 인호가 부스스 눈을 뜨며 주위를 두리번거렸다.

나는 안고 있던 인호를 무릎에서 내려 승용차 뒷좌석에 앉히며 뒤로 젖혀져 있던 인호의 다리를 똑바로 펴주었다. 선천성 장애아로 태어나 갖은 병치레를 다 했다는 인호는 올해 열 살이었다. 그렇지만 몸무게는 반쪽이어서 네댓 살 된 아이보다 더 가볍게 느껴졌다.

이 아이는 어쩌다 이렇게 하체를 못 쓰는 선천성장애아로 태어났을까?

인호의 발에다 운동화를 신겨주며 나는 고개를 갸우뚱거렸다. 지게배낭에다 인호를 앉혀 짊어지고 인호어머니와 혜경이를 따라다니다 산행이 끝나는 날 남남으로 돌아설 몸이지만 왠지 모르게 나는 이들 가족의 산행에 대해 궁금증이 많았다. 도대체 인호어머니는 무엇 때문에 나 같은 사람들을 고용해 해마다 설악산을 찾을까?

승용차 시트에 앉아 엎드린 채로 인호의 발에다 운동화를 신겨주며 별생각을 다 해보다 상체를 일으켜 세웠다. 자기 발에 운동화를 신겨주던 나의 손길이 고맙게 느껴졌던지 인호는 내 곁으로 몸을 기대며 닭발같이 가는 손가락으로 나의 뺨을 쓰다듬었다.

"아저씨, 남자들은 왜 이렇게 수염이 나 있어요? 우리 아빠도 사진을 보면 아저씨처럼 시커멓게 수염이 돋아나 있던데."

제 아빠의 뺨에 돋아난 수염을 만져보듯 인호는 잠시 동안 내 뺨을 쓰다듬었다. 나는 처가 권속들이 뺏어 가버린 시골의 은민이와 은철이 생각이 나서 잠시 눈을 감은 채 인호에게 뺨을 내주었다. 인호의 손길이 스쳐

갈 때마다 처가에서 자라고 있는 내 자식들의 손길이 스쳐 가는 듯해 나도 모르게 가슴이 쓰라렸다.

"아저씨, 어디 아파요?"

나도 모르게 눈물이 흘러내리자 인호가 물었다. 나는 어린 인호에게 주책없이 눈물까지 보였구나 하는 생각이 들어 얼른 눈 밑을 닦으며 억지웃음을 보였다.

"아니다, 인호야. 걱정 마."

"근데 왜 울어요?"

"아저씨는 가끔 누가 뺨을 쓰다듬어 주면 눈물을 흘리는 못된 버릇이 있단다. 크게 걱정할 일은 아니니까 이제 벗어놓은 이 토퍼도 입자. 괜찮지?"

인호는 토퍼를 입혀주어도 괜찮다는 듯 고개를 끄덕이며,

"이상하다. 울 엄마도 뺨을 만져주면 울던데……아저씨, 그게 못된 버릇이에요?"

참으로 난감했다. 이 아이는 왜 제 엄마의 잠버릇까지 나에게 이야기해줄까? 나는 내가 뱉은 말을 다시 수정하지 않을 수 없었다.

"아니다. 아저씨가 말을 잘못했다. 그건 못된 버릇이 아니고 자기 가슴속에 담아두고 있는 사람들의 얼굴이 보고 싶을 때 자기도 모르게 흘리는 그리움의 눈물이란다. 일테면 인호아빠가 보고 싶다거나 돌아가신 인호할머니가 보고 싶다거나 할 때 말이다."

"틀렸어요, 아저씨! 우리 아빠는 내가 태어나기 전에 돌아가셨고, 할머니는 아직도 용인에 가면 살아 계신단 말이에요. 근데 아저씨, 우리 엄마와 이모는 어디 갔어요?"

인호는 그때서야 승용차의 앞좌석에 앉아 있어야 할 어머니와 이모가 없다는 것을 알았는지 잠시 놀라는 빛을 보였다. 그러다 슈퍼에서 나오는 이모와 어머니를 보고는 팔을 벌려 주었다. 나는 들고 있던 토퍼를 인호에게 입혀주었다.

"인호 일어났어?"

혜경이가 차 문을 열며 웃음을 보였다. 잠시 후 인호어머니가 차를 출발시키며 물었다.

"정 사장님, 설악산에 자주 와 보셨습니까?"

인호어머니가 사용하는 '정 사장'이란 호칭이 몹시 부담스럽게 느껴졌다. 그렇지만 나는 이 산행이 끝나는 날까지만 글타래출판사 사장으로 처신하면서 이들 가족의 손발이 되어주어야겠다고 작심하며 고개를 끄덕였다.

"네. 10여 년 전 잡지사 취재부장으로 근무할 때 우연찮게 우리나라 명산을 소개하는 시리즈물에 원고를 대느라 사진기자와 함께 설악산을 골짝골짝 누빈 일이 있습니다. 그래서 이곳은 잘 아는 편입니다."

그 말에 화답하듯 혜경이가 거들었다.

"다행이네요. 제가 설악산에 대해 까막눈이라 언니는 걱정하고 있던 참이었거든요……."

"그래요?"

나는 웃으면서 혜경이를 바라보았다.

"우리 언니도 저처럼 길눈이 어두워서 늘 다니던 길도 까먹고 헤맬 때가 많거든요. 사장님, 잘 좀 안내해 주세요."

선글라스를 끼고 있어 인호어머니의 표정은 직접 읽을 수가 없었다. 그

러나 인호어머니의 속마음은,

"얘, 그것도 흉이냐? 넌 왜 정 사장님한테 그딴 소리까지 해주며 사람 무안하게 만드니?"

하며 눈을 흘기고 있는 사람처럼 보여 나는 인호어머니의 마음을 편하게 해주었다.

"너무 염려 마십시오. 편안하고 즐거운 산행이 되도록 제가 노력해 보겠습니다."

마음이 편안해졌는지, 그때서야 인호어머니가 다시 물었다.

"인호가 힘들어하는 것 같아 오늘은 아무래도 백담산장에서 1박을 해야 될 것 같습니다. 정 사장님 생각은 어떠세요?"

"좋습니다. 올라가다 백담사 구경이나 하고 산장에서 저녁밥이나 지어 먹으며 좀 쉬시지요. 제가 오토매틱 차는 한 번도 끌어보지 않아 장시간 운전을 혼자 하시도록 해서 죄송합니다."

"아닙니다. 저는 드라이브가 취미라서 이 정도 운전은 오히려 몸에 활력을 줍니다. 조금도 부담스러워하지 마십시오."

인호어머니가 백담휴게소 방향으로 핸들을 돌리며 수줍어하는 표정을 짓는 듯했다. 나는 인호어머니를 처음 만났을 때의 해맑은 표정과 그리움이 밴 듯한 눈길을 되돌아보며 눈을 감았다. 눈을 뜨고 있으면 나도 모르게 내 시선이 인호어머니의 얼굴이 비치는 룸미러 쪽으로 향하고 있어 혜경이 보기에 민망했다.

문득 어제 읽은 조간신문의 운세란 글귀가 생각나면서 자꾸 웃음이 끓어올랐다. 사람이 한평생을 살아가면서 수없이 많은 사람들을 만나는데 이들 가족은 정말 운명의 신이 나에게 보내준 귀인들이 아닐까 하는 생각이 들었기 때문이다. 어느 역술가가 주절거린 심심풀이 일진(日辰) 한 구절이 이렇게 사람의 가슴을 설레게 할 줄은 예전에 미처 경험해 보지 못한 일이었다.

나는 인호네 가족들이 어쩌면 운명의 신이 나에게 보내준 귀인들일지도 모른다는 생각이 들어 조수석에 앉은 혜경이의 뒷모습을 잠시 말없이 지켜보았다. 사람과 사람의 만남이 전혀 예측할 수 없었던 결과를 불러오는 것을 나이 40이 넘도록 살아오면서 여러 차례 봐왔기 때문에 혜경이와 나와의 첫 상면도 생각할수록 예사롭지 않은 느낌이 들었다. 왜냐하면 오늘의 설악산 산행은 정말 상상조차 할 수 없었던 일이었기 때문이다.

어제 아침이었다.

윤성두 사장을 기다리다 나는 봉천5동 현대시장으로 달려갔다. 근간우리들이 자주 만나던 순대국밥집 아줌마한테 물어보아도 윤성두 사장은 얼굴을 내밀지 않았다고 했다. 나는 앞서 온 손님이 놓고 간 조간신문을 읽으며 국밥을 기다리다 내 눈을 의심했다. 며칠째 기다리던 윤성두 사장이 부도를 낸 서적도매회사 대표이사의 집에다 불을 질러버리고 자살했다는 기사가 내 눈을 찔러왔던 것이다. 나는 순대국밥도 먹는 둥 마는 둥하며 암담해하다 현대시장 옆에 있는 인력시장으로 나왔다. 그곳에서 길다랗게 줄을 서서 일용직 잡부들을 구하러 오는 물주를 기다리며 나는 속으로 흐느껴 울고 있었다.

불같은 사람! 그토록 잊어버리라고 했는데 기어이 일을 저질러놓고 떠나가다니……나는 출판에 미쳐 처자식까지 처갓집에 뺏긴 사람이라 돌봐야 할 가족도 없다. 그렇지만 윤성두 사장의 부인과 남은 자식들은 앞으로 어떻게 살아갈지 생각할수록 가슴이 미어지는 것 같다.

윤 사장! 잘 가라. 자네도 알다시피 나를 잡으러 다니는 빚쟁이들이 무서워 나는 자네가 누워 있는 병원에 문상도 못 간다. 저승에 가더라도 욕은 하지 마라, 이 못된 사람아!

나는 삭신이 무너져 내려앉는 것 같아 땅바닥을 구두 뒤축으로 팍팍 찍어누르며 두어 시간을 소리 없이 울었다. 봉천5동 인력시장에서 일당 2~3만 원에 팔려가 집수리도 도와주고 쓰레기도 치워주면서 그와 함께 끼니를 이어온 지난 시간들이 파편처럼 날아와 가슴을 쳤다. 그와 함께 보낸 지난 시간들은 우리들의 일생에서 가장 혹독한 시련의 계절이었다고 해도 과언은 아닐 것이다. 아무리 못 팔아도 연간 3억 원 이상씩 책을 만들어 팔았다고 세무서에 매출액 신고를 하던 출판사 사장들이 범죄자들처럼 빚쟁이를 피해 다니며 목숨을 이어왔으니까 말이다.

그런 고통 속에 여름이 지나갔다. 9월로 접어들자 집수리를 하는 사람들이 잡부들을 구하러 나와서 공치는 날이 줄어들었다. 일찌감치 현대시장 안으로 들어가 3,000원짜리 순대국밥으로 속을 채우고는 남들이 보다 버려놓은 신문을 주워들고 와서 선 채로 첫장부터 차근차근 읽어 내려가며 나는 윤성두 사장을 기다렸다. 하지만 그는 며칠째 얼굴을 내밀지 않았다. 신상에 무슨 변화가 일어나고 있는 것이 분명했다. 내일은 하루 공치는 한이 있어도 그를 찾아보아야겠다고 작심하며 앞을 바라보았다.

"집수리 데모도, 점심 주고, 새참 주고, 일당 3만 원! 떡대 좋고 힘 좋으면 대환영. 자, 빨리빨리 5명만 오시오. 선착순!"

어느 인테리어 사무실에서 나왔다면서 40대 남자가 봉고에서 내려와 손나팔을 만들어 외쳐댔다. 내 앞에 서 있던 사람들이 일당 3만 원에다 점심 주고 새참까지 주면 일당 4만 원 벌이는 된다면서 우르르 달려갔다. 나도 일당 4만 원 벌이는 된다는 말에 구미가 당겨 달려갔다. 그러나 40대 남자는 나의 백면서생 같은 새하얀 얼굴과 고운 손을 보더니 정면에서 퇴짜를 놓았다. 책상물림만 하던 사람들은 집수리 데모도 감이 못 된다는 것이다. 조직폭력배 두목 같은 거친 말투와 상스런 행동이 독기까지 끓어오르게 했으나 나는 물러나지 않을 수가 없었다. 막노동판을 떠돌면서 매일 이다시피 그런 수모와 멸시를 당해왔기 때문에 그 정도쯤은 피식 웃으면서 견뎌낼 수 있는 내성이 생겨나 있었던 것이다. 그렇지만 곧 죽어도 스테디셀러도 만들어내던 출판사 사장 끝물이어서 속마음은 분해서 견딜 수가 없을 지경이었다.

"개자식! 그것도 권력이라고 거들먹거리는 꼴을 보면……."

울컥 치미는 분함을 못 참아 나는 사라지는 봉고 꽁무니를 향해 욕을 퍼부어 댔다. 그러다 면박을 당한 게 따지고 보면 다 내 변변치 못한 탓이려니 하는 생각도 들어 다시 신문을 펼쳐 들었다.

〈오늘의 운세란〉이 눈에 들어왔다. 만세역술원의 인동수 원장이 풀어놓은 내 일진을 읽어 내려가며 복받치는 쓰라림을 삭여 나갔다.

"31년생은 서두르지 말고 마음의 여유를 가져라. 43년생은 마음을 열어라, 재물 운이 몰려온다. 55년생은 항심(恒心)을 지켜라, 천우신조로 귀인을 만날 운세다. 67년생은 경거망동을 삼가라, 실물 수 있다……."

천우신조로 귀인을 만날 운세라…….

운세란에 적혀 있는 나의 일진을 보며 나는 조직폭력배 두목 같은 놈한테 당한 조금 전의 분한 마음을 또 달랬다. 그때 장바구니를 든 스물 대여섯 살쯤 되어 보이는 아가씨가 다가와 조심스럽게 말을 걸었다.

"말 좀 묻겠습니다. 조금 전에 여기 서 계시던 분들 어디 갔습니까?"

"팔려갔어요. 왜 그러시오?"

"에이, 설령 그렇다 치더라도 말씀을 그렇게 하시면 제가 무안하잖아요……."

아가씨가 속내를 드러내 보이지 못한 채 머뭇거리고만 있었다. 나는 아가씨가 일용직 잡부를 구하러 나온 물주 같은 느낌이 들어 가슴속에 들어앉아 있던 윤성두 사장의 얼굴을 지워버리며 억지로 웃음을 보였다.

"너무 상스럽게 대답해 드려 놀랐다면 이해하십시오. 이 바닥은 사람이 거칠어지지 않으면 하루도 견딜 수 없는 아사리판이라서……."

나는 장바구니를 든 아가씨한테 양해를 구했다. 몸에 착 달라붙는 청바지에다 노란색 등산재킷을 걸친 아가씨는 첫눈에 부잣집 딸처럼 느껴졌다. 나는 천우신조로 귀인을 만날 운세라는 말이 생각나서 다시 말을 건넸다.

"일용직 잡부를 구하러 나왔으면 여기 이 사람도 일거리를 찾으러 나온 사람이니까 주저 마시고 데리고 가 써 보십시오. 심덕 좋고 책임감 강해서 맡은 일 하나는 똑 부러지게 끝내주는 사람입니다."

아가씨는 그때서야 활짝 웃으며 물었다.

"진짜 심덕 좋고 책임감 강해서 맡은 일 하나는 똑 부러지게 끝내주시는 분이세요?"

"아까는 내가 너무 미안했지만 우리 서로 믿고 삽시다. 나이 40 넘도록 살아도 남에게 무책임하다는 말은 들어보지 못했소."

나는 그렇게 내 자랑을 늘어놓고는 아차 하고 후회를 했다. 처자식 하나 제대로 거두지 못해 처갓집으로부터 강제이혼까지 당한 몸이 무슨 낯

짝으로 그런 말을 할 수 있는가 하는 생각이 들어 내 입안에 든 세 치 혀를 끊어버리고 싶은 심정이었다.

"아저씨, 그렇다면 한 3~4일간 등산 배낭 같은 짐을 지고 차가 들어갈 수 없는 산골에를 다녀와야 하는데 일당을 얼마씩 계산해 드리면 갔다 오실 수 있겠습니까?"

3~4일간 계속해서 일을 할 수 있다는 말이 솔깃해 나는 갑자기 긴장감을 보였다.

"조금 전에 인테리어 사무실에서 나와서 다섯 사람을 일당 4만 원에 쓰겠다고 데리고 갔습니다. 그러니까 나도 그 정도만 생각해 주시면 산골 아니라 설악산 꼭대기까지라도 같이 가 드릴 수 있습니다……."

"진짜 일당 4만 원씩 드리면 설악산 꼭대기까지라도 같이 가주실 수 있단 말씀이세요, 아저씨?"

아가씨가 후끈 달아 달라붙는 듯한 느낌이 들어 나는 다시 물었다.

"지고 갈 짐이 무겁습니까?"

"아니에요. 그렇게 무겁지는 않습니다."

"그럼 데리고 가서 일을 맡겨 보십시오. 처음 보기에는 비록 비쩍 말라 보이나 4층까지 책 100권씩을 책지게에 지고 오르내리던 출판사 사장 출신이라 등짐 지고 높은 데 올라가는 것은 남 못지 않을 겁니다."

"그럼 저랑 같이 가 주세요. 일당은 5만 원씩 계산해 선불로 드리겠습니다."

나는 그때서야 조직폭력배 두목 같은 놈한테 당한 조금 전의 수모와 멸시가 풀리는 것 같아 보던 신문을 뒷주머니에 쑤셔 넣으며 아가씨를 따라나섰다. 아가씨는 봉천5동 재개발구역에 새로 지어놓은 고층아파트단지로 걸어갔다.

3동 어린이놀이터 옆에 왔을 때였다. 아가씨는 내일 언니와 함께 설악산을 다녀와야 한다면서 자기소개를 했다. 고등학교 때부터 글을 써 오다 대학교는 늦게 들어가 금년 봄에야 졸업했는데 아이엠에프(IMF) 때문에 취직이 안 된다고 했다. S대 문예창작과를 졸업했으며 이름은 민혜경이라고 했다. 그러면서 나의 전직(前職)이 진짜 출판사 사장이었느냐고 물었다. 나는 뱉어 놓은 말을 다시 감출 수가 없어서 고개를 끄덕였다.

"마포에 있던 도서출판 글타래가 제가 운영하던 사업체였습니다. 작년 출판대란 때 서적도매회사들로부터 거액의 부도를 맞고 이 지경이 되었지만 남에게 피해 끼치는 일은 하지 않는 사람입니다. 이름은 정민기이고 나이는 마흔네 살입니다. 뒤에라도 수상하다 싶으면 마포구청에 들어가 출판사 등록명부를 펼쳐보십시오. 제가 이 나이 먹을 때까지 어떻게 살아 왔는가는 대충 알 수 있을 겝니다."

"아니에요. 글타래출판사라면 제 선배 언니가 편집부 기자로 오래 근무하고 있던 곳이라 저도 잘 압니다."

"정유진 기자 말입니까?"

"네. 유진 언니가 저희 문창과 2년 선배예요."

"허허, 이러니까 사람은 죄짓고 못 산다니까……."

"왠지 처음 뵈었을 때부터 집안의 큰오빠 같은 느낌이 들면서 막노동을 하시는 분으로는 보이지 않았어요. 유진 언니한테 들어 그 출판사 사정은 대충 아는데……부도를 많이 당했습니까?"

"한 5억 됩니다."

"세상에! 출판사 사장님이 인력시장에 나와 날품을 팔고 계시다니……

문민정부 사람들, 정말 저승에 가서도 좋은 말은 못 들을 것입니다.”

“미리 내다보고 대처해 나가지 못한 우리들한테도 반책임은 있으니까 그 사람들만 나무랄 일은 아니지요. 암튼 맡은 일 하나는 똑 부러지게 끝내드릴 테니까 염려 마십시오.”

“감사합니다. 힘드시더라도 잘 좀 도와주세요. 사실은 제 조카를 업고 설악산을 좀 다녀와야 할 일이 있어서 그래요.”

“허허, 이 좋은 가을철에 설악산을 구경할 수 있는 기회를 만들어 주시니 오히려 제 쪽에서 고마워해야 할 지경입니다. 헌데 제가 입고 갈 조카분은 나이가 몇 살이나 되었습니까?”

“엘리베이터 내려왔어요. 자세한 이야기는 올라가서 하시지요. 어서 타세요.”

엘리베이터가 내려와 문이 열렸다. 나는 혜경이와 함께 엘리베이터 위에 올라탔다.

“여기서 사신지 오래되었습니까?”

엘리베이터의 상승감이 좋아서 나는 엘리베이터 내부를 살펴보며 물었다.

“아니에요. 용인에서 살다가 조카 교육 때문에 이곳으로 이사 온 지는 얼마 되지 않았어요. 사장님, 다 왔어요. 내리세요.”

“네에? 사장님이라뇨. 듣기 부담스러우니까 다시는 그렇게 부르지 마십시오.”

나는 얼굴이 화끈거리는 부끄러움을 감추지 못한 채 엘리베이터를 내렸다. 혜경이는 702호 아파트 문 앞에 달린 벨을 누르며 뒤돌아봤다.

“그래도 저한테는 유진 언니 때문인지 아저씨란 말보다는 사장님이란 호칭이 더 부르기 편한데요. 저희들과 같이 설악산엘 갔다 올 때까지만이라도 그렇게 부를 테니까 그냥 못 이긴 척하고 고개를 끄덕여 주세요. 우리 언니도 사장님 같은 분을 무척 좋아하는 사람이에요."

"그건 또 무슨 말씀입니까?"

혜경이는 차차 알게 될 거라며 살포시 웃었다. 그때 아파트 문이 열렸다. 나는 혜경이와 같이 아파트 안으로 들어갔다. 거실 안쪽에서 30대 중반쯤 되어 보이는 혜경이 언니가 휠체어를 밀고 소파가 놓인 쪽으로 나왔다. 나는 휠체어에 앉아 있는 사내아이를 지켜보다 고개를 숙였다.

"실례하겠습니다."

"어서 오세요. 이쪽으로 좀 앉으시지요."

나는 혜경이 언니에게 고맙다고 고개를 숙이며 소파에 앉았다. 혜경이 언니는 휠체어 뒤에 붙어 선 채로 허리를 굽혔다.

"인호야, 인사드려야지. 이 선생님은 앞으로 너를 업고 여기저기 다니시며 구경시켜 주실 분이야. 어서 이모가 가르쳐 준 대로 인사드려 봐."

혜경이 언니가 인호의 귀에다 대고 속삭이자 인호는 혼자 웃으면서 고개를 끄덕였다. 그러더니 나를 향해 꾸벅 고개를 숙였다.

"안녕하세요. 저는 유인호입니다. 그리고 우리 어머니는요, 임혜수입니다. 선생님이 우리 집에 오신 것을 환영합니다. 우리는 내일 이모랑 같이 설악산엘 가는데 선생님이 우리 아버지 계신 곳까지 저를 좀 업어다 주시면 고맙겠습니다."

인호어머니가 또박또박 가족소개를 하면서 인사를 하는 자식을 아슬아슬한 눈길로 지켜보다 얼른 뺨에다 입맞춤을 해주며 대견해 했다. 나는 아이의 어휘 구사 능력이 뛰어나다 싶어 나이를 물었다.

"몇 살이니?"

"열 살입니다."

"어느 학교에 다니니?"

"삼육재활원에 다닙니다."

"그래? 삼육재활원 원장님이 선생님 친구니까 우리 앞으로 친해 보자, 응?"

나는 인호에게 손을 내밀었다. 인호는 천진스럽게 웃으면서 나와 악수했다. 그리고는 제 어머니를 쳐다봤다.

"엄마, 엄마, 이 선생님이 재활원 원장님과 친구래."

"인호야, 이 분은 너보다 나이가 많으신 어른이니까 '친구래' 하면 안 되는 거야. 다음부터는 꼭 이모가 가르쳐 준 대로 '친구 사이시래요' 하고 말해야 되는 거야. 알았지?"

인호가 고개를 끄덕였다. 인호 어머니는 자식의 머리를 쓰다듬어 주며 나에게 양해를 구했다. 나는 '말을 배우는 아이들의 말투가 다 그렇지요.' 하면서 괘념치 말라고 했다. 그러면서 인호를 휠체어에서 내려 안아 주었다. 녀석의 몸무게가 어느 정도 되는지 그것이 제일 궁금했던 것이다. 녀석은 늘 타인의 도움을 받아보아서 그런지 낯가림도 없이 다가와 안겼다. 무릎에 와 닿는 체중이 신국판 소설책 50권 정도의 무게가 되는 듯했다. 이 정도의 체중이면 지게배낭에 앉혀 짊어지면 설악산 어디라도 갈 수 있겠다는 자신감이 섰다. 인호 어머니는 자기 자식을 사랑스럽게 안아준 데 대해 고맙다는 듯 정중하게 인사했다.

"오늘 이렇게 저희 집까지 방문해 주신 데 대해 감사하게 생각합니다. 제 동생을 통해 들으셨는지는 모르겠습니다만 이 아이가 자꾸 설악산엘 가자고 졸라대서 도리 없이 거기까지 업고 가 주실 분을 찾으러 나갔습니다. 백담사 입구 용대리까지는 제가 승용차로 모실 테니까 이 아이가 가고 싶어 하는 데까지 힘드시더라도 수고 좀 해주십시오. 사례는 잊지 않고 하겠습니다."

"아, 아닙니다. 이 좋은 가을날 저 같은 사람한테 설악산을 등산할 수 있는 기회를 만들어 주시니 오히려 제가 감사를 드려야 할 지경입니다. 언제쯤 출발하실 계획입니까?"

"내일 오전 10시에 떠날 계획입니다. 동생과 함께 산행 준비는 다 해놓겠습니다. 오늘은 일찍 집에 들어가셔서 쉬시다 내일 다시 들려주세요. 그럼 제가 차 한 잔 타서 나올 테니까 드시고 가십시오."

인호 어머니가 아이를 나한테 맡겨놓은 채 안으로 들어갔다. 나는 인호를 무릎 위에 앉힌 채로 거실 주위를 살펴보았다. 그때 탁자 위에 보다가 엎어놓은 듯한 책 한 권이 눈에 들어왔다. 표지가 눈에 익었다 싶어 자세히 보니 2년 전에 내가 펴낸 '장애아 적성찾기'란 책이었다. 삼육재활원 원장이 자비로 출판한 책인데 여기서 만날 줄은 꿈에도 생각할 수 없던 일이었다. 나는 인호를 안은 채로 그 책을 들고 와 인호에게 표지 날개를 펼쳐 보였다.

"인호야, 이 사람이 누구니?"

"으흥, 재활원 원장님이 찍혀 있네. 선생님, 여기에 우리 원장님이 찍혀 있는 걸 어떻게 아셨어요?"

"응 이 책은 2년 전에 선생님이 만든 책이라서 잘 알고 있단다. 인호 글 읽을 줄 아니?"

"이모한테 배우고 있는데 아직 이런 글자는 못 읽어요. 선생님, 이거 무슨 글자예요?"

"이건 원장님 이름인데 한자로 써 놓쳐서 너는 아직 읽을 수 없을 거야. 그렇지만 이모한테 자꾸 글을 배우다 보면 이런 한문도 나중에는 잘 읽을 수 있을 거야."

"나는 아빠 같은 선생님한테 이런 글을 배우고 싶은데 선생님이 우리 집에 와서 가르쳐 주시면 안 되요? 우리 이모는요, 자꾸 꿀밤을 준단 말이에요. 내가 자꾸 까먹는다고 말이에요……."

"그래그래. 인호가 원한다면 언제든지 찾아와서 가르쳐 줄 테니까 걱정마."

"야, 신난다. 엄마 엄마, 선생님이 우리 집에 와서 이런 어려운 한문 글자도 가르쳐 주신다고 하셨어……."

인호가 차를 타서 들고 오는 어머니한테 자랑하듯 말했다. 나는 인호와 같이 거실 바닥으로 내려앉으며 인호 어머니를 바라보았다.

"인호가 참 총명한 것 같습니다. 한번 말해준 것을 그대로 암기하며 따라 하는데요."

"그렇게 보여요? 요사이는 이 아이의 호기심에 제가 난감해질 때가 한두 번이 아닙니다. 방금 동생한테 들었는데 글타래출판사를 운영하시다 아이엠에프 때문에 잠시 쉬고 계신다면서요. 앞으로도 우리 인호 같은 아이들을 위해 좋은 책 많이 만들어 주십시오. 열심히 사보겠습니다."

"고맙습니다."

차를 마신 뒤, 나는 내일 아침에 다시 오겠다고 약속하고 아파트를 나왔다.

그리고 오늘 오전 아홉 시쯤 인호네 집에 다시 들렸을 때 인호 어머니와 혜경이는 마치 나를 한집안 식구처럼 대해주며 지게배낭을 건네주었다. 나는 그 지게배낭에다 인호를 앉혀 짊어졌다. 그리고 인호어머니가 모는 승용차까지 내려와 뒷좌석에 인호랑 같이 타고 여기까지 오면서 보호자 노릇을 했다.

인호 어머니가 백담휴게소 옆 주차장에다 승용차를 세웠다.

기울고 있던 해가 저녁 하늘에다 붉은 노을을 피우기 시작했다. 나는 인호를 지게배낭에다 앉혀 조심스럽게 일어섰다. 지게배낭 옆으로 내려뜨린 인호의 두 다리가 이물질처럼 건들거렸다. 이 건들거리는 다리를 뒤따라오면서 인호어머니가 보면 얼마나 가슴 아플까 하는 생각이 들어 두 손으로 인호의 다리를 뒷짐지듯 꼭 부둥켜 앉으며 앞서 걸었다.

한 10여 분쯤 걸으니까 매표소가 나왔다. 우리는 표를 사서 백담계곡으로 들어가는 셔틀버스를 탔다. 같이 버스를 타고 백담계곡으로 들어가던 나이 든 등산객들이 쳐다봤다. 그들은 나를 인호의 아버지로 생각했는지, 우리 네 사람을 선망의 눈초리로 지켜봤다. 자기들은 아이를 키울 때 지게배낭에다 아이를 앉혀 설악산 단풍구경을 하러 나선다는 것은 감히 생각도 못했는데 요사이 젊은 부부들은 지혜롭게도 지게배낭에다 아이를 앉혀 일가족이 가을 등산을 잘도 즐긴다는 말들을 자기들끼리 소곤소곤 주고받고 있었다.

나는 그들의 눈에 내가 인호 어머니의 남편같이 보인 것이 몹시 멋쩍어서 얼굴이 다 화끈거렸다. 그렇지만 그것이 인호네 가족들을 편안하게 만든다면 이 산행이 끝나는 날까지 인호 아버지의 대역도 사양하지 않겠다는 마음으로 내리자고 했다. 인호 어머니가 마치 옛날 내 아내처럼 내려놓은 배낭을 짊어지며 뒤따라 일어났다.

버스에서 내려 거북이바위 쪽으로 걸어 올라가는데 백담계곡에서 들려오는 물소리가 세속에 지친 내 몸과 마음을 가볍게 해주는 것 같았다. 매월당 김시습 선생도 이런 산정무한(山情無限)이 좋아 그 긴 세월 동안 세상을 등진 채 오세암(五歲庵) 승방 깊숙이 파묻혀 단종의 비극을 절통해 하며 미친 시인 행세를 했을까? 나는 설악산 깊은 골에 들어와 물소리와 새소리를 벗하며 산정무한에 취해 세상과 인연을 끊고 설악산 영시암 깊은 계곡에 영원히 뼈를 묻은 숙종조 시대의 삼연 김창익 선생의 얼을 되돌아보며 청룡담(靑龍潭)을 지나갔다.

잠시 후 백담사가 나왔다. 우리는 밀려오는 땅거미를 백담사 앞 다릿목에다 잠시 묶어놓고 경내로 들어갔다.

"사장님, 이 절을 아주 옛날에는 한계사(寒溪寺)라고 불렀다면서요?"

인호 어머니가 다가오며 물었다.

"네. 문헌상에는 한계사 외에도 비금사(比琴寺), 운흥사(雲興寺), 심원사(深源寺), 선귀사(旋歸寺) 등으로 불려오다 세조(1456년) 때부터 백담사로 개명했다는 기록이 있더군요. 그런 기록들을 살펴보면 이 절은 원인 모를 불이 나서 여러 차례 다시 짓고 절터도 몇 차례씩이나 옮긴 기록을 갖고 있는데 나중에는 대청봉에서 여기까지 백 개의 담(潭), 그러니까 백 개의 깊은 물굽이가 이쪽으로 흐르면서 화기를 눌러 줄 것이라고 해서 백담사(百潭寺)로 개명했다는 전설이 전해지고 있더군요."

"불과 물, 상극 관계로군요."

"그렇지요. 세속의 더러운 욕망이 이 절간으로 들어올 때는 불이 나지만 대청봉(大靑峯) 꼭대기에서 흘러내리는 백 개의 물굽이가 마르지 않는 한

이 절은 영원히 존재할 것이라는 시적(詩的) 암시가 인간의 의식세계를 지배하기 때문에 죄를 많이 지은 일국의 대통령도 이 절의 승방에서 인고의 겨울을 보내며 자신이 저지른 광주의 살인극을 부처님께 빌었는가 봅니다…….”

“돌아가신 인호 아빠의 이야기에 의하면, 이 절은 아주 옛날 강원도 화천 땅에 비금사라는 이름으로 서 있었는데 포수들이 절 주변으로 사냥을 하러 와서 하루에도 몇 차례씩 살생을 저질렀다고 해요. 그런데 살생은 불가의 가르침과는 상반되기 때문에 도리없이 스님들이 살생이 일어나지 않는 곳으로 절터를 옮기게 되었다는 말도 있더군요.”

“언니, 그러면 절이 싫어서 중이 떠난 것이 아니라 짐승을 잡아 죽이는 포수들을 피해 절과 중이 같이 떠나왔다는 말이야?”

“그랬단다.”

“하! 재밌다. 계속해 봐, 언니?”

“그때 절 살림을 이사하면서 절구와 청동화로를 떨어뜨린 모양인데 절구를 떨어뜨린 곳은 오늘날 춘성군의 절구골이 되었고, 청동화로가 떨어진 한계리 부근은 청동골이 되었는데 그곳에다 절을 지어 다섯 번이나 불이 났데요. 그런데 이상한 것은 불이 나는 날 밤마다 주지 스님은 꿈에 도포를 입고 말을 탄 사람이 나타나 절터를 옮겨 보라고 일러주어서 절을 용대리 암자동으로 옮겨 영취사라고 이름을 고쳐보기도 하고 가평 부근으로 옮겨 수언사라고 개명하기도 했대요. 그런데도 불 때문에 절이 견뎌날 수가 없었대요. 여러 차례 절을 옮겨 다닌 끝에 결국은 여기까지 옮겨와 절을 다시 짓고 백담사라고 절 이름까지 개명했었다는 이야기는 들었어도 대청봉(大靑峯)에서 이곳 절까지 백 개의 깊은 물굽이가 흘러내리며 절

속에 틀어박힌 인간들의 세속적인 욕망의 불길을 짓눌러주고 있다는 말은 오늘 사장님한테 처음 들었어요."

"그러셨어요. 저도 옛날 설악산 취재 다닐 때 이곳에 사시던 노스님한테 들은 이야기라 문헌상의 기록과 어느 정도 일치하는지는 모르겠습니다. 후일 실망을 안겨 줄 일이 생기더라도 이 정민기, 순 떠벌이 같은 사람이라고 흉은 보지 마십시오."

"아이구, 별말씀을 다 하십니다. 어두워지는데 이제 나가시지요."

인호어머니가 나를 보며 말했다. 나는 고개를 끄덕이며 백담사를 나왔다. 백담사 입구 다릿목에다 묶어놓고 들어간 땅거미는 나를 보자마자 일행을 늦게 데리고 나왔다고 몽니를 부리며 길바닥에다 먹물 같은 어둠을 들이붓는 것 같았다. 나는 그래도 조금도 서두름 없이 인호어머니와 혜경이를 양 옆에 세운 채 천천히 백담산장(대피소)까지 걸어갔다. 얼마나 오랜만에 걸어보는 호젓한 산속의 저녁 어스름 길인가. 우리는 산속의 저녁 어스름 길이 안겨주는 써늘하고 고요한 정취를 한껏 즐기며 일곱 시가 가까워서야 백담산장에 도착했다.

"웬 사람들이 이렇게 많지요, 사장님?"

혜경이가 산장 앞뜰에 모여 있는 많은 등산객들을 바라보다 놀란 표정으로 물었다. 나는 잠자리도 얻지 못하고 바깥에서 노숙하는 꼴이 생기면 큰일이다 싶어 인호를 내려 어머니에게 맡겨놓고 산장 안으로 들어가 관리인을 찾았다. 매점 안에서 저녁을 먹고 있던 관리인은 잠자리는 많이 있으니까 염려 말라면서 숙박계부터 기록하라고 했다. 마당에 몰려 있는 등산객들은 봉정암(鳳頂庵)으로 밤 예불을 드리러 가는 사람들이라 걱정하지 않아도 된다고 했다. 나는 잠자리 네 개를 예약해 놓고 숙박계를 들고 밖으로 나왔다.

　잠시 후 숙박계를 안으로 갖다 주면서 인호 어머니의 주민등록번호를 보니까 아내보다 한 살 아래였다. 나는 보기보다 인호 어머니의 나이가 많다고 생각했다. 그러면서 숙박계를 안으로 넣어줄 생각은 않고 매점 안에 걸린 TV 화면만 넋 없이 지켜보았다.

　일곱 시 뉴스 말미에 어제 조간신문 귀퉁이에 조그맣게 실렸던 윤성두 사장의 자살극 소식이 심층 취재되어 스포트라이트로 방영되고 있다. 나는 윤성두 사장이 죽었는데도 빚쟁이 신세라 문상도 못 간 것이 가슴 아파 담배를 한 대 붙여 물었다. 그때 윤성두 사장이 불을 질러버린 서적도매회사 대표이사의 집이 반쯤 타다 남은 채로 비쳤고, 병원 빈소 한쪽 구석에서 울며불며 아버지를 부르는 자식들을 끌어안고 금방 쓰러질 듯이 앉아 있는 윤성두 사장 부인의 모습이 잠시 스쳐 갔다.

　계수씨, 성두가 죽었다는 소식을 듣고도 가 보지도 못하고 정말 면목 없습니다. 성두도 오죽했으면 제 목숨을 끊으면서 그런 짓을 했겠습니까? 제발 아이들을 위해서라도 힘을 내 살아주십시오. 지금은 채권자들이 무서워 못 가지만 후일 한번 찾아뵙겠습니다.

　묵념하듯 TV 화면을 지켜보다 고개를 숙이고 있는데 혜경이가 다가와 물었다.

　"아시는 분이세요?"

　나는 감출 것도 없다 싶어 내 출판사가 있던 빌딩 3층에서 갈채출판사를 운영하던 윤성두 사장이라고 설명했다.

　"어마나 어마나! 친구분이 돌아가셨는데 가 보시지도 못하고 어떡하죠, 사장님?"

"나중 산을 내려가면 찾아보지요. 누군가 한번은 불 속으로 뛰어들어야 할 일을 그 친구가 나 같은 사람들을 위해 대신 몸을 던졌다는 생각이 들어 저도 가슴 아픕니다. 그렇지만 어떡합니까? 사정이 이런 걸……."

나는 혜경이의 마음을 편안하게 해주기 위해 그렇게 둘러댔다. 혜경이는 그때서야 산장숙박비를 지불하라며 돈 20,000원을 건네주었다. 나는 먼저 20,000원을 건네주고 1인당 3,000원씩 계산해서 12,000원을 주고 받아놓은 거스름돈 8,000원을 혜경이에게 건네주었다. 혜경이는 숙박비가 뭐 그렇게 싸냐 하면서 침실 구경을 하겠다고 안으로 들어갔다. 군대 내무반처럼 2층으로 마루를 놓은 산장의 침실은 등산객들이 흘린 땀옷과 등산화에서 풍겨 나온 발 냄새가 실내 벽에 짙게 배어 있어 발 고린내가 등천을 하는 것 같다.

"사장님, 우리 잠자리는 어디에요?"

"우측통로 안쪽 1층입니다. 침구는 각자 가지고 온 침낭을 써야 합니다. 대청산장이나 소청산장에서는 담요를 한 장에 1천~2천 원씩 받고 대여하지만 이곳 백담산장이나 양폭산장, 또 희운각산장에서는 침구를 대여하지 않습니다. 냄새나고 불편하더라도 산행이 끝날 때까지는 고생할 각오를 하십시오."

"고생은요. 식사는 어떻게 해결하죠?"

"봉정암에 밤 예불 드리러 가는 분들이 약 5분 후면 단체로 빠져나간다니까 그때까지 바깥마당에서 여장을 풀면서 좀 쉬시지요. 오늘은 첫날이니까 저녁밥 취사당번은 시범을 보여 드릴 겸 제가 맡겠습니다."

"아니에요. 제가 할 테니까 물 길러 오는 곳만 좀 가르쳐 주세요."

"이런 곳에 와서는 남자들이 취사를 맡아야 합니다. 찌개거리나 챙겨

주십시오."

나는 옛날 아내와 같이 등산을 왔을 때처럼 바깥마당에 설치된 야외식탁 위에다 가스버너 두 개를 설치해 놓고 서둘러 쌀을 씻어와 얹었다. 그리고 한쪽 코펠에는 감자와 멸치를 넣고 5분쯤 끓였다. 감자 익는 냄새가 솔솔 풍겨올 때쯤 잘 풀어놓은 된장을 넣고 뒤이어 풋고추와 팽이버섯 찢어놓은 것을 넣었다. 그윽한 맛과 매콤한 맛을 좀 더 우려내기 위해 대파 썰어온 것과 고춧가루를 넣어 다시 더 끓이다 국물을 푹푹 떠먹을 수 있게끔 맛소금으로 된장찌개의 간을 맞추었다.

그때 밥솥에서 푸릉푸릉 김이 치솟으며 밥물이 넘쳐흘렀다. 나는 동글동글한 차돌 네 개를 씻어와서 세 개는 가스버너 삼발이 곁에 세워 밥솥과 가스 불꽃과의 거리를 떨어뜨리며 밥솥에 뜸을 들였다. 나머지 하나는 코펠 뚜껑이 들썩거리지 않도록 위에다 올려놓았다.

인호와 혜경이는 내가 밥을 짓고 된장찌개를 끓이는 모습을 지켜보며 연방 탄성을 내질러댔다. 컴퓨터 앞에 붙어 앉아 맨날 책이나 만들었을 출판사 사장님이 어떻게 그렇게 숙달된 조리사처럼 찌개를 잘 끓이느냐고 물었다. 그들은 너무 감격한 나머지 조리하는 모습이 하나의 조각품을 다듬는 조각가의 손길처럼 날래고 섬세하면서도 예술적이라고 격찬했다.

"사장님, 된장찌개 냄새가 어떻게 이렇게 구수하지요. 샘터에 앉아 손을 씻는데도 군침이 막 돌 지경입니다."

손을 씻고 온 인호어머니가 덩달아 격찬했다. 우리는 으스스하게 밀려오는 야기를 쫓기 위해 식탁 양옆에다 가스버너를 피워놓고, 황색 야외등이 밝혀주는 불빛 아래서 저녁밥을 먹었다. 어느덧 백담산장 앞마당을 채우고 있던 봉정암 밤 예불 등산객들도 다 빠져나간 뒤끝이어서 우측마당에는 우리 네 사람만 호젓하게 앉아 있었다. 인호어머니는 여자들도 만들어 낼 수 없는 별미의 된장찌개를 끓여 주어서 공기 좋고 풀벌레 울음소리 고즈넉하게 들려오는 야경 좋은 산장의 야외식탁에서 행복한 식사시간을 가졌다며 고마워했다.

"내일 아침에는 어떻게 하시겠습니까?"

나는 혜경이가 빈 그릇들을 챙겨 샘터로 설거지를 하러 간 사이를 틈타 인호어머니에게 명일 계획을 물어보았다. 인호어머니는 수렴동계곡(水簾洞溪谷)으로 들어가 구곡담(九曲譚)과 쌍룡폭포를 둘러본 뒤 봉정암으로 올라갈 계획이라고 했다. 봉정암에서 7층 사리탑을 둘러본 뒤, 소청산장으로 올라가 하룻밤을 묵을 계획이라고 했다. 그리고 이튿날은 중청봉과 대청봉을 살펴본 뒤 희운각 쪽으로 내려가자고 했다. 희운각산장에 도착했을 때 날이 어두우면 거기서 1박하고, 그렇지 않으면 양폭산장(陽瀑山莊)까지 내려가서 쏟아지는 물소리와 깎아지른 듯한 절벽들을 감상하며 다시 하룻밤을 묵자고 했다.

"그럼 내일 아침은 수렴동산장까지 공복산행을 하면 어떻겠습니까? 조반은 물 좋은 수렴동산장에서 지어먹도록 하고요."

"그래도 사장님께서 지치지 않겠습니까?"

"조반은 늘 먹지 않은 사람이라 괜찮습니다만, 밤이 깊으면 산장의 벽난로에다 등걸 불을 지펴놓고 이곳 약주를 한 병 마시고 싶은데 허락해 주시겠습니까?"

"허락이라뇨? 저녁밥 드실 때 미처 그 생각을 못해 죄송합니다."

인호어머니는 술 생각은 정말 못했다면서 안타까워했다. 나는 인호어머니의 그런 모습이 참 순수하고 아름다워 보였다.

"괜찮습니다. 야기가 몰려오는데 인호랑 같이 먼저 침실로 들어가십시오. 혜경 씨가 그릇을 씻어오면 챙겨 들어가겠습니다."

인호어머니는 침구가 든 배낭을 들고 먼저 침실로 들어갔다. 나는 인호를 안고 뒤따라 들어가 세 사람의 잠자리를 펴놓고 나와 내일 아침 등산을 위해 배낭을 꾸렸다. 혜경이는 밤공기가 순간순간 달라지는 것 같다며 그릇의 물기를 닦으며 으스스 몸을 떨었다.

"내가 휴게실 벽난로에다 등걸 불을 지펴 드릴 테니까 안으로 들어갑시다."

나는 산장 휴게실 장의자에다 혜경이를 앉혀놓고 밖으로 나갔다. 비바람에 쓰러진 통나무들을 전기톱으로 잘라 쌓아놓은 통나무 더미에서 팔뚝만한 통나무들과 장작 쪼개 놓은 것들을 한 아름 안고 와서 불쏘시개를 넣고 벽난로에다 불을 지폈다. 얼마 후 난롯불은 혜경이와 나의 그림자를 벽면에다 기다랗게 늘어뜨려 주며 활활 타올랐다. 나는 매점에다 부탁해 백담산장에서 파는 약주 두 병과 술안주로 먹을 묵을 한 접시 주문했다.

"혜경 씨 술 드십니까?"

매점 주인이 갖다 주는 알루미늄 쟁반을 받아 벽난로 앞에 놓여 있는 장의자 위에 놓으며 물었다. 혜경이는 평소에는 술을 잘 마시지 않지만 오늘은 백담산장의 분위기가 목가적이고 난롯불이 좋아서 내 곁에서 한 잔만 받아 마시며 자리를 지키고 싶다고 했다. 나는 죽은 친구 생각이 나서 술을 한잔 마셔야만 잠이 올 것 같다고 양해를 구한 뒤 혜경이에게 먼저 한 잔 권했다. 그리고는 또 하나의 술잔에다 약주를 가득 부은 뒤 등걸 불이 활활 타오르고 있는 벽난로 속으로 고수레를 하듯 세 번 나누어서 뿌렸다.

윤 사장, 나다. 이제 모든 번민에서 헤어나 내 술 한 잔 받아라. 얼마 전 너하고 만났던 감자탕 집에서는 정말 미안했다.

윤 사장의 흐느낌처럼 술은 치직치직 소리를 내면서 알코올로 변해 하얗게 날아갔다. 나는 술안주로 나온 묵도 한 점 집어 던져주고는 그가 부어주는 술을 마시듯 자작 술을 한잔 쭉 들이켰다. 물 울대까지 올라와 있던 갈증이 사라지면서 얼마 전 감자탕집에서 그와 마주 앉아 술을 마시던 밤이 생각났다.

"두고 봐. 그 날강도 같은 놈들은 내가 몽지리 싸질러버리고 말 테니까……."

윤성두 사장은 부도를 내고 달아난 서적도매회사 대표들을 저주하며 소주잔을 털어 넣었다. 그의 두 눈에서 흐르는 살기가 두려워 나는 얼떨결에 이마빼기를 찡그렸다.

"야, 윤 사장. 이제 그만 일어나자. 내일 또 일찍 나가봐야 되잖아?"

"그따위 쓸데없는 간섭을 하려거든 너도 빨리 꺼져버려. 이 벨도 없는 새끼야!"

분노하듯 나한테까지 욕설을 퍼붓는 그의 술주정에 질려 나는 그만 카운터로 걸어 나가 술값부터 계산했다.

"오늘 윤 사장님 많이 취하신 것 같네요?"

감자탕집 배불뚝이 주인 아줌마가 잔돈을 거슬러주며 물었다.

"같이 앉아 있으면 무슨 일 낼 것 같아 먼저 일어났어요. 술 더 달라 하면 한 병만 더 주고 이거 주머니에 찔러주세요. 저 친구, 아마 집에 갈 차비도 없을 거예요."

"아이구, 모두들 하루 빨리 툭툭 털고 일어나야 할 텐데 그놈의 아이엠에픈가 뭔가는 끝날 기미도 보이지 않고……."

나는 밖으로 나왔다. 소변이 마려워 화장실이 있는 복도 쪽으로 걸어가는데 편지함이 붙어 있는 복도 좌측 벽에 '도서출판 갈채 → 3층'이라고 쓴 안내판이 아직도 떼어지지 않은 채 붙어 있었다. 그 안내판을 보는 순간 윤 사장이 쓰던 갈채출판사 사무실이 아직도 비어 있구나 하는 생각이 들었다. 그러면서 내가 쓰고 있던 4층 2호실 편지함 위를 살펴보았다. 아크릴판으로 새겨 붙인 '도서출판 글타래'의 표지판도 그대로 붙어 있었다. 그 많은 출판사들이 아이엠에프(IMF) 바람을 맞고 하루아침에 문을 닫고 말았으니 이 사무실들이 새 주인을 맞아들이려면 아직도 많은 시간이 흘러야 될 것이라는 생각이 들었다.

소변기 앞에 붙어 서서 그런 생각을 하면서 나는 저릿저릿 몸을 떨었다. 국내 최대의 서적도매회사였던 보문당이 250여억 원의 부도를 내고 쓰러졌다는 소식을 들었을 때만 해도 소변기 앞에 다가서서 그것을 꺼내놓으면 오줌이 나오는지 들어가는지도 모를 만큼 감각이 없었다. 이상한 생각이 들어 밑을 내려다보면 수압이 떨어진 수도꼭지 모양 쩔쩔 흘러나오는 오줌발이 바지를 흥건하게 적셔놓기가 일쑤였다. 나는 그럴 때마다 야심 많던 내 인생도 결국은 이런 식으로 끝나버리는구나 하는 자괴감 때문에 소변기 속에 대가리를 처박고 죽어버리고 싶은 순간도 한두 번이 아니었다. 그런데, 요사이는 그것을 끄집어내 놓기만 하면 고사포처럼 대가리를 바싹 쳐들고는 살 세게 오줌 줄기를 내쏘는 모습이 저릿저릿한 배설의 쾌감까지 안겨주는 것 같다. 정말 다시는 일어서지 않을 것 같던 이것이 오줌을 눌 때도 대가리를 바짝바짝 쳐들어 대는 것을 보면 일상생활에서 스트레스라는 것이 몸에 얼마나 무서운 해독을 끼치는가를 다시 한번 실감할 수 있다. 그런데 윤 사장은 아직도 그날의 악몽에서 깨어나지 못하고 저녁마다 술에 의지해 하루하루를 넘기고 있다고 생각하니 절로 가슴이 저려왔다.

나는 지하철역으로 걸어가면서 윤 사장의 입이 돌아가던 무렵을 되돌아보았다. 송인서적이 68억 원의 부도를 내고 쓰러지던 밤이었다. 250여억 원의 부도를 내고 쓰러진 보문당의 충격이 채 가라앉기도 전에 또다시 밀어닥친 아이엠에프 강풍이었다. 윤 사장은 보문당에 1억 원 넘게 당하고 송인서적에 5천만 원 정도 당했는데 그들로부터 받은 어음을 배서해서 돌려버렸기 때문에 실지로 그가 입은 재산상의 손실은 3억이 넘는다고 말했다.

정 사장, 우리는 이제 어떻게 해야 돼?

윤 사장이 사무실에서 깡소주를 마시며 나에게 물었을 때 나는 속으로 내가 맞은 부도 액수를 계산하고 있었다. 출판사 사장 생활 10여 년에 집까지 날려 먹고 겨우겨우 푼돈을 모아 경영 분야 책 한 권을 히트시켜 한 뭉텅이 어음을 받아놓은 뒤끝이라 실질적 부도 액수는 윤 사장보다 1억5천만 원 정도 더 많은 것 같다.

그 무렵 아내는 매일같이 밤늦은 시간이면 출판사 사무실로 전화를 걸어 제발 받아놓은 어음 배서해서 돌리지 말고 모아놓았다가 때 되면 한꺼번에 찾아 조그마한 전세 아파트 하나만 얻어 달라고 애원했다. 그러면 친정살이 청산하고 서울로 올라와 두 아이들과 같이 남편 기다리며 저녁밥을 준비하는 여자가 되고 싶다고 했다. 아내는 번듯한 내 집 지니고 남편 늦게 들어온다고 아옹다옹 투정부리며 살 때는 그것이 행복인지 몰랐다

고 했다. 그러나 친정 식구 눈치 보며 1년 넘게 남편과 떨어져 살다 보니
저녁 무렵 장바구니 들고 시장으로 나가 남편과 아이들이 잘 먹는 부식거
리 사다가 나물도 무치고 찌개도 끓이면서 남편을 기다리는 이웃집 아낙
들의 모습이 그렇게 행복해 보일 수가 없다고 했다. 그런데도 서울에 있는
아내의 고교 동창들은 남의 속도 모르고 어려울 때 찾아가 기댈 수 있는
친정이라도 있으니 얼마나 좋으냐고 했다. 하지만 그녀는 이제 남편과 떨
어져 사는 친정살이도 지긋지긋하다고 했다. 나는 그래도 처남과 장모의
안하무인격한 말들이 가슴에 비수처럼 박혀 있을 때라 피식 웃으면서 전
화 끊으라고 역정을 내었다.

"출판에 미쳐 있는 정서방하고는 더 살 생각 말거래이. 좀 야박하기는
하지만 니라도 정신 차리고 아이들과 같이 살아갈 궁리를 해야지 자꾸 정
신 나간 정서방 쳐다보다가는 니 신세도 망조가 들어 길거리에 나가 앉는
다 말이다. 이 세상 물정 모르는 것아!"

나를 출판계에서 손 떼게 만들려고 처가 권속들이 아내와 자식들을 친
정으로 데려다 놓고 틈만 나면 세뇌교육 하듯 주절거린 말들이었다. 나는
그 무렵 사업에 실패한 몸이라 아내와 자식들까지도 처갓집에 뺏긴 신세
였다. 그러니 저녁마다 전화질을 해대는 아내의 말이 곧이곧대로 귀에 들
려올 리가 만무했다. 아내는 같이 살아온 정 때문에 그런 전화질을 저녁
마다 해댔는지는 몰라도 나는 그때 이미 아내에게 향하는 정도 식어 있었
다. 사업에 실패한 사내는 아내와 자식을 거느리고 가난하게나마 같이 살
수 있는 자유마저 없다고 생각할 정도로 내 의식세계는 황폐해져 있었다.

오로지 내 꿈은 다시 일어서는 것뿐이었다. 그것만이 산산 조각난 내
인생을 복원하는 길이고, 나에게서 등을 돌린 사람들에게도 삶의 참 의미

가 어떤 것인가를 보여 줄 수 있는 길이라고 믿고 있었다. 그래서 나는 서울에다 조그마한 아파트를 하나 구할 수 있는 어음 뭉치를 거머쥐고 있었으나 아내의 요구는 계속 뒤로 미루고 있었다. 이미 깨질 대로 깨진 몸, 죽기 아니면 까무러치기야 씨팔! 이러면서 윤 사장처럼 계속 어음을 배서(背書)해서 돌렸던 것이다. 일은 계속해야 되므로 사무실 임대료와 직원 봉급은 소매서점에서 들어오는 현금으로 막아 나갔고, 달마다 도매상에 밀어 넣을 신간은 받아놓은 어음을 배서해 지업사와 인쇄소에 갖다 주면서 아내 몰래 또 한방을 준비해 왔다. 그러다 아이엠에프 사태를 맞았다. 어떻게 알았던지, 아내는 그 무렵 보문당과 송인서적에다 내가 당한 부도 액수를 확인해보고는 큰처남과 장모를 데리고 서울로 올라왔다.

"소문 들어보니까 이번 아이엠에프 사태로 전국의 서적도매상들이 줄줄이 부도를 내고 엎어질 거라는데, 그렇게 되면 빚쟁이들이 우리 집까지 찾아와 분탕을 지기면서 드러누울 게 뻔하네. 처갓집과 짜고 재산 뒤로 빼돌렸다면서. 정서방? 자네, 내하고 무슨 원수가 졌나? 와 자네 자식까지 거두어주는 처갓집 권속까지 거리로 나가 앉게 만들려고 그러나? 우리도 이젠 지쳤네. 자네가 낳아놓은 자식새끼하고 안식구 밥이라도 굶기지 않으려거든 당장 이 이혼장에 도장 찍어주게. 지금 두 사람이 이혼해 있는 상태가 아니면 자네가 배서해 돌린 어음 때문에 자네 처갓집도 날아가게 생겼단 말일쎄, 이 정신 나간 사람아!"

처갓집 식구들마저 거리에 나가 앉게 생겼다는 처남의 말에 나는 계속 거부해오던 이혼장에 도장을 찍어주고 말았다.

"정서방! 자네는 어떻게 된 사람이기에 마누라하고 자식새끼보다 그 책 만드는 일이 그렇게 좋은가? 말이 나왔으니 하나 물어보세. 자네, 책 그

거, 뭐 할라고 만드노? 처자식하고 같이 먹고살라고 만든 거 앙이가? 그런데 지금 자네는 어떻게 돼 있노? 주객이 전도돼 있잖아, 이 사람아?"

처가 식구들이 올라와 한바탕 소란을 피우고 내려간 며칠 뒤, 동대문 서적도매상가 터줏대감으로 알려져 있던 주식회사 고려서적이 또 일백여 억 원 넘게 부도를 내고 손들고 말았다. 뒤이어 무슨 약속이라도 한 듯 전국의 군소 서적도매상들이 처가 식구들의 예언처럼 줄줄이 부도를 내고는 만세를 불렀다.

부도 액수가 얼마나 되는지 계산도 해 볼 수 없을 지경이었다. 받아놓은 어음을 다시 글타래출판사 명의로 배서해 돌린 것이 결국 사업을 다시 할 수 없게 만드는 원인이 되고 말았다. 사업을 계속하면서 복구의 기회를 찾으려면 외부에서 약 3억 원 정도의 지원금이 들어와야만 되었다. 그렇지 않으면 같이 손을 들고 나자빠지면서 출판사 문을 닫는 것이 내 한 몸이라도 살아남을 수 있는 길이었다.

알거지가 되어 길바닥으로 물러앉고 보니 사업이라는 것은 오기를 부려서는 안 된다는 생각이 들었다. 조성된 상황 속에서 냉정하게 돌파구를 찾고, 앞이 보이지 않을 때는 한 발 물러서서 주변과 대세를 살피는 여유도 가져야 하는데 나의 판단력은 그 무렵 가슴에 박힌 한(恨)에 너무 묶여 있었다.

그렇지만 그때는 이미 강풍과 홍수가 휩쓸고 간 들판 같은 상황이었다. 밀린 임대료와 거래처에 지불해야 할 결제대금 때문에 나는 내 출판사 주위에 얼씬거릴 수도 없었다. 빌딩 주인과 거래처 사장들이 한 푼이라도 더 건지려고 나의 접근을 막으면서 자신들의 뜻대로 내 소유의 재산들을 처분하는 것이었다. 그래도 나는 서적도매상으로부터 받은 어음을 글타래출판사 명의로 다시 배서해서 돌린 죄인의 신분이어서 반품된 책 한 권도 내 뜻대로 처분할 수 있는 권한이 없었다.

그때 윤 사장과 나는 감자탕집에서 외상으로 밥과 술을 얻어먹으면서 아이엠에프 사태가 수습되기만을 기다렸다. 전국의 서적 도매 회사들과 출판사들이 일시에 무너지면서 수많은 출판계 종사자들이 하루아침에 실업자가 되어 거리로 나서자 정부에서도 심각성을 파악했는지 긴급자금을 풀기 시작했다. 하지만 윤 사장과 나에게는 그 긴급자금이 그림의 떡이나 마찬가지였다. 은행이 요구하는 대로 담보물을 갖다 넣고 그 긴급자금을 끌어 쓸 방안이 나오지 않는 것이다. 결국 그 긴급자금은 은행 금고에서 잠만 잘 뿐 담보물이 없는 윤 사장과 나 같은 사람들한테는 더 고통을 안겨 주는 그림 속 떡 같은 역할만 했다.

출판에서 손을 뗀 채 각자 살아갈 길을 찾지 않으면 안 되었다. 그렇지만 뚜렷한 방안이 나올 리 만무했다. 서적 도매 회사들로부터 받은 어음을 배서해 돌린 죄로 우리 두 사람은 가는 데마다 때려죽일 놈이 되어 있었다. 책임도 지지 못할 어음을 왜 배서해 돌렸느냐는 말에는 입이 열 개가 있어도 할 말이 없었다. 돈은 고사하고 우선은 그들의 눈에서 보이지 않는 곳으로 사라져 주는 길만이 우리들로 인해 줄초상 난 사람들의 심기를 거슬리지 않게 하는 한 방법이 되었다.

윤 사장과 나는 다시 만날 약속도 못한 채 헤어졌다. 조그마한 가방에다 갈아 신을 양말 몇 켤레와 거래처 장부를 챙겨 넣고 며칠간 기거하고 있던 여관방을 나왔다. 그리고는 평소 일거리를 대준 제본소 사장을 찾아가 밤에 이슬이라도 피하며 몸을 누일 수 있는 잠자리를 부탁했다. 제본소 숙직실이 생각났던 것이다. 청산해야 할 거래대금이 조금 밀려 있었으나 내가 밀어준 일거리로 자식들 대학공부까지 시킨 제본소 사장은 불편하지만 숙직실에서 공원들과 함께 기거하며 빨리 재기의 길을 찾아보라고 했다.

고마웠다. 나는 그 이튿날부터 끼니를 해결하기 위해서도 일거리를 찾아야만 했다. 그렇지만 마땅한 일거리가 없었다. 평소 알던 사람들을 찾아가 일거리를 찾다보면 어느새 채권자들이 달려와 언제까지 어음 빚을 갚겠느냐고 사람을 들볶아대는 통에 아는 사람들이 더 무서워질 때가 많았다. 그러다 보니 자연 낯선 사람들 속에서 일거리를 찾아야 할 형편이었다.

이리 밀리고 저리 밀리며 갖은 수모와 멸시를 다 당하다 마지막으로 찾아간 곳이 봉천5동 현대시장 옆에 있는 인력시장이었다. 그곳에서 일용직 잡부들을 구하러 오는 물주를 기다리다 보면 운 좋은 날은 일당 2~3만 원에 팔려가 짐도 날라주고 쓰레기도 치워주면서 끼니를 이어 나갈 수 있는 돈을 벌 수 있었다. 6개월을 그렇게 견디다 보니 9월도 중순으로 접어들었다.

그 무렵 윤성두 사장이 찾아왔다. 자기도 좀 끼워 달라고 했다. 나는 2인 1조로 나가서 윤성두 사장과 같이 할 수 있는 일감을 기다렸다. 그때 윤성두 사장은 재산을 뒤로 빼돌려놓고 남들이 부도를 내고 엎어지니까 덩달아 엎어진 서적도매상 대표를 한 사람 찾아냈으니 같이 가서 멱살을 틀어쥐고 사생 결판을 내자고 했다.

나는 고개를 저었다. 그런다고 위장부도업체 대표들이 돈을 내놓을 리 만무했다. 그들의 소행을 생각하면 명줄이라도 끊어놓고 싶은 심정이지만 그들로부터 돈을 받아낸다는 생각만큼은 포기했다고 했다. 그러면서 윤성두 사장한테도 깨끗하게 잊고 날품이나 팔자고 했다. 그러다 아이엠에프 사태가 진정되면 자본력 좋은 출판사에 봉급쟁이 노릇이나 하러 가자고 했다. 인터넷이 어떠니 전자책(E-BOOK)이 어떠니 해도 우리 세대까지는 종이로 만든 책을 보지 않을 수 없는 세상이고, 종이로 만든 책이 통용되는 한 담보물이 있는 출판사들은 정부의 자금지원을 받으며 하나둘 일어설 것이라고 했다. 또 정부의 자금지원을 받는 출판사들이 늘어날수록 우리는 어디 가서도 봉급쟁이 노릇은 할 수 있다고 희망을 안겨 주었다. 기획 · 편집 · 제작 · 영업 등 어느 것 하나 못하는 것이 없는데 왜 일자리가 없겠느냐고 강조했다. 윤성두 사장은 억장이 무너지는 듯 나보고 '벨도 없는 놈'이라고 욕을 해대다 앞으로 다시 만나지도 말자고 했다. 그러면서 날품을 파는 일거리마저 팽개치고 떠나가더니 느닷없이 뉴스의 주인공이 되어 어제 날아온 것이다……

이제 와서 생각해 보니 윤성두 사장과 마지막으로 만나던 날 좀 더 끈기 있게 그를 설득시키지 못한 것이 그를 결국 죽게 만든 원인같이 느껴졌다. 혼자서는 힘이 부쳐 위장부도업체 사장 놈을 족칠 수가 없으니 같이 가서 울림장을 놓으며 돈을 받아내자고 제의한 그의 요청을 받아주지 못한 것이 계속 가슴을 쓰라리게 했다.

기억 속에 남아 있는 그의 핏발 선 눈동자를 지우기 위해 나는 다시 술을 들이켰다. 고인이 되어 이승을 떠난 윤성두 사장보다 내가 더 나은 것은 없어도 몸 건강하게 살아 있다는 것은, 나에게 있어서는 다시 내일을 기다려 볼 수 있는 희망이었다. 평생을 그렇게 기다리다 쓰러진다 해도 정민기라는 인간의 머리 속에 희망이라는 것이 있는 한 칠거지악(七去之惡)을 제외한 그 어떤 궂은일도 다해 낼 수 있다는 용기가 솟는 듯해 나는 다시 술잔을 채웠다. 그때 혼자 생각에 잠겨 있던 혜경이가 발그레하게 술기가 피어오른 얼굴로 나를 바라보았다.

"사장님, 저 같은 사람은 앞으로 어떻게 살아가면 좋겠습니까?"

"뭘?"

"전 대학교를 졸업할 때까지만 해도 문단에 등단한 이후 일자리를 찾아볼 계획이었는데 등단이라는 것이 그렇게 만만한 것이 아니라는 것을 신춘문예에 서너 번 떨어지고 나서야 알았어요. 그래서 요즘은 등단이 급한 것이 아니라 평생 글을 쓰면서 살아갈 수 있는 잡지사나 출판계 쪽에 일자리를 잡아 사회경험을 쌓으면서 30쯤 되어서 등단해야겠다고 진로를 바꿨어요. 그런데 아이엠에프 때문에 잡지사와 출판사가 한꺼번에 문을 다 닫아버리는 바람에 일자리가 없어요. 대학까지 졸업한 여자가 일자리도 없이 집에서 빈둥빈둥 놀고 있으니까 보기 딱한지, 언니는 저에게 평생 일자리를 마련해 줄 계획으로 아이엠에프로 문을 닫은 잡지사나 출판사를 하나 인수해 줄 테니까 독자적으로 운영해 보라고 해요. 그래서 얼마 전에 유진 언니를 찾아가 상의해 봤지요. 하지만 유진 언니는 잡지사고 출판사고 영업 쪽을 모르면 위험하니까 좀더 생각해 보자고 해서 요사이는 관망만 하고 있는데 사장님이 저를 좀 도와주실 수 없겠습니까?"

나는 이 무슨 복음(福音) 같은 소리인가 싶어 혜경이를 보고 다시 물었다.

"언니가 혜경 씨한테 잡지사나 출판사를 인수해 줄만큼 경제력이 있는 분입니까?"

"네. 조카 재활교육 때문에 서울에 올라와 있지만 용인에 가면 시댁 어른들이 물려주고 간 토지와 유가증권이 많은 걸로 알고 있습니다."

"그렇다면 유진이와 같이 편집 쪽을 맡아 주십시오. 기획과 영업 쪽은 젊은 남자 직원 한 사람 데리고 제가 책임지겠습니다."

"그럼 제가 사장님을 전문경영인으로 모시면 와 주시겠다는 말씀입니까?"

"어떻게 저를 믿고 그런 자리까지……?"

"사장님은 어제 처음 뵈었지만 유진 언니를 통해 평소 도서출판 글타래의 기획능력과 출판이념은 늘 들어오던 참이었거든요."

"그렇다면 좋습니다. 부픈 꿈과 희망을 안겨준 설악산 산신령님께 감사하는 의미에서 우리 술이나 한 잔씩 더 나눕시다."

혜경이는 긴긴 실업자의 고통에서 헤어날 수 있게 해주어서 고맙다며 눈물까지 글썽거렸다. 나는 그녀의 잔에 술을 채워주며 다시 물었다.

"앞으로 일자리가 정해지면 혜경 씨는 어떤 글을 쓰실 계획입니까?"

"우선은 언니 이야기를 써보고 싶어요."

"언니가 혜경 씨 소설의 주인공이 될 만큼 얘깃거리도 많이 가지고 계신 분입니까?"

"보는 사람에 따라 시각의 차이는 있겠지만 저는 그렇다고 믿고 있어요."

"좀 엿들을 수는 없습니까?"

"앞으로 천불동계곡 쪽으로 산행을 하다 보면 알게 되겠지만 언니와 돌아가신 형부는 10년 전 대청봉(大靑峯)을 등정하고 천불동계곡으로 내려가다 산 위에서 굴러떨어지는 낙암(落岩)을 맞았어요. 불행하게 형부는 현장에서 돌아가시고 언니는 형부가 급하게 밀어버려 바위는 피했으나 언니 뱃속에 있던 인호는 그때의 후유증으로 지체 장애아가 되고 말았어요······."

"천후지동(天吼地動)이라고, 설악산은 언 땅이 녹을 때나 폭우가 쏟아진 뒤는 늘 높은 데서 굴러떨어지는 낙석(落石)이나 낙암(落岩)을 경계해야 되는데 형부 되시는 분한테 그런 불행한 사태가 덮쳤군요."

나는 그때서야 인호 어머니가 해마다 설악산을 찾는 이유를 알 것 같았다. 산 위에서 굴러떨어지는 바위 밑으로 자기 몸을 받히며 아내를 살려낸 살신성인의 남편을 추모하기 위해 그녀는 해마다 설악산을 찾는 것이 분명했다. 나는 그때서야 명치를 눌러오던 궁금증이 확 풀린 기분이라 혜경이에게 다시 술을 권했다.

"사장님, 이렇게 기쁘고 희망찬 밤, 우리 두 사람만 이렇게 축배를 들게 아니라 언니도 불러와야겠어요. 조금만 기다려 주세요."

혜경이는 술을 받아놓고는 침실로 들어가 인호를 안고 나왔다. 인호가 소변 마렵다고 해서 인호어머니는 마침 잠이 깨어 있었다면서 활활 등걸불이 타오르고 있는 벽난로 곁으로 다가와 손을 비볐다. 그때 인호를 안고 화장실로 들어갔던 혜경이가 휴게실로 나오면서 인호 어머니에게 자신이 받아놓은 술잔을 내밀었다.

"언니, 조금만 마셔 봐. 술맛이 아주 독특해. 묵 맛도 기가 막히고······."

두 자매가 음미하듯 술을 나눠 마시며 기뻐하는 모습을 지켜보다 나는 자리에서 일어났다. 두 자매에게 밤새도록 이글이글 타오르는 난롯불을 지펴주고 싶었던 것이다.

나는 통나무를 좀더 가지고 오겠다고 말한 뒤 밖으로 나왔다. 저 멀리 수렴동계곡 쪽에서 흘러 내려오는 싸늘한 산 정기가 내 몸속으로 파고드는 듯했다. 나는 길게 심호흡을 하며 인호네 식구들과 같이 설악산을 찾은 것이 큰 행운처럼 느껴졌다.

설악산은 매번 내가 오도 가도 못하는 상황 속에 갇혀 신음하고 있을 때 기다렸다는 듯 구원의 손길을 뻗쳐 주었던 것이다. 이번에도 설악산은 틀림없이 나에게 그런 계기를 마련해 줄 것 같았다. 그것이 어떤 형태로 구체화 될지는 아직 베일에 싸여 있다. 그렇지만 산을 내려갈 때쯤에는 분명히 어떤 새로운 세계가 나를 반겨 줄 것 같은 육감이 밀려와 나는 힘차게 통나무 더미로 걸어갔다. ●

〈문예비전 2002년 가을호〉

밤길

밤길

[1]

짧은 겨울 해가 두륜봉을 넘어간다. 해발 1,901m의 두륜봉 서쪽 하늘 위로는 아직도 검붉게 노을이 깔려 있다. 노을은 해가 넘어가자 금방 삭풍에 떠밀려 어디론가 사라진다.

잠시 후 장덕봉 북쪽 하늘 저 끄트머리에서 희끄무레한 연기처럼 어둠이 몰려온다. 어둠은 이내 사위를 뒤덮는다. 어렴풋하게 윤곽만 드러내고 있던 량강도 운흥군 룡포천 일대의 산과 계곡은 금방 어둠 속에 묻혀버린다.

등에 젖먹이 아기를 업은 여인이 룡포천 다릿목 위를 힘겹게 걸어가고 있다. 다릿목을 거의 다 지나왔을 무렵, 여인은 얼굴에 콩죽 같은 진땀을 흘리며 급하게 다리 난간을 붙잡는다. 등에 업힌 아기를 한 번씩 추켜 올릴 때마다 눈앞이 아뜩해지며 현기증이 몰려오는 것이다. 여인은 금세 토할 것 같은 매스꺼움을 애써 진정시킨다. 그러다 휘청휘청 몇 걸음 더 발걸음을 옮겨놓는다.

여남은 걸음이나 더 걸어갔을까? 여인은 그만 휘청거리던 다리가 꼬이면서 길바닥에 쓰러진다. 량강도 운흥군 운흥읍 생장로동자구 아파트에 사는 주민이다. 바싹 마른 체형에다 유난히 광대뼈가 불거진 여인의 얼굴은 병든 배춧잎처럼 거무죽죽하다. 그렇지만 이제 첫애를 낳은 30대 중반의 새댁이다.

바깥 세대주는 직장에다 장기 결근계를 내고 중국으로 식량을 구하러 갔다. 집을 떠나 돌아오지 않은 지가 벌써 3개월이 넘었다. 방에 불도 넣지 못한 채 애타게 남편을 기다리던 여인은 운흥강이 얼어붙으며 추위가 몰려오자 그만 고질병인 천식이 도지고 말았다. 이웃 마을에 사는 시어머니가 2~3일에 한 번씩 찾아와 물도 길어주고 아기 똥 기저귀도 빨아주고 가지만, 젖먹이 손자와 함께 집을 지키다 고질병이 도진 며느리를 위해 약을 한 첩 지어와 다려준다거나 배가 고파 칭얼대는 젖먹이 손자에게 미음이라도 한 그릇 끓여줄 형편은 못 된다. 시어머니와 함께 사는 세대주의 큰댁도 1년 넘게 식량배급을 받지 못했다. 시어머니도, 시아주버니 가족도 배고픔을 견디며 미공급 시기를 힘들게 이겨 나가는 시기라 다 같이 어려운 것이다. 안타깝고 애처로운 마음은 한량없지만 알곡 한 줌 융통할 수 없는 요즘 같은 미공급 시기에는 그저 마음만 아파하며 속수무책으로 하루하루 버틸 뿐이다. 그 통에 여인은 고질병인 천식이 더 깊어졌고, 달포 넘게 허기에 시달리면서도 등에 업힌 젖먹이 자식의 칭얼거림을 차마 눈 뜨고 볼 수가 없었다. 여인은 그대로 자지러질 것 같은 몸을 억지로 추스르고 일어나 자신이 애지중지 아끼던 결혼예복을 벗겨 들고 장마당으로 나갔다. 그러다 여인은 저녁 무렵 어렵게 자신의 결혼 예복을 팔아 강냉이 3kg을 구해 집으로 돌아가던 중 눈에 헛것이 보이면서 갑자기 현기증이 몰려와 자신도 모르게 쓰러진 것이다.

여인의 얼굴색은 금세 개 발바닥처럼 시커멓게 변한다. 입술에는 딱지처럼 더뎅이가 앉아 있다. 누구 한 사람 동행하는 사람도 없다. 그런데도 아기까지 업고 장마당에 나가 혼자 식량을 구해오는 길이다. 오른손에는 강냉이 낟알이 두어 되 담긴 식량 자루를 움켜쥐고 있다. 왼손은 밑으로 처지는 어린아이의 엉덩이를 떠받치고 있다.

여인은 길바닥에 쓰러진 뒤에도 다리가 꼬인 채로 그대로 엎드려 있다. 등에 업힌 젖먹이가 몇 차례 제 어미 등때기에서 요동을 친다. 그러다간 으앙! 하고 울음을 터뜨린다. 생후 5개월이나 되었을까? 아직도 갓난쟁이 같은 아기는 불어오는 삭풍을 삼키며 거푸 숨넘어가는 소리를 내다 제 어미 등판에서 굴러떨어져 혼자 길바닥을 나뒹군다. 낡은 개털 셔츠 위에다 토파를 껴입힌 아기의 아랫도리는 얇은 속내의에다 기저귀가 채워져 있다. 아기는 길바닥에 드러누워 계속 사지를 버둥거리며 자지러질 듯 울음을 토해낸다. 그래도 아기 어머니는 일어날 기운을 차리지 못하고 그대로 길바닥에 엎드려 있다. 아이의 울음소리만 지나가는 바람결에 실려 비명처럼 흩어진다……

얼마나 시간이 흘렀을까?

이제 산간 계곡은 칠흑 같은 어둠에 잠겨 있다. 아득히 먼 로동자구역 하모니카 아파트단지 창가에서 하나둘 불빛이 피어난다. 룡포천을 휩쓸고 지나가는 밤바람은 코끝을 도려낼 만큼 차갑고 매섭다. 우우 하고 한

번씩 창공을 베며 삭풍이 몰아칠 때마다 룡포천 옆으로 길게 이어진 비포장도로는 희뿌연 흙먼지가 눈가루처럼 흩날린다.

거센 바람결에 떠밀리듯, 어둠을 헤치며 길 저쪽에서 사람이 걸어오는 소리가 들려온다. 생장로동자구 아파트 뒷마을에 사는 운흥동광(雲興銅鑛) 50대 노동자 부부다. 그들은 오후 늦게 인근 갑산군 인척 집에 갔다가 읍내로 들어가기 위해 룡포천 다릿목 쪽으로 다가온다. 남정네는 낡은 솜 동복에다 귀 가리개가 달린 방한모를 깊게 눌러쓰고 있다. 아낙은 솜바지에다 긴 토퍼(Topper)를 걸친 모습이다. 가로등 하나 없는 첩첩 산골 천변 길은 바람막이 하나 없이 황량하다. 창공을 울리며 지나가는 바람 소리만 더욱 적막감을 안겨 준다.

맵짠 밤바람이 몰아칠 때마다 아낙은 헉헉 숨을 몰아쉰다. 두 손으로 얼굴을 가리기도 한다. 입 가리개를 하지 않은 두 뺨이 다 얼어붙어 전혀 감각이 없는 듯하다. 아낙은 잠시 걸음을 멈추고 머릿수건을 다시 야무지게 동여맨다. 그리고는 그 위에다 개털 목도리를 두 겹으로 감치며 앞서가는 세대주를 부른다. 달아나듯 혼자만 먼저 가지 말고 같이 가자면서.

여남은 걸음 앞서가던 세대주는 자꾸 처지는 안해를 뒤돌아보며 천천히 발걸음을 옮겨놓는다. 그러다 길바닥에 쓰러진 아기 어머니의 몸뚱이에 걸려 넘어진다. 남정네는 넘어졌다 얼른 일어나며 흠칫 놀란 얼굴로 몸을 떤다. 뒤돌아보며 발걸음을 옮겨놓다 무엇이 물컹하게 밟히는 느낌에 놀라 넘어지긴 했으나 발끝에 전해져 오는 느낌이 순간적으로 괴이했다. 돌이나 나무 등걸을 밟았을 때와는 전혀 다른 느낌이다. 틀림없이 산짐승이나 길바닥에 쓰러진 사람을 짓밟은 것 같다.

무엇이 발끝에 걸렸을까?

남정네는 자신도 모르게 갑자기 등골이 오싹해지는 두려움을 느끼며 후드득 몸을 떤다. 그러면서도 그냥 지나칠 수가 없다. 뒤따라오는 안해가 가까이 다가오기를 기다리며 남정네는 살그머니 길바닥에 쪼그려 앉는다. 지척을 분간할 수 없는 어둠 속이라 남정네는 쪼그리고 앉은 채로 발끝 주변을 더듬는다. 그러다 남정네는 자신이 어느 여인의 시신을 더듬고 있다는 사실을 감지한다. 여인의 허리에 아기를 업는 포대기와 띠가 감겨져 있는 사실도 파악한다. 종국에는 길바닥에 쓰러진 아기 어머니의 오른쪽 손에 낟알 자루가 쥐어져 있는 것도 알아차린다.

어디서 낟알을 구해오다 쓰러졌는가?

남정네는 그런 생각을 해보다 얼른 그 낟알 자루를 자신이 챙겨야겠다고 생각한다. 갑자기 심하게 가슴이 쿵덕거린다. 지극히 짧은 순간이지만 남정네는 자신도 모르게 엄습하는 양심의 가책과 죄책감을 내쫓기 위해 연거푸 입술을 깨물며 주위를 더듬는다. 그러다 아랫도리에 기저귀를 찬 어린 아기가 어미의 시신 곁에서 함께 죽어 있는 사실을 뒤늦게 감지한다.

"넘어졌습둥?"

뒤처져 걸어오던 아낙이 남정네 곁으로 다가와 말을 건넨다. 앞서 걷다가 왜 쪼그리고 앉아 있느냐고. 남정네는 길 가던 아주미가 아기를 업은 채 길바닥에 쓰러져 아기와 함께 얼어 죽은 것 같다고 대답한다.

"즉금 아가 업은 아주미가 죽었다고 했음둥?"

아낙은 소스라치게 놀라면서 다시 묻는다. 남정네가 그렇다고 대답하자 아낙은 다짜고짜 얼른 가자고 재촉한다. 꿈자리 사납게 밤길 걷다 아기 업은 여자 시체를 만날 게 뭔가? 아낙은 생각만 해도 무섭고 소름끼친다며 자신도 모르게 부르르 몸을 떤다.

아낙은 남정네를 향해 얼른 일어나라고 다시 언성을 높여 다그친다. 그러나 남정네는 시신 곁에서 얼른 벗어나지를 못한다. 혼자 끙끙거리는 몸짓이다. 안해가 이끄는 대로 그냥 지나갈 것인가, 아니면 마을 분주소나 동사무소에 길바닥에 사람이 죽어 있다고 신고라도 해주어야 하는가 하고 고민하면서.

잠깐이지만 심한 내적갈등에 시달리던 남정네는 결국 안해가 이끄는 대로 아기 어머니 오른손에 쥐어져 있던 강냉이 낟알 자루만 빼내 들고 물러난다. 길바닥에 쓰러진 여인이 숨이라도 붙어 있으면 나중 고맙다는 인사라도 한마디 듣기 위해 마을까지 업고 가거나 마을 분주소에다 사람이 쓰러져 길바닥에 누워 있다고 신고라도 해주는 것이 도리일 것이다. 그러나 이미 숨이 끊어져 싸늘하게 굳은 시신을 신고해 보았자 뒷일만 시끄러울 것 같다. 사람이 죽은 원인을 밝힌다고 분주소와 동사무소에서는 처음 목격한 당사자를 오라 가라 하며 시도 때도 없이 불러댄다는 것을 남정네는 누구보다 잘 알고 있다. 지난여름 마을에 파라티푸스가 돌았을 때, 그는 그런 정황을 뼈저리게 경험했던 것이다. 남정네는 죽은 아기 어머니의 손에 쥐어져 있던 알곡 자루만 챙겨 들고 달아나듯 바삐 발걸음을 옮겨놓는다.

얼마나 더 걸었을까?

아낙은 남정네의 뒤를 따라오다 고개를 갸웃거린다. 갑산군에서 운흥군으로 넘어올 때는 세대주가 손에 아무것도 들고 있지 않았다. 그런데 이제 보니 뭔가 들고 있는 것이다. 무게 있게 축 처지는 것을 봐서는 틀림없이 낟알이 든 알곡자루 같다.

어디서 저그르 구했지비?

아낙은 재바르게 발걸음을 옮겨놓으면서 또 고개를 갸우뚱거린다. 그들 부부는 저녁때 갑산군 인척 집에 식량을 변통하러 갔다가 찬물만 한 그릇 얻어 마시고 빈손으로 돌아오는 길이다. 그런데 어디서 저런 알곡 자루를 구했단 말인가? 아낙은 알곡 자루를 들고 오는 세대주의 거동이 아무리 생각해도 이해가 되지 않는다. 길을 걷다 말고 아낙은 세대주의 허리춤을 붙잡고 묻는다. 손에 들고 있는 것이 무어냐고.

남정네는 강냉이 낟알이라고 대답한다. 아낙은 갑자기 반색을 하며 어디서 구했느냐고 다시 묻는다. 남정네는 집에 식량이 떨어져, 나이 드신 노모와 자식들이 다 굶어 죽게 생겼다고 돌아가신 수령님이 내려주신 선물이라며 엉너리를 떤다. 아낙은 그 소리를 듣는 순간 자신도 모르게 눈물이 피잉 돈다. 내일 아침에는 강냉이 낟알을 가마에 넣고 죽이든 밥이든 무언가를 끓일 수 있다는 생각에 절로 속이 훈훈해지는 것이다.

그런 기분은 한동안 아낙의 가슴을 벌렁거리게 한다. 모처럼 짜릿한 행복감도 느끼게 해준다. 며칠째 시래기에다 도토리 된장을 넣고 주물럭거린 뒤, 거기다 맹물을 붓고 국처럼 끓여 전 식구가 도토리 된장 국물을 한 그릇씩 나눠 먹으며 끼니를 때워왔다. 그런데 내일 아침에는 그 시래기 된장국에다 강냉이 낟알을 두어 줌 넣고 푹 끓이면 훌륭한 강냉이죽이 될 것이다. 그리고 그 뜨끈뜨끈한 강냉이죽을 전 가족이 둥근 상을 펴놓고 빙 둘러앉아 후후 입김을 불어가며 먹을 걸 생각하니 자신도 모르게 가슴이 벌렁거린다. 시어머니도 엄청 좋아하실 것이다. 이 어려운 미공급 시기에 낟알을 구해와 나이 든 노모의 주린 배를 채워주는 세대주가 얼마나 미더워 보일 것인가. 아낙은 애써 뛰는 가슴을 주저앉히며 세대주의 뒤를 따라 바삐 걷는다. 그러다 돌연 "수령님이 내려주신 선물"이라는 세대주의 말이 요해(이해)되지 않아 고개를 갸우뚱한다.

해질 무렵, 그들 부부는 갑산군에서 동점령을 넘어 운흥군 생장로동자구로 들어가는 임산사업소의 화물자동차를 기다리다 차가 끊겼다는 소식을 듣고 계속 걸어왔다. 그런데 수령님이 언제 그들 곁으로 다가와 이런 알곡 자루를 내려주었단 말인가? 수령님의 혼령이라면 모를까, 수령님은 지금 평양 금수산 궁전에 시신으로 변해 누워 있는데 그 수령님이 언제 그들 곁으로 다가와 이런 알곡자루를 쥐어주고 갔다는 말인가?

아낙은 세대주가 자신을 속이고 있다고 생각한다. 그러면서 다시 세대주의 허리춤을 끌어당긴다. 바른대로 말하라고. 남정네는 마지못해 실토한다. 아까 길바닥에 쓰러진 아주미 곁에서 주웠다고. 그러자 아낙은 밤길 걷다 만난 죽은 사람을 양지바른 곳에 묻어주지는 못할망정, 그 시신이 쥐고 있던 알곡자루만 낚아채면 천벌을 받지 않겠느냐며 그만 울상을 짓는다. 남정네도 처음에는 그것이 두려워 망설였지만 며칠째 곡기를 구경하지 못해 환장할 지경이라 시신 곁에 놓인 알곡자루마저 슬쩍 들고 왔다고 용서를 빌듯 본심을 털어놓는다. 아낙은 그때서야 수령님 서거 후 내리 3년째 식량이 배급되지 않아 나무껍질과 풀뿌리를 캐 먹으며 산짐승처럼 살아온 〈고난의 행군〉이 화근이라며 다릿목 쪽을 향해 죽은 여인과 젖먹이 아기를 위해 명복을 빈다. 부디, 하늘나라에서는 배고픔과 질병과 추위가 없는 좋은 곳에서 고통 없이 잘 살아 보라고. 부부는 그렇게 별이 반짝거리는 밤하늘을 우러러보며 진정 어린 마음으로 고인의 명복을 빌어주다 다시 운흥(雲興) 읍내 쪽으로 발길을 옮겨놓는다.

창공을 베며 지나가는 바람 소리는 밤이 깊어 와도 자지러들지를 않는

다. 코끝에 와 닿는 바람결은 송곳처럼 날카롭게 살갗을 콕콕 찔러대는 듯하다. 저 멀리 두륜봉과 장덕봉 계곡 사이로 꾸불꾸불하게 이어지는 룡포천과 천변 옆 비포장도로는 밤이 깊어지자 점점 더 얼어붙는다.

[2]

밤이 한참 이슥해진 시각이다.

꽁꽁 얼어붙은 룡포천 다릿목 쪽으로 검은 연기를 내뿜으며 화물자동차 한 대가 다가온다. 지난 1958년, 조선민주주의인민공화국 덕천자동차공장에서 출고된 〈승리 58〉 2.5톤 화물자동차를 개조해 만든 목탄차다.

목탄차 운전석에는 〈운흥기계연합기업소〉 운수부 소속인 장평산(張坪山)이 앉아 있다. 무산철광 운수부에서 3급 운전공으로 복무하다 중국 보따리장사꾼들로부터 달러를 받아 챙기며 뒷방치기사업을 한 것이 들통나 저지난해 강제 철직당한 미혼 청년이다. 그는 철직 후 한동안 일자리를 배치받지 못해 〈새운흥군〉 녹화사업소 시체처리반에서 행려사망자의 시신을 수거해 공동묘지에다 묻어주는 일을 했다. 그러다 지난여름 우연히 무산광산 복무 시절 3대혁명소조 지도일꾼으로 모셨던 〈새운흥군 도시경영과〉 노동과장을 만나게 되었다. 장평산은 기회는 이때다 싶어 그 노동과장을 찾아가 중국산 TV 한 대를 뇌물로 고였다. 그러면서 제발 녹화사업소 시체처리반에서 자신을 좀 빼내 달라고 매달렸다. 옛정이 남아 있어서 그런지, 아니면 뇌물로 고인 중국산 색 티브이(컬러 TV) 한 대가 노동과장의 마음을 흔들어서 그런지는 모를 일이지만, 그는 지난여름 〈운흥기계연합기업소 운수부〉로 새로 배치된 것이다. 아직 1년도 채 안 된 신참이지만 그 지긋지긋한 시체처리반에서 빠져나왔다고 생각하니 그는 금방 날아갈 것만 같았다. 그는 새로 배치받은 직장에서 새롭게 인생을 설계하듯 힘든 일을 도맡아 하며 그 옆에 앉아 있는 〈운흥기계연합기업소〉 리강철 사로청(사회주의로동청년동맹의 약칭) 위원장에게 잘 보이려고 힐끔힐끔 곁눈질을 하면서 무척 신경을 쓰는 눈치다.

뒤쪽 짐칸에는 목탄차 화부와 운흥기계연합기업소 식량공급부 소조원 5명이 타고 있다. 그들은 모두 운흥기계연합기업소 소속 노동자들이다. 직장 노동자 가족의 식량을 구하기 위해 보름 전 〈새운흥군〉에서 멀리 떨어진 협동농장으로 출장을 나간 식량 소조 구성원들이다. 그들은 보름 내내 산간벽지 촌락을 순회하며 농장원들이 겨울나기에 필요한 소금·양잿물·간수·빨랫비누·비료·실·바늘·라이터돌·기름·신발·양말·의복천·의약품 따위를 식량과 물물교환하는 사업을 벌여왔다. 그러다 운흥기계연합기업소 상시 출근 노동자들에게 공급할 식량이 일주일 분 정도 수매되자 본대의 운송 차량을 불러 싣고 직장으로 복귀하고 있는 중이다.

화물자동차 적재함 바닥에는 식량 소조 구성원들이 그동안 산간벽지 협동농장을 순회하며 물물교환사업을 벌여 수매한 알곡 마대가 3단으로 포개져 있다. 그 위에 목탄차 연료용으로 사용하는 강냉이 송치 자루와 나무 자루가 얹혀 있다. 소조원들은 3단으로 포개진 알곡 마대 위에 곡물이 든 사품(私品) 배낭을 껴안은 채 서로 몸을 맞대고 앉아 있다. 포장도 되지 않은 고원지대 천변 계곡 길을 목탄차가 탕탕거리며 지나갈 때마다 소조원들의 몸은 공중으로 나가떨어질 것 같이 털썩거린다. 거기다 세차게 몰아치는 밤바람이 코끝을 도려내는 것처럼 맵고 차서 소조원들은 고개도 들 수 없을 지경이다.

또 한 차례 우우 하고 창공을 울리며 매서운 삭풍이 몰려온다. 그 바람 소리에 겁을 집어먹은 듯 장평산은 부르르 몸을 떤다. 몰려오는 삭풍이 온몸을 굳어지게 하는 것 같다. 그는 춥고 떨리는 몸을 바로잡을 듯 운전대를 움켜쥔 채 전방을 주시한다.

목탄차의 흐릿한 전조등 불빛이 물컹물컹 엉겨드는 듯한 어둠을 힘겹게 물리치며 저만치 뻗어 나간다. 평산은 전조등 불빛의 끝을 응시하다 순간적으로 화물자동차 브레이크 발판 위로 오른 발을 갖다 올린다. 룡포천 다릿목 저만치에 무엇이 길을 막고 있는 것이 눈에 들어온 것이다.

뭐야, 이 밤중에?

장평산은 두 눈에 전 신경을 곤두세우며 다시 전방을 주시한다. 틀림없이 길바닥에 사람이 누워 있는 것 같다. 이 추운 야밤에 누가 또 저렇게 길바닥에 쓰러져 있단 말인가? 장평산은 몹시 춥고 지친 몸이지만 길을 막고 누워 있는 사람의 형상을 보고는 그냥 지나칠 수가 없어 급히 차를 세운다.

"위원장 동지! 좀 일어나 보시라요."

장평산이 조수석에 앉아 잠이 든 사로청위원장을 깨운다. 사로청위원장이 장평산의 말에 놀라 눈을 뜬다. 그리고는 버릇처럼 옆구리에 차고 있는 손전등을 만지작거리며 정신을 차린다.

"왜 그래?"

"저기, 사람이 쓰러져 있습네다."

사로청위원장이 그때서야 정신을 가다듬으며 전방을 주시한다. 사람이 쓰러져 있는 것이 틀림없다. 쯔쯔쯔, 이 오밤중에 누가 저렇게 길바닥에 쓰러져 있단 말인가? 사로청위원장은 옆구리에 차고 있는 손전등을 밝히며 차에서 내려 다가간다.

"아기 없고 밤길 걷던 아주마이가 로중에 지쳐 동사한 것 같은데……."

사로청위원장이 손전등을 이쪽저쪽 비춰보며 최종 결론을 내리듯 한마디 한다. 장평산은 그 말에 동조한다는 듯 고개를 끄덕인다. 그러면서 쓰러져 있는 여인의 얼굴 위로 손전등을 비춰보라고 한다. 사로청위원장이 여인의 얼굴 위로 손전등을 비쳐준다. 장평산은 여인의 눈꺼풀을 밀어 올려 눈동자의 초점을 확인하려다 그만둔다. 이미 숨 끊어진 지가 오래되었는지, 싸늘하게 굳은 시신의 눈꺼풀이 움직이지 않는다. 장평산은 다시 여인의 가슴팍에다 손을 넣어 심장 박동 상태를 감지한다. 아무런 동요가 없다. 차가운 돌덩이 위에 손을 올려놓은 느낌이다.

"숨 거둔 지 오래 됐시요. 어카면 조캈시요?"

시체처리반에서 일했던 경험을 되살려 장평산이 자신감 있게 결론을 내린다. 그리고는 사로청위원장을 바라본다. 빨리 결정을 내리라는 표정이다. 그는 온몸을 파고드는 룡포천의 밤바람이 견디기 힘들 만큼 고통스러운 것이다. 사로청위원장도 별 뾰죽한 수가 없는 듯 자리에서 일어서며 고개를 숙인다. 죽은 여인과 아기의 명복을 잠시 빌어주고 있는 얼굴이다.

밤길을 걷다 쓰러져 등에 업은 아기와 함께 노상에서 얼어 죽은 듯한 여인의 진정한 사인을 현재로서는 정확히 알 수 없다. 그러나 필시 굶주림이 원인일 것이라는 생각이 든다. 식량배급이 완전히 끊어진 지난봄부터 〈새운흥군〉에서는 여기저기 길을 걷던 노약자들이 노상에서 쓰러져 사망한 사례가 수백 건에 이르니까 말이다. 그리고 이런 소식들이 중국 보따리장사꾼들의 입을 통해 압록강과 두만강을 마주하고 있는 중국 조선족들이나 남조선 여행객들한테 전해지면 어버이수령님(김일성을 지칭하는 존칭어)과 지도자동지(김정일을 지칭하는 존칭어)의 권위와 체면이 그들의 입방아에 짓밟히는 격이 된다. 그래서 지방 당 위원회에서는 여러 차례 "병중(病中)에 있는 인민들이 집을 나와 혼자 밖으로 니다니지 못하게 하라."고 지시문을 내려보낸 적이 있다. 그렇지만 산 사람을 어떻게 집안에만 계속 가두어 놓는단 말인가? 약이나 식량을 구하러 장마당에도 다녀와야 하고, 첩첩 산골에서 필요로 하는 소금·양잿물·간수·빨랫비누·비료·실·바늘·라이터돌·기름·신발 따위를 8·3 직매점이나 전문상점에서 싼값으로 구해 산간벽지로 들어가 알곡과 물물교환이라도 해서 나라에서 다시 식량을 배급할 때까지 목숨이라도 이어가야 하지 않는가?

사로청위원장은 아기의 시신을 여인 곁으로 당겨 눕히며 어금니를 꽉 깨문다. 어미의 등에서 떨어져 나와 길바닥에서 혼자 몸부림치다 얼어 죽은 듯한 젖먹이 아가의 시신을 손전등을 비쳐보며 확인하는 순간, 갑자기 지방 당 위원회와 인민위원회에 대한 배신감이 끓어오르며 자신도 모르게 온몸이 부르르 떨리는 것이다. 인민들이 〈미공급 위기〉를 조금이라도 쉽게 넘길 수 있도록 지방 당 위원회와 인민위원회가 힘을 합쳐 여행증명서나 출장증명서를 조건 없이 발급하면서 교통편을 제공하든지, 아니면 전쟁비축미라도 풀면서 집안에서 겨울을 나게 해야지, 별다른 대안도 없이 집안에 들어앉아 주린 배를 조이고 조이면서 이 추운 엄동설한을 굶으면서 견디라는 식으로 바깥출입을 강력하게 통제하니까 기아에 허덕이던 인민들이 당 간부들의 눈을 피해 밤 시간에 식량을 구하러 먼 곳까지 다녀오다 이런 외진 천변 도로나 산길에서 쓰러져 어느 누구에게 도움도 한 번 청하지 못한 채 혼자 몸부림치다 어린 자식과 함께 혹한에 얼어 죽는 동사자가 발생한다는 생각이 드는 것이다.

아가야 미안하다. 수령님과 지도자 동지를 대신해 이 아저씨가 진정으로 용서를 빈다. 제발 엄마 아빠는 원망하지 말고 편안히 떠나거라…….

사로청위원장은 자신도 모르게 울컥 치미는 분노와 슬픔을 참으며 다시 어금니를 꽉 깨문다. 국가가 배급을 주지 않으면 앉아서 그대로 굶어 죽고 마는 무기력한 인민들을 위해 이제 조선로동당도 중국처럼 개혁 개방 쪽으로 당 노선을 바꿔야 한다고 생각한다. 그래야 공화국 인민들도 중국이나 러시아 연해주 쪽으로 진출해 장사라도 하면서 자력으로 살아남는 법을 터득할 수 있다. 또 그렇게 장사 수완이 늘어 돈을 벌게 되면 외국에서 식량을 구입해 조국의 가족과 이웃들에게 보내줄 수 있는 길도 열어주어야 국가가 어려울 때 인민들이 발 벗고 나서서 조국을 도울 수 있는 민간통로도 생겨나는 것이다.

사로청위원장은 지금껏 국가가 지방 도시에 사는 인민들에게 내리 3년째 식량을 공급하지 못해 3백여만 명의 인민들이 기아와 질병에 허덕이다 그대로 무기력하게 굶어 죽은 것에 대해서는 조선로동당도 그 책임을 면하기 어렵다고 생각한다. 이 기간은 조선민주주의인민공화국 반세기 역사에서 인민들이 어디로 발걸음을 옮겨야 좋을지, 희망의 불빛 한 점 찾아볼 수 없는, 그야말로 세상천지가 온통 칠흑 같은 시기였다. 왜냐하면 조국이 일제 식민통치로부터 광복된 1945년 8월 15일 이후, 조선로동당은 인민들이 소유해 오던 토지·공장·기업소·상점 등 인간이 식량이나 자본을 생산해 삶을 영위할 수 있는 생산수단을 모두 국유화시키며 개인의 자활기반을 철저하게 뿌리 뽑았기 때문이다. 그리고 북조선 인민들 전체를 목줄이 묶인 개처럼 국가에서 주는 배급을 받아 생명을 연명해 나가도록 인민들의 생존방식과 생활문화양식을 사회주의 식으로 개조해 지난 반세기 동안 엄격하게 다스려 왔던 것이다. 그 때문에 국가가 3년째 식량을 배급하지 못하니까 자활능력을 갖추지 못한 인민들은 목줄에 묶인 개처럼 심한 굶주림으로 몸부림치다 합병증으로 찾아오는 영양실조와 펠라그라, 간염, 폐결핵, 위암, 간암 등으로 꼬챙이처럼 말라가다 유행성 독감이나 발진티푸스, 콜레라 같은 전염병이 나돌 때는 한 마을에 수십여 명의 사망자가 한꺼번에 속출하는 사례를 그는 여러 차례 목격해 온 것이다.

그런데도 중앙당은 "당에서 다시 식량을 공급할 때까지 당분간 각자가 알아서 연명하라." 하고 지시문을 내려보낸 것이다. 각자도생(各自圖生)이라니? 학습이니, 총화니, 부역이니 하면서 인민들을 한시도 집안에 앉혀놓지 않고 불러내어 사상학습에 매달려오더니 이제 와서 각자도생이라니……. 인민들의 보편적인 사고력으로는 상상도 할 수 없는, 정말 말 같지도 않은 지시문이다. 그렇게 인민의 자활능력 기반을 뿌리 채 뽑아 새하얗게 말려놓고 이제 와서 말 같지도 않은 지시문을 앞세워 낟알 곡식 한 톨 공급하지 않은 시기를 공화국에서는 〈미공급 시기〉라 부른다. 그런데 이런 미공급 시기를 역사의 한 페이지에다 기록으로 남기며 3백여만 명의 인민들 목숨을 굶겨 죽인 조선로동당의 무책임과 무능력은 그 언젠가 한번은 노동계급으로부터 혹독하게 비판 받으며 단죄될 것이라고 생각한다. 봉건왕조시대에도 백성을 굶게 만들며 거두지 못한 군신(君臣)은 백성들 앞에 엎드려 용서를 빌었다. 그런데 위대한 수령님의 나라를 물려받아 대를 이어 다스리는 당중앙(김정일을 지칭하는 말)과 조선로동당의 새 간부들이 벌써 3년째 지방에 거주하는 인민들에게 이렇다 저렇다 하는 대안도 없이 미공급을 계속해 오고 있다.

이건 도무지 말이 되지 않아. 수령님과 로간부들이 조선로동당을 이끌고 나갈 때는 미공급이라는 말이 없었어. 직장에 나와 열심히 일하면서 대를 이어 충성하라고 소리치면서 인민들이 목숨을 이어 나갈 식량 배급조차 끊어버리면 인민들은 어쩌란 말인가?

사로청위원장은 목젖까지 치밀어 오르는 분노를 또 다시 애써 삼킨다. 입이 있어도 말 한마디 하지 못하는 지방 중소도시 거주 직장 노동자들의 고통과 절망적 충격을 대신 생각해보다 보니 자신도 모르게 불쑥 분노가 치미는 것이다. 협동농장 인근의 자투리땅이나 산비탈에 뙈기밭을 일구어 부업농이라도 하면서 〈미공급 시기〉를 맞은 산간벽지 협동농장원들이나 농촌 거주 노인들은 그나마 충격이 덜 할 것이다. 남몰래 숨겨놓은 식량으로 어렵게나마 얼마간 지탱하다 보면 봄이 오고, 봄이 오면 또 살아갈 수 있는 방책이 생겨나겠지 하는 기대감이 우선 정신적인 충격부터 줄여주니까. 그러나 직장생활에만 매달리며 가내수공업조차 하지 못하는 탄광이나 기업소 소속 노동자들은 어떻게 해야 좋다는 말인가? 그들은 중앙당에서 예고도 없이 갑자기 식량 배급을 중단하며 "고난의 행군 시기 동안 각자가 알아서 연명하라."는 지시문을 내려보내자 땅바닥에 풀썩 주저앉아 무어라고 말 한마디 못한 채 엉엉 울다 자신도 모르게 자지러지는 사람이 한두 사람이 아니었다. 그런데도 조선로동당은 내리 3년째 지방 중소도시 거주 직장 노동자들에게 미공급 상태로 곡식 낟알 한 톨 배급하지 않고 있다. 정말 통곡할 수도 없을 만큼 기가 막힐 일이고, 생각할수록 아득한 절벽을 마주하고 있는 것처럼 살아갈 길이 더욱 막막해지는 것이다.

이 헤어날 수 없는 절망감 속에서 비통해 하던 수많은 노동자들이 지난 3월부터 직장에 나와 거칠게 항의하며 아우성을 치다 돌아갔다. 그리고는 직장에 출근도 하지 않은 채 산지사방을 헤매며 먹을거리를 구하느라 혈안이 되어 있었다. 그러다 보니 미공급 상태에 들어간 지방은 치안 공백 상태의 도시처럼 혼란스러워졌다. 이 혼란의 시기에 공화국 지방 도시 인민들의 생활문화양식과 도덕성은 여지없이 무너지고 말았다. 기아의 고통으로 인한 영양실조 환자와 전염병이 창궐했고, 국가 재산과 기물을 남몰래 훔쳐 식량과 바꿔 먹는 노동자들이 우후죽순처럼 늘어났던 것이다. 거기다 인민들의 재산을 암암리에 약탈해 숨겨놓은 고위 간부나 총칼을 거머쥔 군인들에게 다가가 몸을 팔며 하루하루 목숨을 이어가는 부화여성(매춘여성)들의 수도 하루가 다르게 늘어나고 있다.

정말 지방 당 위원회나 인민위원회로서는 예측할 수도 없었던 일이다. 이름도 모르는 새로운 전염병과 인민들 대다수가 앓고 있는 영양실조로 인한 합병증, 행려환자와 먹을거리를 구하러 집을 나온 아녀자들의 노상아사(路上餓死), 젊은 여성들의 부화행위(매춘행위), 청소년들의 각종 흉악 범죄, 예상할 수도 없었던 곳에서 꼬리에 꼬리를 물고 발생하는 흉악한 사건 사고가 하루에도 수십 건씩 발생하는 공화국 북반부의 치안 공백 상태가 춘궁기만 되면 삭풍처럼 몰아닥치자 지방 당 위원회와 인민위원회는 급기야 당황한 기색을 보이며 중앙당에다 대책을 문의하기 시작했다. 지금 당장 어떻게 하면 좋겠느냐고? 그렇게 지역에서 발생하는 사건 사고를 중앙당에 보고하면서도 지방 당 위원회와 인민위원회에서는 중앙당에서 어떤 지시가 내려올 때까지 그냥 손 놓고 기다릴 수가 없다. 자체적으로 궁여지책을 짜내 엄명을 내리기 시작했다. 노약자들은 집 밖으로 나다니지 못하게 말이다. 그렇지만 그런 기간이 어디 하루 이틀이던가. 내리 3년째 당에서는 뾰족한 대안을 제시하지 못하자 식량을 구하러 집을 나간 세대주나 장마당에 나간 어머니가 돌아올 때까지 방안에 들어앉아 집을 보던 노약자도 하루에 한두 번씩은 바람을 쐬러 나왔다는 핑계를 대며 집 밖을 나다니기 시작했다. 그러다 길거리에서 자신도 모르게 쓰러지기도 하고, 우선 허기라도 면할 수 있는 먹거리가 눈에 보이면 남몰래 훔쳐 먹거나 뺏어 먹기도 하면서 사회를 소란스럽게 만들었다. 그런데도 지방 당 위원회와 인민위원회에서는 주민들의 생활을 더욱 더 통제하며 단속을 강화하라는 지시만 공장이나 기업소를 통해 계속 내려보내는 통에 사로청위원장은 차마 드러내놓고 말을 할 수는 없었지만 돌아버릴 지경이다.

이런 대책 없는 통제행위에 견디다 못한 공장과 기업소 소속 노동자들이 "이제 와선 밖으로 나다니지도 못하게 하면 어쩌라는 말인가? 방안에 앉아 그대로 굶어 죽으라는 말인가?" 하며 지방 초급당 위원회가 즉흥적으로 내리는 지시와 명령에 거칠게 불복하기 시작했다. 그렇게 입에 담지 못할 거친 욕설과 고성이 각 직장마다 터져 나오는 와중에서도 일부 기가 약한 노자들은 정말로 맹물만 마시며 집안에서 허기와 싸우다 당 위원회와 인민위원회의 높은 간부들이 잘 나다니지 않는 밤시간을 이용해 의약품이나 식량을 구하러 다니다 행려환자처럼 길바닥에 쓰러져 깊은 밤중에 세상을 하직한 인민들이 〈새운흥군〉에서도 벌써 수백 명에 이른 것이다.

그래도 〈새운흥군〉은 그중 나은 편이다. 사방이 산림으로 둘러져 있고, 그 천혜의 산림 속에서 자라나는 동식물과 자연부원(自然富源)이 풍부해 아사자가 그중 적은 것이다. 〈새운흥군〉과 행정구역을 맞대고 있는 인근의 풍서군이나 김형직군, 김정숙군, 삼수군, 갑산군, 혜산시 등지에서는 1980년대 후반부터 이어져 온 굶주림으로 인해 아이들의 성장이 멈추고 말았다. 또 영양실조와 펠라그라 합병증으로 인해 수만 명의 목숨이 죽어 나갔다. 그런데도 지방 당 위원회나 인민위원회에서는 여태까지 뾰족한 대책이 없는 것이다. 오히려 중앙당의 질책이나 검열이 무서워 실상을 감추는 데만 급급해 지방의 실정을 중앙당에 제대로 보고조차 하지 않는 곳도 많다.

이런 사정을 그 누구보다 소상히 잘 알고 있는 사로청위원장은 공장 당 위원회 전원회의에 참석해 각 직장 단위로 식량공급사업 소조(小組)를 조직하자고 제안서를 내놓았다. 각 공장 지배인이나 부지배인 지도체제 아래 식량공급사업 소조를 구성해 산간벽지 협동농장을 순회하며 산촌 농장원들이 필요로 하는 경공업제품과 생활필수품으로 직장 조직 구성원의 생계를 이을 식량을 독립채산제 형식으로 구해 와서 〈새운흥군〉의 산업시설을 보호하자고 직장 내 당 세포들과 함께 연구한 방책을 내놓은 것이다. 그렇게 하지 않으면 원료와 에너지 부족으로 60% 이상 가동정지상태에 있는 각종 생산시설이나 중요한 산업기계들이 전기가 들어오지 않는 날 다 도둑맞게 되어 〈새운흥군〉의 기계공장이나 산업시설은 얼마 가지 않아 폐허가 되어버린다고 목숨을 내놓고 역설했다. 다행히 그의 목숨을 건 제안은 설득력을 얻기 시작해 각 공장마다 식량공급사업 소조가 조직되었고, 그 소조 성원들의 활동으로 운흥기계연합기업소는 미공급 시기에도 한 달에 한 번씩은 며칠씩이라도 곡기를 구경할 수 있게 알곡을 배급해 왔다. 이번 달에도 운흥기계연합기업소만은 상시근무 조직 구성원 한 세대당 일주일 치 식량은 공급할 수 있는 알곡을 구해 기분 좋게 본대로 돌아가던 도중 노상에서 동사한 모자를 만나게 된 것이다.

사로청위원장은 손전등으로 여인이 쓰러져 있는 주변을 이리저리 다시 한번 살펴보며 현장검증을 마친다. 그리고는 장평산을 향해 화물자동차 적재함에 앉아 있는 소조원들을 데려오라고 한다.

"이보라, 평산이! 저기 다섯 사람 다 잠시 내려오라고 해."

장평산은 사로청위원장의 말을 떠받들 듯 목탄차 뒤로 다가가 손나팔을 만들어 소리친다.

"사람이 죽었시요! 모두들 잠시 내려와 보시라요."

바람을 등진 채, 목탄차 짐칸에 웅크리고 앉아 있던 소조원들이 사람이 죽었다는 말에 놀라 목탄차 화부와 함께 차에서 내린다. 사로청위원장은 그 사람들과 함께 뻣뻣하게 굳어 있는 여인의 시신을 주물러 팔다리를 가지런히 모은 뒤 아기를 업었던 띠로 묶고, 아기는 포대기로 감싸 목탄차 적재함 강냉이 송치 자루 옆에 싣는다.

"며칠 전에도 광산로동자 아파트 앞길에 세 사람의 시신이 나뒹굴어 마을 분주소 안전원들과 도시경영과 지도원들이 아침부터 이리 뛰고 저리 뛰며 난리를 피웠는데 또 이케 행려사망자가 발생해 어카나? 어느 마을에 사는 누군지, 얼굴을 봐서 모르겠습네까?"

적재함 알곡 마대 위에 가로닫이로 눕혀 놓은 시신을 건드리지 않으려고 한쪽으로 붙어 앉은 소조원이 화부를 보고 묻는다.

"려성동문데 날이 어두워 도무지 얼굴은 알아볼 수 없습메."

화부는 절레절레 고개를 흔들며 화구에다 나무토막과 강냉이송치를 처

넣는다. 목탄차는 그때서야 시커먼 연기를 내뿜으며 천천히 앞으로 나아
간다. 장평산은 차의 속력을 높일 듯 화부를 돌아보며 풍구를 세차게 돌리
라고 소리친다. 힘이 달려 앵앵거리던 목탄차가 그때서야 탕탕거리며 속
력을 내기 시작한다.

"이 려성동무 시신과 아기 시신을 저기 새로 만든 공동묘지에다 내려놓
고 읍내로 들어가 분주소에다 신고만 하면 어드렇겠습네까? 어차피 내일
아침에는 분주소 안전원들과 록화사업소 일꾼들이 시신을 이곳으로 싣고
와서 한 구덩이에다 쏟아부어 평토해 버릴 것이 뻔한데…….."

차가 속력을 내기 시작한다. 맵짜게 몰아치는 칼바람이 싫은 듯 적재함
모퉁이에 붙어 서 있던 소조원이 사로청위원장을 향해 소리친다. 그러자
곁에 있던 다른 소조원이 고개를 흔든다.

"아니지. 분주소 안전원과 의사가 죽은 안까이 신원과 사인이라도 밝
혀줘야 록화사업소 일꾼들이 시신을 공동묘지에 싣고 가서 묻어주지, 기
렇찮으면 우리가 자칫 공동살인자가 될 수 있어. 오라 가라 불려 다니면
서…….."

사로청위원장이 짐칸을 돌아보며 고개를 끄덕인다. 그때 전방을 바라
보고 있던 한 소조원이 목탄차 전조등 불빛 속으로 나타나는 마을 공동묘
지를 바라보며 끌끌끌 혀를 찬다.

"이 공동묘지 새로 만든다고 내가 로력동원 다닌 지가 얼마 되지도 않
는데 벌써 다 차버렸네."

"지난 3년 동안 좀 많은 인민들이 죽어나갔는가? 파라티푸스 걸려 죽
고, 콜레라 걸려 죽고, 끼니 못 이어 굶어 죽고…….."

"맞아. 아새끼들은 창자가 꼬여 죽고, 똥구멍 먹혀 죽고, 뻬라그라(펠라그

라) 걸려 죽고……. 애 어른 할 것 없이 참 많이도 죽어나갔지……."

"우리도 지도자 동지가 하루 빨리 중국처럼 개혁 개방을 해야 공화국 인민들이 죽기 전에 이밥이라도 한 그릇 배불리 먹어 볼 것인데……제기, 그 세월이 언제 올지 아직도 기별이 없으니……."

"야, 악바리 닫아! 그딴 생각 하면 더 춥고 떨리기만 해."

"그 언젠가 수령님이 신년사에서 교시하신 것처럼 진짜 우리 생전에 고깃국에 이밥 말아먹으며 기와집 아래서 등 따숩고 배부르게 먹을 수 있는 날이 올 수 있다고 생각해, 동무는?"

"옆에 길 가다 쓰러져 얼어 죽은 사람도 누워 있는데 이젠 좀 조용하라우. 저승길이라도 좀 조용하게 가시게."

"내래, 이런 담소라도 나누지 않으면 자꾸 무서운 생각이 들고 눈물이 나와서 기래요. 초상집에 가서 시시닥거리고 춤추는 사람 보듯 오늘 밤은 좀 량해해 주시라요. 저렇게 알곡 마대 위에 싸늘하게 굳은 채로 실려 가는 저 안까이도 안 됐지만 출신성분과 토대가 어드렇네 하면서 정든 평안도에서 쫓겨 와 화물자동차 짐칸에 쭈그리고 앉아 실려 가는 우리 신세도 오십 보 백 보란 말이오."

"며칠 있으면 새해가 밝아오고, 새해가 되면 지도자 동지가 또 명절 선물도 주실 거니까 힘 내라우. 내릴 때 다 됐서."

적재함에 타고 있던 소조원 하나가 전조등 불빛에 드러나는 전방의 거리 정경을 바라보며 화제를 돌린다. 그러고 보니 목탄차는 그새 새운흥군으로 들어와 인민병원이 있는 주체거리 쪽으로 차 머리를 돌리고 있다.

　왕복 4차선의 쪽 곧은 주체거리 중간 지점에 인민광장이 있고, 인민광장 정면에 새운흥군 인민위원회(군청)와 인민회의(지방의회) 신청사가 들어 서 있다. 비가 많이 오고 강수량이 풍부한 계절에는 허천강이나 장진강 수력발전소에서 공급되는 전기로 주체거리 양 옆으로 드문드문 서 있는 가로등에 불을 밝힌다. 그렇지만 요즘 같은 겨울철에는 강물이 얼어붙어 수력발전기를 만가동(滿可動) 할 수가 없다. 그 바람에 주체거리 가로등에도 불을 밝히지 못한다. 국가안전보위부와 사회안전부(지금은 〈인민보안서〉라 부른다) 청사 건물 옥상 신호탑에만 깜박깜박 경광등을 밝힐 뿐 새운흥군 군 소재지 전체의 밤거리는 칠흑같이 어둡다.

　목탄차는 흐릿한 전조등 불빛으로 짙은 어둠을 힘겹게 밀어내며 시속 20~30㎞ 속력으로 전진하고 있다. 전조등 불빛이 뻗어 나가는 전방에 새운흥군 저금소와 체신소, 탁아소, 애육원, 유치원, 인민학교(지금은 소학교), 고등중학교, 고등전문학교, 량정사업소, 인민상점, 8·3 직매점, 남새상점, 수산물상점, 공업품상점, 우마차사업소, 농기계사업소 같은 국가기관과 기업소들이 정물처럼 어둠 속에서 불쑥불쑥 나타났다간 다시 어둠 속으로 묻혀 버린다.

　목탄차는 얼마 후 군 인민병원 앞으로 다가간다. 흐릿한 남포 등불 아래서 야간 경비를 서고 있던 정문 경비실 복무원이 다가와 사로청위원장을 향해 묻는다. 어떤 일로 왔느냐고. 사로청위원장은 자신의 소속과 이름을 밝힌 뒤, 인민병원 기술부원장을 찾는다.

　복무원은 다시 경비실로 들어가 구식전화기를 바삐 돌리며 부산을 떨어댄다. 잠시 후 일직의사와 기술부원장이 함께 손전등을 밝히며 정문 경비실 앞으로 걸어 나온다. 군 인민병원 기술부원장은 공무출장을 나갔다 돌아오던 운흥기계연합기업소 화물자동차가 행려사망자를 싣고 왔다는 일직의사의 보고를 받고 바짝 긴장한 표정으로 다가온다. 그러다 생각지도 않던 사로청위원장이 인민병원 정문 경비실 앞에 서 있는 것을 보고는 어이없는 표정으로 묻는다.

"아니, 조카! 이 밤중에 웬일이네?"

"고모! 연락도 없이 이렇게 불쑥 찾아와서 죄송해요. 알곡사업 하러 공무출장 나갔다 돌아오는 길에 룡포천 다릿목에서 젊은 아주미와 갓난쟁이가 길바닥에 쓰러져 있는 것을 보고는 그냥 지나칠 수 없어서 화물자동차 짐칸에다 싣고 왔시요. 번거로우시같디만 사망 확인 후 도시경영과나 록화사업소로 좀 넘겨 주시라요. 가족이 있으면 시신을 시체처리반에 넘기기 전에 고인의 얼굴이라도 한번 볼 수 있게 말이야요."

잠시 후 사로청위원장은 행려사망자를 새운흥군 인민병원 시신보관소에 인계한다. 그리고는 목탄차에 탄 소조원들과 함께 운흥기계연합기업소로 돌아간다.

다음 날 아침, 여인은 신원이 밝혀진다. 5개월 전 운흥군 인민병원 산부인과에서 아기를 낳은 리충심 임산부이다. 아기는 〈곽샛별〉 군이다. 세대주는 운흥기계연합기업소 금속공장 쇳물공이고, 사는 곳은 운흥군 운흥읍 생장로동자구 아파트 403호다.

기술부원장은 리충심 여인의 사망 원인을 행려동사자로 처리해 사망확인서를 끊어준다. 생후 5개월 된 곽샛별 아기의 사망 원인도 마찬가지다. 기술부원장은 곽샛별 아기의 동사를 가슴 아파하다 새운흥군 도시경영과에서 장례보조금 10원과 입쌀, 고기, 술을 국정가격으로 우선 구매할 수 있게 일직의사에게 후속 조치를 지시한다. 일직의사는 록화사업소에 바로 넘겨줄 행려사망자 명단과 거주지 인민반장에게 연락해 줄 행려사망자 명단을 별도로 나누어 병원 당 위원회에 넘겨준다.

얼마 후, 생장로동자구 아파트 403호 담당 인민반장은 깊은 고민에 빠진다. 군 인민병원으로부터 어젯밤 행려사망자 시신과 사망확인서를 인수해 가라는 통보서를 받은 것이다. 날만 새면 하루에도 몇 건씩 행려사망자 발생 통보서를 받는 터라 통보서 자체가 놀랄 일은 아니다. 인민반장에게는 자기 관할 인민반에 소속되어 있는 403호 리충심 반원(班員)의 죽음이 문제인 것이다. 리충심 반원은 어제까지 세대주가 장기 출타 중인 세대원이다. 그 집 세대주는 직장에다 장기결근계를 내고 3개월 전, 은밀히 중국으로 넘어간 것이다. 안해와 갓 태어난 아들의 끼니를 이을 알곡을 구하기 위해 중국으로 건너가 평소 직장 일로 잘 아는 조선족을 통해 식량을 구해 올 테니까 자신이 돌아올 때까지 눈감아 달라며 뇌물을 들이민 것이다. 처음 그 말을 들으며 뇌물을 받을 때만 해도 이렇게 장기간 돌아오지 않을 줄은 미처 몰랐다. 직장에서 장기 결근계까지 끊어줄 정도로 신뢰하는 세대주이니 길어도 한 보름이면 금싸라기 같은 알곡을 구해 보란 듯이 돌아올 줄 알았다. 그런데 지금까지 연락이 없는 것이다. 직장 당 위원회와 보안부에서 공식적인 발표를 하지 않으니, 인민반이나 리 주제소에서 먼저 나설 수는 없다. 직장에서 문제가 발생해 인민반으로 추궁이 들어오지 않는다면, 리충심 반원과 그 세대주는 자신의 역량으로 얼마든지 기다려 줄 수 있다고 판단했다. 더구나 아기까지 낳은 리충심 반원이 끼니조차 못 이어 부증(浮症)이 빠지지 않고, 생후 5개월 된 아기까지 죽게 생겼다는 말에 인민반장은 가슴이 아팠다. 그래서 흔쾌히 잘 돌봐주겠다고 약속까지 했다. 그런데 그 집 세대주가 돌아오기 전에 안해와 갓난쟁이 아기가 룡포천 천변 노상에서 영양실조로 쓰러져 지난밤에 얼어 죽었다니…… 기어이 일이 터지고 만 것 같은 느낌이 들어 불운에 쫓기는 기분이다.

그 집에느 세대주가 장기 출타 중인데 이거이 어케 풀어야 좋지비?

인민반장은 그 집 세대주로부터 잘 봐 달라고 남몰래 받아먹은 뇌물 때문에 인민병원에다 시신을 인수하러 갈 사람이 없다는 말을 곧이곧대로 보고할 수는 없다. 만약 그런 식으로 인민병원에 보고했다가 군 인민위원회나 보위부에서 냄새를 맡고 뒷조사를 시작하면 후환이 뒤따를 것이 분명하다.

이거이 어케 풀어야 좋지비?

혼자서 이 생각 저 생각을 하며 고민을 하던 인민반장이 기발한 생각을 해낸 듯 갑자기 자신의 무릎을 탁! 친다. 맞꾸마! 내가 왜 진작 그 생각을 못했지비…….

인민반장은 리충심 반원의 시어머니가 2~3일에 한 번씩 며느리를 돌봐주러 온다는 사실을 그때서야 떠올린 것이다. 인민반장은 댓바람에 자리에서 일어난다. 한시가 급한 것이다. 그녀는 생장로동자구 아파트 뒤에 있는 자연부락으로 달려간다. 그곳에는 리충심 반원 시어머니가 기거하는 큰아들네 집이 있다. 인민반장은 하얀 회칠을 한 일자형(一字形) 흙벽돌집으로 들어서며 리충심 반원의 시어머니를 찾는다.

"샛별 아기 할만님 집에 계심둥?"

문밖에서 무슨 소리가 나자 샛별이 할머니가 방문을 열고 밖으로 나온다. 알곡을 구하기 위해 어제 갑산군에 다녀온 운흥동광 50대 로동자 부부도 고개를 내민다. 그들은 샛별이 할머니의 큰아들과 맏며느리다. 그들 부부도 직장 량정과로부터 식량 배급을 받지 못해 결근계를 내고 끼니를 이을 알곡을 구하러 다니는 중이라 마침 집에 있었다. 인민반장은 마침 잘 되었다는 듯 샛별이 할머니 곁으로 다가간다.

"할만님 둘째 메늘이와 손주가 어젯밤 룡포천 다릿목에서 큰 변으 당했다는데 무스그 연락 받으 거이 없습매?"

인민반장은 군 인민병원으로부터 전해 들은 말을 바로 전할 수가 없어 에둘러 허두를 꺼낸다. 그래도 샛별이 할머니는 무슨 말인지 감조차 잡지 못한다. 그냥 무덤덤한 얼굴이다. 오히려 곁에서 엿듣고 있던 큰 며느리가 새하얗게 질린 얼굴로 다가선다.

"즉금 무스그 말으 해습매? 샛별이 오마니가 어젯밤 룡포천 다릿목에서 큰 변으 당했다 했습매?"

샛별이 큰어머니가 다급하게 량강도 방언으로 묻자 인민반장이 맞장구를 친다.

"맞소꼬마. 조금 전 인민병원으로부터 샛별 아기와 오마니가 동사했다는 연락으 받고 달려오는 길임미더. 빨리, 세대주나 보호자가 와서 시신을 접수하라고. 샛별 아기 할만님도 아시겠지만 리충심 반원은 세대주가 직장에 장기 결근계를 내놓고 무단으로 중국으로 건너간 세대주란 말임다. 무단 도강! 진짜 요거이 문제라는 김미다. 그래서 할만님이 보호자 자격으루 직접 사망자의 신원을 확인하시고 둘째 메늘이와 손자가 틀림없다면 시신과 사망확인서를 접수하셔야 합메다. 그래야 나라에서 주는 장의보조금을 받아 메늘이와 손자를 공동묘지에 묻어 줄 수 있다 말임메다."

샛별이 할머니는 그때서야 둘째 며느리와 손자가 룡포천 다릿목에서 쓰러져 동사했다는 말뜻을 알아듣고는 자지러지듯 방문 앞 댓돌 위에 철 버덩 주저앉는다. 물끄러미 인민반장의 거동을 살피며 말없이 고개를 내밀고 있던 큰아들과 며느리가 갑자기 혀 깨물린 표정으로 안절부절못하며 마당으로 나온다. 그들은 정중하게 인민반장을 대동하고 다시 방으로 들어간다.

운흥동광 50대 노동자 부부는 아무리 생각해봐도 어젯밤 자신이 천추에 씻지 못할 큰 죄를 지은 것 같다. 아니, 어젯밤에는 자신의 눈에 허깨비가 낀 것 같은 느낌이다. 지척을 분간할 수 없는 어둠이 온 천지를 시커멓게 가로막고 있었다고는 하지만 그래도 어째 제수씨와 조카도 알아보지 못한 채 제수씨가 들고 있던 알곡 자루에만 정신이 팔려 있었던가 말이다.

"허어, 이거 차암! 무시기 이런 일이……?"

샛별이 큰아버지는 인민반장의 이야기를 다시 한번 더 듣고는 샛별이 할머니를 바라본다.

"오마니! 얼렁 옷 챙겨 입으시라요. 한 시가 급하다고 합네다."

샛별이 큰아버지는 인민반장이 합석해 있는 자리여서 어제저녁 룡포천 다릿목에서 일어났던 일을 털어놓지는 못한다. 그렇지만 자신도 모르게 얼굴이 화끈거리면서 가슴이 터질 것 같다. 인민반장만 없다면 그는 어머니 앞에 무릎을 꿇고 앉아 어제저녁 일을 그대로 고백하고 싶다. 너무 배가 고파 제수씨가 노상에 쓰러진 것도 못 알아본 채, 제수씨가 쥐고 있던 강냉이 알곡 자루에만 정신이 팔려 몰래 빼내 달아났던 날강도 같던 샛별이 큰아버지라고. 이제 제수씨의 영전에 뭐라고 용서를 빌어야 제수씨가 자신을 용서해 줄 것이며, 동생도 없는 집안을 병마와 싸우며 지키다 노상에서 비명횡사한 제수씨와 갓난쟁이 조카를 위해 지금 큰아버지인 자신이 뭐부터 먼저 해야 옳으냐고 물으며 세상천지가 다 떠나갈 듯이 한바탕 통곡이라도 하고 싶은 심정이다.

하지만 현재로선 못난 자신을 어디다 내놓고 용서를 빌며 울 수 있는 형편도 못 된다. 동생이 없는 집안을 지키기 위해 혼자 애탕끌탕하며 앓아 대다 어딘가에서 낟알을 구해오다 쓰러진 제수씨의 시신을 집으로 모시는 일이 가장 시급하다.

제수씨, 이 못난 시아주버니가 원망스럽더라도 내치지는 마시라요. 먼 길 떠난 아우를 대신해 우리 집으로 정성껏 모시갔소. 면목 없습네다. 사람이 배가 고프고 기진맥진하는 세월이 길어지면 옳고 그름도 분간하지 못하고 눈에 먹을 것밖엔 보이지 않는단 말이 딱 맞네요. 이러고도 제가 평양에서 군관으로 복무했던 샛별이 큰아비라고 말할 수 있갔습네까? 제발 꽃잎 같은 샛별이의 영령을 위해서라도 저를 용서해 주시고 내치지 말아 주시라요. 천하의 불한당 같고 희대의 날강도 같은 이 큰아비가 조카 앞에 마지막 용서라도 빌 수 있는 길을 열어 주시라요. 그나저나 먼 길 떠난 아우에게는 제수씨와 조카의 죽음을 어드러케 전해줘야 좋단 말입네까?

샛별이 큰아버지는 직장에 출근할 때처럼 귀 가리개가 달린 방한모와 솜 동복을 챙겨 입고 방을 나온다. 어제 오후와는 달리, 바람 한 점 없이 낮게 내려앉은 하늘이 아무래도 심상찮다. 눈발이 성겨오는 날씨다.

"내가 동광(銅鑛)에 들렀다가 병원으로 갈 테니까 당신은 오마니 모시고 바로 병원으로 가."

샛별이 큰아버지가 집을 나서며 한마디 남기자 안해가 묻는다.

"갑자기 동광에느 왜 감둥?"

"제수씨와 조카 시신을 당신과 내가 그냥 둘러매고 올 수는 없잖은가? 손 구루마라도 빌려가야 집으로 운구해 올 수 있지……."

인민반장이 고개를 끄덕이며 맞장구를 친다.

"샛별이 큰아바지 말씀이 맞소꼬마. 손 구루마라도 빌려 가야 샛별이와 샛별이 오마니 시신을 운구해 올 수 있다 이 말임메다."

샛별이 큰아버지가 집을 나설 때부터 눈발이 흩날리던 날씨는 기어이 일을 내고 만다. 그들 부부가 인민병원으로부터 리충심 여인의 시신과 샛별이의 주검을 인수해 병원 문을 나설 때는 손수레 바퀴 자국과 그들 가족의 발자국이 길바닥에다 줄을 그리며 따라왔다. 앞서 손수레를 끄는 샛별이 큰아버지의 비틀거리는 발걸음을 따라 손수레의 두 바퀴는 삐뚤삐뚤하게 자국을 그리며 뒤를 이었고, 손수레에 실려 있는 둘째 며느리와 손자를 못 잊어 통곡하며 손수레 뒤를 따라오는 샛별이 할머니의 발자국과 큰어머니의 발자국이 그 뒤를 이으며 따라왔다. 샛별이 큰아버지는 한참 흐느끼며 손수레를 끌고 가다 후우! 하고 복받치는 설움을 토하며 평양 쪽 하늘을 쳐다본다.

수령님, 옛날 평양 고사포부대에 복무하던 곽정만 대윕네다. 우리 공화국 인민들은 정말 이케 살다가 죽어야 합네까? 아니, 공화국 인민들의 한 평생이란 것은 결국 이런 것입네까? 대장부 한평생 수령님께 충성하며 열성당원으로 모범되게 살아왔는데, 어드르케 이밥은커녕 강냉이죽도 못 잇는 걸귀가 되어 동사한 제수씨 알곡까지 날쳐 먹는 희대의 도적놈이 되고 말았습네다. 이것이 제가 걸어가야 할 인생의 말로입네까? 죽고 싶습네다, 수령님! 정말 큰 죄를 지었습네다. 한 세상 다 살고 수령님 앞으로 다가가선 그 어떤 처벌도 다 접수하갔습네다. 그러니 제발, 우리 제수씨하고 샛별이는 좋은 데 가서 배고픔 없이 영생을 누리게 해주시라요. 수령니이임……. ●

걸신乞神

걸신

20세기가 다 저문 1999년 12월 27일이었다.

그날 새벽, 나는 누군가로부터 심한 책망을 듣는 꿈을 꾸다 잠이 깨었다. 잠자리에서 일어난 뒤, 흐리멍덩한 의식에 맑은 기(氣)를 불어넣으려고 화장실 소변기 앞에서 오줌을 누면서 절레절레 고개를 흔들어댔다. 밤새 오줌보를 채우고 있던 누런 오줌 줄기가 몸속을 빠져나오자 아랫도리는 시원한 느낌이 밀려왔으나 의식은 그때까지도 미몽(迷夢) 속을 헤매던 조금 전처럼 누군가로부터 심하게 꾸중을 듣고 있는 기분이었다.

한 세기가 다 저문 이참에도 그렇게 계속 뭉그적거릴 거냐? 지난 한 세기는 그렇게 걸신(乞神)에 얽매여 살아왔다 하더라도 다가오는 21세기는 진짜 사람답게 한번 살아 봐야 될 게 아니냐? 대체 언제까지, 너라는 존재는 겉만 멀쩡하게 인간의 탈을 쓴 탐욕의 화신처럼 살아갈 거니? 겁쟁이 같은 놈!

입으로는 네 자신이 교양인이네, 지식인이네 하고 떠들어대면서도 음식상 앞에만 앉으면 사흘 굶은 돼지새끼보다 추한 몰골로 걸신의 노예가 되고 마는 주제에 겁은 왜 그렇게 많은가? 아, 솔직하게 털어놓으라고. 어린 시절 아버지의 사업 실패로 집안 살림살이가 거덜 나서 일주일에 이틀은 쌀알 한 알 구경하지 못한 채 물만 마시며 생명을 이어왔고, 닷새는 밀가루 풀떼기나 시래기밥, 무밥, 나물밥 따위로 하루 한두 끼씩 끼니를 에우며 성장기를 보낸 몸이라 나이 50이 넘은 지금도 음식상 앞에만 앉으면 자신도 모르게 식탐(食貪)이 발동한다고……그렇게 자초지종을 밝히며 성장기 때 입은 장애를 치료받으면 그만일 것을 왜 그렇게 감추기만 하느냐고?

그래, 언제까지 그렇게 감출 거니? 관(棺) 속에 들어갈 때까지? 아니, 그렇게 네 자신의 추한 모습을 감추고 기만하면서 살면 남는 게 뭔데? 나는 도무지 이해가 안 돼. 네놈이 그렇게 감추고 오매불망 매달리면서 지키려고 안달을 떠는 자존심, 프라이버시, 위신 따위가 말이야. 도대체 그것의 정체가 뭐니? 아무리 살펴봐도 너의 남은 삶을 살아가는 데는 전혀 도움이 되지 않을 독(毒) 같은, 허위나 위선의 가치에 뿌리를 내린 더러운 탐욕이나 다름없는데 너는 왜 그것에 그렇게 집착하고 그 끄나풀을 놓지 않으려고 아등바등하고 있니? 빨리 용단을 내려! 앞으로 닷새 후면 지나온 20세기가 다 저물고 새천년이 열리는 21세기가 시작된단 말이야.

새천년에는 무언가 좀 달라져야지? 아니 할 말로, 너라는 놈은 뱃속에 철판을 깔았니? 걸신의 노예가 되어 음식상 앞에만 앉으면 음식의 참맛도 느끼지 못한 채 그냥 입속으로 빨리 처넣기에 급급하고……주안상 앞에 앉으면 물을 마시는지 술을 마시는지 구분도 되지 않게 들이붓기 일쑤고……네놈 집안에 그렇게 술 많이 못 마셔 일찍 죽은 귀신이 있냐? 왜 그렇게 줄기차게 빨아대다 〈○○구(區) 4대 빨대〉란 주태백이 품계까지 받았니? ○○구 4대 빨대가 뭐 훈장이라도 되니? 부끄러움을 좀 느껴라, 이 멍청한 자식아!

9남매 장남으로 태어나 일찍 타계한 부친을 대신해 여동생들 돌보느라 정작 제 결혼은 노총각도 그런 노총각이 없는 서른셋에 해서, 서른다섯에 겨우 첫딸을 하나 받은 주제에, 그리고 아들은 서른여덟에 받은 몸이, 나이 쉰하나에 알코올성 간염이 뭐니? 비곗덩이나 다름없는 군살을 아랫배에 달고 뒤뚱거리며 사는 네 모습도 가관인데 거기다 알코올성 간염이라……. 에라이, 이 곰탱이 같은 자식아!

길바닥 쓰레기더미를 파헤치는 집 나온 강아지 새끼도 네놈 속내를 알고 나면 낄낄거리며 코웃음을 흘리며 지나갈 판에, 교양인이면 뭐 하고 지식인이면 뭐 하니? 늦게 결혼해 중년에 받은, 그 많지도 않은 두 자식 공부시킬 준비도 해놓지 못한 주제에 알코올성 간염까지 앓고 있는 놈이 바로 너라는 놈의 실체란 말이야. 이 대책 없는 자식아!

알아? 몰라? 네 자신의 실체를 알았으면 빨리 용단을 내려 환골탈태를 해보란 말이야. 과거의 네 모습은 며칠 남지 않은 20세기와 같이 일기장 속에나 남겨두고 다가오는 21세기는 정말 인간다운 모습으로 가장 노릇을 한번 해 봐. 그러면 네 안사람은 물론 자식들도 볼품없이 망가지고 추한 몰골을 지닌 아비일지라도 이 세상에 하나밖에 없는 육친이라고 존경할 거야. 또 너를 통해 또 다른 희망과 포부를 지니며 그들 나름의 인생을 다채롭게 살아갈 거야. 용기를 내. 알았지?

오늘도 뭉그적거리면서 실행에 옮기지 못하면 내일도 또 그냥 넘기게 돼. 가슴 깊은 곳에, 기아선상에서 허덕이던 고통과 배고픔의 상처를 지니고 사는 사람들이 육체적 배고픔을 제일 못 참고, 또 정신적으로 가장 두려워한다는 것도 잘 알고 있어. 그렇지만 네 몸속을 잠식하고 있는 걸신을 내쫓기 위해 한 달 정도 일 못한다고 해서 너희 가족 굶어 죽지는 않아. 너는 그래도 지역신문사와 종합출판사를 지닌 사장 아니니? 거기다 또 소설가잖아? 그만큼 밑천이 든든한 놈이 뭐 그래 굶어 죽을까 봐 겁이 많아? 한 20여 일 단식 수련을 하며 네 몸 전체를 거무죽죽하게 굳게 만드는 알코올성 간염과 걸신을 내쫓기 위한 치료를 한다고 해도 네 가정 살림 거덜 나지 않아.

정산(靜山) 박사도 말했잖아? 정신을 모아 제대로 단식 수련을 한 번씩 하고 나면 신체 대사활동이 왕성해지면서 몸은 그만큼 탄력을 받아 젊고 발랄해지고 수명까지 몇 년씩 늘어난다고. 그러니 미지의 순간에 다가올 공포나 가족들 삶에 대한 걱정은 다 잊고 진짜 남은 네 인생의 참살이를 위해 한 달만 투자해 봐. 높이 나는 새가 멀리 본다고, 비록 내일 또다시 과거와 같은 삶이 지리멸렬하게 반복된다 하더라도 높이 날아보려고 용단을 내린 그 정신세계는 남은 너의 작가 인생에도 큰 의미를 부여해 줄거야? 제발 세속적이고 탐욕적인 가치관에서 벗어나 네가 진정 꿈꾸던 그 삶을 용기 있게 한번 구현해 봐. 신은 결코 도전하는 사람들을 그냥 버리지는 않아…….

저릿하게 몰려오던 배설의 쾌감이 물러가자 오줌 줄기도 시들해졌다. 점차 완만한 곡선을 그리는 오줌 줄기를 내려다보다 나는 어금니를 깨물었다. 아들과 딸한테 오늘 아버지가 어릴 적부터 몸에 달고 살아온 배고픔을 못 참는 정신적 허약성과 육체적 지병인 알코올성 간염을 치료하기 위해 정산 박사가 운영하는 총체의학연구소 단식수련원에 입원한다고 말하고, 아버지가 집에 없는 20여 일 동안 엄마랑 같이 우리 가정을 잘 지켜 달라고 당부하며 집을 나서야겠다고. 그렇게 두 달 넘게 고민해 오던 내 신상 문제에 대해 결단을 내리고 나니까 머리가 한결 가벼워지는 듯했다.

나는 가족들과 같이 조반을 마친 뒤 서둘러 집을 나섰다. 오전 10시쯤 총체의학연구소에 도착했다. 단식수련신청서를 접수하고 수련비 70만 원을 지불했다. 그리고 정산 박사 방으로 들어가 진찰을 받았다. 정산 박사는 진찰을 끝내자마자 싸리재고개 삼거리에 있는 동인진단방사선과의원으로 가서 단식 수련 전에 받아보아야 할 필수검사를 받으라고 했다. 나는 정산 박사가 써준 메모지를 챙겨 들고 동인진단방사선과의원으로 갔다. 접수대에서 소변검사, 혈액검사, 심전도검사, 가슴 엑스레이(x-ray) 검사를 신청하며 예약금 19,000원을 지불했다. 원무과 여직원은 내가 신청한 검사의뢰서를 검사과로 넘기며 대기실 의자에 앉아 잠시 기다려 달라고 했다.

잠시 후 소변검사와 혈액검사를 마치고 심전도검사를 받기 위해 대기실 앞 소파에 앉아 다시 내 차례가 다가오기를 기다렸다. 그때 벽에 붙어 있는 포스터 한 장이 눈에 들어왔다. 신선한 채소와 견과류 식품을 균형 있게 섭취하면서 운동을 생활화하라는 캠페인용 포스터였다. 기름지고 칼로리가 높은 육식은 가급적 자제하면서 과식과 폭식은 금해야 한다는 내용을 강조한 부분이 내 눈길을 사로잡았다. 그중에서도 특히 내 눈길을 강하게 끌어당기며 오관을 자극한 것은 철판 위에서 지글지글 기름을 튀기며 익고 있는 쇠고기 스테이크와 전기 오븐 속에서 쇠꼬챙이에 꿰인 채 빙글빙글 회전하면서 익고 있는 통닭구이의 리얼한 모습이 금세 내 침샘을 자극했다.

문인산악회 문인들과 같이 산행을 마치고 하산해, 현지의 토속음식을 즐기듯 부침개집이나 모두부집으로 들어가 1차로 갈증과 시장기를 달랜 뒤, 2차로 페리카나 통닭집을 운영하는 탐평재네 가게로 몰려가 기름에 갓 튀겨 나온 치킨을 안주 삼아 자정이 가까울 때까지 맥주와 소주를 마시고, 그것도 부족해 마지막 헤어지기 직전에는 마치 공식적인 절차를 밟듯 추어탕집이나 칼국수집으로 달려가 국물을 안주 삼아 미주알고주알 수다를 떨며 밤 두세 시까지 또 한 차례 소주 몇 병을 비워야만 그날의 산행 뒤풀이 술자리가 끝나던, 지나온 10여 년간의 생활이 심전도검사를 받기 위해 잠시 대기하는 시간인데도 영화의 한 장면처럼 눈앞을 스쳐 갔다.

"성산(星山)! 이번 연말에 나랑 같이 정산 박사님이 운영하는 총체의학연구소 단식수련원에 들어가 한 20여 일 단식수련을 하면서 우리 대뇌 속에 각인되어 있는 식탐 병 좀 치료하지 않을래? 아랫배 기름기 좀 빼면서 말이야……."

"단식? 형산(兄山)이나 해. 나는 싫어. 이 좋은 술과 고기를 금한 채 왜 내가 사서 굶는 고생을 해야 돼. 그것도 목돈 들여가면서."

"나는 말이야, 나이 50이 넘은 이 나이에도 어릴 적 기아선상에서 헤매던 배고픔의 고통과 두려움을 못 잊어 음식상 앞에만 앉으면 배가 불러 금방 터질 것 같은데도 꾸역꾸역 입속으로 음식을 퍼 넣고 있는 내 자화상을 생각하면 나 자신이 그렇게 불쌍해지면서 하루 종일 우울해져……."

"이봐 형산, 식탐(食貪)은 병이 아니야. 살아 있는 인간의 원초적인 본능이고 건강하다는 증표야. 네 자신이 어디 병들어 있어 봐. 아무리 맛있는 음식이 눈앞에 차려져 있어도 입맛이 당기는가? 괜스레 건강한 네 자신을 자학하지 말고 술이나 마셔. 술도 건강할 때 마시지, 그렇잖으면 그냥 줘도 못 마셔."

"그래. 술도 건강하니까 마시지, 그렇잖으면 그냥 줘도 못 마신단 말은 나도 전적으로 동의한다. 그런데 우린 왜 이렇게 만나기만 하면 끝장이 날 때까지 마셔야 하는 거야? ○○구 4대 빨대의 권위와 체통을 위해서야, 뭐야?"

"얼마나 행복해? 술과 고기와 벗이 있으니까. 거기다 술술 넘어가는 술이 불콰하게 취하면 지난날의 아픔과 슬픔은 씻은 듯 사라지고 앞날의 꿈과 샘솟는 용기가 새벽녘 거시기처럼 가슴속을 용솟음치게 하는 술이 좋아서 마신다. 형산, 너는 이 술이 싫으냐?"

"아니, 싫은 것은 아냐. 내가 술을 좋아하는 것이 아니라 술 속에 내가 끌려 들어가는 것이 싫어서 어느 날은 술이 깨고 나면 화가 나. 나 자신에 대해. 성산, 너는 네 자신의 술 취한 모습에 대해 환멸을 느낀 적이 없어?"

"왜 없겠어. 형산도 잘 알잖아? 내 안사람 유럽 여행 다녀오면서 선물로 사다 준 롤렉스 금딱지 손목시계 사건 말이야?"

"그래. 너, 술 취해서 택시 기다리다 길바닥에 쪼그리고 앉아 깜박 졸고 있을 때 어느 놈이 네 손목에서 빼 갔다는 그 천만 원짜리 금딱지 롤렉스 손목시계 사건 말이지?"

"맞아. 그 시계 결혼기념으로 안사람이 선물해 준 건데 술 때문에 그 소중한 선물마저 잃어버렸다는 걸 생각하면 나도 술에 끌려 들어가는 나 자신이 싫을 때가 많아. 그런데도 말이야……."

"계속해 봐. 하고 싶은 얘기가 뭔데?"

"뭐라고 말해야 좋을까? 사내란 말이야, 여자의 거시기 속에 들어가 뜨겁게 펌프질을 하다가 한순간 온몸의 정기를 다 모아 물총을 쏠 때 오관을 통해 느끼는 그 10초 미만의 순간을 이 술을 통해 또다시 체감한다고 할까, 아니면 정서적으로 느낀다고 할까? 암튼, 물총을 쏠 때는 물총 나름의 기막힌 과정상의 재미와 절정의 순간이 있듯이 술도 그에 버금가는 목 넘김의 짜릿한 쾌감과 취하면 취할수록 은근하게 온몸을 달뜨게 하는 환상적인 무아경이 그 숱한 자타의 비난과 환멸감을 상쇄시켜줄 만큼 또 다른 세상과 유혹을 안겨주니까 마시는 거야. 자, 마셔! 다른 사람은 몰라도 형산 너와 나는 이렇게 좀 취해야만 의식 깊이 깔려있는 배고픔의 상처와 서러웠던 시절의 아픔들을 위로받을 수 있다고 생각해…….”

“성산, 너도 이 세상에서 제일 무서운 게 주린 배를 졸라매고 이를 깨문 채 육체적 배고픔을 참는 것이라고 생각하니?”

“그래. 이 나이 먹어서도 나는 그 고통과 두려움을 못 잊어 식탐증을 버리지 못한다. 그건 눈에 보이지 않는 내적 장애야. 형산, 이제 자네가 원하는 대답을 들어서 좋으냐? 이 잔인한 친구야!”

“그래, 미안하다. 네 아픈 데를 헤집어서. 그러니까 성산, 이번에 우리 자신을 환골탈태시킨다는 의미로 정산 박사님 총체의학연구소에 들어가 한 20여 일만 단식수련을 하면서 뇌세포 속에 깊이 각인되어 있는 어린 시절의 아픈 상처와 성장 장애까지 도려내며 뇌세포 전체를 완전히 우라까이(裏反す) 한번 시켜보자. 이번에 김동화 선생도 나랑 같이 단식 수련을 하기로 약속했어.”

“싫어. 나는 죽었으면 죽었지, 배고픈 것은 못 참아. 둘이나 실컷 해.”

함께 오지 못한 김성산 선생을 생각하고 있는데 검사과 여직원이 내 이름을 불러댔다. 나는 그제서야 김성산 선생의 얼굴을 지우며 심전도검사실로 들어갔다…….

얼마 후, 나는 원무과 여직원이 챙겨주는 4가지 검사결과표를 받아들고 총체의학연구소로 달려갔다. 정산 박사가 내 검사결과표 수치들을 요모조모 살펴보며 약간 걱정스럽다는 표정을 지었다. 그러더니 자연 생식 분말 한 봉을 건네주었다. 오늘은 점심과 저녁을 굶은 채 그 자연 생식 분말 한 봉으로 두 끼 식사를 대체하라고 하면서. 그리고는 이튿날 공복 상태로 혈액검사를 다시 한번 더 받아보자고 했다.

나는 집으로 돌아와 점심과 저녁을 굶었다. 그날 저녁때는 정산 박사가 시키는 대로 자연 생식 분말 한 봉을 물에 타서 마신 뒤, 저녁 10시경에 잠자리에 들었다. 늘 포만감이 들 만큼 음식을 먹던 버릇 때문인지 밤이 깊어질수록 더 심하게 밀려오는 공복감 때문에 쉽게 잠을 이룰 수가 없었다. 잠자리에 누운 채로 숫자를 세면서 공복감과 싸우다 밤 두어 시경에야 겨우 잠이 들었다.

1999년 12월 28일 화요일.

안사람이 챙겨주는 세면도구와 속옷 가방을 들고 오전 10시 15분쯤 동인천길병원 앞에 있는 총체의학연구소 단식수련원에 도착했다. 송월동에 살고 있는 김동화 선생은 이미 도착해 있었다. 김동화 선생은 방금 동인진단방사선과의원에서 검사를 마치고 들어왔다고 말했다. 나는 정산 박사가 시키는 대로 다시 동인진단방사선과의원으로 건너가 초음파 간검사와 혈액 재검사를 받았다. 검사를 마치고 원무과 사무실 앞으로 나와 어제 받았던 예약금 영수증을 내보이며 검사비 잔금 8만 원을 마저 지불했다.

다시 단식수련원으로 돌아왔다. 정산 박사가 단식 수련기간 동안 우리가 사용할 침실을 지정해 주었다. 옛날 정산내과의원 진료실을 기공체조

수련장으로 만들고, 그 수련장 좌측에 일렬로 황토방 세 칸을 만들어 넣은 침실이었다. 그중 1호실은 김동화 선생이 사용할 방이고, 2호실은 내가 사용할 방이었다. 3호실은 옛날 정산내과의원 진료 책상과 의학서적들로 채워져 있었다. 수련장 출입문 밖에는 화장실, 세면장, 샤워장으로 통하는 복도가 놓여 있고, 그 복도 좌측으로는 정산 박사가 평소 사용하는 개인 서재와 연구실이 붙어 있었다. 거기서 음악이 흘러나왔다. 김동화 선생과 나는 그 음악을 들으며 30분 동안 정산 박사의 몸동작을 따라 하며 기체조를 배웠다.

기체조가 끝나자 정산 박사가 1800cc 들이 오렌지주스 병에 감잎차를 끓인 찻물 한 병과 일반 소주잔에 80% 정도 담은 백초 효소 한 잔씩을 갖다 주었다. 그 감잎차 찻물과 백초 효소로 점심 식사를 대체하라고 했다. 김동화 선생과 나는 정산 박사가 시키는 대로 그것으로 점심 식사를 대체한 후 저울 위에 올라가 체중을 재었다. 김동화 선생은 69kg, 나는 83kg이었다.

혈압 체크를 마치고 나니까 정산 박사가 A4 용지에 프린트 한 총체의학연구소 단식 수련 일과표를 한 장씩 건네주었다. 김동화 선생과 나는 단식 수련 일과표를 받아들고는 허허허 웃고 말았다. 옛날 군대생활을 할 때 보았던 내무반 일과표처럼 빈틈없이 맞물려 돌아가는 단식수련 일과표가 몹시 따분하게 느껴졌다. 그렇지만 어찌하랴? 내 몸속의 질병을 치료하며 새로운 정신세계로의 도약을 위해 고생을 각오하고 들어온 것을. 우리는 잠시 단식수련 일과표 내용을 지켜보다 정산 박사가 건네주는 의약품을 한 봉지씩 수령해 감잎 찻물과 같이 복용했다. 대장 속의 숙변을 훑어 내리는 약이었다. 그리고는 개인 침실로 들어가 집에서 각자 준비해 온 헐렁

한 생활한복으로 갈아입은 후 샤워장으로 건너가 몸부터 깨끗이 씻었다.

1999년 12월 29일 수요일.

벽시계가 여섯 시를 알리는 소리에 잠이 깨었다. 요기(尿氣)를 느끼며 잠자리에서 일어났다. 약간 어찔했다. 조심조심 더듬어서 방에 불을 켜고 화장실을 다녀온 후 김동화 선생을 깨웠다. 김동화 선생이 침실 문을 열며 피로한 모습을 보였다. 우리는 어제 오후에 배운 대로 수련실에서 〈니시 건강법〉 체조를 했다. 금붕어운동과 모관운동 그리고 합장, 합척, 등배운동 따위로 몸을 푼 뒤, 정산 박사의 지도 아래 다시 기공체조(氣功體操)를 했다.

정산 박사가 단식 수련 중에는 양말을 신지 말라고 했다. 수염도 특별한 일이 없으면 깎지 말라고 했다. 가능하면 자연 그대로 생활하라고 했다. 김동화 선생과 나는 양말을 벗고 발바닥 자극운동을 했다. 운동을 다 마치고 저울에 올라가 보니 몸무게는 옷 입은 채로 82kg이었다. 어제보다 1kg이 줄어든 무게였다.

오전 8시가 되자 2시간 동안 자유시간이 주어졌다. 첫날이라 딱히 할 일도 없어서 우리는 정산 박사가 틀어주는 가곡 감상을 했다. 인켈 오디오 플레이어에서 CD로 듣는 음악이 힘차고 상쾌했다. 오후에 변을 한번 보았다. 단식 수련 전에 먹었던 음식을 빨리 배설할 수 있도록 오후에도 또 한차례 숙변을 배출하는 약을 먹었다. 오후 회진 때 혈압을 재어보니 130/90이었다.

1999년 12월 30일 목요일.

기공체조와 행기공 탓인가? 온몸이 쑤시고 아파 새벽 2시에, 또 4시에 잠이 깨어 화장실을 다녀왔다. 소변 색깔이 노랗고, 형용할 수 없는 냄새가 치솟았다. 뻑뻑한 느낌도 들었다. 소변을 보고 와서 다시 잠자리에 누워 뒤척거리다 6시에 일어나 우주 명상 기체조를 했다. 온몸이 쑤시고 아픈 곳이 좀 덜 아픈 듯했으나 몸은 어제보다 더 무거웠다. 정산 박사가 힘들어하는 우리 두 사람을 바라보며 처음 며칠 동안은 피로하고 고통스럽다며 위로해 주었다. 우리는 단식 수련이 원래 그런가 보다 하고 입고 있던 겉옷과 속옷을 다 벗고 팬티 차림으로 풍욕(風浴)을 했다.

오전 자유시간이 끝난 뒤 감잎 찻물을 받아 한 잔씩 마셨다. 회진 때 정산 박사가 내 눈동자에 황달증세가 약간 나타난다고 했다. 그러나 걱정할 차원은 아니라고 했다. 간이 나쁜 사람들이 단식 수련에 들어가면 대다수가 나타나는 현상이니까 좀 더 추이를 지켜보자고 했다. 그러면서 혈압을 재어보니 115/80이었다. 정상이었다.

1999년 12월 31일 금요일.

단식 수련 4일째다. 새벽 4시에 요기를 느끼며 잠자리에서 일어났다. 화장실로 건너가 소변을 보았다. 오줌 색깔은 여전히 노랬다. 그러나 뻑뻑한 느낌은 없었다. 몸은 어제 오후처럼 가벼웠다. 김동화 선생에게 방해가 되지 않기 위해 조심스럽게 침실로 들어와 책을 읽었다. 그러다 6시에 방을 나왔다. 음악이 흘러나왔다. 김동화 선생과 나는 니시건강운동과 세면을 마치고, 오전 6시 40분부터 정산 박사가 틀어주는 그 명상음악을 들으며 30분간 단전호흡과 아침 명상을 했다. 그러다 7시 20분이 되면 다음 프로그램에 따라 30분 동안 실내운동과 경혈 마사지를 하게 되어 있었다.

그 프로그램이 끝나면 8시부터 2시간 동안 자유시간이 주어진다. 그 자유시간을 이용해 음악을 감상하거나 독서를 한다. 또 면회를 오는 사람이 있으면 사람을 만나기도 한다. 그러다 오전 10시가 되면 1시간 동안 공기욕과 일광욕을 한 뒤, 11시부터 한 시간 동안은 전날 익힌 기공 수련을 복습하게 되어 있었다.

그 기공 복습이 끝나면 30분 정도 쉬었다가 12시 30분부터 20분간 백초 효소와 감잎 찻물을 마시며 몸에 수분을 공급했다. 그러다 오후 1시가 되면 1시간 동안 개인 휴식시간을 가졌다. 김동화 선생과 나는 주로 오후 휴식시간을 이용해 오수를 즐겼다. 잠깐씩 눈을 붙이고 나면 허기지고 나른한 몸이 훨씬 가벼워졌다. 그러다 오후 2시가 되면 2시간 동안 기공수련을 했다. 그 지루하고 재미없는 기공수련 시간이 끝나면 오후 4시부터 1시간 30분 동안 오후 자유시간이 주어졌다. 그때 김동화 선생과 나는 주로 온수 샤워를 즐겼다.

오후 6시가 되면 30분 동안 다시 백초 효소와 감잎 찻물을 마셨다. 51년 동안 길들여 온 저녁 식사시간을 그 효소와 찻물로 때웠다. 그러다 오후 6시 30분이 되면 1시간 동안 개인 휴식시간을 갖게 되고, 오후 7시 30분부터 1시간 동안은 명상음악을 감상했다. 나는 주로 그 시간을 이용해 일기도 쓰고 단식 수련을 하면서 일어나는 몸의 변화와 일상의 단상들을 글로 메모했다. 그러다 오후 8시 30분이 되면 30분 동안 실내운동을 했고, 저녁 9시가 되면 30분 동안 샤워를 하고 와서 피부 경혈 마사지를 했다. 그 프로그램이 끝나면 수련실의 조명등을 모두 끄고 개인 침실로 들어가 명일 아침 6시까지 잠을 잤다.

처음 3~4일간은 단식을 하면서부터 몸에서 일어나는 초기 단식반응과 허기 때문에 취침 시간은 대체로 잠만 잤다. 그러다 단식 수련 중 가장 힘든 시기인 4~5일째를 인내심으로 잘 견디면 몸은 비록 힘이 없고 수시로 찾아오는 허기로 인해 고통스러워도 점차 정신이 맑아지면서 가벼워지기 시작했다. 그때를 이용해 명상이나 독서를 많이 했다. 그러다 단식 6~7일째쯤 되면 단식수련원의 프로그램도 어느 정도 몸에 체득되고 배고픔에 이어 수시로 찾아드는 허기도 잘 이겨내면서 깊은 명상의 세계에 잠겨 드는 시간도 점점 길어져 하루하루가 그렇게 힘들지 않게 된다고 정산 박사가 오전 오후 회진 시간을 이용해 여러 차례 강조했다. 그렇지만 김동화 선생과 나에게는 여전히 힘들고 지루한 하루하루의 연속이었다.

특히 오후 2시부터 2시간 동안 계속되는 기공 수련 시간은 참으로 힘들었다. 정산 박사가 가르쳐주는 자세 그대로 2시간 동안 기공 수련을 하고 나면 온몸에 기가 돌아 축축할 정도로 땀이 배어 나왔다. 또 팔다리와 어깨, 허벅지 근육들이 수족을 움직일 때마다 쑤시고 아파서 고통스러울 때도 많았다. 만약 총체의학연구소 단식수련원이 도심의 중심가에 있지 않고 섬이나 산속 계곡에 위치해 있다면 자연 속의 숲길이나 산길을 걸으면서 운동과 명상을 함께 병행하므로 그만큼 지루하지도 않고 힘도 덜 들 것이다. 그렇지만 현대를 살아가는 도시인들이 자기 삶의 거주지를 짐승들 허물 벗듯 다 훌훌 벗어버리고 숲속이나 외딴 섬의 오솔길을 걸으며 단식 수련을 신선놀음하듯 할 수 있는 사람이 과연 몇 명이나 될 것인가? 이런 식으로라도 편리하게 도심 속에서 단식 수련을 할 수 있도록 공간과 프로그램을 마련해준 정산 박사에게 감사하며 우리는 힘이 들어도 시범을 보여주는 정산 박사의 자세를 따라 하며 오후 기공 수련을 끈기로 버티어 나갔다.

안사람이 면회가 허용되는 오후 자유시간(4시)에 맞춰 딸과 아들을 데리고 수련원을 찾아왔다. 갈아입을 속옷과 함께 한국문화예술진흥원에서 날아온 편지 한 통을 내놓았다. 지난해 10월, ○○일보에 2년간 연재한 장편소설 〈하늘 강냉이 1, 2권〉을 창작집으로 묶겠다고 한국문화예술진흥원에 지원신청서를 제출해 놓았는데, 그것이 선정되었다는 소식이었다. 기뻤다. 문단 등단 이후 남북 분단을 주제로 한 장편소설을 창작하기 위해 20여 년 동안 북한을 연구해 온 그동안의 노력과 나의 작가생활 장기 프로젝트가 객관적으로 어느 정도 인정을 받으면서 성과를 올리는 느낌이 들었다.

자유시간이 끝나갈 무렵 가족들이 돌아갔다. 나는 정산 박사가 가르쳐 준 대로 내 침실 바닥에다 얇은 담요를 반으로 접어 깔았다. 그리고는 담요 위에 가부좌를 틀고 앉아, 오른손 안에 왼손을 포개어 단전에 갖다 붙이며 저녁 명상에 들어갔다.

제일 먼저 이완(弛緩)을 시작했다. 내 몸을 지탱하고 있는 정신적·육체적 긴장을 모두 풀고, 몸 전체로 기(氣)의 흐름이 원활해지도록 전신의 힘을 뺀 채 단계적인 이완을 시작했다. 눈을 감으면서 머리에서 시작하여 어깨, 허리를 거쳐 다리에 이르도록, 조금 전까지 몸을 지탱하고 있던 긴장감과 힘이 빠진다고 생각했다. 심리학에서 말하는 마인드컨트롤과 비슷한 첫 번째 과정이었다. 이 과정을 거치면 점차 내 몸에서 힘이 빠지면서 전신이 편안해지고 기의 감각들이 느껴졌다. 이 느낌을 수련원에서는 기감(氣感)이라고 불렀다. 점차 시간이 경과 할수록 기감이 밀려오면서 정신적인 안정감이 찾아왔다. 이렇게 명상을 할 때는 언제나 육체부터 이완(弛緩)을 시킨 후 정신으로 이어가는 것이 효과적이라고 정산 박사는 일러주었다.

두 번째 과정은 모든 동작을 정지하는 것이었다. 이완이 시작된 후에는 가급적 모든 움직임을 중지해야 한다. 정산 박사는 그래야 효과적으로 기를 모을 수 있으며 원활하게 기를 운행시킬 수 있다고 했다. 동작의 정지는 이완의 유지뿐만 아니라 자신이 원하는 대상에 잘 집중할 수 있게 해준다는 것이다. 만일 명상 중에 몸을 움직이면 입정(入定) 상태가 흐트러진다며 정산 박사는 수시로 주의를 주었다.

세 번째는 천천히 기를 흡수하는 것이었다. 코로 흡수할 수도 있고 전신으로 흡수할 수도 있다. 마치 내 몸이 고무풍선이 된 것처럼 호흡과 함께 기(氣)가 전신에 가득 찬다고 생각하고 온몸 가득 기로 충만감이 들 때까지 자연의 생기를 흡수해 들인다. 그러다 기가 가득 찼다고 느껴지면 기를 하단전(下丹田)에 두어 주의를 집중한 채 날숨에서 폐기만 조용히 내어보낸다. 폐기는 한번 사용한 오염된 기를 말한다.

이렇게 생기의 흡수와 폐기의 배출을 반복하는 사이에 하단전의 기는 점점 충실해지고 의식은 점점 깊어진다. 그리고 기감(氣感) 이외의 나머지 감각들이 사라지면서 고요가 찾아온다. 그러면 명상의 목표인 입정(入定) 상태, 즉 순수의식의 세계로 들어가게 되는 것이다. 이때 명상을 하는 사람은 내면 에너지인 기를 알게 되고 결국에는 본성을 체득하게 된다는 것이다.

이것이 이 며칠 사이 내가 정산 박사로부터 배운 기공명상(氣功冥想)에 대한 기본적인 이치였다. 그런데 그날은 좀 이상한 느낌이 들었다. 어느 정도 시간이 경과하자 무사(無思) 무위(無爲)했던 내 의식 속으로 무엇이 움직이는 것 같았다. 저것이 무엇인가? 어떻게 보면 기의 덩어리 같기도 하고,

어떻게 보면 기의 덩어리가 흩어져 어떤 형상을 만들어 내는 것 같았다. 그런데 이게 어찌 된 일인가? 무사 무위 상태에 놓여 있었던 내 의식이 점차 시간이 경과 할수록 무언가가 움직이는 형상을 따라 같이 움직이는 것 같더니 어느새 어느 소년의 뒤를 따르고 있는 것이었다.

어떻게 된 일인가? 저 소년은 누구며 저 소녀의 뒤를 따르는 땅꼬마 같은 코흘리개는 또 누구인가? 무사 무위의 입정 상태에서 충만한 기를 받아들이며 순수의식의 세계로 들어가던 나는 화들짝 놀라며 학교에까지 형을 찾으러 온 코흘리개 땅꼬마의 손을 잡고 국민학교(초등학교) 교문을 나오는 2학년짜리 소년의 거동을 뒤쫓고 있었다.

가을걷이가 다 끝난 11월 하순쯤이었다. 소년은 동생과 같이 집으로 가고 있는 중이었다. 소년의 집은 읍내 시장으로 들어가는 삼거리에 있었다. 소년의 세 번째 동생을 낳다가 어머니가 죽자 소년의 아버지는 장례를 치른 뒤부터 삶의 의욕을 잃은 채 방황하기 시작했고, 그러다 집안 어른들의 충고와 주선에 못 이겨 재혼을 했다. 그런데 하는 사업마다 엎어 먹기가 일쑤였다. 전처 자식 넷 중 하나는 태어나서 1년도 안 돼 죽었고, 고만고만한 전처 자식 셋을 거느린 상처(喪妻)한 중년 남자가 재혼 후 손을 댄 사업마다 실패하자 주변에서 이 집안의 속내를 빤히 지켜보던 이웃들은 시샘을 하듯 말이 많았다. 허우대도 좋고 미남이긴 해도 전처 자식 셋을 거느린 홀아비가 부잣집 노처녀와 결혼이라니? 너무 분에 넘치는 재혼을 했어. 그러니 눈이 돌아 사과밭 농사도 다 정리해버리고 새 마누라가 하자는 대로 따라 하며 사업 길로 나섰다가 하는 사업마다 저렇게 다 꼬라박았 겠지……. 그나저나 어렵게 장만해 수예품을 팔던 저 시장 어귀 가겟집마저 빚쟁이들한테 그냥 뺏기게 되면 엄동설한이 닥쳐오는 이 동짓달에 저 어린것들과 집도 절도 없이 어디 가서 겨울을 나노? 저렇게 빚쟁이들이 돈 나갈만한 것은 다 가지고 가고 부엌세간 몇 개만 내팽개쳐 놓은 저 살림살이를 이끌고 말이다…….

그로부터 일주일이나 지났을까? 소년의 새어머니는 친정 오빠의 도움을 받아 그 지역 천주교회 산하에 있는 공소(公所) 부회장 겸 공소지기로 임명되었다. 공소 후원에 방 두 칸, 마루 한 칸이 딸린 사택이 큰채와 맞붙어 있었는데 그 공소 사택이 소년의 새 거주지가 되었다. 소년의 아버지는 가족들의 거주지가 새장가를 든 처가 권속의 도움으로 마련되자 여태껏 말아먹은 사업을 일부라도 복구해야겠다며 사기를 치고 달아난 채무자를 붙잡기 위해 집을 나가 돌아오지 않았다.

소년은 돌아오지 않는 아버지를 대신해 나이 아홉 살에 가장이 되었다. 그때는 생모의 외가에서 양육되던 바로 밑의 남동생과 여동생마저 새어머니 슬하로 돌아와 새어머니 밑에서 가정교육을 받으며 같이 살 때라 소년의 책임은 무거웠다. 하루가 다르게 배가 불러오는 새어머니를 보호하면서 소년을 포함해 4명의 호구를 감당할 끼닛거리를 구해 와야만 물로서 배를 채우며 건너뛰던 끼니때를 메울 수 있었다.

가을걷이가 완전히 끝나버린 12월로 접어들었다. 들판이나 산에서는 땔나무 외에 입으로 넣을 수 있는 끼니 거리는 두 눈을 부릅뜨고 찾아다녀도 찾을 수가 없었다. 견디다 못한 새어머니가 처녀 시절 수예점을 운영하며 친구들한테 빌려준 돈을 좀 받아와야겠다면서 친정을 다녀왔다. 점점 불러오는 배 때문에 무거운 곡식은 들고 올 수가 없었다며 새어머니는 뜨개질용 공작실과 대바늘을 한 다스 사 들고 왔다. 그리고는 소년을 불러

앉혀놓고 겨울용 스웨터의 두 팔과 소매를 대바늘로 코를 만들어 겉뜨기, 안뜨기, 고무뜨기로 뜨는 방법을 가르쳐주었다. 소년의 새어머니는 고난도의 기술을 요구하는 스웨터의 앞판과 뒤판을 각양각색의 무늬를 넣어가며 떴다.

두 모자가 잠자는 시간, 밥 지어 먹는 시간, 화장실 다녀오는 시간 등을 제외하고 하루 종일 마주 앉아 뜨개질을 하면 그 시절 여성용 최고급 스웨터 한 벌을 뜰 수 있었다. 그렇게 손뜨개질로 완제품을 하나씩 뜰 때마다 수공이 30환 정도 들어왔다. 그 돈으로 밀가루나 보리쌀을 구입하면 소년의 4식구가 하루 정도는 끼니를 이을 수 있었다. 그렇지만 아버지가 없는 가정에서 두 모자가 그 일에만 전념할 수가 없었다. 십여 리 길을 걸어가서 솔깔비나 간벌을 하기 위해 잘라낸 나무뿌리라도 캐와야 불을 지필 수 있었고, 일주일에 3회씩 공소에 미사나 기도를 드리러 오는 읍내의 신자들을 위해 마룻바닥에다 방석을 깔아놓은 기도실과 제대도 우물 물을 길러 와 깨끗이 청소를 해야만 되었다. 그래야만 공소지기로서의 소임도 완수할 수 있고, 그런 노동의 대가를 통해 집세를 내지 않고도 사택에서 공짜로 기거할 수 있었다. 그런 일상적이고도 필수적인 일을 다 마쳐놓고 남는 시간을 이용해 두 모자가 손가락 끝이 부어오르도록 뜨개질을 해도 아버지가 장기 출타 중인 집안의 호구지책은 될 수 없었다.

그런데다 일거리를 가지고 오는 새어머니 친정 동네의 일본수출업자에게 돌발적인 변고가 생기거나 뜨개질용 공작실이 일본에서 제때에 들어오지 않아 하릴없이 기다려야 할 때가 많았다. 그런 때는 주로 나무를 하러 다녔다. 그때 주린 배를 졸라매고 눈앞에서 별이 왔다갔다하는 현기증을 이기며 갈퀴로 솔깔비를 긁어모아 동을 만들고, 그 솔깔비동을 짐바(밧

줄)로 동여매어 어깨에 메고 십여 리 길을 걸어올 때는 어김없이 허리가 꺾어지는 듯한 허기가 밀려왔다. 소년은 해름의 그 허기를 제일 싫어했다. 땅속으로 꺼져서 자꾸만 내려앉는 듯한 그 아뜩한 현기증과 어지럼증은 밤에 자다가도 경기(驚氣)하는 갓난아이처럼 사지를 뒤틀리게 했다. 그러다 발을 헛디뎌 넘어져, 이미 저승으로 가버린 생모와 사기꾼을 잡으러 간 아버지의 얼굴을 생각하다 닭똥 같은 눈물을 훔치며 산비탈에서 홀로 울고 있던 자화상이라도 떠오르면, 소년은 새어머니와 마주 앉아 한밤중까지 뜨개질을 하다가도 그만 자신도 모르게 주르르 눈물을 흘려대곤 했다.

소년이 살던 읍내는 밤 10시가 되면 단전이 되었다. 넉넉지 못한 전기 사정 때문에 그때는 집집마다 남폿불과 호롱불이 필수품이 되어 있었다. 소년은 주로 호롱불을 켜놓고 새벽 교회 종이 울릴 때까지 뜨개질을 했다. 그때, 점점 불러오는 배를 끌어안고 피곤에 지쳐 깜박깜박 졸다가 일어나 뜨개질을 하면서 같이 밤을 새던 새어머니가 어쩌다 소년이 자기 설움에 못 이겨 울고 있는 모습을 확인하는 날은 새어머니도 소년의 모습이 가여운지 "미안하다, 베드로야!" 하면서 같이 껴안고 네 설움, 내 설움을 서로 나누며 공소 청소시간까지 실컷 울어대다 무쇠솥에 아침거리 풀떼기를 쑤기 위해 불을 지피곤 했다.

그렇게 일주일에 이틀은 굶고 5일은 한두 끼씩 풀떼기로 연명하며 겨울을 넘겼다. 그러다 봄이 오면 소년은 배가 점점 더 불러오는 새어머니와 함께 보리밥 한 덩이씩을 대나무 도시락에 담아 들판으로 나갔다. 형상강 줄기를 따라 평야가 넓게 펼쳐지는 들판 중앙으로는 일제 시대 때 닦아놓은 폭 10여 미터 정도 되는 농수용 수리도랑이 흘러내렸고, 그 도랑 양쪽 방축 위에는 쑥이며 질경이며 냉이가 지천으로 피어 있었다. 소년은 배가 불러 거동이 어둔해 보이는 새어머니와 함께 지천으로 깔린 쑥과 냉이, 질경이, 민들레, 고사리 따위를 한 망태기 가득 뜯어놓고는 새어머니와 같이 대나무 도시락을 펴놓고 보리밥 덩이로 때 지난 점심을 때우다 새어머니를 불렀다.

"어무이요?"

"그래. 베드로야, 말해라. 와?"

"저어기, 진보도랑 끝에 보이는 시크무레한 과수원 속에 옛날에 우리 과수원도 있었는데 만약에 아부지가 어무이 뱃속에 알리 낳을 때쯤 집에 오면 우리 다시 농사짓자고 하시더."

"와?"

"농사지으면 이딴 거, 쑥 같은 거 캐서 버무리나 쑥죽 같은 거 안 쒀 먹어도 되니더."

"베드로야, 니는 엄마가 농사짓자고 하면 아부지가 엄마 말을 들어줄 거라고 생각하니?"

"아부지는 어무이 말은 다 들어주니더. 큰어무이가 그러는데, 아부지가 어무이 처녀 때 수예점 하면서 손에 물 한 번 무치지 않고 살아온 사람이라 사과밭 농사는 못 짓는다고 큰아부지가 그렇게 말렸는데도 접었다고 하디더. 어무이 고생시키지 않을라고요"

"그런 일도 있었니? 고맙다 베드로야. 오늘 저녁 삼종기도 시간에는 천주님께 아부지 빨리 집으로 돌아오게 해 달라고 기도하며 그런 꿈도 같이 한번 기도해보자. 천주님이 도와주시면 아부지는 아마도 빨리 집으로 돌아오실 수 있을 거다."

"그런데 어무이요, 만약에 아부지가 집으로 오시기 전에 어무이 뱃속에 알라가 태어나면 우야능교? 어무이 미역국 끓여줄 사람도 없고, 알라 똥기저귀 빨아줄 사람도 없는데 말이시더?"

"베드로 니가 해주면 되잖니? 요새처럼……."

"미역국은 끓여줄 수 있을 것 같은데 알라 똥기저귀는 좀 애꿉을 것 같니더(좀 구역질이 날 것 같습니다)."

"엄마가 아부지를 진정으로 사랑해서 가진 니 동생 똥기저귀인데 천주님이 애꿉은 거도 잘 가라앉혀 주실 거다. 힘들겠지만 베드로 니가 해다오. 엄마는 베드로 니가 해주는 게 제일 미덥고 마음이 편하다."

"그라머, 이번에 뜨개실 가지러 울산 이모 집에 갈 때 이모한테 미역국 끓이는 법하고 똥기저귀 하얗게 빠는 법도 좀 배워 오겠니더."

"고맙다, 베드로야! 엄마가 한번 안아 줄게 이리 와 봐. 어서?"

소년은 마지못해 새어머니 곁으로 다가갔다. 그러자 새어머니는 소년을 껴안고 통곡하듯 울었다. 소년은 새어머니가 너무 서럽게 울길래 덩달아 무심한 아버지의 얼굴을 그리며 오후 내내 같이 흐느끼면서 쑥을 캤다…….

2000년 1월 1일 토요일.

지나온 1900년대가 다 저물고 2000년대가 시작되는 첫날이다. 새벽 4시에 기상해 소변을 보러 화장실에 갔다. 오줌 색깔이 어제보다 묽어지며 많이 깨끗해졌다는 느낌이 들었다. 단식 수련 5일째인데도 배고픔이 어제보다 덜하고 몸은 더 가벼운 느낌이 들었다. 인체의 신비를 느꼈다. 오전 6시에 음악에 맞춰 명상을 마친 뒤, 정산 박사와 함께 수봉공원으로 기(氣)를 받으러 올라갔다. 정산 박사의 아들이 차를 몰아주었다.

춥고 이른 시각인데도 수봉공원 〈새천년 해맞이 행사장〉으로 향하는 길은 많은 시민들로 붐볐다. 공원으로 올라가는 정문 쪽에서는 끝없이 이어지는 시민들의 행렬을 위해 차량을 통제하고 있었다. 우리는 도리 없이 큰길에서 차를 돌려 수봉공원 뒤쪽으로 올라갔다. 새천년 해맞이 행사에 참석할 시민들은 그때도 인산인해를 이루듯 수봉공원 정상을 향해 계속 무리 지어 올라왔다.

정산 박사는 현충탑 앞 광장에서 걸음을 멈추었다. 시민들을 따라 정상까지 올라갈 필요는 없다고 했다. 나는 현충탑 앞 광장에서 차고 신선한 공기를 한껏 들이마시며 정산 박사와 같이 10여 분간 행주기공을 했다. 행주기공을 마치자 정산 박사 아들이 단식 수련 5일째를 기념하는 사진을 찍어주었다. 일행 4명은 기념촬영을 마친 뒤, 현충탑 앞 광장에서 동녘을 붉히며 힘차게 솟아오르는 새천년의 아침 해를 바라보며 저마다 새로운 희망을 자기 마음속에 그리기 시작했다.

강렬한 저 태양의 기를 받으며 나는 무슨 그림부터 그려야 좋단 말인가? 희망을 그리고 꿈을 꾸는 것도 평소 기도나 명상을 통해 정신훈련이 되어 있어야 필요할 때 적시에 꺼내서 사용할 수 있지, 정신훈련이 되어 있지 않은 사람은 오늘 같은 날 자기 희망을 그릴 수 있는 도화지를 펴주어도 그리지 못한다는 말이 딱 맞는 말 같았다. 지난 세기, 내가 51년 동안 살아온 20세기는 분명 대한민국 현대사에서도 격동기였고, 그 심한 격동의 풍랑 속에 일엽편주처럼 실려 온 내 개인 인생사도 가당찮게 파란만장하건만 머릿속은 타오르는 검붉은 태양의 속살처럼 그냥 피빛의 붉은 열정뿐인 듯했다. 도대체 무엇부터 먼저 그려야 하는가? 출발 선상에 도열한 단거리 육상선수처럼 내 스스로가 자의식을 긴장시키며 머릿속에다 새천년의 하얀 도화지를 펼쳐보았다. 그렇지만 평소 내가 그토록 그려보고 싶었던 그림은 실마리조차 풀리지 않은 채 엊그제 오후 정산 박사가 틀어주든 명상음악 CD 속의 어느 도인의 말만 뇌리를 스치고 지나갔다.

"도력이 깊은 현인들은 이 세상에 존재하는 그 많고 많은 일들은 모두 인간의 마음법 범주 안에 있으며, 마음법을 통해 우리 인간이 상상하고, 꿈꾸고, 필요로 하는 것들을 모두 만들어 내어 자기 자신과 인류를 행복하게 만들어 왔다고 한결같이 말했습니다. 고도의 정신활동을 하는 사람들에게는 냉철한 현실 파악과 사물 인식을 위해 개관적인 비판 정신이나 부정적인 상상도 때로는 필요할 것입니다. 그렇지만 가급적이면 부정적인 상상과 비판적인 생각은 버리시기 바랍니다. 우리의 의식은 행동 양식을 결정하고, 행동 양식은 그것에 준하는 결과를 그대로 가져오기 때문입니다. 만일 당신이 행복하시기를 원한다면 행복만을 그리십시오. 부분적이라도 부정적인 상상은 피하시기 바랍니다. 당신이 만약 손에 잡히는 확실한 성공을 거두기를 원하신다면 평소 이중적인 마음을 경계하십시오. 마음속으로 진정 원하는 것과 외부의 표현이 서로 다르지 않도록 노력하십시오. 의지와 감정이 경쟁하면 언제나 감정이 이긴다는 것도 늘 기억하십시오. 우리가 그린 성취의 그림에 감정이 수반되면 만족할 만한 확실한 성과를 거둘 것입니다. 평소 마음그림법을 통해 몸 안의 기(氣)와 협력하여 의식을 조절하는 구체적인 방법을 생활화해 보십시오. 당신이 간절히 원하는 상(像)을 그리고 싶을 때는 방해받지 않는 장소나 고요한 명상시간을 이용해 가급적 선명하게 간절히 소망하던 그림을 그릴 수 있도록 꾸준히 연습해 보십시오. 꼭 정좌가 아니어도 좋습니다……."

나는 어깨너비만큼 두 발을 벌린 뒤 하단전에다 두 손을 모았다. 그리고 깊숙이 숨을 들이마신 뒤 천천히 들이마신 숨을 내쉬면서 내 몸 안에 도사리고 있는 부정적인 기운을 밖으로 모두 내보낸다는 생각을 모으며 눈을 감았다. 전신이 느슨해지도록 긴장을 풀며 호흡을 통해 에너지를 끌어당겨 단전에 모으며 기 뭉치가 생기게 했다. 그러면서 눈앞에다 하얀 스크린을 설치한 뒤, 그 스크린 위에다 평소 내가 바라고 소망하던 내 모습을 그 스크린 위에 나타나게 했다.

그런데 이게 어찌 된 일인가? 하얀 스크린 위에 평소 내가 바라던 그림을 그리려고 마음을 모으고 있는데 왜 그 스크린 위로 돌아가신 아버지가 나타난단 말인가. 아버지! 한 세기가 새로 시작되는 이른 아침에 여긴 어인 일입니까? 저승에서는 별일 없이 잘 지내시는지요? 어머니는 쉽게 만나셨고요? 이승에 계실 때, 5년간 위암을 앓으시던 아버지 모습이 너무 딱하고, 제 힘으로는 더이상 어떻게 아버지 병수발을 들어드릴 기력마저 떨어져, 돌아가시기 일주일 전부터는 남은 가족들을 위해서도 하루 빨리 이승을 떠나 어머니 곁으로 가시라고 마음속으로 재촉한 것이 지금도 아버지 기일만 다가오면 천추(千秋)의 한처럼 가슴을 저미게 합니다. 불효막심한 이 못난 자식을 용서해 주십시오. 그때는 제가 정말 잘못했습니다. 아버지 돌아가시기 몇 달 전부터는, 새어머니가 남은 자식들과 살아갈 길을 찾아야겠다면서 아버지 병구완에 완전히 손을 떼버리는 모습이 그 당시는 용납이 되지 않았습니다. 제 딴에는 직장마저 그만두고 고향으로 내려가 아버지의 병상을 지키는 일이 힘들고 괴로워서 새어머니의 그런 모습이 더 충격적으로 다가왔는지는 모르겠으나 아버지를 대신해 집안의 최고 어른 자리에 올라앉아야 할 어머니가 장성한 자식들 앞에서 저런 모습을 보이면 "자식들은 혼란스러운 내적 가치관을 무엇으로 바로 잡으며 자기 인생을 살아갈 것인가?" 하는 못마땅함이 은연중에 제 마음 속에다 벽을 하나 만들어 주었습니다. 이 세상의 절반을 차지하는 사내들의 존재 란 것이, 고작 팔뚝에 힘 빠져 몸이 병들게 되면 자기 마누라한테 미음도 한 그릇 제대로 못 얻어먹게 되는 존재로 전락하게 되는구나 하는 인생의 허망함이, 그 당시는 왜 그렇게 제 마음을 슬프게, 외롭게 했는지 제 자신 을 다스릴 수가 없었습니다.

이 마음의 벽을 헐어버릴 수 있게 아버지가 좀 도와주십시오. 긴 병에 효자 없다는 말처럼, 가난하게 살 때 입은 정신적 충격과 상처가 너무 깊 었기에 그것은 제 마음의 병이 되었습니다. 그리고 그 마음속의 병은 이제 곪아 터져 부모 자식 간의 정리마저 멀어지게 만드는 흉측한 내상(內傷)이 되었습니다. 남들은 지천명의 나이가 되면 그 정도의 내상은 타 넘을 만도 하다는데 저는 아직도 그 흉측한 내상의 아픔에서 헤어 나오지 못하고 있 습니다. 도와주십시오.

아버지가 돌아가실 때, 새어머니가 저희들에게 보여준 그 모습을 잊기 위해 저는 아버지 돌아가신 이후부터는 새어머니의 그런 모습들을 저의 의식 속에서 지워버리려고 무던히 노력해 왔습니다. 그러자 새어머니가 낳은 다섯 동생들이 울기 시작했습니다. 저, 어떻게 해야 합니까? 아버지 의 죽음을 통해 "사내란 제 죽음자리까지 제 손으로 마련해 놓지 않으면 늙마에 제 아내와 자식으로부터도 냉대를 받게 되는 것이 인생이다."라는 삶의 철칙을 깨달을 수는 있었으나 그 깨달음이 새어머니와 저 사이의 정 리마저 갈라놓을 줄을 미처 몰랐습니다. 아버지, 저 어떻게 해요?

저의 인생에 있어서 새어머니는 저를 낳아주신 생모보다 더 존귀한 분 이고, 저의 세계관과 인성 발달에 지대한 영향을 끼친 분입니다. 이성적으로는 새어머니를 어떤 경우에도 보듬고 멀리해서는 안 된다는 것을 너무나도 잘 알고 있으면서도 제 감정이 흐르는 마음의 행로는 제 이성과는 다른 길로 빠져나가는 내상의 아픔을 잊기 위해 그동안 폭음과 폭식을 일삼으며 홀로 괴로워하며 울고 있습니다. 아버지, 저 좀 이끌어 주십시오.

저는 지금도 우리 집안을 거덜 내고 달아난 그 사기꾼을 붙잡기 위해 아버지가 오래도록 집을 비웠던 그 시절, 집에 남은 네 식구의 호구를 위해 새어머니와 함께 뜨개질로 연명하다 진보도랑으로 쑥을 캐러 가서 아버지가 보고 싶고 그리워서 저를 꼭 껴안고 오후 내내 울고 있던 새어머니의 모습과 그 당시 새어머니의 가슴속을 수놓고 있던 곱디고운 그 모습을 그리워하고 존경합니다. 저도 그런 어머니의 모습으로 아버지 어머니가 이승에 낳아주고 가신 여덟 동생들의 오빠가 되고 형님이 될 수 있는 맏이가 되게 해주십시오. 그리고 제 안사람과 아버지의 귀여운 손녀 손자에게는 제 아비의 병마에 발목을 잡히는 삶을 살지 않게, 이번 단식 수련을 통해 제가 환골탈태할 수 있게끔 도와주십시오, 아버지!

마음속으로, 눈앞에 설치해 놓은 스크린에다 평소 내가 갈구해 오던 자화상(自畵像)을 그리다 보니 벅찬 감정이 끓어올랐다. 세찬 바람이 몰아치는데도 전신으로 흐르는 기의 느낌 때문에 춥지도 않았다. 나는 그런 상태를 약 5분 정도 유지하다 내 귀에 들리도록 "마음법은 꼭 이루어진다."라고 말을 한 후 눈을 떴다. 정산 박사와 김동화 선생은 나보다 먼저 마음법 그림을 마친 듯했다. 나는 단전에 모으고 있던 따뜻한 두 손바닥으로 얼굴과 머리칼을 쓰다듬어 뒤로 넘기며 앞서가는 정산 박사와 김동화 선생을 따라 산을 내려왔다……

2000년 1월 2일 일요일.

단식 수련 6일째다. 새벽 4시에 기상해 화장실에 갔다. 오줌 색깔은 여전히 노랗고, 잇몸은 계속 아팠다. 다시 누웠다. 그러다 6시에 기상해 소금으로 이빨을 닦은 뒤 아침 명상을 했다. 고통스러울 만큼 치통이 밀려와 정신을 집중할 수가 없었다. 샤워를 하고 와서는 힘이 없어 30분 정도 누워 있었다. 오전 회진 때 혈압을 재어보니 105/80, 몸무게는 79kg이었다.

저녁때는 정산 박사, 김동화 선생, 나, 이렇게 세 사람이 수련실에 앉아 오랜 시간 정담을 나누었다. 나는 정산 박사에게 "제가 이번에 단식 수련을 하는 첫째 목적은 앞으로도 10년 이상 제 손으로 두 자식들을 거두어 무사히 학업을 마칠 수 있는 기반을 조성하는 것이고, 둘째는 작가생활을 하면서 시작해 놓은 장편소설들을 모두 완성할 수 있게 저의 건강을 재정비하는 것입니다. 저는 이 두 가지 목표를 달성하기 위해서 박사님이 어떤 어려운 수련을 요구하셔도 최선을 다해 이행할 마음의 준비가 되어 있습니다." 하면서 세심한 지도와 편달을 부탁했다.

정산 박사는 그날 밤 단식 수련을 한 번씩 하고 나면 인체의 수명이 몇 년씩 늘어나니까 크게 걱정하지 말라고 했다. 그것은 단식의 치유기전 때문이라고 했다. 인체는 총 60조 개의 세포로 생성되어 있는데, 이 중 낡고 시들어서 얼마 안 있으면 소멸되어야 할 운명에 처해 있는 세포들이 단식 기간 중 외부로부터 공급되던 영양이 일시에 차단됨으로 인해 약육강식의 질서에 따라 건강하고 싱싱한 새 세포들에게 잡아먹히며 인체의 뇌 활동과 생명 활동의 근원이 되는 단백질의 공급원이 된다고 했다. 그래서 단식 중에도 인체의 생명은 그대로 유지되는 한편, 몸 전체가 건강하고 싱싱

한 세포로 교체된다고 말했다. 그리고 이러한 세포 교체를 통해 단식 전 신체 대사활동의 장애물로 작용하던 몸 안의 독소가 교체된 새 세포들의 왕성한 대사활동에 의해 몸 밖으로 배출되면서 몸 안이 깨끗하게 대청소가 된다는 것이었다. 이 인체 대청소를 통해 심장병이나 당뇨병 등 신체 대사활동의 장애물로 작용해 왔던 고질적인 각종 난치병들이 치유된다는 것이었다. 그래서 5장 6부의 활동이 새롭게 왕성해지면서 몰라보게 건강까지 호전되고, 종국적으로는 인체 수명까지 몇 년씩 늘어나는 대변화가 오게 된다고 말했다. 우리는 그날 밤 정산 박사가 설명해 주는 〈단식의 의학적 치유 기전〉을 통해 단식 수련의 현실적 고통을 이겨낼 수 있는 새로운 미래를 보았다.

2000년 1월 3일 월요일.

단식 수련 7일째다. 어느 날보다 몸에 힘이 없고 지치는 것 같다. 저울 위에 올라가 체중을 체크해 보니 78kg이었다. 수련원에 들어올 때 83kg이었으니 꼭 5kg이 줄은 셈이다. 허기지고 배고픈 순간을 달래기 위해 김동화 선생과 마주 앉아 맛있는 음식을 먹어 본 경험담을 늘어놓으며 자유시간을 보냈다. 나는 그때 인간이 하루 두세 번씩 음식상 앞에 모여 앉아 식사를 하는 그 시간이 얼마나 행복하고 큰 기쁨을 얻는 순간들이었는가를 새삼스럽게 인식했다.

2000년 1월 4일 화요일.

문인산악회 산행부장한테서 전화가 왔다. 1월 정기산행을 어떻게 했으면 좋겠느냐는 문의전화였다. 나는 단식 수련 중이라 1월 산행은 빠져야겠다고 대답했다. 그러면서 단식 수련 8일째라고 하니까 산행부장이 "그런데도 목소리가 그렇게 맑고 기운차냐?"며 의외로 놀라는 기색을 보였다. 전화를 끊고, 단전기동 발동법을 30분 정도 수행하고 나니 다음 기공을 못할 만큼 현기증이 몰려왔다. 정산 박사에게 좀 쉬었다 하자고 제의했다.

오후 내내 아랫배가 꾸르르 꾸르르 끓더니 대변을 보고 싶은 느낌이 밀려왔다. 화장실로 가서 양변기 위에 한참 앉아 있었다. 변이 나오는 듯했다. 그와 함께 이상한 약 냄새가 양변기 속에서 솟아올랐다. 커피 색깔을 띤 변은 거품 끼가 있어 보였고, 효소처럼 찐득찐득하고 뻑뻑해 보였다.

2000년 1월 5일 수요일.

단식 수련 9일째다. 밖에는 진눈깨비를 동반한 성근 눈발이 아침 일찍부터 내리고 있었다. 어젯밤 늦게까지 잠을 못 이루고 이 생각 저 생각을 하다 새벽 2시가 넘어 잠든 탓인지 아침에 늦잠을 잤다. 정산 박사가 깨워서야 일어나 아침 명상에 들어갔다.

2000년 1월 6일 목요일.

단식 수련 10일째다. 오전 6시 15분 전에 일어나 아침 명상을 했다. 어제 진눈깨비가 내린 탓인지 풍욕을 할 때 피부에 와 닿는 바깥바람이 몹시 차갑게 느껴졌다.

오전 자유시간에는 방으로 들어와 쉬었다. 시간과의 싸움은 참으로 힘겹다는 생각이 들었다. 오후 내내 지루함을 달래기 위해 김학준 박사가 쓴 〈북한 50년사〉를 읽었다.

2000년 1월 7일 금요일.

단식 수련 11일째다. 체중은 78kg이고 혈압은 100/80이다. 어느 공동체 마을에서 만든 백초 효소만 먹으면 배가 사르르 아파 오면서 변이 조금씩 나왔다. 화장실을 다녀와서는 눈이 아파 책도 읽지 않고 있으니까 먹는 것만 생각났다. 만 51년 6개월 동안 살아오면서 먹어본 그 수많은 음식들의 모습이 하루 종일 눈앞에 어른거리며 군침을 삼키게 했다.

2000년 1월 8일 토요일.

단식 수련 12일째다. 오줌은 여전히 주황색이다. 나의 일생에서 이만큼 시간적 여유와 호사를 누려본 일도 없었는데 시간과의 싸움이 오늘도 고통스럽게 느껴졌다. 오후에는 5시 30분부터 김용옥 선생의 동양학 강의와 8시 뉴스, 역사 스페셜, 9시 뉴스 따위를 보며 4시간 30분 이상 TV 앞에서 지겨운 시간과 싸움을 했다. 잠자리에 누우니, 먹고 싶은 음식을 양껏 먹으며 열심히 일하던 일상의 하루하루가 인간 생활에서 얼마나 소중하고 행복한 순간이었는가를 다시 깨달을 수 있게 해주었다. 단식을 마치고 나가면 무미건조한 일상의 하루하루도 소중하게, 또 감사하게 생각하며 알차게 보내야겠다고 다짐했다.

2000년 1월 9일 일요일.

단식 수련 13일째다. 새벽 3시 40분에 잠이 깨어 화장실을 다녀온 후 다시 누웠다. 이 생각, 저 생각을 하다 6시 10분 전에 일어나 아침 명상에 들어갔다. 몸은 어제보다 가볍고 기분도 상쾌했다. 몸무게를 재어보니 77.5kg이었다. 어제보다 500g 줄어든 것이 분명했다. 그 순간 돌아가신 아버지의 얼굴이 눈앞을 스치고 지나갔다. "큰애 너는 타고난 골격이 굵어 몸무게가 남보다 7~8kg 정도 더 나가니까 괜한 걱정 말아라. 그 체중이 평생 네 건강을 받쳐 줄 밑바탕이 될 것이다."라는 말씀이 어쩌면 맞는 말인지도 모르겠다. 단식 13일째인데 단식 전에 83kg이든 몸무게가 77.5kg이니 겨우 5.5kg밖에 줄어들지 않은 것이다. 한 5kg만 더 줄어들면 좋으련만 몸무게는 더이상 감량될 것 같지 않았다. 부모로부터 물려받은 굵은 뼈마디와 노동으로 다져진 팔다리와 가슴통 근육들이 단식 13일째인데도 끄떡없이 내 신체를 떠받치고 있는 느낌이었다. 위장과 대장 속에 차 있던 숙변이 어느 정도 배출된 것 같은데도 몸무게가 77.5kg이니 더 줄어들지 않으면 이것이 나의 신체를 구성하는 뼈와 근육의 절대 무게이려니 하며 마음 편히 살아야겠다는 생각을 했다. 혈압은 100/80이니 더 걱정할 것이 없었다.

2000년 1월 10일 월요일.

단식 수련 14일째, 마지막 날이다. 내일부터 복식이 시작된다고 생각하니까 감회가 새로웠다. 내가 해낼 수 있을까, 내심 걱정도 많이 했는데 결국 해냈구나 하는 생각과 함께 인체의 신비에 또 한 번 감탄했다.

오후에는 배가 꾸루루 꾸루루 하면서 요동을 치더니 또 대변이 보고 싶었다. 화장실에 가서 잠시 앉아 있으니까 점액질의 숙변이 조금씩 미끄러져 나왔다. 대장 벽에 머물러 있던 숙변이 마지막으로 다 빠져나오는지, 숙변은 서너 시간 후에도 또 나왔다.

한참씩 화장실에 앉아 있다 나오면 몸과 마음이 많이 가벼워진 느낌이

들었다. 몸에 힘은 없었지만 기분은 아주 상쾌했다. 무언가에 도전해 보고 싶은 욕구가 강하게 끓어올랐고, 그 바람에 〈북한 50년사〉도 맑은 정신으로 다 읽었다. 내일부터는 6·25 한국전쟁 중 지리산에서 빨찌산 활동을 한 이태(李泰) 선생의 수기, 〈남부군〉을 연이어서 읽어야겠다고 생각했다.

2000년 1월 11일 화요일.

2주간의 단식 수련이 끝나고 복식이 시작되는 첫날이다. 긴 고행을 끝내고 원점으로 회귀하는 기분이었다. 14일을 굶어도 죽지 않는다는 확신감과 나도 해낼 수 있다는 자신감이 가슴 벅찬 기쁨을 안겨 주었다. 정오에 정산 박사가 〈자연 생식 분말〉을 물에 타 가지고 와서 컵에다 100cc씩 부어주었다. 약간 비릿했다. 그러나 뒷맛이 고소하고 무언가 씹히는 것이 있어서 효소를 먹을 때보다 훨씬 좋았다.

오후 1시쯤 카드회사 결재 관계로 외출을 했다. 몸이 엄청 가벼워졌다는 사실을 육감으로도 느낄 수 있었다. 또 14일 동안 한 끼의 곡물도 먹지 않고 감잎 찻물과 백초 효소를 소주잔으로 점심때 한 잔, 저녁때 한 잔씩 마시며 계속 굶었는데도 사람이 걸어다닐 수 있다는 것이 신기하게 느껴졌다. 두 군데 은행과 카드회사에 들려 일을 다 마쳐놓고 집으로 들어가 그동안의 소식을 들으며 잠시 앉아 쉬었다.

안사람과 아들이 몹시 반가운 표정으로 다가와 떨어질 줄 몰랐고, 이런저런 이야기를 나누며 녹차 한 잔을 마시고 집을 나왔다. 안사람이 마음이 놓이지 않는다며 함께 따라와 내가 수련원으로 무사히 들어가는 것을 보고 되돌아갔다. 저녁 6시에 또 〈자연 생식 분말〉을 물에 타서 100cc씩 마셨다. 몸무게는 77kg, 혈압은 110/80이었다. 효소보다 훨씬 든든한 느낌이 들어 밤 10시까지 남부군 상권을 읽었다.

2000년 1월 12일 수요일.

복식 이틀째, 몸에 기운이 없고 여전히 힘이 들었다. 복식을 하게 되면 단식의 고통을 잊을 수 있을 것이라고 조급한 생각을 해서 그런지, 단식 때보다 더 힘이 드는 것 같았다. 수시로 허기가 엄습하면서.

정오에 〈자연 생식 분말〉을 물에 타서 150cc씩 마셨다. 어제보다 양을 50cc 늘인 것이다. 그래서 그런지 어제보다 허기는 덜 밀려오는 것 같았다. 이따금씩 방귀도 나왔다.

오후 6시에 또 〈자연 생식 분말〉을 물에 타서 150cc씩 마셨다. 심하게 밀려오던 허기가 물러가면서 약간 든든한 느낌이 들었다. 동시에 몸에서 조금씩 생기가 돋는 느낌도 밀려왔다. 그러나 김동화 선생은 오늘이 더 힘들다며 지친 모습을 보였다. 〈남부군〉 상권을 다 읽고, 하권을 읽기 시작했다. 시간을 보내는 데는 역시 책 읽기가 최고였다.

2000년 1월 13일 목요일.

복식 3일째, 단식 수련 17일째다. 오늘도 아침 명상과 샤워로 하루를 시작했다. 오전 10시부터 몹시 허기를 느꼈다. 단식 수련 때보다 더 괴로웠다. 몸무게를 재어보니 76.5kg이었다. 500g이 또 줄어들었다.

정오가 되자 배를 2~3mm 정도로 얇게 저민 과일 5쪽과 〈자연 생식 분말〉 200cc가 나왔다. 어제보다 50cc가 더 나왔고, 과일도 나와서 모처럼 무언가를 씹으면서 첫 끼니로 대용할 수 있었다. 얇게 저민 배를 한쪽 입에 넣어 야금야금 이발로 씹었을 때 혀끝에 전해 오는 과즙의 살살 녹는

듯한 단맛과 환상적인 미각은 평생 잊을 수 없을 만큼 음식물의 소중함을
안겨 주었다.

오후 3시쯤 대변을 보고 싶은 느낌이 들어 화장실로 갔다. 오늘도 숙변
이 조금 나왔다. 그때 보니 오줌은 많이 맑아져 있었다.

자유시간에는 김동화 선생과 같이 외출을 했다. 음향기기 전문점에 들
러 오디오 구경을 했다. 오는 길에 어묵 꼬치 집에 들어가 1500원을 주고
어묵 꼬치 한 그릇을 사서 국물만 떠먹으며 추위를 쫓았다. 어묵 국물 맛
이 정말 기가 막히게 시원하고 감칠맛이 좋았다.

저녁때는 사과를 얇게 저민 과일 5쪽과 자연 생식 분말 200cc가 나왔
다. 그것을 먹고 나니 허기가 가시면서 배가 든든해진 느낌이 들었다. 그
리고 내일은 또 무엇이 나올까 하는 기대감이 밀려왔다.

2000년 1월 14일 금요일.

복식 4일째, 단식 수련 18일째다. 오전 9시 40분쯤 동인진단방사선과
의원에 가서 혈액검사를 받았다. 단식 수련기간 중 나의 간이 얼마나 치료
되었는가를 알아보기 위한 확인검사였다. 결과는 오후 5시경 나온다고 해
서 총체의학연구소로 돌아왔다.

오전 수련을 마치고 잠시 앉아 있으니까 정산 박사가 양상추잎 반쪽,
사과를 얇게 저민 과일 5쪽, 자연 생식 분말 200cc를 물에 타서 가지고
왔다. 김동화 선생과 나는 아무 맛도 없는 양상추잎 반쪽을 씹으며 첫번째
보식(補食)을 마쳤다. 따뜻한 된장 국물이 먹고 싶어 못 견딜 지경이었다.
몸무게를 재어보니 어제와 마찬가지로 76.5kg이었고, 혈압은 115/80이
었다. 아주 정상이었다.

오후 자유시간에 정산 박사와 김동화 선생, 나, 이렇게 셋이서 수련원 컴퓨터 하드 교체를 위해 잠시 세진랜드로 나갔다. 돌아오는 길에 셋이 같이 다방에 들러 녹차를 한 잔씩 시켜 마시고 단식수련원으로 들어와 오후 수련을 마쳤다.

그때 전화가 왔다. 혈액검사 결과를 알려주는 전화였다. 나의 간은 그동안 치료가 되어 모든 검사 수치가 정상으로 되돌아와 있었다. 김동화 선생 역시 마찬가지였다. 정산 박사가 축하한다고 손을 내밀었다. 동인진단 방사선과의원의 원장도 6개월 이상 고투하며 치료해야 할 알코올성 간염이 어떻게 18일 만에 이렇게 감쪽같이 달라질 수가 있냐면서 연방 놀라는 목소리였다. 저녁 식사 때 정산 박사가 집에서 담근 과일주 반 잔씩을 따라주며 멸치, 땅콩, 토마토, 사과, 양상추 잎으로 저녁 겸해서 축하 파티를 해주었다. 마음속의 큰 근심 덩어리 하나가 말끔하게 사라지는 하루였다.

2000년 1월 15일 토요일.

복식 5일째, 단식 수련 19일째다. 내일 하루만 더 견디면 집으로 돌아간다고 생각하니 나도 모르게 기분이 좋아졌다. 정오에 자연 생식 분말과 귤 두 쪽, 방울토마토 1개, 양상추 잎과 줄기 반쪽, 배 저민 것 5쪽으로 아침 겸 점심을 먹었다. 이빨이 좋지 않아 잘 씹을 수 없었으나 맛이 기가 막혔다. 오후 3시경, 정산 박사가 틀어주는 명상음악 CD 속의 도인과 무언의 대화를 나누며 깊은 명상에 잠겼다.

"인생의 가치는 어떤 내면세계를 가졌느냐에 따라 그 사람의 일생 전체가 달라진다고 현인은 말했습니다. 수행이 필요한 이유도 그것 때문입니다. 재물도 중요하고 공력도 중요하지만 자기 몸과 마음을 수련하고 감정을 조절하는 것에 인생의 대부분이 달려 있다고 말했습니다. 당신은 어떤 가치관을 가지고 일생을 살아가고 있습니까?"

"……?"

"당신은 지금껏 살아오면서 몸과 마음에 고통을 안겨주는 중병을 앓아본 경험이 있습니까? 만약 중병을 앓아본 경험이 있다면 그 중병을 앓던 시절을 되새기며 그 병에 대해 다시 한번 생각해 보십시오. 당신은 그 병의 원인이 무엇이라고 생각하십니까?

"……?"

"지금까지 인류가 체험한 질병의 원인은 기혈(氣穴)이 막혔기 때문이라는 학설이 지배적입니다. 그렇다면 기는 왜 막힐까요? 기가 막히는 원인은 크게 나누어 세 가지가 있는데 그중 첫째는 내면에서 생긴 문제(內因)이고, 둘째는 외부로부터 온 문제(外因)이며, 셋째는 내인이랄 수도 외인이랄 수도 없는 문제(不內外因)라고 현인들은 말했습니다. 그렇다면 내인이란 무엇일까요?"

"……?"

"내인은 조절되지 않는 감정, 즉 칠정을 원인으로 보고 있습니다. 기쁘고(喜), 화내고(怒), 생각하고(思), 무섭고(恐), 슬프고(悲), 우울하고(憂), 놀라는(驚) 7가지 감정적 문제이며 본인의 내면조건과 깊은 연관을 지니고 있습니다. 그렇다면 외인이란 무엇일까요?"

"……?"

"외인은 환경에서 문제를 찾는, 오상(五常)을 말합니다. 풍(風)·한(寒)·서(暑)·습(濕)·조(燥)를 말하는데, 인간이 외부의 기후변화에 적응하지 못하면 몸의 조화가 깨지고 외부로부터 침입하는 병균의 침입에도 속수무책이 되어 죽음에 이르는 무서운 중병까지 앓을 수 있다고 현인들은 말했습니다. 그렇다면 죽음이란 무엇일까요?"

"……?"

"죽음이란 기가 흩어져 존재 차원에 근본적인 변화가 오는 것을 말합니다. 쉽게 말해 물질계에 속해 있던 기가 전체 우주의 지배 아래로 들어가는 것을 말합니다. 그것은 전혀 다른 에너지이며, 전혀 다른 파장으로의 전환입니다. 그래서 '죽음은 기가 원래의 자리로 돌아가는 것'이라고 현인들은 말했으며, 그래서 옛날부터 죽은 사람을 '돌아가셨다.'라고 말하는 것도 바로 그런 연유 때문입니다. 만약 당신도 모르는 사이에 그 죽음의 그림자가 다가와 1년 후나 6개월 후쯤 당신의 몸과 마음 속에 속해 있던 기가 무절제하고 끝이 없는 탐욕에 환멸을 느끼거나 장애를 받아 '전체 우주의 지배 아래로 들어가겠다.'라고 이별을 선언하면 당신은 어떻게 대처하시겠습니까?"

"……?"

2000년 1월 16일 월요일.

복식 6일째, 단식 수련 20일째다. 지나온 날들이 자꾸 떠오른다. 집에 가면 무엇부터 먼저 해야 좋을지, 오전 자유시간 내내 정산 박사가 틀어주는 명상음악 CD 속의 도인과 무언의 대화를 나누며 오늘도 깊은 상념에 잠겨 들었다.

"기차는 정해진 역에서 승객과 짐을 내려놓고 새로운 손님을 태웁니다. 인간의 인생 여정도 이와 같아야 합니다. 부단히 잘못된 생각들은 내려놓아야 하며 자유를 주는 올바른 생각들을 대신 태워야 합니다. 만약 하늘의

사자(使者)가 내려와 기차가 떠날 시간이 임박했다면서 당신에게 내려놓을 것과 대신 실을 것을 묻는다면 당신은 지금 무엇을 대신 싣겠습니까?"

"……?"

"〈오늘의 나〉를 생각해 본 적이 있습니까? 어제 만들었던 나의 내면세계가 〈오늘의 나〉라고 현인들은 일러줍니다. 그러므로 오늘을 살아가고 있는 나의 내면을 만족의 세계로 바꾸면 그때부터 주위의 모든 것이 만족으로 변하기 시작합니다. 오늘의 내면세계가 만족스럽지 못하면서 밝은 미래를 기대한다는 것은 농사를 짓지 않고 추수를 준비하는 것과 같은 것이라고 현인들은 일러 주었습니다. 당신은 〈오늘의 나〉를 경작하기 위해 어떤 마음의 농사를 준비하고 계십니까?"

"……?"

"태양이 떠오르면 어둠은 자연히 사라지며, 진실이 밝혀지면 거짓은 설 자리가 없어집니다. 마찬가지로 본래의 자기를 찾게 되면 그동안 세상의 숱한 것들로부터 자기 자신이 속고 있었다는 것도 자연스럽게 알게 되고, 참자아(眞自我)를 깨달았을 때 그것이 당신이 찾아 헤매던 모든 것의 중심이라는 것을 알게 될 것입니다. 절대로 자기 자신을 타인과 비교하지 마십시오. 비교가 있으면 감정의 대립을 피할 수 없고, 늘 남보다 내가 부족하다는 탐욕의 사슬에 얽매여 고통의 늪으로 빠져들게 됩니다. 그렇다면 고통으로부터 벗어날 수 있는 길은 어느 쪽일까요?"

"……?"

"고통으로부터 벗어날 수 있는 길은 고통이 오는 곳을 찾아내는 것입니다. 탐욕의 사슬에서 벗어나십시오. 새로운 시각으로 세상을 바라보며 자기 자신의 정체를 알아 가는 일에 정진하십시오. 삶의 결과는 언제나 마음의 법칙에 따라 그대로 나타나는 것일 뿐 외부의 조작에 의하여 만들어지는 것은 결코 아닙니다. 지혜로운 당신이 되어 보십시오. 지혜로운 사람은 외부를 개선하려고 하지 않습니다. 자신만을 개선하려고 합니다. 타인을 개선하는 것은 불가능합니다. 타인의 개선은 그 사람이 스스로 개선하려 할 때만 가능합니다. 모든 책임은 자신에게 있습니다. 잘못된 일의 책임을 타인에게 돌리지 마십시오. 만약 당신이 탐욕의 사슬에 묶여 자기 자신을 타인과 비교하며 부정적인 생각을 가졌거나 자기 정체성 파악에 소홀해 자기 자신의 불행을 타인의 탓으로 돌리는 순간 당신은 진정한 만족을 모른 채 탐욕과 무지의 희생물이 될 것입니다. 이 세상 모든 사람들에게 진정한 만족이 없는 이유는 자신의 내면을 보려 하지 않기 때문입니다. 불만족의 원인은 언제나 자신에 대한 무지로 시작됩니다. 자기 자신에 대한 올바른 성찰과 정확한 이해는 당신에게 궁극적인 만족을 가져다줄 것입니다. 그러므로 당신이 하루하루 살아가면서 힘써야 할 가장 큰 일은 자신의 내부세계에 대한 계속적인 관심입니다. 혹시라도 탐욕의 미로(迷路) 속으로 발을 헛디디지 않는지를 매일매일 점검하고 확인하는 명상과 성찰을 생활화하십시오……."

2000년 1월 17일 월요일.

복식 7일째, 단식 수련 21일째다. 명상음악이 흘러나오자 수련실로 나가 방석 위에 정좌 자세로 앉았다. 아침 명상 프로그램에 맞춰 심호흡과 명상을 끝내고 관절 풀기 운동을 하며 하루 일과를 시작했다. 컵을 씻고, 찻물 받을 준비를 하고…….

마지막으로 샤워장에 들어가 옷을 벗고 샤워를 했다. 몸에 군살이 많이 빠져 허리가 잘록했다. 불룩하게 밑배가 나와 있던 복부도 홀쭉해져 있었다. 체중이 불어나지 않게 소식(小食)을 생활화하며, 단식 후 몸이 완전히 회복되는 3개월 동안은 각별한 일이 없는 한 술을 마시지 말아야겠다는 생각을 했다. 여태껏 살아오면서 음식만 보면 걸신들린 듯 마구 퍼먹었고, 먹고 나면 위장이 알아서 다 처리해주겠지 하는 관념으로 살아왔다. 그러나 앞으로는 내 몸에 독이 되지 않는 음식을 가려서 먹고, 내 몸에 피와 살이 되는 음식은 오래도록 꼭꼭 씹으며 그 음식이 가지고 있는 고유한 맛을 깊이 음미하면서 식생활을 개선해 나가야겠다고 다짐했다.

또 내 의식 깊이 똬리를 틀고 있던 걸신도 지난 20일간의 단식 수련을 통해 일단은 내쫓았다고 생각했다. 이제 과식, 폭식, 폭음, 식탐, 탐욕과의 전쟁을 선포해도 내가 충분히 이길 수 있겠다는 승산이 보였다. 또 그들이 차후에도 내 의식 속으로 근접하지 못하게 앞으로의 새천년은 화를 내지 않는 일상으로 하루하루를 쌓아나가며 이 세상을 향해 감사하고 보은하는 마음으로 남은 삶을 수놓아야겠다고 다짐하며 물어보았다.

이보게, 형산! 당신 정말 잘할 수 있겠지? 이번처럼? ●

〈학산문학 2012년 가을호〉

아버지의 정인情人

아버지의 정인情人

우리 아버지한테 숨겨놓은 여자와 배다른 자식이 있다는 소문이 떠돈 것은 제2대 지방자치단체 의원선거(1995.6.27.)가 있던 고등학교 1학년 때 였다. 이때 우리 아버지는 내가 사는 ○○광역시에서 시의원으로 출마했 다. 그때 정치적으로 아버지와 경쟁 관계에 있던 타 정당 후보자 운동원들 이 선거공보에 기록된 우리 아버지의 지난 삶과 경력을 살펴보면서 아버 지의 도덕적 이미지를 마구 짓밟아댔다. 나는 그들이 우리 아버지를 향해 '두 얼굴의 사나이', '낮과 밤이 다른 인물', '도덕적 불감증의 표본'이라는 말로 폄훼(貶毁)하면서 집중적으로 아버지의 도덕적 이미지를 짓밟아댔을 때 참으로 견딜 수 없을 만큼 분통이 끓어올랐다. 그리고 불쾌했다. '우리 아버지한테 무슨 숨겨놓은 여자와 자식이 있단 말인가? 저 사람들 대관절 무슨 근거로 저런 말을 함부로 하는가?' 하는 의문이 끓어올라서 집으로 돌아오자마자 밖에서 들은 말을 어머니에게 그대로 내뱉으며 마구 신경 질을 부려댔다. 어머니는 도대체 아버지에 관해 얼마나 무관심했으면 이런 좋지 못할 말들이 숱한 사람들의 입을 건너고 건너 나한테까지 들려오는데도 그렇게 까맣게 모르고 있느냐고. 내가 분통을 터트리는 모습을 보고 어머니는 처음에는 조금 당황하고 불안한 표정으로 어쩔 줄을 몰라 하는 모습이었다. 그러나 이내 안정을 되찾으며, "선거철이 되면 원래 별별 희한한 소리가 다 들리는 법이다. 너희들은 어른들 일에 끼어들지 말고 조용히 너희들 할 일이나 하려무나……." 하면서 누나와 내가 그따위 소문에 신경을 곤두세우는 것 자체를 과민반응으로 간주해버렸다.

나보다 더 신경을 곤두세워야 할 어머니가 그렇게 말씀하시니 나로서는 그만 멋쩍어지기도 해서 그다음부터는 애써 학교생활에 집중했다. 고등학교에 입학한 지 몇 달 되지 않던 5월이라 나는 사실 다른 중학교에서 입학한 남자 친구들을 사귀기에 바빴다. 또 한편으로는 남녀공학이라 여학생들에게도 좋은 이미지를 심어야 하는 또래들 간의 기 싸움과 인기쟁탈전 때문에 아버지와 정치적으로 경쟁 관계에 있던 타 정당 후보 운동원들이 우리 아버지의 도덕적 이미지를 심심풀이 땅콩 까먹듯 짓씹어대도 그것은 어른들의 일이려니 하면서 나는 이만큼 물러나 있었다. 그러다 우리 아버지가 ○○광역시 시의원선거에서 압도적인 표 차로 당선되자 나와 누나를 예민하게 만들었던 그 소문은 4년 남짓 슬그머니 잠적하는 듯했다. 나는 그때 소문의 속성을 이해했다. 소문이란 것도 강력한 힘이나 권력 앞에서는 수면 이하로 잠적해버린다는 사실을. 그러다 또다시 선거철이 다가오니까 사람들의 입을 타고 떠돌다 우리 가족의 귀에까지 들려온 이 기분 나쁜 소문을 누나도 대학원 후배들을 통해 들었다면서 무척 힘들어하는 표정이었다.

"요사이 이상한 소문 들은 적 없어?"

나보다 두 살 위인 누나는 지역사회 여성 지도자가 되겠다며 대학원에서 4학기째 정치외교학을 전공하면서 아버지를 도와주는 사무실을 운영하고 있다. 그런데 후배들로부터 아버지에 관한 좋지 못한 소식이 접수될 때마다 무척 예민해지는 모습이다.

"난 사실 엄마가 어른들 일에 신경 쓰지 말고 내 할 일이나 하라고 해서 고1 때부터 그 소문을 외면해 오고 있었는데 누나는 어떻게 생각해?"

"요즘은 아빠가 점점 원망스러워져. 정치적으로 치명적인 약점을 지니신 분이 정당 질 만나 두 번씩이나 당선되어 시의원 생활을 하셨으면 그걸 천우신조로 여기고 이제는 조용히 물러앉으시면 좋으련만 3선에까지 도전하시겠다니……이번에도 도와드려야 할지 말아야 할지 머리가 터질 것 같다……."

"아니, 그러면 누나는 밖에서 떠도는 소문을 믿어?"

"안 믿으면……아니 땐 굴뚝에 연기 나는 거 봤니?"

"나는 누나가 밖에서 떠도는 소문을 그렇게 사실로 받아들이면서도 지금껏 아버지를 도와드렸다면 아버지보다 누나가 더 우유부단하고 도덕적으로 부패했다고 생각되는데?"

"처음에는 나를 낳아주시고 키워주신 아버지가 하시는 일이니까 이것저것 생각지 않고 아버지를 시의원에 당선시키는 일에만 전심전력했더랬어. 그런데 이제는 나를 도와주러 아르바이트 나온 후배들마저 한 사람씩 떠나가니까 나도 모르게 맥이 빠져……그렇게 훌륭해 보이시던 우리 아버지가 어떻게 도덕적으로 그렇게 부패하신 분인지……생각하고 또 생각해봐도 도무지 이해가 되지 않고……."

"그럼 이번에는 아버지를 도와드리지 않겠다는 말이야?"

"알바 나온 후배들이 아버지와 경쟁 관계에 있는 타 정당 운동원들이 파헤친 아버지의 도덕적 패륜 자료들을 구해와서 내 책상 위에 올려놓고 갔는데, 현지를 방문해 내 눈으로 이 자료들을 확인해 본 다음 그 문제는 다시 생각해봐야겠어. 진짜 아버지한테 숨겨놓은 여자와 그 사이에서 난 아들이 보문사 입구에서 살고 있는지를?"

"설마. 우리 아버지가 엄마 몰래 다른 여자를 얻어 자식까지 두고 있을라구?"

"나도 그렇게만 생각하고 있었는데 후배들이 들고 온 사진 자료와 탐문 리포트는 너무나 구체적이어서 나를 숨 막히게 해……."

누나가 내미는 사진 자료와 탐문 리포트를 보니까 거기에는 우리 어머니보다 두어 살 더 먹어 보이는 50대 중반의 여성과 신체 건장해 보이는 젊은 남자가 마주 보고 있는 모습이 카메라에 잡혀 있었다. 그리고 50대 중반에 접어든 여성 사진 밑에는 〈손옥자. 56세. 1970년부터 강화군 삼산면 매음리 639번지에 거주하면서 '석모식당' 운영〉이라는 부연 설명이 적혀 있다. 아들인 듯한 남자 사진 밑에는 〈김인환. 32세. 강화삼산초등학교와 중학교 졸업 후 인천대건고등학교 졸업. 고교 졸업 후 해병대 자원 입대. 제대 후 매음리에서 거주하며 2000년 1월부터 어머니와 함께 '석모식당' 운영. 미혼〉이라는 내용이 적혀 있다.

너무나 구체적으로 드러나 있는 소문의 실체 앞에 나는 더 이상 무슨 말을 못한 채 그만 픽 웃고 말았다. 누가 무슨 말을 해도 우리 아버지는 결코 도덕적으로 부패한 분이 아니라고 믿고 있었던 평소 나의 소신과 믿음이 한순간에 무너지는 느낌이었다.

어찌 이럴 수가 있단 말인가? 나를 이 세상에 태어나게 해주시고 오늘

날까지 잘 키워주시고 대학까지 공부시켜 주신 우리 아버지가 어찌 이런 인격의 소유자란 말인가? 그리고 이런 인격의 소유자가 어찌 시의원으로 뽑혀 7년간이나 세상 무서운 줄 모르고 시의회에서 정치 활동을 할 수 있었단 말인가?

나는 도무지 이해가 되지 않는 기성세대의 윤리 기준 앞에 심한 이질감을 느꼈다. 나도 나이를 먹으면 이렇게 윤리 기준이 혼탁해질까? 대관절 우리 아버지에게 표를 던져준 그 많은 유권자들은 무슨 생각으로 우리 아버지를 두 번씩이나 시의원으로 뽑아주었을까?

알바 나온 누나의 후배들이 현지에서 수집한 이 탐문 리포트가 사실이라면 이건 죄악이란 생각이 들었다. 비록 나를 낳아주시고 키워주신 아버지라 할지라도 우리 사회를 이런 정치지도자들에게 맡겨서는 안 된다는 생각이 들었다. 중국음식점에서 자장면이나 짬뽕 한 그릇을 사 먹을 때도 서비스로 나오는 만두 한두 개나 단무지 몇 조각에 목줄 매인 개처럼 끌려들면서 정작 우리 사회와 시민 전체의 일상과 미래를 쥐락펴락하는 정치지도자를 뽑는 선거는 왜 남의 일처럼 그렇게 무감각했을까? 거기는 왜 우리가 넘보면 안 되는 특정인의 세계처럼 관심 자체를 접어버렸을까? 옛날에도 그랬지만, 현대를 살아가는 대중들은 한순간도 정치를 떠나서는 살 수 없는 정치적 존재라는데, 우리는 왜 여태껏 우리의 일상과 미래의 기반을 설계하고 대중화하는 정치를 옛날 임금이 내리는 사약 그릇처럼 그렇게 두려워하면서 지레 겁을 먹으며 외면해왔을까? 현대를 살아가는 대중들에게 정치는 삶이고 일상이다. 일상이 인문적이고 과학적이지 못하면 사회적 대중의 삶은 불공정과 비정상의 늪에서 헤어 나올 수 없고, 그렇게 불공정과 비정상의 늪에서 헤매는 대중들에게는 빈곤의 그물이 숙명처럼 그들의 일상과 전체적 삶을 갈기갈기 옥죄어든다. 그러니 이제 아버지에게 정치 활동을 그만두시게 하자. 당신 스스로 뉘우치게 하고, 또 그렇게 살아온 과거를 부끄러워하며 살도록 누나와 함께 아버지를 설득하자. 그리고 어떤 일이 있어도 3선 출마는 막도록 하자. 이건 우리 가문의 치욕일 뿐만 아니라 앞길이 구만리 같은 누나의 앞길마저 막는 일이다. 나도 모르게 가슴 저 밑바닥에서 이런 충동과 깨달음이 밀려오면서 자꾸 온몸이 뜨거워지는 느낌이었다.

'진짜, 아버지가 이런 인격의 소유자일까?'

사진과 탐문 리포트를 보고 또 봐도 자꾸 웃음이 끓어오른다. 한편으로는 내가 누군가로부터 심하게 기만(欺瞞)당하고 있는 느낌도 든다. 이런 감정에서 벗어나고 싶어 단도직입적으로 물었다.

"내일, 시간 낼 수 있어? 누나가 바빠서 못 가면 나 혼자라도 석모도에 들어가 여기 찍힌 〈손옥자〉라는 여자분과 〈김인환〉이라는 남자가 정말 현지에 살고 있는지 내 두 눈으로 확인이라도 해봐야겠어."

"리포트 내용이 틀림없다면……?"

"그렇다면 아버지한테 정치 활동은 그만두시게 해야지. 회사 일에만 전념하시게 하면서. 아무리 우리를 낳아주고 키워주신 아버지이지만 이런 도덕적 결함이 탐문 되는 아버지에게 어떻게 지역사회 정치지도자로 활동하시게 계속 힘을 모아 드려? 우리가 어릴 때는 몰라도 이제 이만큼 컸는데. 그렇잖아? 누나는 그런 생각 들지 않아?"

"나도 그런 생각을 안 해본 건 아니야. 근데 '사회적으로 남녀 간의 애정 문제나 허리 아래 추문에 대해선 제3자가 무턱대고 선악의 개념이나 진부한 도덕적 잣대로 결론을 내릴 일이 아니다.'라면서 좀 더 다각도로 살펴보라는 선배들 조언 때문에 사실 그동안은 머리가 복잡했더랬어…….”

“나는 반대야. 누나가 만약 그런 선배들의 조언 때문에 망설인다면 나는 혼자서라도 이 사실을 확인해 본 뒤 아버지와 담판을 짓고 싶어. 이건 있을 수 없는 일이야. 조선 시대도 아니고…….”

“너 생각이 정 그렇다면 내일 석모도에 같이 한번 가 보자.”

이튿날 아침, 누나와 나는 일찍 집을 나왔다. 엄마한테는 강의가 있는 날이라고 돌려대고 강화도로 향했다. 유치원시절부터 가족끼리 강화도 삼산면에 있는 해명산과 상봉산을 등산하면서 수차례 다녀본 기억 때문인지 인천에서 김포를 경유해 강화도로 들어가는 왕복 4차선의 48번 국도는 낯설지 않았다. 아버지는 우리가 어릴 때 엄마가 좋아하는 ‘밴댕이구이’를 먹기 위해 밴댕이철만 되면 나와 누나를 등산 지게배낭에 태워 강화도 전등사와 삼랑성, 마니산 참성단, 고려산과 백련사, 석모도 해명산과 상봉산 등산을 끝내고는 보문사로 내려와서 강화도 별미 음식들을 사주곤 하셨다. 아버지는 엄마를 만나 교제하기 전에도 시골에서 고모들을 인천으로 전학시켜 세 고모들과 같이 인천의 유동과 송림동에서 오랜 기간 자취생활을 했다고 했다. 그러다 해군에서 기술하산관으로 만기 전역 후에는 고모들과 함께 자취생활을 하는 단칸방에서 기술공무원 임용고시 준비를 할 수가 없어 1년간 강화 고려산 백련사에서 임용고시 공부를 했다는 이야기는 세 고모로부터 여러 차례 들었다. 큰고모와 셋째 고모는 아버지가 고려산 백련사 요사채에서 하숙하며 임용고시 공부를 하고 있을 때, 아버지가 보고 싶어 긴바지에다 농구화 같은 발목이 있는 신발을 신고

백련사로 찾아가 아버지 공부방에서 방 청소도 해주면서 놀다가 해거름에 내려올 때쯤 되면, 낮에 소나무 가지에 붙어 있던 송충이들이 저녁 무렵 하산길로 죄다 내려와 꼬물거리고 있어 발을 옮겨 놓을 수가 없었다고 했다. 그때 아버지는 큰고모와 셋째 고모를 모두 업고 산 밑 계곡까지 내려다 주었다는 이야기는 백련사 이야기만 나오면 고모들이 우리 남매에게 전설처럼 들려주었다. 그런 이야기를 들으면서 성장하고, 어린 시절부터 자주 다녀본 강화도는 사실 누나와 나의 유년 시절에 많은 추억과 일화를 남겨준 곳이기도 했다. 누나의 차를 대신 운전하며 어릴 적 추억이 가득한 강화도로 들어가면서 나는 무심결에 내 기억 속에 자리 잡고 있는 아버지의 일생을 되새겨 보았다.

아버지는 우리나라가 일제로부터 해방되던 그 이듬해, 천년고도인 경주시(慶州市)에서 한 30여 리 떨어진 안강(安康)이란 읍 소재지에서 가난한 농부의 7남매 장남으로 태어났다. 향리에서 성장기를 마친 아버지는 어려운 가정 형편 때문에 대학교에 입학하지 못했다. 강의록으로 사법예비시험(이 시험에 합격 되면 대학 졸업자와 같이 사법시험 응시자격을 주었다.) 준비를 하다 해병대 강제징집 영장을 받고 달포 넘게 고뇌하다 2주 정도 앞당겨 해군기술하사관으로 지원했다고 했다. 그 당시 육군징집대상자가 신체검사에서 '특갑종' 판정을 받고 병종(兵種)이 바뀌어 해병대로 강제징집되어 입대하면 십중팔구가 월남에 파병돼 있던 청룡부대 1~2진 보충병력으로 파병되어 아버지 또래 해병들은 70% 이상 유골로 귀국했다고 했다. '대한민국 청년들의 피를 파는 남의 나라 전쟁'이라는 야당의 주장과 '6.25 때 누란의 위기에 놓인 조국을 구해준 동맹국의 요청에 의한 국익을 위한 보답'이란 여당의 주장이 국회에서 격돌하던 1960년대 중반, 아버지는 그 강제징집의 멍에를 합법적으로 풀기 위해 7년간 군대생활을 해야 하는 해군기술하사관으로 응시해 해병대 입소 예정일보다 하루 앞당겨 입대했다. 그리고 해군에서 7년간 기술하사관으로 복무하면서 인연을 맺은 선후배 친구분들과 힘을 합쳐 제대 후 ○○광역시에서 냉동기기와 선박용 내연(內燃) 엔진을 수리하고 재생하는 회사를 차려 자수성가한 분이다.

우리 아버지가 해군에서 만기 전역하고 사회로 진출한 1970년대 중반만 해도 우리 사회는 가정용 냉장고가 부유층으로만 조금씩 보급될 시기여서 산업용 냉동사업은 대다수 기업인들이 눈조차 돌리지 못하던 시기였다. 하지만 아버지는 미국에서 인수해온 군함을 타고 7년간 해군에서 복무하면서 선진국의 냉장·냉동산업을 눈여겨본 경험 때문인지 동업을 하던 다른 친구들과는 달리 유독 그 분야에 관심을 보이며 일본을 여러 차례 다녀오시곤 했다.

아버지는 일본을 다녀오실 때마다 일본 냉동창고에서 구입한 냉동해산물을 샘플로 가지고 와서 어머니에게 조리를 해보라고 했다. 오징어와 명태 같은 어종은 냉동상태에서 5년 넘게 보관되었던 것이라고 했다. 그러나 잘 해동시켜 조리한 해산물은 냉동을 시키지 않은 해산물과 똑같은 양의 양념을 넣고 동일한 방법으로 조리를 하면 어느 것이 냉동을 한 해산물인지 분간을 못할 만큼 맛의 차이를 느낄 수 없었다. 아버지는 그때 말없이 고개를 끄덕이며 인천의 한적한 몇몇 부둣가의 놀고 있는 공터를 장기로 임대하거나 땅값이 평당 몇백 원에 불과한 땅들은 법인을 설립해 수백 평씩 매입해 그 땅 위에다 냉장창고와 냉동창고를 신축했다.

해군 복무 시절 대·소형 군함의 냉장창고와 냉동창고를 전문적으로 수리하며 그 분야 국가 자격증까지 갖춘 아버지의 눈은 정확했다. 우리 사회가 전기산업사회에서 중기산업사회로 전이되면서 식자재와 반가공식품이 냉장·냉동산업으로 산업화하기 시작했던 것이다. 남태평양이나 북서 베링해로 진출한 원양 어선들이 잡아 오는 참치·오징어·명태 같은 해산물과 해외에서 수입하는 육류와 육가공식품들을 수년간 냉동상태로 보관하는 냉장·냉동산업은 그 수요가 기하급수적으로 늘어나 아버지의 사업은 10여 년 이상 고속성장을 거듭했다. 여러 곳의 창고들이 깔고 앉은 땅값이 10여 년 이상 계속 폭등해 회사 자산도 수억에서 수십억 원으로, 수십억 원에서 수백억 원으로 엄청난 자산변동을 불러왔다. 아버지와 같은 시기에 시의회에 진출한 어느 시의원은 지금은 대단위 아파트단지로 변해버린 만수동에다 평당 몇백 원씩 하던 임야를 수천 평 매입해 양돈사업을 시작했는데, 십수 년 후 그 지역이 대단위 아파트단지로 지정되자 십수 년간 돼지를 키워 판 수익금보다 돼지우리가 깔고 앉은 땅값이 수백 배씩 폭등해 그 시의원은 어느 날 갑자기 인천의 자산가로 등극하게 되었다는 일화는 너무나 유명하다. 그런데 우리 아버지는 그분보다 몇십 배 많은 창고부지를 보유하고 있던 주식회사 대주주 겸 대표이사라서 그 십수 년 세월에 몇백 배의 자산변동을 세무서에 신고하여야만 되었다.

매월 냉장·냉동창고에서 올라오는 식자재 보관료와 해외에서 풍어기에 대량으로 잡아오는 원양어업 해산물과 육류를 냉동시켜 일정 기간씩 보관하다 출하하는 시세 차익이 아버지가 운영하는 회사의 대표적인 수익 모델이었다. 아버지는 남들이 다 가기 싫어하는 해군기술하사관으로 7년간 복무하고 나온 하사관 출신인데도 해군에서 어렵게 터득하고 익힌 냉장·냉동기술과 선박용 내연기관 수리 기술을 바탕으로 엄청난 부를 일

구었고, 그렇게 형성된 부는 우리 가족의 안정된 생활은 물론 아버지를 지방 정가(政街)에까지 나서게 했다.

돌이켜 보면 우리 아버지가 지방 정가에 나서게 되는 과정도 참 우스 웠다. 해마다 연말이 다가오면 아버지는 일찍 자식들을 저세상으로 떠나 보내고 홀로된 지역사회 무의탁 노부부와 독거노인들의 겨우살이 준비를 위해 쌀과 연탄값을 일정 금액씩 동사무소에 기부해 왔다. 그런 미담들이 우리가 살고 있던 지역 동사무소를 통해 언론기관에 알려지고, 언론기관 들은 그런 소식들을 해마다 전해 주면서 자기들이 발간하는 신문 하단에 다 5단 통 광고를 게재해 달라고 아버지에게 매달렸다. 냉장·냉동 식자 재와 해산물의 유통을 위해서도 지역신문사들이 요구하는 광고 게재 요 구는 거절할 수가 없었다. 해마다 전체 매출액의 3% 정도의 예산을 지역 신문사들의 광고 게재비로 책정해 놓고 연례행사처럼 수년간 반복해 오 다 보니 아버지에 관한 추문(醜聞)이 꼬리에 꼬리를 물고 퍼져 나가도 아버 지로부터 해마다 두어 차례씩 광고비를 받아가는 지역 언론사들은 알고 그러는지, 모르고 그러는지는 정확히 알 수 없었으나 스스로 귀먹은 벙어 리 행세를 하며 그냥그냥 넘어가곤 했다. 그 통에 아버지는 도덕적으로 치 명적인 소문을 그림자처럼 달고 다니면서도 우리 고장에서 시의원을 두 차례나 역임한 지역사회 중견 정치인이 되어 있었다. 이번에 만약 3선 시 의원으로 당선되면 아버지는 금년(2002년) 7월에 개원할 제4대 인천광역시 의회 제1기 의장으로 선임될 것이란 소문도 선거운동원들 사이에서 설왕 설래 되었다.

김포 시가지를 벗어나 강화대교를 건넜다. 계속 이어지는 48번 국도를 타고 강화 읍내를 향해 2Km 정도 더 달렸을까? 강화인삼센터 삼거리가 나타났다. 이곳은 84번 지방도로와 교차점이기도 했다. 나는 인삼센터 앞 삼거리에서 좌회전해 84번 지방도로를 타고 강화시외버스터미널 앞을 통과했다. 지난해(2001년) 새로 들어선 세광아파트 단지가 나타났다. 이 아파트단지를 통과하면 이내 찬우물(冷井) 삼거리다.

이곳에서 다시 우회전해 안양대학교 방향으로 3km 정도 달렸다. 좌측에 인산저수지가 나타났다. 도로를 경계로 오른쪽에는 인산1리 마을회관이 들어서 있다. 마을회관 앞 삼거리에서 다시 우회전해 2km 정도 더 달려가자 석모도로 들어가는 외포리 선착장이 나타났다.

외포리 선착장 앞 주차장에다 차를 세웠다. 매표소로 들어가 석모도행 카페리호 배 시간을 알아보았다. 평일이라 카페리호는 30분 간격으로 운행되었다. 누나가 매표구로 2만 원을 들이밀며 승용차와 운전자 1인을 포함한 왕복 승선권 한 장을 구매했다. 차를 싣고 가는 뱃삯이 14,000원이었다. 거슬러주는 잔돈에서 1200원을 다시 들이밀며 누나의 승선권을 한 장 더 구매했다.

다시 주차장으로 나왔다. 메가폰을 든 안내원들이 승용차를 선착장 안으로 이동시키라고 했다. 주차장에 세워둔 차들이 안내원의 수신호를 받으며 선착장 안으로 이동하기 시작했다.

잠시 후 승용차들이 꼬리를 물고 카페리호로 올라탔다. 누나는 내가 운전하는 승용차가 카페리호에 올라타자 혼자 걸어서 승선했다. 승용차를 카페리호 갑판에 실어놓고 선미갑판으로 올라오자 누나가 내 곁으로 다가와 물었다.

"만약 이 일을 우리가 까발겨서 사실로 확인되고, 이 사실이 엄마한테 생각지도 않는 고통을 안겨주는 일이 되다면 어떻게 하지?"

누나는 다가올 미지의 집안일을 걱정하는 표정이었다.

"그렇지만 이런 일을 평생 덮어둔 채 눈만 끔벅거리면서 살 수는 없잖아? 고통스럽더라도 알 것은 알면서 대처해 나가야지……."

"어떻게 보면 엄마는 벌써부터 뭔가를 다 알면서도 아버지의 정치 활동을 위해 그냥 속상해도 참아주는 느낌도 들고……어떤 때 보면 아직도 정확히 모르고 계신 것 같기도 하고……."

"아냐. 엄마도 다 알고 계셔. 내가 고1 때 밖에서 들은 말을 엄마한테 전해주며 한번 따진 일이 있으니까."

누나는 그 사실을 전혀 모르고 있었다는 듯,

"뭐라고 따졌는데?"

하며 정색을 하고 물었다.

"엄마는 아버지한테 이런 소문이 떠도는데 분하지도 않느냐고?"

"그랬더니?"

"어른들의 일에 신경 쓰지 말고 너희들 할 일이나 하라고 해서 더이상 무슨 말을 못했지 뭐."

"그때 왜 누나한테는 아무 말도 안 해 줬어?"

"누나는 전혀 모르고 있는 것 같아서 그냥 넘어갔지 뭐. 때가 오면 자연적 알게 되겠지 하면서……."

"못된 놈. 감출 걸 감춰야지, 누나한테 그런 것까지 감추다니……."

"다 누나를 위한 일이야. 진짜 다른 의도는 없었어. 그 당시는 나도 지금처럼 실체를 정확히 알지도 못했고, 떠도는 풍설에 나 혼자 흥분해서 날뛰던 차원이었으니까……."

"오늘 그 현장을 찾아가서 탐문 리포트 내용과 똑같은 현장이 우리 눈앞에 펼쳐진다면, 그다음은 어떡할래? 나는 리포트 내용이 사실로 굳어진다 해도 현재 심정으로는 아빠한테 정색을 하고 여쭤볼 수가 없을 것 같고, 앞으로 우리 가정 내에서 일어날 일들은 생각하기도 싫을 만큼 우선 두려워. 보문사 앞 그 여인이 정말 아버지가 엄마 몰래 정분을 나눈 여인이라면 그 모자와 우리 가족 간의 관계는 어떻게 되는지……생각만 해도 머리가 터질 것 같아……."

"생각하면 아버지가 한없이 원망스럽고, 그 충격과 실망 때문에 한동안은 아버지 얼굴도 보기 싫어질지 몰라. 아버지가 우리 가족에게 안겨준 감당할 수 없는 충격과 배신감 때문에. 그렇지만 이 현실을 영원히 외면할 수는 없을 것 같애. 옛날식으로 접근하면 결과적으로 그 아주머니는 아버지의 소가(小家)이자 우리의 작은엄마가 되는 인간관계고, 젊은 남자분은 누나에게는 배다른 이복(異腹) 오빠가 되고 나에게는 이복형이 되는데 우리가 무턱대고 그 남자를 미워할 수만은 없잖아? 나이도 나보다 아홉 살이나 더 많고, 그 남자 역시 아버지의 소가 자식으로 이 세상에 태어나고 싶어 태어났겠어? 자신의 의지와는 상관없이 이 세상에 태어나 한참 성장하다 보니 자신의 존재와 출생의 계보가 우리 아버지 소가 자식이란 사실을 뒤늦게 알게 되었을 터인데……그 남자 역시 한동안은 자기 존재에 대해 무척 비감이 들고, 자신을 낳아준 어머니가 보기 싫을 만큼 원망스럽기도 했을 거야. 그렇지만 뭐 어쩌겠어? 모자지간은 천륜인데. 철부지 개망나니 같으면 '나 오늘부터 쪽팔려서 엄마 아들 안 할래.' 하고 생모를 버려버리거나 반목할 수도 있겠지. 그렇지만 그 세월이 얼마나 가겠어? 아무리 날뛰고 설쳐봐야 그 여인의 몸에서 태어난 자식이고 세상에 둘도 없는 자기 어머니인데⋯⋯."

배가 부우웅, 붕 붕 세 번 기적을 울리고는 외포리 선착장을 벗어나기 시작했다. 수많은 갈매기 떼들이 선미갑판 쪽으로 몰려들며 비상했다. 승객들이 새우깡과 과자를 던져주자 그것을 받아먹느라 외포리 선착장은 키르륵거리는 갈매기 울음소리와 절묘한 비상(飛翔)이 진풍경을 연출했다.

잠시 후 배가 완전히 선착장을 벗어나 포말을 흩날리며 석모도 쪽으로 선수를 돌렸다. 길게 물이랑을 이루며 10여 분간 전진하자 저 멀리 떨어져 있던 석모도가 점점 가깝게 다가왔다.

이 섬은 임진왜란 전까지만 해도 석모도(席毛島)·송가도(松家島)·어류정도(漁遊井島)로 나누어져 있었는데, 그 이후 간척사업으로 세 개의 섬이 하나의 섬으로 연결되었다고 했다. 현재는 석모리·석포리·상리·하리·매음리·서검리·미법리라 불리는 일곱 개의 자연부락이 형성되어 있고, 섬의 주능선을 이루는 해명산(海明山: 324m), 상봉산(上峰山: 316m), 상주산(上主山: 264m)의 세 산봉우리가 마치 뫼 산(山) 자 모양을 하고 있다고 해서 땅이름을 삼산면(三山面)으로 지었다고 했다. 섬의 남동쪽 끝자락에는 주봉인 해명산이, 중앙부에는 상봉산이, 북쪽에는 상주산이 솟아있다.

상봉산 좌측에 솟아있는 낙가산(洛伽山: 267m) 남쪽 산자락에는 신라 선덕여왕 4년(635년)에 창건된 보문사(普門寺)가 있다. 회정(懷正) 대사가 금강산에서 수행하다가 이곳에 와서 절을 창건한 것으로 전해졌다. 보문사는 강원도 양양군 낙산사 홍연암, 경남 남해군 금산 보리암, 여수 향일암과 함께 우리나라 4대 관음기도 도량으로 유명하다. 강화도 내에서는 온수리 전등사, 함허동천의 정수사와 함께 강화 3대 고찰로 널리 알려져 왔다.

그런데 무슨 연유였을까? 지난 1975년부터 대통령 영부인이 이 섬을 자주 찾아와 시주하고 보문사에서 불공을 드리고 갔다. 그때부터 이 섬이 관광지로 변하기 시작했다고 아버지는 어린 시절 누나와 나에게 알려주었다.

매표소에서 나눠주는 팸플릿에는 섬 면적이 42.841㎢, 해안선 길이가 41.8km라고 적혀 있다. 외포리 선착장에서 서쪽으로 1.5㎞ 떨어진 해상에 석모도는 한반도 형상의 지형으로 드러누워 있다. 섬의 남동쪽 끝자락에 솟아오른 해명산과 중앙부에 우뚝 솟은 상봉산으로 인해 섬의 남부와 중부는 대부분 산지를 이루고 있다. 〈전득이고개〉 옆에 있는 해명산 등산로 입구에서 보문사로 내려가는 눈썹바위까지 능선 종주를 하면 대략 9km 정도의 거리가 된다. 그러나 눈썹바위에서 보문사로 내려서지 않고 북부의 상주산까지 능선 종주를 하게 되면 대략 크고 작은 산봉우리를 15개 정도를 오르내려야 하고 능선 종주 산행 거리는 11km 정도 된다. 진달래가 붉게 피는 봄철이나 단풍이 곱게 물드는 가을철에 해명산 능선 종주를 하게 되면 눈 앞에 펼쳐지는 암릉과 기암괴석, 끝없이 펼쳐지는 바다와 인근의 섬들, 수백 년간의 간척사업으로 조성된 넓은 평야 지대가 한눈에 들어오고, 섬의 북부와 서부지대의 그림 같은 자연부락과 포구들이 만드는 풍광이 사시사철 장관을 이룬다는 팸플릿의 설명이 나도 모르게 고개를 끄덕이게 한다……

배가 석모도 석포리 선착장에 접안했다.

카페리호에 실려있던 차들이 꼬리에 꼬리를 물고 섬으로 오르기 시작했다. 선착장 주변의 가게들은 섬은 찾은 관광객을 맞아들이느라 한순간 북적거렸다. 누나는 석포리 선착장 매표소로 들어가 외포리로 나가는 배

시간을 알아본 뒤 "마지막 배가 오후 6시에 출항한다. 유념해라." 하면서 조수석으로 올라탔다. 나는 어릴 적 가족 산행을 왔을 때처럼 해명산 등산로 입구가 있는 전득이고개 쪽으로 차를 몰았다.

"이곳에 오면 넌 생각나는 거 없니?"

전득이고개를 넘어 해명초등학교 앞을 지나갈 때 누나가 물었다.

"엄마 아빠랑 같이 해명산 종주 산행을 하다가 우리 먼저 앞질러 보문사로 내려와 고아처럼 헤매고 다녔던 사건 말이야?"

"그래."

"내가 초등 5학년 때니까 누나는 아마 중1 1학기 중간고사를 본 다음 날이었을 거야. 아빠가 '누나 시험도 끝났으니까 맛있는 거 사줄게.' 하면서 우리 가족 모두가 함께 해명산 능선 종주를 했던 날이었으니까……."

"그때가 벌써 12년 전이네……."

"누나도 그날을 잊지 않고 있네?"

"그날을 어떻게 잊니? 세상에 태어나 엄마 아빠를 한순간에 잃어버리고 고아처럼 보문사 앞길을 울면서 한동안 헤매고 다녔는데……."

"그날, 누나가 별안간 울면서 어찌해야 할지를 몰라 당황할 때 난 사실 되게 무서웠어……아무리 기다려도 아빠 엄마는 오지 않고……."

해명산 정상을 통과해 308봉과 310봉쯤 왔을 때였다. 누나가 다니던 중학교는 5월 초에 중간고사를, 7월 초에 학기말고사를 봤는데 아마도 12년 전 5월 둘째 주 일요일로 기억되었다.

그날도 오늘처럼 하늘은 맑고 날씨는 무더웠다. 엄마는 310봉 넙적바위 위에 돗자리를 깔고 물과 과일로 더위를 식히며 잠시 쉬었다 가자고 했다. 우리는 엄마가 건네주는 미지건한 물과 과일 몇 조각으로는 도저히 더위와 갈증을 물리칠 수가 없었다. 물을 마셔도 밀려오는 갈증 때문에 아빠처럼 넙적바위에 앉아 동서남북을 관망하며 가만히 앉아 있을 수가 없었다. 한순간이라 빨리 보문사로 내려가고 싶었다.

낙가산 눈썹바위 옆으로 빠지는 샛길을 따라 보문사로 내려오면 엄마 아빠가 즐겨 찾는 감로다원(甘露茶園)이라고 간판을 붙인 전통찻집이 나타난다. 그 찻집을 따라 조금 더 내려오면 일주문이 나타나고, 그 일주문에서 조금 더 내려오면 누나와 내가 좋아하는 아이스크림과 사이다, 콜라, 햄버거 등을 파는 가게들이 나타난다. 그 가게 인근에는 엄마 아빠가 좋아하는 게장백반과 묵밥, 꽃게탕, 밴댕이구이 등을 파는 음식점들이 줄을 잇고 있는 광경이 눈앞을 스쳐 갔다.

누나와 나는 그날 아이스크림과 시원한 콜라가 너무너무 먹고 싶었다. 아침밥도 먹는 둥 마는 둥 하며 엄마 아빠를 따라나선 봄나들이여서 햄버거도 엄청 먹고 싶었다. 엄마 아빠는 쉬었다가 천천히 내려오게 놔두고 우리 먼저 보문사로 내려가서 아이스크림과 햄버거를 사 먹으면 더위와 갈증이 사라질 것 같다는 내 말에 누나가 고개를 끄덕였다. 보문사까지 내려가는 길 안내는 내가 자신 있다고 하자 "그럼 우리 먼저 내려가 아이스크림 사 먹자" 하고 누나가 동조했다. 어쩐 일이지 그날은 우리 먼저 내려가겠다고 하니까 엄마 아빠도 스스럼없이 "넘어지지 않게 조심해서 내려가." 하면서 독립심과 자립능력을 키워주듯 누나와 내가 먼저 내려가는 것을 쉽게 허락해 주었다.

우리는 그 길로 다람쥐처럼 재바르게 〈방개고개〉 쪽으로 내려와 보문사에 도착했다. 더위와 갈증을 쫓기 위해 보문사 경내는 둘러보지도 않았다. 시원한 콜라를 마셔야겠다는 일념에 그날은 보문사 석간수도 떠먹지 않았다. 누나와 나의 머릿속에는 오직 아이스크림과 햄버거만 떠올랐다. 우리는 곧장 일주문 쪽으로 내려와 그렇게 먹고 싶던 아이스크림과 햄버거를 사 먹으며 갈증과 시장기를 해소했다.

그런데 이게 어찌 된 일인가? 아이스크림을 각자 한 개씩 사 먹은 뒤, 햄버거와 콜라까지 사 먹으며 기다려도 엄마 아빠가 내려오지 않았다. 우리가 딴짓하다 엄마 아빠를 놓쳤는가 싶어 다시 보문사 경내로 올라가 엄마 아빠가 늘 내려오는 길목을 지키고 있어도 엄마 아빠의 얼굴은 보이지 않았다. 누나와 난 다시 보문사 경내를 빠져나와 일주문 밖 밴댕이구이 식당으로 가보았다. 아빠는 분명 산행을 마치고 내려와 이곳에서 엄마가 먹고 싶어 하는 밴댕이구이로 점심을 먹자고 약속했는데 식당에도 엄마 아빠의 얼굴이 보이지 않았다. 누나는 뭔가 예감이 이상한지 밴댕이구이 식당문을 열고 안으로 들어갔다.

"안녕하세요, 아줌마?"

누나가 벤댕이구이 식당 주인아주머니한테 먼저 인사를 건넸다.

"아이구, 민서야! 연락도 없이 너희들이 여기 웬일이니?"

밴댕이구이 식당 아주머니가 단번에 누나와 내 얼굴을 알아보고 반가운 기색을 보였다. 한창 점심시간이라 식당 안은 몹시 붐볐다.

"오늘, 해명산 등산하고 내려와 여기서 밴댕이구이로 점심 먹으려고 엄마 아빠랑 같이 봄나들이 왔어요. 근데 우리 엄마 아빠 여기 안 왔어요? 분명히 여기서 점심 먹기로 했었는데……."

밴댕이구이 식당 아주머니는 뭔가 이상한 듯 다시 물었다.

"아니, 엄마 아빠랑 같이 오지 않았어?"

"같이 왔어요. 근데 엄마 아빠가 310봉 넙적바위에서 쉬고 계실 때 동생과 저는 아이스크림과 콜라 마시고 싶어 먼저 내려왔어요. 보문사 석굴 법당 앞 범종각 앞에서 만나기로 하고요."

"그럼 곧 내려오겠지. 여기서 점심 먹기로 했으면 조금만 더 기다려 봐. 곧 오실 거야."

그때 주방에서 주인아주머니를 부르는 소리가 들려왔다. 아주머니는 누나와 나를 홀 한쪽 구석 식탁에 잠시 앉아 있으라고 한 뒤 부리나케 주방으로 들어갔다. 주방에서는 군침을 돌게 하는 밴댕이구이 냄새가 풍겨왔다. 생선 굽는 연기도 솔솔 밀려왔다.

손님들은 계속 몰려왔다. 방에도 손님들이 꽉 들어찼고 홀에도 빈자리가 없었다. 우리는 밥도 먹지 않은 채 자리만 차지하고 있을 수가 없었다. 누나가 먼저 일어나,

"아줌마, 저희 밖에 나가서 엄마 아빠 기다릴 테니까 여기도 손님 받으세요."

하며 우리가 앉아 있던 자리를 서 있는 손님들에게 양보했다. 아주머니는,

"아이구, 민서는 착하기도 해라."

하면서 우리가 밖에 나가서 엄마 아빠를 기다리는 것을 허락해 주었다. 우리는 그길로 밖으로 나와 식당 앞 평상에 앉아 오가는 사람들을 지켜보며 엄마 아빠를 기다렸다.

"누나, 엄마 아빠가 아까 한 약속 지킨다고 계속 보문사 범종각 앞에서 우리를 기다리고 있는 거 아닐까? 다시 한번 올라가 보자."

"그럴까? 그럼 우리 올라가서 범종각 앞에서 기다려 보자."

내가 고개를 끄덕이자 누나는 앞장서서 보문사 쪽으로 올라갔다. 우리 가족보다 늦게 해명산 종주 산행을 시작한 등산객들이 그때사 떼를 지어 일주문 쪽으로 내려왔다. 우리는 그 많은 등산객의 얼굴을 한 사람씩 살펴보며 다시 보문사 경내로 들어갔다. 우리가 산에서 달려서 내려올 때와는 달리 보문사 경내에도 수많은 관광객과 등산객들이 군데군데 몰려 있다. 스님의 독경 소리가 울려 퍼지는 경내는 눈썹바위 쪽에서 계속 등산객들이 내려와 시장판처럼 소란스러웠다. 누나의 손을 잡고 대웅전 앞 범종각과 법음루, 극락보전, 석굴 법당, 400년 묵은 은행나무와 윤장대 앞에 서 있는 사람들의 얼굴까지 한 사람씩 살펴보며 계속 엄마 아빠의 얼굴을 찾아보았다. 그러나 엄마 아빠의 얼굴은 끝까지 보이지 않았다. 나는 그 순간, 덜컥 겁이 나서 누나를 바라보며 물었다.

"누나? 엄마 아빠를 잃어버리고 우리가 고아가 된다면 어떻게 집에 가지? 수첩 속 비상금은 아이스크림과 햄버거 사 먹느라 다 써 버렸는데……."

"야아! 엄마 아빠 찾으면 되지, 왜 그딴 소리를 해. 무섭게."

누나는 토라진 목소리로 나를 나무라더니 그만 눈에 눈물이 글썽해졌다. 순간적으로 엄마 아빠를 못 찾을지도 모른다는 무서운 생각이 밀려오자 갑자기 눈앞이 캄캄해진 것이다. 나는 금세 눈물이 글썽한 누나의 두 눈을 보는 순간 말할 수 없는 두려움이 나도 모르게 왈칵 밀려와 그만 으앙! 하고 울음을 터트리고 말았다. 누나는 내 울음소리에 놀라 덩달아 겁을 집어먹으며 후드득 몸을 떨었다. 그러더니 다시 내 손을 잡고 일주문 쪽으로 흐느끼며 내려왔다.

그때였다. 일주문 저만치에서 엄마가 "민수야!" 하고 내 이름을 부르며 달려왔다. 뒤따라 오는 아빠를 보니까 나는 그만 가슴 속에서 무엇이 툭 떨어지는 느낌이 밀려오면서 서러운 눈물이 왈칵 쏟아졌다. 나는 누가 건드리지도 않았는데 순간적으로 엄마 아빠가 산에서 늦게 내려와 누나와 내가 몹시 무서웠다는 것을 알리듯 으앙! 하고 울음을 터트리고 말았다. 곁으로 다가와 나를 껴안고 뺨을 비비는 엄마가 못마땅해 나는 엄마의 어깨를 툭툭 치며,

"왜 이렇게 늦게 와? 누나와 내가 엄마 아빠를 얼마나 찾았는지 알아?" 하면서 놀란 가슴을 진정시키듯 그때는 투정을 부리기 시작했다.

"이눔 자식! 범종각 앞에서 기다리기로 약속을 했으면 그 자리에서 계속 기다려야지 여기는 왜 내려왔어? 그 바람에 엄마 아빠는 너희들 찾느라고 상봉산까지 갔다 오면서 얼마나 찾았는지 알아? 너희들이 〈새가리 고개〉 사거리에서 보문사 가는 길로 내려서지 않고 계속 수목원 쪽으로 직행한 줄 알고……근데 범종각 앞에서 기다리기로 약속해 놓고 왜 여기 내려와서 울고 있어?"

나는 엄마 아빠가 310봉 넙적바위에서 한없이 쉬다가 늦게 내려왔다고 원망했는데, 엄마와 아빠는 우리와 전혀 다른 생각을 하고 있었다. 우리가 먼저 내려가서 보문사 범종각 앞에서 기다리기로 약속해 놓고 왜 일주문 아래서 울고 있느냐고 물었다. 그때사 우리는 엄마 아빠가 이내 우리를 뒤따라 보문사로 내려왔다는 사실을 알 수 있었고, 우리가 아이스크림과 햄버거를 사 먹으며 룰루랄라 콜라까지 사 마시며 시간을 보내고 있을 때 엄마 아빠는 우리를 찾느라 상봉산까지 갔다 왔다는 사실을 뒤늦게 깨달았다. 우리가 엄마 아빠와의 약속을 어기며 잘못했다는 것을 깨닫는 순간, 나는 아빠 얼굴이 무서워서 아무말도 못한 채 고개만 숙이고 있었다.

누나는 엄마가 자꾸 다그치자 꾸중을 들을 것을 각오하며 일주문 아래서 울고 있었던 사연을 이실직고했다.

"그러면 아이스크림하고 햄버거 사 먹은 뒤 밴댕이구이 아줌마 가게에서 기다린다고 미리 말을 하지, 왜 범종각 앞에서 기다리겠다고 했어? 엄마 아빠 십 년 감수하게……?"

"우리가 햄버거 하고 콜라 사 먹는 거 엄마 아빠가 싫어하고 걱정하니까."

누나는 그렇게 자초지종을 고백하며 흑흑 흐느꼈다. 엄마는 다음부터는 말과 행동이 다른 약속은 하지 말라며 동생을 잘 데리고 무사히 산을 내려온 누나를 꼭 껴안아 주었다. 대견하고 기특하다면서.

12년 전 그날을 더듬으며 차를 몰다가 보문사 앞 공용 주차장으로 들어갔다. 평일이라 주차장은 절반 정도 비어 있었다. 주차장 출구 쪽 빈터에다 승용차를 주차했다.

누나는 핸드백 속에 넣어온 탐문 리포트를 다시 한번 확인한 뒤,

"그 여자분 주소가 '강화군 삼산면 매음리 639번지'고 운영하는 식당 이름은 〈석모식당〉이다. 큰길 건너면서 간판 지번부터 잘 살펴봐."
하면서 리포트 프린트물을 건네주었다.

나는 보문사로 올라가는 오르막길 쪽으로 걸어갔다. 온갖 음식을 파는 식당들이 길 양쪽으로 들어서 있는 오른쪽 식당가 아래 대형 파라솔을 쳐놓고 함지마다 석모도 인근 해상에서 잡히는 해산물과 건어물, 농산물과 산나물, 약초와 산 열매를 담아놓고 길게 난전을 편 할머니들의 모습이 올 때마다 이채로웠다.

"누나, 우리가 12년 전 아이스크림과 햄버거를 사 먹었던 가게가 낙가산 편의점이 들어서 있는 저쪽이지, 그치?"

누나의 동의를 구하며 편의점을 바라보는데 부동산 간판을 단 복덕방이 보였다. 나는 누나를 잠시 기다리라 해놓고 부동산으로 들어갔다.

"죄송하지만 지번 좀 묻겠습니다. 매음리 639번지가 어디쯤 됩니까?"

검은 뿔테 돋보기안경을 콧등에 걸친 복덕방 영감이 자리에서 일어나 지도 앞으로 다가가더니,

"639번지라 했슈?"

하며 나를 쳐다보았다. 내가 그렇다고 고개를 끄덕이자,

"우리가 636번지니까……."

하면서 복덕방 영감은 부러진 라디오 안테나를 길게 빼 올려 지번을 따라 지도를 더듬더니,

"이리 나와 보슈."

하면서 나를 데리고 복덕방 출입문 밖으로 나왔다.

"저기, 전신주 두 개가 서 있는 오른쪽에 〈보성식당〉이라고 써 붙인 초록색 간판 보이슈?"

하면서 일주문으로 올라가는 오르막길을 가리켰다. 우뚝 솟은 보성식당 초록색 간판이 내 눈에 들어왔다. 내가 고개를 끄덕이자 복덕방 영감은 그 윗집이 매음리 639번지 〈석모식당〉이라고 일러 주었다.

말없이 복덕방 영감의 거동만 지켜보고 있던 누나도 금방 찾을 수 있겠다는 듯 고개를 끄덕였다. 나는 복덕방 영감의 친절한 안내가 엄청 고맙게 느껴져 주머니에서 5천 원짜리 지폐 한 장을 빼내 담배라도 사 피우시라고 사례를 했다. 복덕방 영감은 감지덕지한 표정으로 잘 가라고 했다.

"초록색 간판 윗집 같으면 옛날 엄마 아빠랑 자주 갔던 밴댕이구이 식당 부근 같은데?"

빽빽하게 들어선 식당 간판들을 하나하나 살펴보며 누나는 오르막길을 올라갔다. 누나의 말을 듣고 보니 나도 옛날 기억이 떠올랐다.

"맞아. 이제 생각나네. 가게 앞에 평상이 놓여 있던 밴댕이구이 식당이 저 초록색 간판집 부근에 있었더랬어……."

"아직도 밴댕이구이 식당은 그 자리에 있을까?"

12년 선 그날이 떠오르는지 누나는 상기되는 표정이었다.

"만약, 밴댕이구이 식당이 그 자리에 있다면 거기서 점심 먹을까? 옛날 추억을 더듬으며."

누나를 바라보며 내가 물었다

"요사이도 연기 마시며 밴댕이 구워 파는 식당이 있을까? 인천에는 밴댕이구이 식당이 없어진 지 10년도 넘었는데……."

"하긴 그렇기도 하네."

하며 발걸음을 옮겨 놓는데 누나가 돌연 언성을 높이며,

"복덕방 영감님이 가르쳐 준 매음리 639번지 〈석모식당〉이 옛날 우리 가족이 다녔던 밴댕이구이 그 식당이네?"

하며 누나는 갑자기 어안이 벙벙한 얼굴로 안절부절못했다. 나도 어이가 없어 한동안 말을 잇지 못하고 식당만 바라보고 서 있었다. 그때 식당 안에서 우리를 지켜보던 중년 아주머니 한 분이 밖으로 나와 누나 곁으로 다가오더니 대뜸,

"민서야! 너, 박민서 맞지? 아버지는 시의원이시고……그치?"

하고 다그쳐 물으며 누나의 손을 잡고 식당 안으로 들어갔다. 누나를 따라

나도 식당 안으로 들어갔다. 바깥은 옛날 모습이 남아 있는데 식당 안은 산뜻하게 인테리어 공사를 해서 옛 모습은 요만큼도 찾아볼 수 없었다.

"네. 제가 박민서인데요, 어떻게 제 이름과 저희 아빠를 알고 계시죠?"

누나가 혼자 기뻐하고 반가워하는 식당 아주머니를 보고 물었다.

"너희 아빠가 해군에서 기술하사관으로 복무했을 때, 방송선 타고 연평도로 출동 나가 어선들 보호하다 1970년 6월 5일 연평도 앞바다에서 이북으로 끌려간 해군방송선 피랍 사건 때 아빠 잃은 김인환이 엄마가 바로 이 아줌마다. 김남석 하사는 그때 생후 11개월 된 인환이 아버지이고……너희 아버지는 그때 연평도 앞바다에서 급성맹장염이 발병해 인천 율목동 도립병원으로 후송되어 수술을 받느라 용케 북한 빨갱이들의 포격에서 벗어날 수 있었고……근데, 우리 인환이 아부지는 그때 해군방송선과 함께 영영 돌아올 수 없는 불귀의 객이 되고 말았고……."

"저희 남매가 태어나기 전에 그런 일이 있었어요?"

누나가 방송선 피랍 사건에 대해서는 전혀 모르고 있었다는 듯 의아해하니까,

"너희 아버지는 해군에서 제대한 후에도 기술고시 준비한다면서 절에 들어가 공부하느라 결혼마저 늦게 해서 너희들은 네 아버지 해군 복무 시절에 대해서는 잘 모르겠구나……."

하면서 북으로 끌려간 인환이 아버지하고 우리 아버지는 해군에서 기술병과(技術兵科) 교육도 같이 받고 실무에 나와서도 같은 배를 타고 생사를 함께 한 동기생이라고 했다. 지금도 그 정리가 변하지 않고 있지만 젊을 때는 형제보다 더 가깝게 지냈다고 했다. 그런 동기애와 전우애 때문에 아버지는 인환이 아버지가 보고 싶으면 결혼 이후에도 우리 남매를 등산 지게

배낭에 태워 보문사로 찾아와 인환이 양육비에 보태 쓰라며 일 년에 몇 차례씩 돈 봉투를 건네주고 갔다고 했다. 그 당시 해군방송선과 함께 북으로 피랍된 승조원 20명은 모두가 다 죽었는지, 아니면 몇 명은 죽고 몇 명은 살아 있는지, 국방부는 그 생사가 확인되지 않아 UN을 통해서까지 그 소식을 탐문해 오다가 1994년에서야 피랍자 20명 전원을 행방불명자로 전사 처리해 사건 발발 24년 만에 국가유공자로 등록해주었고, 그때부터 얼마 되지 않은 금액이었지만 매월 유족연금을 지급했다고 했다.

"심승도 끼 때가 되면 밥 달라고 울어대는데, 우리 인환이는 한 살 때지 아부지가 북으로 끌려간 이후 24년간 친인척도 돌봐주는 사람이 없었단다. 아바이 원 고향이 황해도 해주인데 1.4 후퇴 때 월남한 피난민 1세대라 부모님 돌아가시고 나니까 남쪽에서는 혈혈단신이 되고 말았지. 그런 데다가 내가 눈에 콩깍지가 씌어 결혼도 하지 않고 인환이 아버지와 하사 때부터 동거생활을 했기 때문에 우리 집안에서는 내놓은 자식이 되고 말았지. 그러니 그 배고픔과 서러움이 오죽했겠는가? 하루하루 살아가는 일이 하도 힘들고 원통해서 어느 날은 인환이와 같이 죽으려고 몇 차례 극단적인 생각을 할 때도 있었단다. 그때마다 어디서 지켜보기라도 한 듯 너희들 아버지가 찾아와 용기와 희망을 안겨주며 국방부에서 유족연금이 나올 때까지 생활비에 보태 쓰라며 계속 돈 봉투를 내놓고 갔단다. 그뿐이 아니었다. 그 후에도 인환이 유치원에 들어갈 때, 초등학교 입학할 때, 중고등학교 입학할 때도 잊지 않고 찾아와서 입학금과 교복 맞춰주라며 해군동기회 회장 자격으로 찾아와서 동기생들 성금을 전달해주고 가기도 했다. 너희 아버지는……. 그렇게 긴 세월 동안 경제적 도움을 받으며 인환이를 키우다 보니 그때부턴 배은망덕하게 죽어버릴 수도 없었단다, 이 아줌마는. 너희들 아버지한테 큰 죄를 짓는 것 같아서……. 이제 민서는 이 아줌마가 누군지 이해가 되니?"

아주머니가 누나의 손을 잡고 재차 물었다. 누나는 그때까지도 고개를 흔들며,

"아뇨. 어린 시절 엄마 아빠를 따라 여기 와서 밴댕이구이를 먹고 간 기억은 생생한데 아줌마 얼굴은 전혀 기억이 안 나요. 12년 전 저희 엄마 아빠와 같이 여기서 밴댕이구이 먹고 간 날도 아줌마가 이 식당을 운영하셨나요?"

"그럼. 너희들 잃어버렸다고 너희 아빠가 상주봉까지 달려갔다 온 날도 아줌마는 여기서 밴댕이구이 장사하고 있었지……하긴 이 아줌마가 그 이후 잦은 병치레에 너무 늙고 살이 빠져 민서와 민수는 이 아줌마를 알아보지 못할 만도 하겠다. 내 얼굴이 원체 많이 변해 딴사람이 돼 버려서……."

"죄송해요. 저희를 그렇게 이뻐해 주시고 귀여워해 주셨다는 이야기는 저희도 엄마 아빠한테 여러 차례 들었는데 아주머니 얼굴도 기억하지 못하고 잊어버려서 면목이 없습니다."

"아니다. 내가 먹고살기 위해 장사에 메인 몸이라 너희 집에 자주 연락하지 못한 것이 큰 죄를 지은 것 같구나. 너희 아버지는 아직도 생활비에 보태 쓰라며 인환이 통장으로 해군 동기생들을 대표해 격려금과 위로금을 보내주시는데……그 고마움과 은덕을 어떻게 다 갚아야 할지 이 아줌마는 정말 죄가 많단다……."

"아드님과는 같이 사세요?"

"그럼. 내가 5년 전에 큰 수술을 두 번이나 받는 통에 그 아이는 아직 장가도 못 든 채 어미 장사 도와주느라 많이 바쁘다. 그건 그렇고, 민서하

고 민수한테 이 아줌마가 밥 한 끼 차려주고 싶은데 아직 점심 먹지 않았지?"

"네. 아까 여기로 올라올 때도 옛날 밴댕이구이 식당에서 점심 먹고 가자고 이야기했어요. 요사이도 밴댕이구이 파세요?"

"요사이는 식당 일손이 딸려서 옛날처럼 밴댕이를 숯불에 구워서 팔지는 않는다. 그렇지만 오늘은 이 아줌마가 우리 민서하고 민수한테 회덮밥용으로 준비해 놓은 밴댕이를 구워줄 테니까 맛있게 먹고 가거라. 옛날 추억도 더듬으면서."

"고맙습니다. 아주머니."

누나가 꾸벅 고개를 숙이며 인사를 하자 아주머니는 내 어깨를 쓰다듬으며,

"민수는 초등학교 때까지만 해도 날다람쥐처럼 산을 그렇게 잘 타던 꼬맹이였는데 그사이 이렇게 훌쩍 커서 네 아버지 젊은 시절 모습을 그대로 빼다 박았네그려. 너희들 남매는 두 살 터울이지?"

"네. 아줌마는 올해 연세가 어떻게 되세요?"

"올해 쉰여섯 된다. 민서와 민수는?"

"저는 스물다섯이고, 민수는 스물세 살이에요."

"주방에 들어가 밴댕이 좀 구워 올 테니까 조금만 앉아 있으렴."

아주머니는 손수 밥상을 차려오겠다며 주방으로 들어갔다. 누나는 핸드백 속에 넣어온 탐문 리포트 유인물 속의 손옥자 여인의 얼굴을 다시 한 번 확인했다. 5년 전 큰 수술로 살이 많이 빠지고 초췌해진 얼굴이라 우리는 그 얼굴을 알아보지 못했으나 인쇄물 속의 사진과는 동일 인물이 틀림없었다.

"아버지가 지금까지도 이 아주머니를 경제적으로 도와주고 있다는 데에 대해 누나는 어떻게 생각해?"

"아버지가 이 아주머니를 우리 동네 독거노인이나 무의탁 노인들처럼 생각하고 있다면 별로 이상할 것이 없겠지만 다른 의미가 있다면 세세한 내용을 모르는 사람들은 오해할 여지가 있네. 말 만드는 사람들의 상상력은 너무나 기발하고 엉뚱한 구석이 많으니까……."

"오늘 집에 가면 아빠한테 한번 물어봐야겠어."

"뭘?"

"해군방송선 피랍 사건에 대해서……."

"내가 중학교 3학년 땐가, 아빠가 엄마와 나한테 1970년 6월 5일 방송선 피랍 사건이 발생했는데 국방부가 20년이 넘도록 이 사건 희생자들을 전사자 처리를 해주지 않고 있다고 해군본부와 국방부 관계자들을 향해 노발대발한 적이 있었는데, 당시 이 사건이 해군동기회 회장직을 맡게 했고, 또 아버지를 지역 정가에 첫발을 내디디게 한 계기가 되었다는 말씀을 해주신 적이 있었어. 지역구 국회의원과 함께 국방부 전사자 처리 관계자들을 다그치려고. 근데 해군방송선 사건이 밴댕이구이 아줌마하고 연관되어 있는 줄은 오늘 처음 알았어. 너는 알고 있었냐?"

"누나가 모르는데 내가 알 턱이 있겠냐?"

"아주머니가 점심 차려주시면 맛있게 먹고 빨리 인천으로 나가자."

"왜?"

"그동안 알바 나온 후배들이 들고 온 탐문 리포트 내용을 말씀드리고, 손옥자 여인과 김인환 씨가 우리 가족과는 어떤 관계인지 여쭤보려고."

"누나는 이 아주머니가 소문처럼 진짜 우리 아빠가 숨겨놓은 여인이나 소가처럼 생각돼? 나는 이번 기회에 이 의문만큼은 꼭 풀어보고 싶어. 또 과거 함께 복무했던 동기생의 부인과 그 아들을 30년 넘게 도와주고 계시는 아버지는 무엇 때문에 이 사실을 떳떳하게 공개하지 못하고 지금껏 지역 정가와 심지어 우리 가족에게조차 침묵으로 일관하고 계시는지 그 속뜻도 오늘 밤에는 분명하게 여쭤보고 싶어……."

집에 도착해, 아버지가 귀가하자마자 나는 긴급 가족회의를 좀 열자고 엄마한테 요청했다.

술이 약간 취해서 귀가하신 아버지는 가족회의를 열자고 하자 사전 예고도 없이 이 밤에 갑자기 가족회의를 열어야 할 만큼 중대한 사안이 뭐냐고 물었다. 누나는 일주일 전 알바 나온 후배들이 타 정당 운동원들로부터 입수한 탐문 리포트를 들고 와서 그 실체를 밝혀 달라고 요구했다는 사실을 아빠와 엄마에게 설명하며 그 증거물로 유인물을 제시했다. 엄마는 그 내용이 가관치도 않다는 듯 혼자서 쿡쿡 웃고만 계셨고, 아버지는 돋보기안경을 가지고 와서 유인물에 적힌 내용을 정독했다.

"이 사람들, 지저분하게 뭐 이런 짓까지 하고 있어?"

아버지는 아주 불쾌한 표정을 지으며 돋보기안경을 벗었다. 누나는 이 유인물의 사실관계를 확인하기 위해 오늘 오전 석모도까지 다녀왔다는 이야기도 했다. 말없이 누나의 말을 듣고 있던 엄마가 물었다.

"인환이 어머니가 너희들을 알아보기는 하더냐?"

"우리는 전혀 모르고 있는데 정답게 다가와 누나와 내 이름을 부르며 아주 반가와 하시던데……아버지, 이 아줌마와는 어떤 관계예요?"

내가 단도직입적으로 묻자 어머니가 곁에서 거들었다.

"이제, 민서와 민수가 우리 품 안의 자식들이 아니에요. 정치적으로 경쟁 관계에 있는 타 정당 운동원들은 자기들끼리 말 만들어 유관자들 환심을 사려고 오만 술수를 다 부리더라도 우리 민서와 민수만큼은 당신과 인환이 엄마와의 관계를 분명하게 알 수 있도록 그 내력을 이야기해 주세요."

소파에 등을 기댄 채 눈을 감고 있던 아버지가 그제사 입을 열었다.

"이놈아. 남이 장군은 '남아 나이 이십에 나라를 평안하게 하지 못하면 후세에 이르러 그 누가 대장부라 하리오.' 하며 북정가(北征歌)라는 시(詩)도 남겼는데 넌 도대체 대학교 졸업할 나인데도 애비한테 하는 말투가 그게 뭐냐? 어떤 관계라니? 이따위 유인물에 현혹되어 너희들마저 애비가 남몰래 소가라도 두고 있다고 생각하니? 아빠나 엄마한텐 말 한마디 없이 보문사까지 몰래 다녀오게……."

"잘못했습니다. 용서해 주세요. 하지만 아무리 나이를 먹는다 해도 저는 우리 가족끼리 있을 때만큼은 어른이 되고 싶지 않아요. 어른 대접도 받고 싶지 않고요. 늘 어릴 때처럼 엄마 아빠라 부르며 살고 싶은 평소의 심정이 아빠가 싫어하시는 말버릇까지 불러왔나 봐요. 앞으로는 주의하고 고치겠습니다. 노여움 푸시고 소문으로 떠도는 그분 얘기 좀 해주세요. 아버지?"

"좋다. 앞으로는 주의하고 부모한테는 그런 말투를 사용하지 않겠다니 아빠도 쾌히 너의 요청을 받아들이겠다. 누나와 네가 제일 알고 싶은 게 무어냐?"

"낮에 그 아주머니를 통해 김인환 씨 아버지와 아빠가 해군 동기생이고 방송선을 타고 같이 출동을 나가 연평도 해역에서 어로작업을 하는 우리 어선들을 보호하는 임무를 수행하다 아빠는 1970년 6월 3일 급성맹장염이 발병해 헬기로 인천 율목동 도립병원으로 후송돼 수술을 받고, 그 당시 휴가 중이었던 김인환 씨 아버지는 휴가도 끝내지 못하고 연평도로 귀대해 6월 4일 저녁때 아빠 대신 그 배를 타고 출동을 나가 그다음 날 오전 연평도 서해상 10마일 해역에서 NLL(Northern Limit Line: 북방한계선)을 불법으로 넘어온 북한 쾌속정 두 척으로부터 포격을 받고 승조원 20명 전원이 사상(死傷)된 상태로 피랍되었다는 이야기를 생전 처음 들었습니다. 도대체 방송선이 어떻게 생긴 배에요?"

아버지는 해군방송선 이야기를 하기 전에 시원한 얼음물을 한 잔 만들어 달라고 했다. 그리고는 서재 밑 서랍에 보관해오던 해군 시절 사진첩을 들고 왔다.

"연평도로 출동을 나가 어선들을 보호하다 급성맹장염이 발병해 수술을 받으러 가기 전날인 1970년 6월 3일까지 아빠가 승선했던 방송선 모습이다."

아버지는 김인환 씨 아버지와 함께 방송선 갑판에서 찍은 사진 한 장을 보여 주었다.

"그렇게 큰 배가 아니네요?"

아버지는 어머니가 들고 온 얼음물을 한 모금 마시더니,

"해군에선 지금까지도 방송선 사건을 아이-투(I-2) 사건이라고 부르고 있다. 아이-투, 즉 언론에서 말하는 해군방송선의 제원은 해방 전에 일본 해군이 건조해 사용하던 120톤급 목조선을 물려받아 그때까지 운항해 왔던 아주 낡은 목선이다. 전체 길이는 20여 미터 정도 되었고, 전투병 · 기관병 · 방송 요원 합쳐 20명이 승조했다. 최고 속력은 시속 8노트였고. 무

장은 20mm 기관포와 50구경 기관총, 그 외 개인 화기 몇 정이 전부였다. 이에 비해, 당시 불법으로 NLL을 넘어와 우리 배를 포격한 후 사상당한 승조원 20명과 파손된 방송선까지 매달고 북으로 달아난 250톤급 북한 PGM 고속정 두 척은 소련에서 도입한 지 얼마 되지 않는 시속 40노트 속력을 자랑하던 최신예 고속정이었다."

"해군방송선의 주된 임무는 뭐예요?"

내가 물었다.

"연평도 NLL 인근 해상에서 어로작업을 하던 민간어선들을 남쪽으로 불러 내리며 보호하는 것이 주 임무였다. 너희들도 학교에서 배웠는지 모르겠으나 연평도는 조선조 16대 인조대왕 14년(1636년)경 임경업 장군에 의해 조기 잡는 법이 개발된 후부터 1968년까지 330여 년간 조기 파시(波市) 어장이 대성황을 이루었던 섬이다."

"330년간이나요?"

"그래. 음력 4월 소만사리(小滿사리: 양력 5월 21일경) 때부터 형성되기 시작하는 조기 파시 어장은 6월 파송사리(조기잡이가 끝나는 양력 7월 보름경) 때까지 계속되었다. 이때가 되면 전국 각지에서 수백 척의 어선들이 연평 앞바다로 몰려들었다. 일제 말기의 한 기록에는 음력 소만사리 때 3천여 척의 어선이 연평도로 집결했다는 기록도 있다. 이때는 경성(京城: 서울)과 인천은 물론 일본 본토에서 건너오는 게이샤들도 연평도로 들어왔다. 이들은 파시철이 돌아오면 해마다 연평도에 고깃배보다 먼저 들어와 점포를 세내고, 갱변가(바닷가, 해변가)에다 가건물을 지어 손님 맞을 준비에 바빴다. 색주가(色酒家)에서는 술을 비축하고 안주를 장만하는 한편, 작부들을 구해와서 파시철 장사준비로 들썩였다는 기록도 조기철만 되면 신문 지상에 전설처럼 기

사화되곤 했다. 장사꾼들은 대개 흑산도나 위도 파시를 거쳐 올라오는 이들도 있었으나 단기간에 한몫을 잡을 심산으로 경성과 인천 등지에서 연평도 파시 어장 장사만 겨냥하고 들어오는 장사꾼들도 수없이 많았다. 우리 회사에 고깃배 엔진을 수리하러 들어오는 선주들의 얘기로는……."

"파시가 무슨 뜻이에요?"

누나가 물었다. 아버지는 또 얼음물을 한 모금 마시며 입술을 추기더니,

"파시(波市)란 본디 어류를 교역하는 시상을 뜻한다. 물결 파(波) 자는 물결을 타고 바다 위를 항해하거나 이동한다는 뜻이고, 저자 시(市) 자는 어업에 종사하는 자, 즉 각종 영업자를 의미한다. 허나 근대의 파시는 임시 파출소나 각종 행정기관까지 설치되어 일시적 번성을 누리는 임시 어촌을 뜻하기도 했고, 또 다른 한편으론 바다에서 잡아 올리는 각종 어류들을 거래하기 위한 그 지역 풍어철에 형성되는 해상시장이란 의미로도 사용되었다. 동국여지승람 같은 고서에는 파시를 파시평(波市坪)이라고도 적어 놓았는데 이때 사용한 평평할 평(坪) 자는 장소를 가리키는 의미로도 사용되었다."

누나가 그제사 파시의 개념이 정립되었다고 고개를 끄덕이며 다시 물었다.

"조기와 굴비는 그 차이가 뭐예요?"

"우리 민족은 아주 오랜 옛날부터 철따라 풍족한 어장을 갖춘 바다를 동해·남해·서해에 끼고 살아왔는데, 일테면 동해가 명태어장으로 유명하다면 남해와 제주는 멸치어장으로 유명했고, 서해는 조기어장으로 유명했다. 그리고 동해에서 많이 잡히는 명태를 말리면 북어가 되고, 서해에

서 지천으로 잡히던 조기를 소금에 약간 절여 말리면 굴비가 되었다. 이들 명태, 조기, 멸치는 동·서·남해의 삼걸(三傑)이라 불리기도 했는데 지금은 기온과 해류의 변화로 그 풍성하던 어종이 사라지거나 다른 해역으로 이동해버려 300여 년간 이어오던 번성의 역사는 막을 내리고 말았다. 그러나 아직도 과거의 명성과 전통은 바닷사람들의 기억 속에 향수처럼 그대로 남아 있다……."

"조기나 굴비는 전라도 영광이나 법성포가 유명하다고 배웠는데 연평도도 유명했나 보죠?"

"너희들은 조기의 생태적 속성이나 특성을 모르니까 그런 질문을 하게 되는데, 조기는 본래 우리나라 서해와 동중국해의 경계 해역까지 발달한, 즉 양쯔강 하구 바닷속 모래밭에서 겨울을 나는 어종이다. 동중국해의 따스한 물속에서 겨울잠을 자듯이 조용한 나날을 보내다가 봄이 오면 북상하기 시작하는데 알을 낳기 위해 머나먼 항해를 시작하는 조기의 회귀본능은 생명 탄생의 외경심을 일깨워주는 한 편의 위대한 드라마와 같다. 조기는 수백 년 동안 제주도 남서쪽에서 북상을 거듭해 평안도 앞바다인 발해만에 이르기까지 장엄한 광경을 연출한다. 수천만 마리씩 떼를 지어 군단을 만들면서 바다 밑 해저를 점령해 왔는데 봄철 바다는 조기 울음으로 시끄러울 정도라고 아빠가 아는 한 선주는 배를 고치러 올 때마다 조기 울음소리를 흉내 내곤 했다."

"조기도 회귀본능이 있어요? 저는 연어만 회귀본능이 있는 줄 알았는데……."

"조기·대구·명태·연어 같은 어류는 물론이고 그밖의 여러 어류들도 태어난 곳에서 다른 곳으로 이동하여 성장한 뒤 산란(産卵)을 위하여 그들이 태어난 곳으로 다시 되돌아오는 회귀본능(回歸本能)은 우리 인간들의 사고력으로는 감히 이해할 수 없을 만큼 강렬하다. 멸치·꽁치·정어리·방어 같은 어류는 아주 큰 무리를 지어 주기적으로 이동하면서 사는, 회유본능(回游本能)이 아주 강한 어류들이다. 고서에 보면 200여 년 전 정약전(丁若銓)이 칠산 바다에서 한식(매년 양력 4월 5~6일경) 후에 그물로 조기를 잡았다는 기록이 있다……."

"200년 전에도 그물로 고기를 잡았다고요?"

"그럼. 선주들은 지금도 200년 전 그대로 그물질을 하는 어부들이 많다고 하더라. 지도를 놓고 보면 칠산어장은 전남 영광 쪽 낙월면에 속한 일산도·이산도·삼산도·사산도·오산도·육산도·칠산도 쪽이다. 이곳은 일곱 개의 무인도가 점을 찍고 있어서 '칠뫼'라고도 불리는데 이곳이 연평도 어장이 열리기 전인 한식과 곡우(매년 양력 4월 20~21일경) 사이에 조기가 많이 잡히던 첫 어장이라고 하더라. 우리 회사에 배를 수리하러 오는 선주들은, 이 어장이 끝나면 보통 음력 4월 초파일 경 대다수 연평도 앞바다로 올라오는데 그것은 조기 떼가 북상하기 때문이다. 한강·임진강·예성강에서 흘러 내려온 토사는 수천 년 동안 강화도 앞바다를 개펄 바닥으로 만들어 놓고 있는데 이곳은 부유물질이 많고 조기들에게 풍부한 먹이를 제공하는 서식처 역할을 한다. 그뿐만 아니라 얕은 모래밭은 조기들이 알을 낳기에 최적의 장소가 된다."

"아, 조기는 바위나 돌 사이가 아니라 모래밭에다 알을 낳는가 보군요."

내가 새로운 사실을 발견했다는 듯 고개를 끄덕이자 아버지는 다시 말을 이었다.

"조기의 생태적 습성은 강물과 바닷물이 합수하는 곳을 좋아해 북상을 거듭하게 되는데 소만사리(매년 양력 5월 20~21일경) 때가 되면 황해도 해주만까지 올라간다. 특히 황해도 '등산이(登山串 근해)'와 '구월이(구월반도가 길게 늘어진 곳)' 앞바다는 자잘한 암초와 모래밭으로 형성되어 있어서 조기에게 최적의 산란장 역할을 하기 때문이다. 이 시기에 맞춰 황해도 구월포에는 조기 시장이 형성되는데, 해마다 파송 사리라 불리는 6월께는 조선 최대의 조기 시장이 이곳에서 열렸다. 조국 분단 전에는 말이다. 선주들은 이 조기 시장을 놓치지 않으려고 대부분 미리미리 완벽하게 준비를 한다. 그물을 새로 맞추고, 배도 엔진을 보링해 성능을 최대한 높여 놓는다. 이때 잡히는 연평도 조기는 칠산도 조기보다 씨알이 한층 더 굵기 때문이다. 저 먼 남쪽 바다에서 북쪽 바다로 헤엄쳐 올라오면서 몸체가 커져 칠산어장에서 잡히던 조기 몸체와는 비교할 수 없을 만큼 씨알이 굵은 성어로 자라 있기 때문이다."

"그럼 연평도 파시 어장도 이때 서게 되는 거예요?"

"그래. 이때가 되면 연평도의 가장 앞줄에 살고있는 해안 쪽 주민들은 자기 집을 장사꾼들에게 한철 세를 놓고 자신들은 마을 안쪽에 위치한 한적한 집 방 한 칸을 빌려서 이사를 갔다. 그때부터 연평도의 일반 가정집은 요사이 말로는 기생집이고 왜정시대는 색주가로 바뀌었다. 뿐만 아니라 배가 들어와 임시 정박하는 연평도 해안 갱변가에는 판자로 급조한 가건물들도 많이 들어섰는데 그 가건물들은 모두 어부들의 주머니를 노리는 작부들을 고용해 술장사와 여자 장사로 한몫 잡으려는 색주가들이 들어섰다. 그런 색주가들은 통상 주인의 고향 지명을 따 '인천옥 · 목포옥 · 해주옥 · 군산옥 · 비금옥 · 위도집 · 흑산도집 · 해변식당 · 신선 요릿집'

등으로 간판을 내다 걸었는데, 이런 곳에서 일하는 기생이나 작부들은 연평도에 들어오면 제일 먼저 면사무소에 사진과 증명서를 제출하면서 등록을 해야 한다. 기록에 보면 이때 규정대로 등록을 한 작부가 해마다 평균 500~600명 정도인데 미등록 작부도 통상 200~300명 정도 되었다고 하더라. 이때 등록을 한 작부는 영업허가를 받은 주점에서 합법적으로 선주와 어부들을 맞으며 영업을 하지만 미등록 작부들은 대부분 무허가 주점에서 영업을 했다는 기록이 있다."

"그 시절에도 무허가 주점을 찾아다니며 돈을 뜯어내는 순사 나부랭이나 벼슬아치들이 암암리에 먹이사슬을 형성했겠군요?"

"아마도 그랬겠지. 선주들이 하는 말을 들어보면 이 시절에는 연평도 개들도 돈을 물고 다닐 만큼 연평도는 조기와 돈과 여자가 들끓었다는 믿지 못할 기록이 있다. 이때 연평도 일대에서 조기가 가장 많이 잡히던 해역이 바로 〈구월이 안골〉을 비롯해 38선 이남 대수압도 북쪽 해주만까지가 남한 어선들의 조업 구역이었다. 그런데 6.25 발발 이후 한국전쟁이 1953년 휴전되면서부터 황금어장 대부분이 북쪽의 영해가 되어버렸다. 이로 인해 남한 측 어선들은 연평도 북쪽 1.3km NLL 이남에서만 조업이 가능하게 되었는데, 어부들을 대동하고 조기잡이에 나선 어선의 선장들은 목숨을 걸고 NLL을 월선해 그들이 옛날부터 드나들던 황금어장으로 올라갔다. 황금어장으로 들어서면 조기가 대여섯 배(倍) 넘게 잡히니까 조깃배 선장들은 도박을 하듯 남북 양쪽의 감시선을 피해 NLL 북쪽 〈미력리도〉와 인근 섬들 해역까지 올라가 죽을 줄 모르고 그물을 내렸다. 생명을 내놓은 도박꾼들처럼."

"아빠가 해군에 복무하던 시절에도 말이죠?"

누나가 확인하듯 다시 묻자 아버지는 고개를 끄덕이며,

"그럼. 아빠가 승조했던 방송선은 이렇게 한탕을 노리며 의도적으로 NLL을 넘어가는 어선들과 조업에 집중하다 자신도 모르게 NLL을 넘어가게 되는 어선들을 확성기 방송으로 불러 내리며 보호하는 임무가 몹시 힘들었다. 그 넓은 바다를 오르내리며 방송선 몇 척으로 수백 척의 어선들을 보호한다는 것은 사실상 무리였고 몸부림이었다. 해군방송선 몇 척 대 수백 척의 어선들이 벌이는 술래잡기 같은 출동 임무가……거기다 당시 북한은 등거리외교 노선을 견지하며 소련과 중국으로부터 경제적 원조도 많이 받으며 남한보다 국력이 월등히 앞서 있었다. 그러나 우리는 6.25 휴전 이후부터 1970년까지 너무나 가난하고 국력마저 미약해서 요사이처럼 우리 힘으로 군함을 건조할 기술과 경제력도 없었다. 불과 몇십 척의 군함으로 동 · 서 · 남해 3면의 바다를 지키고 있던 시절이라서 크고 작은 군함들이 임무 교대를 위해 한 번씩 출동을 나가게 되면 한 달 이상은 기본이고, 교대해줄 배가 수리에 들어가 고장난 엔진이나 발전기 부품 수입이 늦어지면 두 달 이상 땅 한번 밟지 못하고 바다에서 생활할 때도 부지기수였다. 그런데 당시 우리 정부는 6.25 때 우리나라를 누란의 위기에서 구해준 미국의 요청에 보답하기 위해 월남에 상당수의 전투병력을 파병하고 있었는데, 그 병력의 공백을 틈타 북한의 김일성 집단은 너희들도 잘 알다시피 휴전 이후 1970년대까지 연례행사처럼 1년에 두어 차례씩 악랄하게 대남도발을 자행해왔다. 1967년 1월의 한국 해군 PCE-56함 침몰 사건, 1968년 10월의 울진 · 삼척 무장공비 침투사건, 1969년 12월의 대한항공 YS-11기 강제납북 사건, 1970년 6월의 해군방송선 피랍 사건이 그 대표적인 실례다. 이때 북한 고속정으로부터 포격을 받고 전원이 사상(死傷)된 채 북으로 피랍된 방송선 승조원 20명은 결과적으로는 김일성 집단의 악랄한 대남도발에 목숨을 잃고 '불귀의 객'이 된 희생자들이다. 그때 아빠는 연평도 출동 중에 급성맹장염이 발병해 배 안에서 사경을 헤매다 급기야는 헬기로 인천 율목동 도립병원으로 후송되어 수술을 받느라 6월 5일 교전에서는 열외(列外)되었다. 그러나 만약 발병하지 않았다면 아빠가 죽고 인환이 아버지는 무사했을 것이다. 인환이 아빠는 그때 정식 휴가 중이었으니까."

"정식 휴가 중인데 어찌 아빠를 대신해 출동을 나가게 되었지요?"

누나가 물었다. 아버지는 조금 남아 있던 얼음물을 마저 마시며,

"어느 나라나 마찬가지지만 해군에서 말하는 '출동'이란 곧 전쟁터로 출전하러 가는 것을 말한다. 일개 전투부대가 전쟁터에 나가게 되면 부대 구성원들이 개인별로 수행해야 하는 필수적인 임무가 있듯, 해군 역시 고도화된 기술력으로 전쟁을 치르는 20세기 군대이기 때문에 방송선의 경우 레이더를 전담해야 하는 전탐사, 포를 전담해야 하는 장포사, 배를 추진하는 내연기관을 전담하는 내연사, 외연기관을 전담하는 외연사들이 일사분란하게 함장(艦長)의 지시에 따라 발전기를 돌아가게 한다든지, 좌우 엔진을 돌아가게 해야만 갑판 위의 포요원들이 적함을 향해 포를 쏘며 전투를 전개할 수 있다. 아빠는 해군에 복무할 때 군함의 내연기관을 전문적으로 가동하고 수리하는 내연기술 장기하사관인데, 수술을 받으러 예정에도 없던 후송병력이 되고 말았으니 아빠 대신 방송선의 내연엔진을 전담할 다른 기술하사관이 엔진을 전담해 운전과 작동을 맡아줘야만 방송선이 스크류를 돌려 항해를 계속하며 출동 임무를 완수할 수 있었다. 그러니 방송선 최고 명령권자인 정장(艇長)으로선 휴가 중인 인환이 아버지를

급히 불러들이지 않을 수가 없어 '급히 귀대하라.'라고 전보를 쳐 아빠 대신 인환이 아버지를 아빠 자리에 앉혀 출동 임무 수행지인 연평도 해상으로 나가게 되었다. 그런데 안개 낀 연평도 해상 북쪽에서 중화기로 무장한 북한 고속정이 슬며시 NLL을 넘어와 선전포고나 예고도 없이 불시에 포격을 가하며 살상전을 벌이니까 방송선에서도 부랴부랴 임전태세를 갖추어 대응사격을 하면서 교전을 하지 않을 수가 없었다. 그 교전에서 인환이 아버지는 불행히도 북한 고속정의 중화기 포격을 받고 돌아가셨다."

엄마가 다시 얼음물 세 잔을 만들어 왔다.

"낮에 아주머니한테 들은 말인데, 방송선 승조원 20명의 생사가 확인되지 않아 전사처리도 안 된 채 계속 미뤄 오다 1994년에야 해방불명자로 처리돼 그때부터 유족연금을 받게 되었다고 하시던데 북한은 왜 그분들의 시신마저 여태 돌려주지 않는 거예요?"

누나가 물잔을 뱅글뱅글 돌리며 물었다. 아빠가 다시 얼음물로 입술을 추기시며,

"시신을 돌려주면 사인(死因)이 나오고, 사인이 나오면 그놈들의 포격으로 방송선 승조원 20명이 모두 그놈들의 의도적 군사 도발에 죽게 되었다는 사실이 전 세계에 명명백백하게 증명되는데 그 증거가 되는 시신을 북한 공산집단이 돌려주겠니? 그들의 얼굴에 휴전협정을 어기고 군사적 도발을 벌였다는 증거가 낙인처럼 찍히게 되는데……."

누나가 다시 물었다.

"피랍 사건은 1970년 6월 5일 발생했는데 실제로 승조원 20명의 생사는 1994년에야 행방불명자로 전사 처리해 그때부터 유족연금을 받게 되었다고 하시던데, 그렇다면 가정을 가진 유족들은 그 24년이라는 긴긴 세

월 동안 어떻게 생계를 이어왔어요? 최소 하루 한두 끼라도 무언가를 먹어야 생명을 유지할 수 있잖아요, 사람이?"

"종교단체나 사회단체, 또 해군부인회로부터 쌀 포대나 밀가루 포대 같은 물질적 도움을 조금씩 받으며 그 유족들은 그야말로 죽지 못해 목숨을 이어 왔다. 그러니 그 사람들이 살아온 몸부림 같은 지난 24년간의 세월을 무슨 말로 다 형용할 수 있겠니? 입장을 바꿔 놓고 한번 생각해봐라. 만약 아빠가 그때 죽고 너희들이 젖먹이 또래였다면 네 엄마하고 너희 남매의 유년 시절과 소년 시절이 얼마나 처절했으며 과연 고등학교나 대학교 진학을 감히 생각이나 할 수 있었겠는가를? 그러니 명심해라. 나라가 힘이 없고 가난하면 국민 누구나가 그런 불행과 고통을 한순간에 당하게 된다는 사실을 말이다."

"그럼, 우리 정부가 그분들을 위해 한 일은 뭐예요?"

누나는 아주 집요한 표정으로 궁금증을 파헤쳐 댔다.

"UN을 통해 우선 그분들의 생사를 확인하기 위해 정부도 여러 각도로 노력을 다 해보았으나 결과적으로는 다 무위로 돌아갔다……."

"UN을 통한 생사 확인이나 북한 측의 공식적 발표가 없었다 해도 그날의 남북 해군 간의 교전과 남측 어선들의 어로작업 보호 차 연평 해상으로 출동해 참변을 당한 방송선 승조원들의 참사는 그날 인근 해상에서 출동 임무를 수행하던 다른 해군 함정들 간의 지원 교신 내용, 포성과 총성을 두 귀로 똑똑하게 들은 인근 해상 어선들의 증언 등으로 납북되었다는 정황 정도는 사후 확인이 가능하잖아요?"

"물론이지. 그런데도 생사가 객관적으로, 명명백백하게 확인되지 않으면 국방부 전사처리 규정은 절대로 작동될 수 없는 '불통의 상자' 같은 것이었다. 아버지는 국방부 전사처리 규정도 사람이 만든 것인데, 그 되먹지 않은 논리로 요지부동인 담당관들의 언행과 희생자 유가족들을 바라보는 그들의 시각이 너무나도 원망스러웠다. 그것을 긍정의 시각으로 보면 '법치의 역기능'이라고 할까, 아니면 법 규정을 빙자해 권력을 쥐락펴락하는 벼슬아치들의 특권의식이라고 할까?' 아버지는 그 사람들의 의식구조와 행적이 분노를 끓어오르게 하고 저주스러워 '그렇다면 당신들도 국가의 녹을 받는 사람이고 당신들이 풀어야 할 문제를 풀 때까지 방송선 희생자 유족들처럼 국가로부터 받는 급여와 모든 혜택을 당신들 손으로 그 문제를 해결할 때까지 유보하며 생계 대책이 전혀 서지 않는 일상적 고통을 희생자 유가족들과 똑같이 공유하며 당신들이 받는 급여마저 지급을 보류한다 해도, 당신들은 이 문제를 생사 확인이 될 만한 객관적 자료가 나타날 때까지 전사처리 규정 탓만 하며 희생자 유가족들이 생활고에 허덕이다 다 쓰러져도 당신들은 계속 전사처리 규정만 강조하며 남의 일 보듯 하겠느냐? 왜, 당신들이 대통령에게 희생자 가족들이 매일같이 겪는 생계유지 고통을 탄원도 하고, 국회에 찾아가 새로운 입법도 독촉하고, 그에 따른 시행령도 새로 마련해 방송선 희생자들이 하루라도 빨리 유족연금 수혜라도 받을 수 있도록 진취적으로 처리할 수 없는가?' 하고 따지니까 그들은 아버지한테 '당신이 뭐길래 우리한테 이래라저래라 하느냐? 도대체 당신의 정체가 무엇이냐? 하며 돌아서서 저희끼리 나를 '주제넘은 자식'이라고 욕까지 하더라. 현장에서 궁시렁거리는 소리를 직접 듣고는 열이 뻗쳐 서로가 홧김에 언성을 높이며 다투기까지 하였으나 아버지는 그날 당한 수모와 그들의 오만방자한 모습에 치가 떨려 생뚱맞게 정치라는 금기의 땅에 첫발을 내딛고 말았다. 너희들은 절대로 충동적 분노를 못 삭여 평소 생각지도 않던 사회적 투쟁이나 정치에 발을 들여놓지는 말아라."

누나가 다시 물었다.

"그럼 그분들의 생사 확인은 아직까지도 오리무중인 거예요?"

"지금껏 해군과 국방부는 심정적으로는 20명 전원이 다 전사했다고 추론하고 있다. 그렇지만 명백한 증거가 없어 실종자로 처리해 왔다. 그러다 〈오 모(某)〉란 사람이 지난 1992년 북한에서 탈출해 '방송요원으로 승함하고 있던 문 모(某) 소위가 포격으로 그날 큰 부상을 당했으나 유일하게 목숨이 붙어 있었다.'라는 소식을 전해 주어 '다른 사람들은 그날 다들 전사했구나.' 하고 더 이상의 생사 확인 작업은 단념하게 되었다."

"아빠가 말씀하신 그 〈오 모(某)〉란 분은 국내 신문 지상에 대서특필된 〈오길남〉 씨를 의미하시는 거예요?"

아버지가 맞다는 듯 고개를 끄덕였다. 누나의 눈이 갑자기 커지면서,

"그럼 〈오길남〉 씨란 분은 어떤 인물이에요?"

"그 사람은 대한민국 국적으로 프랑스에 유학 중 북한 공작원들의 세뇌공작에 속아 가족을 이끌고 남측 정부 몰래 북한으로 입북했던 사람이다. 그런데 이 사람이 북한에 들어가 몇 년 살다 보니 자신이 북한 해외 공작원들의 감언이설에 속았다는 것을 자각하고 다시 북한을 탈출해 대한민국으로 넘어온 사람인데, 이 사람이 우리 정보기관에서 증언해준 정보 때문에 역사 속으로 영원히 사라진 줄 알았던 해군방송선 피랍 사건이 사건 발발 22년째인 지난 1992년 언론에 잠깐 그 뒤 소식이 보도된 일이 있었다. 1992년 5월 대한민국으로 입국한 〈오 모(某)〉 씨가 '평양 소재 한민전 구국의 소리 방송국에서 방송 요원으로 활약하던 양 모모(某某)〉 아나운서의 보도내용을 상기시키며, 피랍 당일 북한 고속정의 포격으로 해군방

송선 전 승조원이 임전태세로 대응사격을 하며 최후까지 교전하다 쓰러져 급기야 승조원 전원이 죽은 채로 북측 고속정에 매달려 북으로 끌려갔으나 그중 유일하게 〈문석영〉 소위는 완전히 죽지 않고 목숨이 붙어 있어 피랍자 20명 중 유일하게 생존자로 살아남을 수 있었다.'라고 그 내막을 밝혀주었다. 〈문석영〉 소위는 당시 서울대 영문과를 졸업하고 해군에 입대한 엘리트였는데 피랍된 이후 북한의 응급조치로 천만다행 목숨을 부지하게 돼 한민전 구국의 소리 방송국에서 대남 심리전 방송 요원으로 활동하다 지난 1969년 납북된 대한항공 승무원 정경숙(연세대학교 도서관학과 졸업)씨와 결혼했다는 후문이 전해지기도 했던 인물이다……."

"아주머니 말씀으로는 아빠는 현재까지도 물심양면으로 그 모자를 도와주고 계신다던데 그분들을 현재까지 도와드리고 있는 특별한 사연이나 까닭이 있으세요?"

"있다."

아버지가 소신있게 대답하자 누나가 대번에,

"그게 뭐예요?"

하고 물었다. 그러자 아버지는,

"남들이야 어떻게 생각하든 말든, 그 아주머니 남편은 아빠가 죽어야 자리에 대신 들어가 출동 임무를 수행하다 북한 인민군의 군사적 대남도발에 목숨을 잃은 전사자이다. 아빠는 그분의 희생 때문에 지난 1970년 6월 5일 죽어야 할 사람인데 지금껏 덤의 인생을 살아오고 있다. 만약 그분의 희생이 없었다면 아빠는 분명히 너희 엄마를 만나 가정을 이루고 너희들을 낳으며 오늘날까지 살아오지 못했을 것이라고 장담한다……."

누나가 물었다.

"가끔씩 아빠 방에 들어가 청소를 하다 보면 불면증 처방을 받은 약봉지가 보이던데……아직도 그날의 환상이 자주 떠오르세요?"

아버지는 엄마의 표정을 살피며 조심스럽게 그동안의 심경을 내보였다.

"너희 엄마한테는 불면증 처방을 받은 내막을 이야기하며 이해를 구했지만, 사실 아빠는 그동안 잠자리에 누울 때마다 저승에서 아빠 동기생들의 절규가 들려오는 듯한 환청에 시달릴 때가 많았다."

내가 물었다.

"요사이도 그래요?

"그래."

"주로 어떤 모습이 환청으로 나타나세요?"

"며칠 전에는 '친구야, 나는 이곳에서 자네 사업이 융성하도록 조석으로 기원할 테니 자네는 내 유일한 핏줄인 인환이와 그 어미를 힘닿는 데까지 좀 도와다오. 자네 안사람한테는 너무너무 죄송하고 염치없는 일이지만 인환이가 성인이 되어 홀로서기를 할 때까지 수양아버지 역할도 좀 해주었으면 더할 나위없이 고맙겠다.' 하는 호소가 어느 때는 저녁마다 들려와서 그 두 사람의 얼굴을 지울 수가 없었다. 인환이는 이제 아빠의 의식 속에선 너희 남매처럼 평생을 껴안고 가야 할 자식처럼 느껴지고, 인환이 어머니는 연민의 끈을 놓아버릴 수 없는 정인(情人)이나 다름없다. 그래서 아빠는 너희 엄마의 이해와 승낙 아래 그 모자를 지난 세월 내내 내가 이 세상에서 목숨이 끊어질 때까지 거두고 돌봐야 할 가족처럼 생각하며 살아왔다."

"그럼, 아빠가 연말 때면 찾아뵙는 우리 동네 독거노인과 무의탁 노인

세대와는 어떤 차이가 있어요?"

"우리 동네 독거노인과 무의탁 노인세대는 솔직히 말하면 아빠가 특별히 정을 주지 않는 분들이다. 그냥 사회적 약자나 경제적 약자로서 다음 해 연말에는 다른 사람으로 바뀔 수도 있고 잊어버릴 수도 있다. 그러나 인환이와 인환이 어머니는 다른 사람으로 교체될 수 없다. 아빠를 대신해 자신의 목숨까지 내준 전우의 유족이자 해군방송선을 타고 생사고락을 함께 나눈 내 친구의 아들과 부인이기 때문이다."

"근데 왜 지금까지 그 고귀한 생각과 아름다운 실천을 누나와 저한테까지 알려주시지 않았어요?"

"인환이 아버지의 거룩한 희생과 남아 있는 그 유족들의 기막힌 사연들이 다른 사람의 입초시에 오르내리는 것을 아빠는 1차적으로 원하지 않았기 때문이다. 지금은 북으로 끌려간 방송선 승조원 20명의 목숨이 한 사람만 빼고 다 죽은 것으로 증언으로나마 확인되었다. 그렇지만 〈오길남〉씨가 탈북하기 전까지는 그야말로 다 죽었는지, 아니면 몇 사람은 현재도 살아 있는지, NLL이라는 저 선 너머 북쪽에서는 그 모두가 오리무중이었고 감감무소식이었다……그런데 이 참혹한 불행의 와중에 인환이와 인환이 어머니 사연이 아빠를 통해 언론에 노출되어 만에 하나라도 북한 당국이 밀파 공작원들을 남파시켜 월북을 종용하거나 감쪽같이 납치해 가버린다면 그들 모자의 가슴에 새로운 상처와 고통을 안겨주는 일이 또다시 발생하게 된다. 아빠는 그것이 제일 두려웠고, 남북 관계가 험악했던 지난 20여 년간 밤잠을 이루지 못할 만큼 우려되었다. 김일성 부자와 그 수하 빨갱이 놈들은 마음만 먹으면 천하에 못 할 짓이 없는, 우리 국민들 모두에게는 그야말로 불구대천의 원수나 진배없는 자들이다."

누나가 물었다.

"그럼 이번 선거에서 이 문제를 어떻게 처리하시겠습니까? 이렇게 유인물까지 만들어 유언비어를 퍼뜨리고 있는데 계속 방관할 수만은 없지 않습니까?"

"내가 3선에 성공하기 위해 생업에 몰두하고 있는 그분들의 주변을 어지럽게 한다거나 나의 결백을 드러내 보이기 위해 기자회견 같은 것을 자청하고 싶은 생각은 추호도 없다. 엄마와 너희들만 아빠를 믿어준다면 이번 선거도 지난번 선거 때처럼 선관위에 허위유인물 신고만 해놓고 새로운 표심을 가진 유권자들을 찾아 나설 계획이다. 선관위에 허위유인물 신고만 정확히 해놓으면 그들은 설사 당선되더라도 선거 후 허위유인물 유포죄로 당선의 영광도 내려놓으며 벌금형과 함께 법적 책임부터 짊어져야 한다."

"그래도 선거에서는 '상대의 법칙'에 따라 '무대응'은 곧 '수긍'이나 '인정'으로 오인되어 순식간에 여론의 악화나 전혀 예상치 못한 결과를 초래할 수도 있는데, 만약 그런 무대응 전략으로 나가시다 이번 선거에서 아버지가 실패라도 하게 된다면 어떻게 하시겠어요? 선거란 승자독식의 원칙에 따라 한 표라도 차점자가 되면 낙선자가 되고, 수단과 방법을 가리지 않고 불법을 자행해서라도 일단 최고 득표자가 되고 나면 법정 소송을 통한 패소자가 될 때까지 시한부이거나 말거나 시의원 자격을 갖게 되어 시의회에 의원 자격으로 입성하게 되는데 그래도 괜찮으시겠어요?"

"만약, 그런 결과가 도래한다면 정계 은퇴할 계획이다. 내가 지역 정가에 첫발을 들여놓았을 때는 지역구 국회의원이셨던 ○○○ 의원님과 같이 국방부 전사처리 관계 부서와 보훈처를 독려해 해군방송선 유가족들의 당면 문제를 풀어보려는 절박한 정치 문제가 있었다. 그렇지만 이젠 그때처럼 나를 못 견디게 하는 정치적 절박감이나 갈증이 상당수 해소되었다. 그동안 만족하지는 않았지만 나름대로 많이 해결했고 합리적 법치에 따라 지역구 구민들과 시민들의 삶의 질도 많이 향상시켰다. 다만 나의 정치 인생을 유의미하게 마무리 지으려고 이번 선거에도 출마를 굳혔는데 만약 이번 선거에서 낙선한다 해도 정치에 대한 미련은 없다. 그동안 밀어주신 유권자들에게 감사드리며 흔쾌히 낙선도 받아들일 각오가 돼 있다……."

아버지가 몹시 피곤한 모습을 보였다. 누나는 몇 가지 더 물어보고 싶은 표정이었으나 눈치 빠르게,

"그새 자정이 넘었네요. 나머지 궁금증은 다음에 또 여쭐게요. 오늘은 이만 주무세요. 밤늦은 시간까지 많은 말씀 해주셔서 감사해요. 그리고 아빠! 존경해요."

하며 다탁 위의 빈 물잔을 거두었다.

나는 아빠의 사진첩을 제자리에 갖다 놓은 뒤 현관문을 잠그고 와서 거실 불을 껐다. ●

〈2022년 완성 신작〉

그 마을

그 마을

　○○시청자미디어센터 영상제작 시민 PD로 선정되어 〈그 마을〉을 찾아갔을 때, 시몬의 집 사무국장은 나를 작은 예배당으로 인도했다. 한 30명 정도의 인원이 4개의 장의자에 앉아서 예배를 볼 수 있는 제대 옆에는 영화를 상영할 수 있게 스크린이 설치돼 있다.

　"저희 마을의 현황과 설립 취지를 빨리 이해할 수 있는 홍보영상이에요. 우선 이 영상부터 한번 보시고 내부 시설을 살펴보시죠."

　사무국장이 빔 프로젝트의 스위치를 눌렀다.

　불도저와 굴삭기가 강화군 길상면 온수리의 한 야산을 개발하는 전경이 나오면서 홍보영상은 시작되었다. 〈그 마을〉이라는 제목이 나오고, 원장 신부님의 얼굴이 클로즈업되었다.

　- 저희 마을에 오신 것을 환영합니다. 저희 마을엔 90명의 발달장애인이 살고 있습니다. 이 90명의 발달장애인은 시몬의 집, 요셉의 집, 마리

아의 집, 요한의 집 등 총 네 곳의 사회복지시설에서 사회적 지원을 받으며 살고 있는데, 모두 우리나라 실정법에 따라 관리되고 유지돼 오고 있습니다. 일반 시민들께서는 그동안 언론이나 사회 각 분야에서 장애아, 장애인, 장애우 등으로 불려오던 호칭에 대해 어느 것이 올바른 호칭인지, 또 법적 공식 용어는 무엇인지, 의문을 갖는 분들이 많을 것입니다. 선천성 장애를 가진 분들에 대한 호칭은 사실 시대별로 몇 차례 바뀌어 왔습니다. 한때는 〈정신박약아〉라고 부르던 시절도 있었고, 〈지적장애아〉라고 불러오던 시절도 있었습니다. 이런 호칭들은 광복 이후 우리 사회가 발전해오는 과정 속에서 계속 변화해 오고 있는 실정인데 현재 실정법(발달장애인 권리보장 및 지원에 관한 법률:2014. 5. 20 제정, 2015. 11. 21. 시행)상에서 최후로 통합해서 사용하고 있는 법적 용어는 지적장애와 자폐성장애를 합쳐서 〈발달장애인〉이라고 호칭하고 있습니다. 어린이나 미성년은 〈발달장애아〉라고 부르고 있는데 저희 마을에서는 이분들을 〈친구〉라고 지칭하고 있습니다. 그리고 당자(當者)를 직접 부르거나 이름을 호칭해야 할 경우는 이분들의 이름 뒤에다 씨(氏) 자를 붙여 '정수 씨', '복희 씨' 등으로 불러오고 있습니다. 그러면 지금부터 저희 마을 네 곳의 복지시설들을 한번 둘러볼까요…….

화면이 바뀌었다. 원장 신부님은 그새 〈시몬의 집〉 안마당에 서 있다.

1990년대 후반, 유명한 조 아무개 설계사가 '어머니의 자궁'을 주제로 해서 설계했다는 〈시몬의 집〉은 높은 곳에서 내려다보면 지붕이 마치 대형 접시 두 개를 포개어 2층 건물 높이의 대형 원통 위에 올려놓은 형상이었다. 그러나 건물 밑으로 들어와 내부 쉼터 건물에서 지붕을 쳐다보면 둥글게 중앙이 뻥 뚫린 천장으로는 언제나 파란 하늘과 따사로운 햇볕이 들어와 건물 내부 옥내 잔디밭의 꽃들을 화사하게 비춰주고 있다.

직선과 각진 모서리를 피하며 곡선을 최대한 이용한 시몬의 집은 2층 구조의 고대 로마 원형경기장을 연상하게 했다. 검투사들이 방패와 창검을 들고 경기를 하는 운동장 영역은 지붕 없이 뻥 뚫린 채로 옥내 잔디밭과 쉼터 건물 등으로 구획돼 있다. 로마 시민들이 원형경기장 내부 계단에 빙 둘러앉아 경기를 관전하는 객석 남쪽 계단 절반 영역 1층에는 남녀 기숙사가, 2층에는 종사자 숙소, 회의실, 연구실 등이 들어서 있다. 북측 계단 절반 영역은 원형경기장의 돌기둥처럼 높은 조립식 나무 기둥들이 예술품처럼 둥근 접시형 지붕을 떠받치고 있고, 그 아래 데크를 깔아놓은 라운지에는 당구대, 벤치, 야외 테이블, 공중전화 등이 놓여 있다. 서쪽은 강당 겸 식당이 별도 건축물로 연계되어 있고, 동쪽은 정원이 연결되어 있다.

- 지금 보고 계시는 〈시몬의 집〉은 발달장애인들에게 일거리를 마련해주고 있는 직업재활 근로사업장입니다. 현재 본관 2층에 있는 전기부품조립작업장은 25명의 친구들이 낮시간 동안 근로활동을 하고 있는 곳이고, 엄마의 품처럼 원형구조로 건축된 기숙사동 1층은 집이 멀어 매일매일 출퇴근이 불가능한 10여 명의 친구들이 오후 다섯 시에 일과가 끝나면 퇴근해서 휴식을 취하며 명일 아침 출근할 때까지 기거하는 숙소입니다. 이분들은 금요일 오후가 되면 대부분 본가로 퇴근해 가족들과 함께 생활하다 월요일 아침 8시에 다시 출근합니다. 다음은 요셉의 집으로 이동해 볼까요.

시몬의 집에서 차로 10분 정도 달려가야 하는 〈요셉의 집〉은 고아와 부모, 발달장애인들이 함께 공동가정을 이뤄 사회적 지원을 받으며 살아가는 그룹 홈(Groop Home) 시설이었다. 이 요셉의 집에서 50여 미터 정도 떨어져 있는 〈마리아의 집〉은 가족들이 생계를 위해 일을 하러 나가거나 직장으로 출근한 낮시간 동안 장애가 심한 발달장애인들을 맡아 케어(care)해 주는 주간보호시설이었다. 이곳에서 보호되는 발달장애인들은 가족들이 직장에서 퇴근하는 오후 다섯 시 이후에는 본가로 다시 인도되었다. 이 마리아의 집 주간보호센터에서 30여 미터 정도 떨어진 곳에 있는 〈요한의 집〉은 일반 시민들이 살고있는 5~6층짜리 시민아파트나 진배없었는데, 이곳은 발달장애인 가족들이 가정생활을 영위해 나가는 거주시설이었다.

 - 앞에서도 말씀드린 것처럼, 현재 저희 마을에는 90명의 발달장애인들이 네 곳의 사회복지시설에서 삶을 영위해 가고 있습니다. 이 90명의 친구들 중 장애의 정도가 극심해 근로활동을 할 수 없는 41명의 친구들은 24시간 내내 사회복지사의 돌봄 서비스를 받으며 요셉의 집이나 주간보호센터에서 국가와 사회로부터 기초생계비와 장애인수당을 지원받으며 삶을 영위해 가고 있습니다. 그리고 장애 정도가 덜 심한 49명의 친구들은 시몬의 집 직업 재활 근로사업장에서 직장생활을 하며 일생을 살아가고 있는데 이분들이 어떤 일을 하고 계시는지 사업장을 한번 살펴볼까요…….

다시 화면이 바뀌었다.

시몬의 집 본관 2층의 긴 복도를 따라 안으로 들어가자 전기부품조립 작업장이 나타났다. 25명의 발달장애인 친구들이 7~8명씩 조를 짜서 4개의 작업 테이블 주위로 빙 둘러앉아 라디오를 들으며 두꺼비집 속에 들어가는 전기 단자를 조립하고 있는 전체 모습이 잠시 비쳤다. 그 사이를 왔다 갔다 하는 비장애인 관리팀장과 종사자들은 발달장애인의 단자 조립작업을 도와주는 조력자 역할을 하고 있다.

나는 카메라가 집중해서 비추고 있는 상원 씨의 거동을 주시했다. 자연 연령이 49세인 상원 씨는 겉으로 보기에는 스물대여섯 살 먹은 청년처럼 젊고 순박해 보였다. 팔다리에 마비성 장애가 있는 그는 잘 움직여지지 않는 두 손으로 전기 단자 사출 케이스(case) 한 개를 작업대 위에 반듯하게 올려놓고, 그 안에 2단계 공정으로 좌측에 한 개, 우측에 한 개, 아연 도금을 한 와셔(washer)를 끼웠다. 자기 손톱 크기의 4분의 1정도 되는 와셔를 사출 케이스 안에 있는 홈에 정확히 끼워 넣기 위해 그는 온 정신을 손가락 끝에 집중해 몸을 부들부들 떨면서 정확히 쑤셔 넣었다. 만족스러운 듯 그의 얼굴엔 천진난만한 웃음이 피어오른다. 상원 씨는 다시 3단계 공정으로 와셔를 평형으로 지지해주는 단자대를 끼웠다. 의도한 대로 단자대가 바르게 끼워지자 그는 다시 만족한 웃음을 한번 보이며, 4단계 공정으로 넘어간다. 4단계 공정은 단자대가 두 개의 와셔를 누르면서 텐션(tension)을 유지할 수 있도록 단자대 뒤편 홈 구멍에다 두 개의 스프링을 끼워주는 작업이다. 상원 씨는 또다시 집중해야만 된다는 듯 코를 한 번 훌쩍 들이키고는 온 신경을 두 손끝에다 집중해 스프링 두 개를 단자대 뒤편의 홈에 끼워 넣는다. 3cm가량의 스프링에 힘을 가해 홈 구멍에 끼워 넣고 나니 스프링 전체 길이가 1cm로 줄어들었다. 눌러 끼운 스프링 두 개는 팽팽한 탄력을 유지하며 단자대 안쪽의 와셔를 누르고 있다. 상원 씨는 한 개의 전기 단자 조립이 완성되자 다시 옆에 있는 사출 케이스 한 개를 갖다 놓으며 두 번째 단자 조립에 들어갔다.

비장애인의 경우 대부분 영상으로 설명되는 4단계 공정을 5분 정도만 따라 하면 누구나 조립할 수 있는 아주 단순한 작업이다. 그러나 이 전기

부품조립작업장에서 재직하고 있는 25명의 친구들 중 일부는 이 조립법을 한 달 이상 반복 훈련을 해도 조립이 되지 않는 친구들이 있다.

지적장애가 있는 친구들이다. 현대의학이나 실정법상에서는 이 친구들을 지적장애나 자폐성장애를 가진 발달장애인이라 부르고 있다. 이들은 어머니의 뱃속에서부터 선천적으로 이런 장애를 안고 태어났다. 그 때문에 우리나라에 발달장애인에 대한 현대적 개념의 사회복지제도가 법률로 정착되기 전에는 '배냇병신'이라는 소리를 들으며 평생 사회로부터 격리되고 따돌림을 당해왔다. 심지어는 가족으로부터도 구박을 받으며 살다가 어린 나이에 죽거나 소리소문없이 죽임을 당해 내버려지기도 했다.

동양의 불교문화권에서는 장애아의 출생을 부모나 장애아의 전생에 대한 업보로 간주하는 사상이 강하게 퍼져 있다. 서양에서는 부모가 자녀의 장애(정신지체, 자폐, 학습장애, 정서장애 등) 발생의 원인 제공자로 간주되어왔다. 전통사회에서는 집안에 이런 아이 하나가 태어나면 "망조가 들기 시작했다."라며 3대가 모여 앉아 통곡을 했고, 그 통곡 소리를 듣다 못한 산모는 3칠일(21일)도 지나지 않았는데 갓난아이의 목을 졸라 죽이고 자신도 발달장애아를 낳은 죄 많은 여인으로 자책하며 스스로 목을 매 목숨을 끊은 비화들이 고서를 통해 전래되고 있다.

발달장애인의 일생이 이러하였기 때문에 세상의 모든 어머니는 물론 아버지들도 발달장애아만큼은 낳지 않기를 임신을 하기 전부터 빌고 빌었다. 그렇지만 2016년 1월 16일 중앙 선데이(SUNDAY)가 보도한 우리나라 보건복지부 자료에 따르면 2014년 국내에서 태어난 선천성이상아는 모두 44,896명으로, 전체 신생아의 10.3%를 차지했다. 특히 지난 2009년 5.1%였던 선천성이상아 발생률이 5년 사이 두 배로 늘었다. 이렇게 두 배로 늘어난 수치 속에는 시골이나 산부인과 병원이 없는 곳에서 출생한 아이의 숫자가 보고되지 않다가 출산장려책으로 통계가 정확히 집계된 원인도 있을 것이다. 또 선천성이상아는 기형뿐 아니라 겉으로 드러나지 않는 이상 질환을 갖고 태어난 아기도 포함되는데 그동안은 의료시스템의 사정으로 의학적으로 정밀하게 조사되지 않은 부분도 있었을 것이다.

어쨌든, 신문 지상에 발표된 보건복지부 자료는 국민건강보험관리공단의 만 1세 미만 환자의 Q코드(선천성이상아)에 해당하는 진료 인원을 말한다. 이것은 결국 신생아 100명이 태어나면 11명이 선천성이상아로 태어나고, 1천 명이 태어나면 110명이 선천성이상아로 태어난다는 뜻이다. 기가 막힐 일이다. 통계청이 발표한 2016년도 출생 신생아 수는 406,300명으로 집계되었다. 이 중 10.3%가 어머니의 뱃속에서부터 선천성이상아로 태어난다고 하니, 2016년 한해만 해도 44,693명의 선천성이상아가 전국 각지 산부인과 병원에서 태어났다는 말이다.

화면에 비치고 있는 신생아들 옆에 도표로 그려지고 있는 파란 선의 신생아와 빨간 선의 선천성이상아의 수치를 곱씹어보는 순간 나도 모르게 온몸에 소름이 돋았다. 순간적으로 정부 중앙부서에서 사무관으로 재직하고 있는 내 딸아이 얼굴이 떠올랐던 것이다. 대학원 졸업 후 정부 기관의 인턴사원으로, 민간항공회사의 외국인 조종사 안내원으로 직장 경험을 쌓다가 정부 중앙부서 SNS 특채 시험에 합격해 10년 세월을 날밤을 세다시피 근무하다 사무관으로 승진한 내 딸아이에게 나는 그동안 강제로라도 결혼을 시켜 가정을 꾸려주지 못했다. 조선시대 같으면 나와 내 처는 벌써 관아로 끌려가 아마도 곤장 몇 십 대를 맞고 초죽음이 되어 돌아왔을 것이다. 그 통에 내 딸아이 나이는 30대 중반을 훌쩍 넘어서고 말았는데 이를 어쩌나 하는 근심이 내 가슴을 짓눌러 왔다. 결혼이 늦어지면 일생 만사가 지각생이 되고 마는 것이 지금껏 내가 살아온 인생인데…….

그런데 나를 더 옴짝달싹하지 못하게 긴장시킨 것은 그다음 화면이었다.

현대의학의 연구보고에 따르면 이 세상에 태어난 발달장애아의 발생 원인은 의학적으로 4,000여 가지가 넘었다. 그동안 우리들이 노래처럼 들어온, 임신 전 부부의 과도한 음주, 흡연, 과격한 노동이나 운동, 마약, 약물중독, 만혼, 환경오염으로 인한 임신 전 부부의 신체적 질병이나 결함 따위 4,000여 가지가 발달장애아 임신의 원인이 되었다는 의학계의 보고는 그래도 납득이 되었다. 분명한 원인이 있었던 다음에 결과가 나왔으니 말이다.

그런데 발달장애아로 태어나는 신생아 100명 중 3명은 아직도 원인도 알 수 없고 이유도 알 수 없다는 내용이 나를 숨 막히게 했다. 현대의학이 규명해낸 4,000여 가지의 원인 중 100명 중 3명은 원인이나 이유가 밝혀지지 않은 채 발달장애아는 계속 태어나고 있다는 것이다. 현대의학으로도 원인과 이유가 밝혀지지 않는 이 불가사의(不可思議)한 발달장애아의 출생은 신의 실수일까? 아니면 신을 능멸한 오만한 인간에 대한 경고일까?

다시 화면이 바뀌었다.

조립이 완성된 전기 단자 하나가 눈앞으로 다가왔다. 완성품은 10개씩 고무줄로 묶여 작은 박스 속으로 들어갔고, 작은 박스는 다시 다섯 개씩 중간박스에, 중간박스는 2개씩 최종 포장 박스로 들어가 100개들이 단자 박스 하나가 포장되었다.

한 달간 반복 훈련을 해도 전기 단자 조립이 숙달되지 않는 친구들 간의 개인적 편차 때문에 하루 300개를 조립하는 친구도 있고 500개를 조립하는 친구도 있다. 다섯 개의 부품으로 단자 1개를 조립했을 때, 일거리를 제공해준 발주기업으로부터 품삯으로 7원을 받는다고 했다. 이 경우 300개를 조립한 친구는 하루 2,100원, 500개를 조립한 친구는 3,500원 정도 벌이가 되었다. 한 달 평균 액수로는 3만~5만 원 정도의 실질적 품삯을 친구들이 거머쥐었다.

그런데 이곳에서 일하고 있는 친구들은 하루 2시간 이상의 근로가 불가능할 만큼 체력과 집중력이 뒷받침되지 않는 친구들이 많다. 그 때문에 장애가 덜 심한 친구들을 위해 따로 근로시간을 늘이지는 않았다. 거기다 이곳은 발달장애인 직업재활 근로사업장이기 때문에 우리나라 최저임금법이 정한 법률에 따라 최소한 한 달에 35만 원 이상의 급여는 이곳에서 일하는 근로자 모두에게 의무적으로 지급해야만 되었다. 부족분 30만 원은 콩나물사업장에서 창출되는 수익금으로 이 친구들의 부족한 급여를 충당한다고 설명했다. 결과적으로 시몬의 집은 누가 시키지도 않는데, 우리 사회로부터 소외되고 따돌림당한 발달장애인들을 불러와 하루 두 시간씩 일하도록 해 3만~5만 원을 벌면서 살아갈 수 있는 기회를 만들어주고 있는 것이다. 거기다 콩나물을 키워서 번 30만 원을 별도로 꺼내 우리나라 최저임금법이 정해놓은 금액까지 충당해주면서 선천성 장애를 안고 태어난 25명의 친구들에게 의욕을 안겨주며 비장애인들과 같이 사회생활을 하면서 더불어 살아갈 수 있는 세상을 만들어주고 있다.

어떤 측면에서 보면 콩나물사업장에서 일하는 친구들이 불만을 드러낼 만도 하다. 그렇지만 이러한 불만들은 김○수 촌장의 "장애인도, 비장애인도, 잘난 사람도, 못난 사람도, 능력이 출중한 사람도, 그렇지 못한 사람

도 한데 어우러져 더불어 살아간다."라는 이 마을 설립 취지에 따라 현실
적으로 공론화되지 않는다. 이것이 효율화와 극대화를 강조하는 비장애
인 사회와는 다른 점이고, 〈그 마을〉만이 꿈꾸는 세상이다. 그렇다면 콩
나물사업장에서는 한 달에 얼마만큼 수익을 올리기에 전기부품조립작업
장에서 일하는 발달장애인 25명에게 매달 30만 원씩 최저임금법이 규정
해놓은 부족분을 충당해주고 있을까?

화면이 바뀌었다.

이번에는 콩나물사업장이 나타났다. 나는 화면에 비치는 콩나물사업
장을 유심히 살펴보았다. 콩나물사업장은 1층과 2층으로 구분돼 있다. 현
관문을 열고 안으로 들어서면 여남은 평 크기의 로비(lobby)가 나왔다. 로비
좌측 벽에는 각종 품질보증자격증, 상장, 콩나물사업장이 20여 년간 걸어
온 연혁과 기록물, 콩나물이 재배되는 과정 등을 알려주는 액자와 안내판
이 한 벽면을 장식하고 있다. 우측 벽면에는 대형 통유리 창문을 통해 콩
나물작업장 내부를 관망할 수 있게 돼 있다.

로비 안쪽 벽면 절반 정도는 2층으로 올라가는 계단이 나 있다. 이 계
단을 따라 2층으로 올라가면 비장애인 종사자(경영관리자, 생산관리자,
발달장애인이 해결할 수 없는 기술영역을 전담하거나 지원해주는 활동보
조인) 사무실, 발달장애인 탈의실, 휴게실, 회의실, 시청각교육실, 세면장
과 샤워장 등 복지시설이 들어서 있다. 또 로비 안쪽 절반 정도는 손을 씻
고 콩나물작업장 안으로 들어갈 수 있게 3대의 손 세정기, 손 건조기, 손
소독기가 설치돼 있다. 이 손 세정기와 건조기, 소독기를 통과하면 이젠
하얀 위생복과 마스크, 위생모자와 위생장화로 갈아입고 안으로 들어가
는 모든 출입자의 옷이나 머리칼, 얼굴 피부 따위에 붙어 있을 수 있는 먼

지와 나쁜 균들을 바람으로 빨아들이고 제독하는 관문인 1, 2에어샤워실 (공기제독실)을 통과해야만 비로소 콩나물작업장 안으로 발을 들여놓을 수 있게 되어 있다.

1층 콩나물작업장 안에는 밖에서 컨베이어를 타고 원두(콩나물 재배용 콩)가 들어와 섭씨 10도로 보관되는 원두창고와 그 옆에 원두세척실이 있다. 이곳에서 깨어지거나 짓눌려 찌그러진 원두와 잡석 따위 선별이 끝난 원두는 자동세척기로 세척을 완료한 다음, 네모진 대형 콩나물시루에 일정량씩 분배되어 제1배양실로 들어갔다. 제1배양실에서 숙성과 발아를 마친 네모진 대형 콩나물시루는 온도와 습도와 지하암반수가 컴퓨터 제어장치로 조종되는 제2배양실로 넘어가 6일간 재배되다가 7일 차에 콩나물 세척조(洗滌槽)로 넘어갔다. 결국 우리들의 식탁에 오르는 콩나물은 컴퓨터가 제어해주는 제2배양실에서 6일간 자라다가 7일이 되는 날 제2배양실을 나와 포장을 위한 세척조로 넘어갔다.

이 공정부터 발달장애인 친구들의 집중적인 손길이 더해졌다. 친구들은 제2배양실에서 재배가 끝난 콩나물시루를 세척조 앞으로 밀고 왔다. 가로×세로×높이가 120cm가량 되는 네모진 플라스틱 콩나물시루는 원두실에서 1, 2배양실로, 또 2배양실에서 세척조로 쉽게 이동시킬 수 있게 밑에 바퀴가 달려 있다. 기호 씨와 진구 씨가 힘을 합쳐 대형 콩나물시루를 리프트 앞으로 밀고와 리프트 암(Lift Arm) 속으로 밀어 넣자 사람의 팔처럼 생긴 리프트 암 걸쇠가 튀어나와 네모진 플라스틱 콩나물시루를 공중으로 번쩍 들어 올려 세척조 앞 스테인리스 세척대 위에다 거꾸로 쏟아부었다.

이번에는 상원 씨가 세 발 쇠스랑을 들고 다가가 쏟아놓은 콩나물을 세척조 안으로 끌어다 넣었다. 흰 위생복과 위생모자, 마스크와 고무장화를 신은 상원 씨가 앞치마를 두르고 두 손으로 세척조 속의 콩나물을 뒤적거리며 씻자 원두가 덮어쓰고 있던 본래의 콩 껍질과 콩나물 몸체에서 떨어져 나간 꼬리들이 물 위로 둥둥 떠올랐다. 상원 씨는 이 원두 껍질과 몸체에서 잘려나간 꼬리 부분을 뜰채로 걷어낸 난 다음 제1세척조 속의 콩나물을 제2세척조로 넘겼다. 제2세척조 속의 콩나물은 다시 맑은 지하암반수로 세척이 완료되어 3단 컨베이어를 올라탔다.

3단 컨베이어를 올라탄 콩나물은 그다음 공정인 수분탈취기로 넘어갔다. 여기서 수분이 제거된 콩나물은 다시 자동포장기 앞으로 넘어갔다. 이 포장기 앞에 동원 씨가 지켜보고 있다. 동원 씨는 수분 제거가 다 된 콩나물이 300g씩 나누어져 포장 비닐의 아가리를 벌려주고 있는 투입구로 정확히 들어가고 있는가를 계속적으로 감시했다. 그러다 일정한 간격으로 포장 비닐이 한 장씩 아래에서 올라오지 않는다거나 비닐 포장지의 아가리를 레버가 제때에 벌려주지 않아 자동포장기가 정지해버렸을 때 다시 정상으로 회복시켜 지속적으로 수분이 제거된 콩나물이 비닐 봉투 속에 300g씩 나누어 담는 공정을 검사하고 있다.

비장애인 같으면 이런 단순한 일들이 금방 싫증 나고 따분해져서 먼눈을 팔거나 집중력을 잃어버릴 때가 허다하다. 그러나 콩나물작업장에서 일하는 장애인 친구들은 우선 인내심이 강하고 끈기가 남달랐다. 그들은 비장애인이 싫증 내고 따분해하고 지루해하는 단순작업들을 로봇처럼 끈기를 가지고 틀림없이 관리하는 지구력이 비상했다.

자동포장기를 통과한 콩나물은 금속검출과 중량검사가 다시 점검되는 검사기로 넘어갔다. 이 검사기 속에서는 자동기계의 너트나 볼트 따위가 풀려나와 포장 봉투 속으로 흘러 들어간 금속 성분을 기계적으로 검사해 내면서 포장 봉투 속에 콩나물이 정확히 300g씩 담겼는가를 기계가 자동 시스템으로 검사해 결속기 속으로 들어가는 컨베이어 위에 올려주었다.

그러면 자동결속기가 이를 받아 콩나물 300g이 든 소포장 콩나물 봉지의 아가리를 철끈으로 묶었다. 결속이 끝난 소포장 콩나물 봉투는 컨베이어를 타고 육안검사대 앞으로 넘어갔다. 이곳에 보영 씨가 서 있다. 보영 씨는 300g씩 결속되어 컨베이어를 타고 넘어오는 소포장용 콩나물 봉투가 컨베이어를 타고 여러 공정을 거쳐 오면서 어디 찢어진 곳이 없는가? 철끈이 소포장 봉투의 상부 아가리 부분을 정확하게 결속했는가? 결속이 풀린 봉투는 없는가 따위를 하나하나 육안으로 정확히 검사해 포장대 앞으로 넘겼다.

보영 씨의 육안검사는 로봇에 필적할 만큼 정확했다. 그녀는 일렬로 컨베이어를 타고 자기 앞을 통과하는 결속된 콩나물 봉투를 지켜보다 아가리가 풀린 소포장 봉투와 찢어진 봉투를 가려냈다. 육안검사를 하고 있는 겉모습을 보고는 세상의 그 누구도 그녀가 자폐 1급 판정을 받은 발달장애인이라는 사실을 알아낼 수 없을 만큼 그녀의 육안검사 능력은 뛰어났다.

보영 씨가 육안검사를 마친 소포장 봉투는 컨베이어를 타고 포장대 앞으로 넘어갔다. 그 앞에 준호 씨와 후정 씨가 서 있다. 준호 씨와 후정 씨는 육안검사를 마치고 포장대 앞으로 넘어온 소포장 봉투를 플라스틱 박스에다 15개씩 담았다. 이렇게 플라스틱 전용 박스에 15개씩 담긴 300g 들이 소포장 콩나물은 100박스가 되면 예냉실로 옮겨져 일정 시간 콩나물이 가장 아싹아싹한 식감을 드러낼 수 있게 정당한 온도로 예냉되었다.

이 공정이 끝나면 곧장 배달 전문 특수 차량에 적재되어 우리나라에
서 HACCP(Hazard Analysis and Critical Control Points: 식품위생안전관리인증식품) 마크와
GAP(Good Agricultural Practices: 농산물우수관리인증식품) 마크가 붙은 식재료만 주로
공급하는 풀무원, iCOOP생협, 두레생협, 행복중심생협, 농협하나로마
트, 삼성웰스토리, 코닝정밀소재 기업 같은 데로 납품되었다.

이런 생산시스템 아래서 콩나물이 생산되고 있는 작업장에는 자동포장
기계 두 대와 수동식 포장대 2대가 설치돼 있다. MOU를 체결하고 기업
식재료부로 직접 납품되는 2kg들이 중포장 박스 콩나물들은 모두 나머지
친구들이 손으로 포장했다. 처음에는 12명으로 시작해 수익이 날 때마다
1명씩 더 고용해 지금은 24명의 친구들이 하얀 위생복과 마스크, 모자와
흰 고무장화를 신고 콩나물 생산 작업을 하고 있는데, 하루 평균 300g들
이 소포장 봉투 기준으로 5천 봉 정도를 생산한다고 했다.

이곳에서 일하는 친구들은 전기부품조립사업장에서 일하는 친구들보
다 장애가 덜 심하다. 하루 4시간 이상 노동을 해도 체력적으로 뒷받침이
되는 친구들이었다. 이 친구들의 하루는 콩나물사업장에 출근하는 것으
로부터 시작되었다. 이들은 다 길러진 콩나물 한 움큼을 집으면 300g이
정확할 만큼 숙련이 되어 있다. 이들은 봉급날이 다가오면 월급을 받고,
적금을 들고, 나이든 부모님께 직장의료보험을 들어드리고 있다. 자신들
보다 어려운 환경에 있는 사람들을 돕고, 대안학교에 장학금을 후원하기
도 했다.

콩나물사업장 24명의 친구들은 4시간 근로자와 6시간 근로자로 나뉘
어졌다. 6시간 근로자들 중 5~6명은 한 달에 120만 원 정도의 급여를 받
았다. 4대 보험에 가입돼 보장을 받고 있고, 장애인 판정을 받았으나 육체

적으로 건장해 한 달 받는 고정적인 급여로 노령에 처한 부모를 봉양하는 친구들도 상당수 있다. 대도시에서 하루 4시간 일하고 80여만 원, 6시간 일하고 120만 원의 고정적인 급여를 받는 것은 그렇게 높은 편은 아니다. 그러나 강화도라는 군 소재지에서, 이런 일자리와 발달장애인들이 지속적으로 할 수 있는 아이템을 수차례의 실패 끝에 찾아내 일자리를 내어주지 않는 발달장애인 친구들에게 일하며 살 수 있는 기회와 사회와 더불어 일생을 살아갈 수 있는 직장을 만들어준 〈그 마을〉 촌장과 휘하 종사자들이 이 영상물을 통해 콩나물사업장을 견학하고 난 다음부터는 더욱 남달라 보였다. 사실 나는 1989년 지역신문사를 창립할 때부터 김○수 촌상을 "살아 있는 예수님"으로 흠모하고 존경해온 분이지만 오늘 내 두 눈으로 콩나물사업장과 전기부품사업장의 실태를 확인한 그 순간부터는 더더욱 김○수 촌장이 인간의 모습으로 내 곁에 다가온 신적인 존재로 느껴졌다.

화면이 1960년대로 거슬러 올라갔다.

대한성공회에서 성직자로 활동했던 김○수 촌장의 모습이 비친다. 김○수 촌장은 1930년 강화도 길상면의 한 성공회 가정에서 태어났다. 교육열이 높은 어머니 밑에서 태어난 그는 서울에서 당시 명문이었던 배제중학교 2학년 때 광복을 맞이했고, 배제고등학교 재학시절에는 농구와 아이스하키 선수로 이름을 날릴 만큼 운동에 관심과 소질이 많았다. 그런데 불행히도 고3 졸업반 시절 폐결핵 3기 진단을 받고 1950년 봄에 ○○대 아이스하키부에 지원서를 냈다가 고배를 마셨다고 했다.

대학입시에 실패한 뒤 그는 부모님의 가료를 받으며 서울 가회동 집에서 폐결핵 치료에 전념하고 있었는데 그해 6.25가 발발했다. 전쟁 발발 3

일 만에 서울을 점령한 인민군은 어린 학생들과 젊은이들을 의용군으로 뽑아 그의 집 앞에 있었던 재동초등학교 운동장에서 훈련을 시키느라 혈 안이 돼 있었단다. 당시 동네 반장이던 그의 할아버지는 행여나 병중에 있는 손자가 의용군으로 뽑혀나가 병이 더 도질까 봐 의도적으로 소문을 내고 다녔단다. "김○수 저놈은 고등학교 다니며 운동하다 폐병에 걸렸다. 저런 놈 의용군으로 데려가 봐야 밥만 축내고 병만 옮기니 내버려 두라." 하고.

그 때문인지 그에게는 그 누구도 접근하지 않았단다. 인민군들에게도 그의 집은 폐병 환자가 있는 집으로 격리대상이 되었단다. 그 통에 그는 인민군이 서울을 점령하고 있던 시절에도 3개월 동안 서울 가회동 집에서 드러누워 폐결핵 치료에만 전념했단다. 또래의 젊은이들은 인민군에 끌려가서 죽고, 국군에 자진 입대해 인민군과 싸우다 죽고, 또 다른 한 축은 피난을 가다가 하늘에서 떨어지는 포탄을 맞고 절명했던 격변의 시대에 그는 세상과 단절된 병실에서 폐결핵과 싸우며 청춘의 한 시기를 우울하게 보내고 있었다고 토로했다.

1951년 1.4후퇴 때는 가족과 같이 부산으로 피난을 갔단다. 여동생과 남동생도 함께 부산으로 피난을 갔으나 그때만 해도 폐결핵은 생명을 위협하는 무서운 병이었기 때문에 그는 두 동생들에게 혹시라도 폐결핵이 옮겨갈까 봐 함께 어울려 대화도 못 나눈 채 거의 격리되다시피 생활했다. 그러다 부모님의 지극한 노력으로 마산 폐결핵요양원으로 입원할 수 있게 되었다. 그 후 서울이 수복되자 가족들과 함께 다시 서울 가회동 집으로 복귀했다.

전쟁 중이라 폐결핵 치료약을 구하기가 쉽지 않았다. 그런데도 그의 부모님들은 그 비싼 치료약을 어디서 구해 왔는지, 약이 떨어질 때쯤 되면 새 약병을 내놓았다고 했다. 뿐만 아니라 몸에 좋다는 온갖 음식과 보약을 구해와 매일 밥상 위에 올려주었다. 선박업 사업을 했던 그의 부친 덕분에 그의 가족들은 전쟁 중에도 경제적으로는 궁핍하지 않은 생활을 했는데 그런 가정적 배경과 부모님의 뜨거운 자식 사랑에 힘입어 그는 폐결핵 3 기의 사경을 전쟁 중에 헤쳐 나올 수 있었다고 토로했다.

3대째 모태신앙이었던 그는 학창시절 정동에 있는 성공회에 다녔는데, 전쟁 중에 대한성공회에 몸담고 있던 신부님들이 인민군에 잡혀갔고, 성공회를 교인들에게 맡겨놓고 자기 혼자만 살겠다고 피난을 갈 수 없다며 교회를 지키다 소리소문없이 사라진 주교님에 대한 소문은 성공회 신앙인이었던 그의 정신세계에 폐결핵만큼이나 좌절과 고초를 안겨주었다고 했다. 전쟁이 낳은 수많은 사람들의 희생과 가슴 아픈 사연들을 접하면서도 아무것도 할 수 없다는 사실이 그를 더 무기력하고 슬프게 만들었다고 했다.

그런 슬픔과 무기력한 일상 속에서도 죽지 못해 견디다 보니 1953년 7월 27일 휴전 소식이 들려오더라고 했다. 건강도 서서히 회복되고 있었다. 그 누구보다 교육열이 높았던 그의 어머니는 아들의 병세가 호전되자 대번에 대학 입학을 권유했다. 전후 복구 시기였기 때문에 대학에 입학하는 것이 어렵지 않았다. ○○대에 등록했고, 졸업 후 아버지가 친구들과 동업하던 수원 소재 회사에 사원으로 취직했다.

그때 그는 회사 인근 대한성공회 성당에 자주 나갔다. 성공회 안에 있던 고아원엔 전쟁 중에 부모를 잃은 많은 원아들이 들어와 있었는데 그는 또래의 친구들이 전쟁터로 달려가 목숨을 걸고 인민군과 싸우고 있을 때

방안에 드러누워 폐병과 싸우고 있었다는 열등감과 조국이 누란의 위기에 처해 있을 때 그 자신은 정녕 아무것도 할 수 없었다는 지난날의 정신적 부채감 때문에 고아원에서 하루하루를 보내고 있는 고아들이 더 그의 가슴을 아프게 했다고 토로했다. 지난날의 무기력한 좌절감과 정신적 부채감을 조금이라도 덜어낼 심정으로 그 고아들과 어울려 스스럼없이 같이 놀아주며 공부도 가르쳐 주었다고 했다. 누가 시켜서 한 일도 아니고, 보수를 바라고 한 일도 아니라고 했다. 그냥 회사 업무가 끝나면 고아원으로 달려가 하루 몇 시간씩이라도 그들과 함께 시간을 보내고 나면 마음이 편안해져서 한동안 그런 일을 계속했는데 그의 그런 봉사활동을 눈여겨 봐오던 고아원의 원장님, 보모, 아주머니 등 많은 분들이 입을 모아 성공회 사제가 되었으면 좋겠다고 그를 만날 때마다 권유하고 설득했다.

이 대목에서 나는 고개를 끄덕이며 안경을 다시 닦았다.

눈앞이 침침해지며 별안간 1968년 무렵이 다가왔다. 그때 해병 청룡 1진과 2진으로 월남에 파병된 내 또래의 동기생들과 선후배들은 70% 정도가 유골로 돌아왔다. 한마디로 월남에 파병되면 해병대는 거의 다 죽어서 유골로 돌아온 것이다. 이 바람에 지원병 제도로 병력을 유지해오던 해병대는 갑자기 해병대에 지원하는 젊은이가 뚝 끊어지자 궁여지책으로 육군 징병검사에서 특갑종 판정을 받은 나를 육군으로 가지 말고 해병대로 입대하라고 입영 영장을 속달로 보내왔다. 가난하고 힘없는 농사꾼의 아들이라고 육군 예비병력 자원으로 신체검사를 받은 나를 본인의 의사도 타진해 보지 않고 자기들 멋대로 탁상에 앉아 해병대 입대예정자로 바꾸어 입영 통지서를 날려 보내다니……

나는 분노했고, 집안 역시 발칵 뒤집어졌다. 그때 나는 소설가가 되겠다고 혼자서 열심히 책을 읽으며 습작을 하고 있었는데, 계획에도 없던 해병대로 불려가서 월남에 파병되면 소설가도 되지 못한 채 유골로 돌아올 수도 있지 않은가. 순간적으로 이런 생각이 번쩍 뇌리를 스쳐갔다. 왜냐하면 그 당시는 해병대에 입대하면 십중팔구는 월남에 보충 병력으로 파병되었으니 말이다.

영장을 받은 날 부랴부랴 병무청으로 달려가 사실 확인을 해보니 1개월 후 해병대에 입대해 신병 훈련을 받아야 하는 것이 틀림없었다. 절망한 표정으로 병무청을 걸어 나오는데 병무청 게시판에 해군기술하사관 모집 포스터가 붙어 있었다. 자세히 들여다보니 기술하사관 8기 지원 마감일이 3일 정도 남아 있었다. 그런데 복무기간이 7년이었다. 많은 망설임이 있었으나 타인의 뜻에 따라 해병대에 강제 입영되지 않고 병력을 필하면서 살아남을 수 있는 길은 이 길뿐이라고 생각하고 그다음 날 해군기술하사관으로 응시해 해병대 입대 일자보다 하루빨리 해군신병훈련소로 입소해 해군기술하사관이 되고 말았다.

그 후 2년이나 지났을까. 해군 복무 중에 축농증을 심하게 앓았던 나는 결국 해군의무단으로 후송돼 축농증 수술을 받았다. 얼굴이 고무풍선처럼 부어오른 나는 매일 침대에 드러누워 있다가 군의관의 지시로 일광욕을 하러 잔디밭으로 나왔는데 징병 신체검사장에서 함께 신체검사를 받았던 동기생들과 선배들 일부가 그사이 월남으로 파병되어 전상을 입고 해군의무단으로 후송됐다. 한쪽 팔이 절단된 선배와 두 다리가 절단된 동기생 한 명이 그 당시 우리끼리 주고받던 말로 이른바 〈월남짤래〉가 되어 해군의무단 잔디밭에서 다시 만나게 된 것이다. 나는 그때 내 동기생과 선배에게는 한 시대를 같이 살아오던 젊은이로서 너무너무 미안했고, 나 자신한테는 영악하고 미꾸라지 같은 놈이라고 한없이 욕이라도 해주고 싶은 정신적 부채감 때문에 그 동기생과 선배들의 잘려나간 팔과 다리가 예사로 보이지 않았다.

나는 그 부채감을 해군에서 제대할 때까지 지울 수가 없었다. 젊은 시절 나만이 느꼈던 그 죄의식을 용서받듯 7년 복무 후 나오는 퇴직금을 몽땅 움켜쥐고 백령도로 들어가 1년간 하숙을 하며 그때 나와 같이 해병대 강제 징집 영장을 받고 곧이곧대로 해병대에 입대해 평생을 고통스럽게 살아가는 어느 파월 전상자의 일생을 주제로 장편소설 《청해당의 아침》을 집필했다. 그 작품이 졸작이 되었든 역작이 되었든 그것을 상관할 바가 아니었다. 단지 그 소설을 쓰고 있을 때만은 나 자신만이 느꼈던 그 시대적 부채감을 10분의 1이라도 갚는다는 마음으로 창작에 열중했는데, 김○수 촌장 역시 나보다 더 심한 시대적 부채감에 시달리지 않았을까 하는 생각이 밀려왔다.

김○수 촌장은 그 이후 다시 대한성공회 성 미카엘 신학원을 졸업하고, 1964년 서른네 살의 늦은 나이에 성공회 사제 서품을 받았다고 토로했다. 폐결핵으로 6.25 전쟁 시기에도 무기력하게 방안에만 들어박혀 아무 일도 하지 않은 채 부모님이 차려주던 밥상만 받으며 살아온 그는 사제가 된 이후에도 전쟁으로 부모를 잃고 고아원에서 자라던 원아들과 전쟁 중에 불구가 된 장애자들에게 남다른 애정과 관심을 쏟아왔다. 어쩌면 그것은 그 격변의 시대를 살아오면서 그 자신 아무것도 할 수 없었다는 사실 자체가 그 시대에 큰 죄를 지은 느낌이고, 그 혼자만이 느끼는 정신적 부채감의 발로였는지도 모를 일이라고 토로했다.

그는 평생 불우한 이웃과 병든 이를 보살피는 '하느님의 종'으로 살겠다고 하느님과 약속하며 사제 서품을 받은 뒤에도 불우한 환경에서 자라는 고아와 병자들을 외면할 수가 없었다고 했다. 영국의 킹 알프레도대학교로 유학을 가서 특수교육을 받으면서도 그는 발달장애자들에 대한 연구와 조사를 게을리하지 않았다고 했다. 특히 발달장애 어린이에 대한 영국의 특수교육체계를 우리나라로 벤치마킹해 오고 싶은 열망은 날이 갈수록 강렬해졌다고 했다.

김○수 촌장이 사제가 된 1960년대 중반, 우리나라에는 발달장애아를 위한 특수학교가 없었다. 특수학교는커녕 발달장애아를 위한 장래의 특수교육에 대한 개념조차도 정립되지 않을 때였다고 했다. 그때 그는 멀지 않은 장래에 발달장애아를 위한 특수학교를 설립하겠다고 결심하며 성공회를 통해 일본으로도 건너갔다. 일본에서 그는 발달장애아를 위한 특수교육체계와 실상을 시찰하다 영국 리즈사범대학에서 음악을 전공하고, 런던대학에서 다시 사회복지학을 전공한 후 1962년부터 일본성공회에서 선교사로 활동하고 있던 후○다 여사를 만났다.

"1969년 초일 겁니다. 일본성공회 행정기구를 시찰하러 온 김○수 신부를 이틀간 안내한 게 인연이 됐어요. 첫인상은 특별한 게 없었고, 겉보기에는 나보다 열 살가량 적어 보이는 젊은 사제가 상당히 헌신적으로 봉사하고 있다는 생각을 했어요."

후○다 여사의 말이다. 당시 그녀는 36세 노처녀였고, 김○수 사제는 39세의 노총각이었다고 했다.

며칠 후 한국으로 돌아온 김○수 사제는 후○다 여사에게 '몸을 아끼지 않고 세세한 곳까지 안내를 잘해 주셔서 일본 성공회의 행정기구를 이해하는 데 많은 도움이 되었습니다.' 하고 감사의 편지를 보냈다. 그 감사 편지가 인연이 돼 두 사람은 수차례 서신을 주고받다가 결혼까지 하게 되었다고 했다.

다시 화면이 바뀌었다.

발달장애아를 위한 특수학교를 설립해야겠다고 결심하고 1960년대 중반부터 연구를 해오던 김○수 주교는 마침내 1973년 서울 구로동에다 성 베드로학교를 설립하게 되었다. 이 학교는 지금도 성공회대학 울타리 안에 같이 있는데, 우리나라 최초의 발달장애 어린이들의 교육을 위한 특수학교다. 1974년 학교가 다 완공되자 그는 마침내 이 학교에 초대 교장으로 부임해 10년 동안 발달장애어린이 교육을 위해 열정을 불태웠다.

화면 속에는 어느새 사무국장이 등장해 원장 신부를 대신해 브리핑을 이어나갔다.

— 주교님은 이 학교를 만드신 것만으로도 그 당시는 너무너무 행복하셨대요. 우리 아이들을 위한 특별한 공간에, 우리 아이들만 바라보는 선생님이, 우리 아이들 수준에 맞추어서 뭔가를 가르칠 수 있다는 것이⋯⋯거기다 교세가 하루가 다르게 확장돼 초등, 중등, 고등학교 과정까지 안정적으로 운영돼 1회 졸업생까지 배출하게 되니 주교님은 세상에 부러울 게 없었대요. 그런데 특수학교는 고등학교 과정까지가 끝이었어요. 선생님들이 우리 친구들한테 그 졸업식에 대한 설명을 해주시면서 '졸업식 날까지만 학교에 오는 거예요. 졸업식 지나면 학교 오는 거 아니에요.' 이렇게 알려주신 거예요. 이 말을 들은 졸업생 친구들이 그 당시 선생님들의 말을 어떻게 이해하며 받아들였느냐 하면 '졸업식 날 학교 가면 학교 못 온대. 그다음 날부터 오지 말래. 그러니까 졸업식에 가면 안 된다.'라는 식으로 결론을 내리며 다음 날 엄마들이 졸업식에 가자고 했더니 '엄마, 거기 가

면 안 돼! 그럼 나도 학교 못 다닌단 말이야.' 하면서 학생들 절반이 졸업 식장에 나오지 않았대요……

당시 김○수 주교는 그런 정황들이 너무 가슴 아프게 느껴졌다고 했다.

아, 우리 아이들은 아직 스무 살이구나. 지금까지 살아온 세월보다 앞으로 살아가야 할 세월이 훨씬 더 길구나. 그 긴 세월을 살아가자면 우리 아이들한테도 일터가 있어야 하는데 정부와 사회는 아직 우리 학교 졸업생들에게 눈길도 돌려주지 않으니 이 일을 어쩌면 좋단 말인가?

몇 달을 고뇌해 오던 김○수 주교는 1990년대 후반에 마침내 선친으로부터 물려받은 이곳 야산 2천여 평을 사회복지재단을 만들어서 기부했다고 했다. 그리고 이 2천여 평의 야산에다 〈그 마을〉을 조성할 준비를 시작했다.

- 당시 저희 마을을 조성하려고 준비를 하시던 시절, 촌장님은 대한성공회 현직 주교 신분이셨어요. 그런데도 저희 마을 조성을 위해 서울 정동 대성당에서 주일미사가 끝나면 일반 시민들을 상대로 커피를 파셨대요. 주교님이 직접 말이에요. 그래서 정동 대성당 앞에 있던 조선일보사 기자들도 와서 많이 사 먹고 가셨다는데, 그 당시 주교님은 그 많은 사람들이 십시일반으로 500원, 1,000원을 낸 그 종잣돈으로 저희 마을 건물을 짓고 싶어서……. 또 많은 사람들에게 발달장애인들에게도 일터가 필요하다는 것을 폭 넓게 알리고 공감 받고 싶어서 주교님은 앞장서서 차를 팔며 모금 행사를 계속하셨대요. 발달장애인한테도 일터를 만들어 주자면서요.…….

그렇게 해서 성공회에서 모은 5억 원의 종잣돈과 그다음에 주교님이 복지재단에 기부한 2천여 평의 땅문서를 들고 당시 보건복지부 손 아무개

장관을 찾아갔다. 그리고는 '우리가 정말 운영을 잘해 볼 터이니 우리나라 발달장애인들을 위해서 일터를 짓는데 나라에서 건축비를 좀 도와주실 수 없겠습니까?' 하고 정부의 도움을 요청했다.

－ 그때만 해도 우리나라가 사회복지시설을 짓는 과정에 대한 어떤 규범이라든지, 법규가 완비되어 있지 않았어요. 그래서 당시 손 아무개 장관이 아주 큰 결단을 내린 거예요. 나라에서 20억 원이라는 거금을 지원해 주셔서 결국 이 〈시몬의 집〉을 지을 자금 준비까지 마친 거예요. 그다음부터는 주교님이 직접 설계사를 찾아다녀요. 지금은 조 아무개라고 하면 굉장히 유명한 건축가로 명망이 높은데 1990년대만 해도 지금처럼 유명하시지는 않았대요. 그분을 만난 다음부터 주교님이 계속 부탁하셨던 것이 '우리 친구들의 마음은 너무 어린아이와 같아서 네모반듯한 시멘트 건물을 지어 놓으면 친구들이 거기 들어오면 위축되고 무서워서 살 수가 없으니 스무 살 즈음에 들어온 아이가 예순 살까지 살려면 최소 30~40년간 이 건물에서 머물러야 하는데 누가 들어와도 '아, 여기 너무 좋다. 나도 여기 살고 싶다.' 이런 느낌이 들게 최대한 자연물을 많이 활용해주고 가능한 곡선을 많이 활용해 특별한 집을 지어 달라고 간곡하게 부탁하셨대요. 그런 에피소드와 우여곡절 끝에 탄생한 공간이 이 시몬의 집이에요······.

화면에서 시몬의 집을 지을 당시의 모습들이 엔딩 화면으로 느리게 흐르면서 홍보영상은 끝났다. 사무국장이 빔 프로젝트의 스위치를 끄며 말했다.

"이제 밖으로 나가 시설물을 한번 돌아보시죠?"

앞서 걸어나가는 사무국장을 따라 나는 작은 예배당을 나왔다. 사무국장이 본관 1층 사무실로 들어가는 현관 쪽으로 나를 안내했다. '어서 오시겨'라는 강화 사투리 인사를 현판처럼 내걸은 현관으로 다가서자 김○수 촌장이 여남은 명의 발달장애인들과 같이 '우리는 최고다!'라고 엄지척을 하면서 찍은 사진을 대형으로 확대해 돌담 게시판에다 걸어놓았다. 잠시 사진 속의 친구들을 살펴보다 내가 물었다.

"이 친구들이 서울 구로동 성 베드로학교 졸업생들입니까?"

"전부는 아니구요. 한 절반 정도가 베드로학교 졸업생들이에요.

"아까 영상 속에 나오던 1기 졸업생들도 이 사진 속에 있어요?"

"아뇨. 이 사진 속에 1기 졸업생들은 없어요."

"그 분들은 현재 자연연령이 몇 세쯤 되었어요?"

"제일 고령인 분이 현재 59세인데 내년 봄에는 저희 마을을 떠나야 해요."

"왜요?"

"이곳은 발달장애인 친구들의 직업재활을 돕는 근로사업장이기 때문에 일반 비장애인들처럼 60세가 되면 연령 제한에 걸려 정년퇴직을 해야만 되어요."

"정년퇴직을 하게 되면 그분들이 이곳에 있을 때보다 달라지는 것이 뭐예요?"

"우선 근로사업장에서 매월 받던 월급이 없어지면서 기초생활지원금과 장애인수당만으로 남은 일생을 살아가야 하지요. 근데 그 지원금만으로는 이분들의 생활이 유지되지 않아요. 가족들의 경제적 지원이 없으면요. 왜냐면 이분들이 지속적으로 부담해야 하는 약값과 의료비가 엄청나고요, 돌봄 서비스에 소요되는 케어(care) 비용은 모두 가족들의 부담으로 돌아가기 때문이죠."

"아까 영상에서는 김○수 촌장님이 이 마을 거주 친구들에게 요람에서 무덤까지 함께 할 수 있는 발달장애 노인시설(발달장애인 양로원)을 건축하기 위해 생애 마지막으로 전 재산을 다 내어놓으시며 20억 원 모금운동에 들어갔다는 내용이 나오던데 가령 그 발달장애 노인시설이 완공되면 이곳에서 정년퇴직하시는 분들을 돌아가실 때까지 다시 케어(care) 할 수 있습니까?"

"이곳에 발달장애 노인시설만 지어진다면 그것이 가능해지죠. 왜냐면 이분들 개개인 앞으로 정부에서 매달 지원되는 기초생활지원금과 장애인수당으로 노인시설 이용이 가능해지니까요."

"제가 이곳에 오기 전에 관련 법규와 신문기사들을 한번 살펴봤는데 이분들이 이곳에서 정년퇴직을 하게 되면 일반 비장애인 노인시설(일반 양로원)로 들어가 함께 생활할 수 있다고 하던데 굳이 장애인들만을 위한 노인시설을 다시 건축해야 합니까?"

"다들 그렇게 말씀을 하십니다. 그러나 그런 말씀은 현장에서 장애인들과 함께 생활해보지 않으신 분들의 피상적인 판단이라는 것이 〈보나의 집〉 사례로 완전히 판명되었거든요."

사회복지법인 성가수녀회가 운영하는 〈성 보나의 집〉은 1990년에 개원했다. 충북 청주시 상당구 가덕면에 소재하는 이 발달장애인 시설에는 30여 명의 친구들이 생활하고 있다. 2000년에 개원한 〈그 마을〉보다 꼭 10년 앞서 개원한 보나의 집 역시 몇 년 전에 정년퇴직 연령에 떠밀려 그곳을 떠나야 할 장애인 할머니들을 위해 고민에 고민을 거듭하다 궁여지책으로 가톨릭 계통의 수녀원에서 운영하는 일반 양로원에다 갈 곳이 마땅찮은 그분들을 입주시켜 비장애인 노인과 장애인 노인이 함께 생활하며 황혼기를 보내도록 돌봄 서비스를 제공했다.

그런데 이건 완전히 물과 기름과의 관계였다. 원래부터 그곳에서 생활하던 할머니들도 매일 속상해하며 괴로움을 토로했고, 발달장애인 할머니들 역시 속상해하다 결국엔 장애인 할머니들이 일반 비장애인 양로원 생활을 견디지 못하고 어느 날 어디로 간다는 행처도 남겨 놓지 않은 채 심야에 어디론가 떠나버렸다. 전해지는 말로는 떠나버렸다고 하지만 비장애인 할머니들이 생활해오던 생활권에서는 장애인 할머니들이 도저히 견딜 수가 없어서 스스로 자지러졌다는 표현이 더 정확할 것이라는 후문도 들렸다.

하지만 전국 각지 일반 복지법인이 운영하는 다른 양로원에 비해 수녀원에서 운영하는 양로원은 시설 면이나 케어를 제공하는 종사원들의 근무 태도도 비교할 수 없을 만큼 친절하고 소명감까지 지녔는데도 장애인 할머니들이 그곳에서 견디지 못하고 떠나버렸다는 것은 이 분야 종사들에게 많은 것을 시사해 주고 있다고 잘라 말했다. 그러면서 사무국장은 우리나라 실정법과 공무원들의 한계는 거기까지라고 꼬집었다.

"기숙사 내부를 좀 보여 드릴게요."

사무국장이 남자기숙사 쪽으로 안내했다. 기숙사동 중앙 현관을 기준으로 좌측에는 〈베드로〉라고 안내판을 붙인 남자기숙사가 있고, 우측에는 〈마가렛〉이라고 안내판을 붙인 여자기숙사가 있다.

"그냥 신발 벗고 들어오세요."

남자기숙사 출입문을 열고 사무국장이 안으로 들어섰다. 〈선생님 방〉이라고 안내판을 붙여놓은 첫 번째 방이 제일 먼저 눈에 들어왔다. 사무국장은 창문을 열면서 안으로 들어섰다. 꽃가루가 날아 들어온다고 남쪽 창문을 모두 닫아놓았다.

시각적 아름다움이나 고상함보다는 이 공간에서 생활하는 발달장애인들의 안전과 간편함에 주안점을 두고 아기자기하게 꾸며놓은 실내 분위기가 조금은 복잡하게 느껴졌다. 그렇지만 지적장애나 발달장애로 인해 걸음걸이나 사지 활동이 원활하지 못해 기우뚱거리며 걷고, 비장애인들에 비해 지적 판단력과 육체적 순발력이 떨어지는 이곳 친구들에게는 첫째의 명제가 안전이요, 둘째의 명제가 간편함이다. 네댓 살 먹은 아이의 지능 정도만 가지고 있어도 실내 생활도구나 붙박이 도구를 열고 닫으며 자신의 의도대로 활용할 수 있는 간편함이 제1의 가치로 적용된 것이 이 기숙사 내부의 특징이라고 했다.

"실내가 친구들의 생활동선을 고려해서 꾸며져 있군요."

"네. 주교님이 지금도 저희 종사원들한테 하시는 말씀이 '니가 먹는다고 생각하고, 니가 산다고 생각하면 제일 쉽다.'라고 하셔요. 그러니까 장애인도 똑같이 예쁜 거 좋아하고, 좋은 거 먹고 싶다는 것이죠. 그런데 우리가 최저 생활기준을 얘기할 때 늘 남의 얘기 하듯이 하고 나는 안 그런 척 벗어나서 남몰래 더 갖고 싶어 하고, 더 누리고 싶어 하면 안 된다고 하셔요. 친구들한테 무엇을 사줄 건지, 어디를 갈 건지, 무언가를 결정하고 판단할 때는 늘 내가 한다는 마음으로, 또 내가 내 자신을 지키려면 어느 정도 수준이어야 하는지, 매사를 내 기준에 맞추어 케어(Care)를 하면 친구들도 별로 거리감 없이 다가올 것이라고 강조하셔요……."

"이 침실이 2인용입니까?"

"네."

"굉장히 넓어 보이는데요?"

"2015년도 통과된 발달장애인법에는 1인당 3.3㎡로 규정돼 있어요. 그런데 2000년도에 완공한 저희 기숙사는 6.5㎡여요. 1인당 기준이. 주교님이 늘 말씀하시기를 '법적 최저선이 아니라 내가 이 공간에서 산다는 가정하에서 최저선을 정하면 3.3㎡는 너무 좁아. 사람이 자기가 생활하는 공간이 너무 좁으면 옆 사람이 밉고, 옆 사람이 미우면 계속 다툼이 생겨요……' 하시면서 저희가 20년 전에 좀 멀리 내다보고 널찍하게 지었어요. 이 기숙사를요."

13㎡(4평) 크기의 2인용 방 4개가 있고 거실은 3개의 공간으로 분리되어 있다. 싱크대와 조리대, 찬장과 인덕션이 설치되어 있는 화력, 다목적실, 방과 방 사이에 있는 두 개의 화장실과 샤워실, 세탁실, 다목적 수납장이 친구들의 퇴근 후 생활 동선에 맞추듯 과학적으로 구획되어 있는 기숙사 내부는 예기치 못하는 순간에 발생할 수 있는 화재에 대비해 하얀 테이프를 감은 자동 살수장치 파이프들이 각 방과 거실 위로 통과하며 서로 연결되어 있다.

"침대를 넣은 방과 장판을 깐 방은 무슨 연유가 있습니까?"

"의사 선생님이 이 친구한테는 침대가 있어야 된다고 저희 종사원들한테 처방을 해주시면 침대를 넣어드려요. 왜냐면 무릎 관절이 많이 안 좋으시든지 허리가 안 좋으시든지 이러면 바닥에 앉았다 일어났다 하는 것이 힘드실 수 있잖아요. 그렇지 않으면 침대를 넣지 않아요. 침대를 넣으면 공간 활용률이 아무래도 떨어지니까요. 그냥 이부자리로 방을 쓰시도록 하고 있는데 이 남자기숙사는 현재 8명의 친구들이 생활하고 있어요……."

"일반 가정집보다 더 좋습니다. 여자기숙사도 이와 같습니까?"

"네. 남녀 기숙사에는 오후 4시부터 생활지도사 선생님들이 근무해요. 저희 친구들끼리만 있는 시간은 거의 없어요. 이분들이 낮에 일을 할 때는 근무처에 종사원들이 있고요. 오후 5시에 퇴근하면 생활지도사 선생님이 친구들을 맞이해요."

"퇴근 후 생활은 어떻습니까?"

"보통 직장인들 퇴근 후 환경을 생각하시면 돼요. 퇴근해서 샤워도 하고 텔레비전도 보고 차도 마시고 간단하게 간식도 차려 먹고 빨래도 하면서 퇴근 후 시간을 보내요. 사실 저희 마을은 친구들의 부모님이 보시기엔 너무너무 좋은 곳이에요. 인근에 유해시설이 전혀 없기 때문에요. 그렇지만 실제로 이곳에서 생활하시는 젊은 친구들 입장에서는 얼마나 무료하시겠어요? 해 떨어지고 나면 온 천지가 깜깜해지니까요. 그래서 요일별로 문화행사를 많이 해요. 월요일 화요일은 주민센터에 내려가서 에어로빅도 하고 오고요. 주중 같은 경우는 요일을 정해서 당번으로 같이 한잔 하러 갈 시간도 만들어서 함께 먹고 여행도 하고, 주말에는 강화도 내 역사유적지를 찾아다니며 많은 나들이를 해요. 그리고 돌아올 때는 분위기 좋은 카페에 들어가서 함께 차를 마시며 온갖 얘기를 나누기도 하고요……"

고개를 끄덕이며 내가 말했다.

"이런 질문을 하면 국장님께서는 어떤 생각을 하실지 모르겠으나 지난 2007년 자신의 승용차에 11살, 12살 먹은 발달장애아 두 아들을 태우고 집을 나가 창원시 북면 지개리 입구 삼거리에서 승용차에 불을 질러 동반자살을 기도한 어느 비정한 발달장애아 아버지가 사실은 해군에서 7년간 복무할 때 알았던 해군 의형님의 친동생입니다. 아내만 남겨놓고 두 아들과 함께 목숨을 끊으려고 차 문을 잠그고 승용차 안에다 기름을 뿌리고 불을 질렀는데 발달장애아 두 아들은 연기에 질식해 죽고, 그 아비는 급히 달려와 차문을 부수고 꺼내준 행인의 선행으로 죽지도 못하고 두 아들을 죽인 존속 살해범이 되어 경찰서에 구금돼 있었는데 그 형님이 울면서 전화를 했어요. '이보게 아우님, 아우님은 신문사 사장님이니까 이런 사건에 대해 잘 알 것이 아닌가? 어떻게 하면 내 동생이 존속 살해범으로 감옥살이만을 변할 수 있게 하겠는가? 좀 도와주시게……' 하면서요."

"저희도 그때 그 신문기사 보고 주교님과 같이 가슴 아파하며 많은 이야기를 나누었는데 발달장애가 본인은 물론 그 부모님에게도 고통스러운 이유는 타인의 보호 없이는 절대로 생활이 불가능하다는 데 있습니다. 선진국에서는 공적 사회안전망이 이분들을 보호해주고, 이분들이 선천성 장애를 안고도 생활을 영위해 나갈 수 있게 경제적 지원도 병행하고 있습니다. 생활이 될 수 있게요. 그러나 우리나라는 아직 기초생활비와 장애인 수당 외는 별다른 경제적 지원이 없습니다. 그래서 발달장애인 부모님들은 저희 작은 예배당에 나와 기도를 하실 때, 자기 아들이나 딸보다 단 하루만 더 살게 해 달라고 기도합니다."

"왜요?"

"자기 자식의, 이승의 삶을 자기 손으로 장사지내주고 그다음 날 타인의 도움 없이는 하루도 살 수 없는 자식 걱정 없이 자신도 바로 죽겠다는 말씀이죠. 저희는 늘 그런 부모님들의 푸념 같은 소망을 들어와서 그런지, 발달장애를 가진 두 아들이 이 험한 세상을 어떻게 홀로 살아갈 것인가 하고 고뇌하시다 결국에는 자신이 죽기 전에 두 아들의 장래 문제도 자기 손으로 해결한다면서 천륜을 끊는 극단적인 선택을 하신 창원의 그 아버지 심정을 누구보다 잘 헤아릴 수 있었어요. 당연히 법적인 선처도 뒤따라야 하고, 발달장애아를 가진 부모님들을 위한 사회안전망도 하루속히 더 확충되어야 하고요…….”

“저는 2016년도 국민건강보험공단 Q코드를 보고 엄청 충격을 받았습니다. 결혼하지 않겠다는 제 딸의 마음도 이제는 조금 이해가 되고요.”

“따님의 나이가 많으신가요?”

“서른일곱입니다, 올해.”

“걱정하지 않으셔도 됩니다. 저도 사회복지사로 일해 오다 서른여덟에 결혼해 서른아홉에 연년생으로 아이 둘을 낳았는데 아주 건강하게 잘 자라고 있습니다. 큰아이는 올해 초등학교에 입학했고요.”

한층 근심이 사라진 표정으로 나는 다시 물었다.

“촌장님께서는 늦어도 내년까지 발달장애인 노인시설(양로원)을 완공하지 않으면 이 마을에 입주해 있는 90명의 친구들도 갈 데가 없는 분들이 해마다 속출한다고 걱정하시며 많은 시민들이 ‘버려진 사람 하나를 구하는 마음’으로 발달장애인 노인시설 신축 모금운동에 동참해 달라고 호소하셨는데, 새로 지을 발달장애인 노인시설은 몇 명을 수용할 수 있습니까?”

“인가를 받은 인원이 30명이에요.”

“이미 건물을 지을 땅과 지자체 지원금까지 확보해 놓은 상태라면서요?”

“네. 총 50억 원의 예산이 소요되는데 20억 모금사업만 성공적으로 마무리되면 바로 터파기 공사에 들어갈 수 있습니다.”

"그 시설 완공하고 나면 어떤 기대효과가 있습니까?"

"우선 경제적 측면에서만 발달장애인 노인의료비를 연간 10억 8천만 원 이상 절감할 수 있습니다."

"저도 미력한 힘이나마 도움을 드릴 수 있어야 할 텐데 다큐멘터리 제작할 생각을 하니 벌써 가슴이 답답해 옵니다. 어디서부터 이야기를 시작해야 좋을지……. 오늘 세세하게 브리핑을 해주신 데 대해 감사드립니다. 이만 물러가겠습니다."

이틀 후부터 장비를 싣고 와 남자기숙사 친구들과 같이 생활하면서 촬영에 들어가겠다고 약속하고 나는 〈그 마을〉을 떠나왔다. ●

〈학산문학 2019년 겨울호〉

때로는 달빛도 우리를 슬프게 한다

때로는 달빛도 우리를 슬프게 한다

별이 총총한 밤이다. 퇴근하던 직장인들의 발걸음이 뚝 끊어지자 금성 거리는 간간 개 짖는 소리만 들려올 뿐 고요하기 이럴 데 없다. 사내는 풀벌레 울음소리가 적막하게 울려 퍼지는 거리 이쪽저쪽의 정경들을 살펴보다 큰길 쪽으로 걸어간다. 불그스름한 가로등 불빛이 퍼지고 있는 저만치에는 중앙당 3호 청사가 어두운 그림자를 드리우고 있다.

어디쯤일까? 아마 지하철 사적관 쪽으로 나가는 간선 도로변일 것이다. 아까부터 가로수 밑에 검은 승용차가 한 대 서 있다. 사복한 안전원들이 이따금씩 눈길을 주고 지나가는 그 승용차 안에는 조선노동당 중앙위원회 작전부 소속 안내원이 홀로 차를 지키고 있다.

안내원은 차창 밖을 바라보며 두어 번 하품을 해대다 주머니를 뒤적인다. 지루하고 권태로워 보이는 표정이다. 그는 지루함을 떨쳐버릴 듯 주머니에서 담뱃갑을 꺼내어 한 대 빼 문다.

달이 참 밝구나……오늘이 며칠인데 저렇게 달이 밝을까? 안내원은 둥실둥실 흘러가는 듯한 둥근 달을 쳐다보며 길게 담배 연기를 내뿜는다. 어제저녁 부부장 동지가 차에 오르면서 "내일은 남조선 아이들이 좋아하는 추석이구나" 하는 말이 문득 떠오른다. 그 말이 사실이라면 오늘 밤은 분명히 음력 팔월대보름이 틀림없을 것이다.

남조선 인민들은 음력 팔월대보름만 되면 인민들 전체가 고향으로 달려가 부모 형제도 만나보고, 혈육이 함께 모여 밤하늘의 둥근 달을 쳐다보며 심중의 소원도 빈다던데……우리 공화국에선 언제 그런 날이 돌아올까?

혼자 그런 생각을 해보다 안내원은 급히 담뱃불을 끈다. 승용차 앞쪽 저만치에서 인기척이 들려왔다. 안내원은 버릇처럼 차에서 내려 문 옆에 선다. 공작원 동지가 다가오고 있다. 안내원은 다가온 공작원에게 고개를 숙여 인사한 뒤 다시 승용차에 올라탄다. 공작원은 주변 정황을 확인하듯 차 옆에 선 채로 거리 이쪽저쪽을 살펴보다 차에 올라탄다.

"너무 오래 기다리게 해서 미안하오. 이거 부부장 동지가 준 담배인데 한 갑 피시오."

뒷좌석에 앉은 공작원이 평양연초공장에서 생산되는 최고급 인삼담배 한 갑을 안내원에게 건네준다. 안내원은 담배를 받아들고 잠시 황공한 표정을 짓다가 재빨리 승용차의 시동을 건다. 그로서는 감히 구경도 못해 본 고급 담배였던 것이다.

"선생님, 정말 고맙습니다. 이제 집으로 모실까요."

사내는 좀 거만스럽게 고개를 끄덕인다. 안내원은 받아놓은 인삼담배를 상의 안주머니에다 소중하게 갈무리하며 기어를 넣는다.

얼마 후 승용차는 웅장한 개선문을 통과해 칠성문거리 쪽으로 달린다. 사내는 시트의 등판에 상체를 기대며 말없이 어둠에 잠긴 평양 시가지를 내다본다. 이따금씩 가로등 밑을 순찰하고 있던 안전원들이 승용차를 향해 거수경례를 한다. 이곳에서는 중앙당 부장급 이상만 승용차를 탈 수 있는데, 안전원들은 뒷좌석에 앉은 사내를 중앙당 고위간부일 것이라고 생각하고 승용차가 지나갈 때마다 힘차게 경례를 해댄다.

사내는 안전원들이 경례를 할 때마다 만감이 엇갈리는 표정이다. 조선민주주의인민공화국에서 태어나 37년간을 살아오면서 승용차를 타고 밤길을 달려 본 것은 남파 지령을 받는 날뿐이었는데, 오늘은 이 고급 승용차를 자가용으로 이용하면서 집으로 달려가고 있는 것이다.

리당 비서도 내가 오밤중에 검은 세단을 타고 나타나면 눈들이 뒤집어지겠지……

사내는 과거의 어두운 기억들을 털어 버릴 듯 주머니에서 담뱃갑을 꺼낸다. 그래, 이젠 잊어버려야 돼. 사내는 혼자 고개를 끄덕이며 인삼담배를 한 개피 빼 문다.

승용차는 그새 칠성문거리 밑에 있는 호위사령부 옆을 지나 승리거리 쪽으로 달려나간다. 안내원은 대동강호텔 옆으로 시원하게 펼쳐지는 강변도로를 따라 한참 내달리다 평양~남포 간을 잇는 고속도로를 탈 모양이다. 사내는 주마등처럼 스쳐 가는 대동교의 불빛과 평양호텔, 그리고 양각도와 그 밑에 있는 쑥섬 유원지 사이의 강변 야경을 말없이 지켜보며 연방 콧구멍을 벌렁거려댄다.

허옇게 쏟아지는 보름 달빛이 대동강 전체를 은빛으로 물들이고 있다. 유유히 흐르는 대동강을 따라 어디론가 훠이훠이 흘러가는 듯한 보름달은 사내의 가슴에다 큰 파문을 일으키는 듯하다. 사내는 말 없이 보름달을 바라보다 또다시 길게 담배 연기를 내뿜는다. 손에 잡힐 듯 뭉클뭉클 다가와 차창 밖에서 흩어지는 달빛을 바라보고 있으니까 그만 가슴이 울렁거리는 것 같고, 불현듯 병석에 누워 계시는 어머니의 얼굴과 아내의 얼굴이 떠오르는 것이다. 남파 지령을 받고 임지에 투하되어서는 고향이라든지, 가족들의 얼굴 따위는 이미 잊어버린 지 오래된 몸이라고 생각해 왔는데 오늘 밤은 이상하게 병석에 누워 계시던 어머니의 얼굴이 눈앞에서 어른거리는 것이다. 사내는 괴로운 듯 거푸 담배 연기를 내뿜으며 불안하게 마른 입술을 다셔댄다. 달빛도 때로는 사람의 마음을 슬프게 하는 힘을 가지고 있다는 생각이 들자 자신도 모르게 쓴 입맛이 도는 것이다.

"김 선생! 이번에 가족들을 만나보면 생활이 완전히 달라졌다는 것을 확인할 수 있을게요⋯⋯. 이 모두가 위대하신 수령님과 친애하는 지도자 동지의 은덕이오. 하룻밤 푹 쉬었다 오면서 차기 사업을 성과적(성공적)으로 완수할 수 있도록 만반의 준비를 하시오."

조금 전 부부장 동지와 헤어지면서 주고받은 인사였다. 사내는 길게 담배 연기를 내뿜으며 다시 부부장 동지와 나눈 이야기를 되씹어본다.

"금년 들어 우리의 대남사업은 상당히 부진했소. 공작원들을 남파할 때마다 실패만 거듭했단 말이오. 임진강 쪽이 그러했고, 포항 쪽도 마찬가지였소. 울릉도 쪽은 모선까지 잃었소. 이렇게 실패를 거듭하고 있을 때 해주나 남포연락소에서라도 성공을 거두어야 되지 않겠소?"

사내는 옆에 부부장이라도 앉아 있는 듯 말없이 고개를 끄덕여 댄다.

"다른 연락소에선 모두 실패했다 하더라도 남포연락소의 대남 침투 공작은 반드시 성공할 것이라 믿고 있소. 왜냐하면 지금 이남에선 아스타

(ASTA)와 IPU 총회가 개최될 예정이고, 농번기가 시작된단 말이오. 이렇게 정세가 호전되고 있는 시기에 김 선생같이 노련한 공작원들이 남반부로 침투하면 분명히 우리 당에서 요구하는 사업들은 성과(성공)적으로 완수될 수 있을게요."

"이번 사업도 무인 포스트와 접선해야 윤곽이 드러납니까?"

사내가 묻자 부부장이 빤질빤질하게 광이 나는 대머리를 급히 흔든다.

"아, 아니오. 남반부에서는 지금 주민등록증 갱신사업을 앞두고 자진 분실신고를 받고 있소. 우리가 할 일은 바로 이 신고 기간 안에 지하 거점망들을 소집해 분실신고를 하도록 해서 새로 발급되는 주민등록증을 한 장이라도 더 확보하는 일이오."

"그럼 현지에 도착해 제가 할 일은 무엇입니까?"

"김 선생의 임무는 같이 남파되는 남반부 출신 공작원들을 호송하는 일이오. 이들이 사상적으로 반동성을 보이거나 정체가 노출될 때 제거하는 사업 말이오……."

사내는 자신의 임무가 결코 쉬운 일이 아니구나 하면서 고개를 끄덕인다. 그것은 결국 실패할 경우 남반부 출신 공작원들을 사살시키고 자신도 당과 수령을 위해 임지에서 기꺼이 자결하라는 뜻이다.

"저에게 내린 당의 지령은 그것뿐입니까?"

"그렇소. 김 선생이 완수해야 할 당적 과업은 동행하는 남반부 출신 공작원들을 임지까지 호송하고, 그들이 접선을 마치면 대동한 인물들과 함께 본대로 복귀하는 일뿐이오."

"동행하는 공작원은 몇 명이나 됩네까?"

"어허! 어떠한 상황 아래서도 서울 말씨를 사용하라고 강조했는데 왜 또 평양말이 튀어나옵니까?"

사내는 아차, 무의식 중에 내가 실수를 했구나 하며 바로 사과한다.

"죄송합니다. 다음부턴 실수 없도록 조심하겠습니다."

"좋소. 조금 전에 뭘 물었소?"

"동행하는 공작원이 몇 명이나 되느냐고 물었습니다."

"3인 1조요."

자신의 임무가 이해되는 듯 사내는 고개를 끄덕인다. 부부장은 그때서야 얼굴을 펴며 다시 사내를 건너다본다.

"자, 밤이 깊었소. 내일 할 일을 위해 우선 가족들이나 만나보고 오시오. 당에서 허락한 시간은 내일 오전 8시까지요. 그래서 내가 부장 동지의 세단을 하룻밤만 김 선생이 쓰도록 배려한 것이니까 잘 다녀오도록 하시오."

"고맙습니다. 부부장 동지!"

"그, 부부장 동지라는 칭호도 이 시간 이후부터는 사용치 마시오. 어떤 상황 아래서도 학습 받은 대로만 행동하란 말이오."

"명심하겠습니다."

사내는 그렇게 하직 인사를 하고 부부장과 헤어져 승용차로 돌아왔던 것이다.

승용차는 이제 만경대구역 서산축구경기장 옆을 지나 남포고속도로 위로 들어선다. 엷게 물안개가 끼어 있는 남포고속도로는 무서울 만큼 고요하다. 승용차는 텅 빈 고속도로를 혼자 질주한다. 얼마 가지 않아 용산면 남리(南里) 수령 생가와 만경대혁명학원으로 나가는 길이 나왔고, 고속도로 좌측 편에 있는 곤유섬이 달빛 아래 모습을 드러낸다. 승용차는 곤유섬 통신기지에서 깜박거리는 불빛들을 뒤로하며 30분 정도 더 달려나간다.

고속도로 저편에서 남포 시가지를 밝히는 불빛들이 눈에 들어오기 시작한다. 안내원은 남포직할시 북쪽에서 고속도로를 벗어나 룡강군으로 들어선다. 이따금씩 인민경비대와 인민군들이 지키는 차단소(검문소)가 어둠 속에서 나타났지만 승용차는 거침없이 죽죽 빠져 나간다…….

컹. 컹. 컹컹컹…….

리당 사무실 쪽에서 개들이 짖이댄다. 문화주택이 들어서 있는 마을은 갑자기 난리가 난 듯 소란스러워진다.

정림(貞琳)은 시어머니와 함께 방에 누워 있다. 불도 켜지 않은 방에 모로 누워 젖먹이에게 젖을 물리고 있다. 그러다 놀란 듯 번쩍 눈을 뜬다. 개 짖는 소리를 들어 봐선 분명히 마을 어귀 쪽에 누군가가 들어온 것 같다.

애들 아범일까?

정림은 아무래도 세대주가 올 것 같아 살며시 자리에서 일어난다. 그러자 시어머니도 덩달아 일어난다. 시어머니는 어둠 속을 기어가 불을 켜다 큰 손주의 발을 밟는다. 곤하게 잠들어 있던 큰 손주 놈이 죽는다고 울음을 터뜨린다. 올해 네살박이 웅(雄)이 녀석이다.

"아이구, 우리 강생이! 할미가 눈이 어두워 그만 발을 밟았구나……쯔쯔쯔."

시어머니는 방에다 불을 켜놓고 큰손자의 발을 주물러주다 포대기를 덮어준다. 방에 불을 넣지 않아 방바닥이 써늘하다.

"오늘 같은 날은 방에다 불이라도 좀 넣지……. 웅이와 진이가 집에 와서 자는데 이렇게 방이 썰렁해서 어쩌누."

시어머니는 탁아소와 유치원에 맡겨 둔 손자들이 집에 와서 자는 날은 방에다 불이라도 좀 넣어서 따뜻하게 재우지 왜 냉방에다 재우느냐고 나무란다.

"저는 오늘 진이와 웅이가 집에 와서 잘 줄은 꿈에도 생각지 못했어요. 별안간에 소식을 받은 터라……."

정림은 큰놈의 요 밑에 손을 집어넣어 보며 자신의 잘못을 시인한다. 시어머니는 어린것들을 찬 바닥에 재우는 것을 제일 싫어하는데, 그녀로서는 차마 일이 이렇게 될 줄은 생각지도 못했던 것이다.

이곳에선 생후 20일 이상 되는 어린아이들은 1976년 4월 29일에 개정된 〈어린이보육교양법〉에 따라 탁아소와 유치원에 맡기게 되어 있다. 탁아소는 아침에 아이를 맡겼다 저녁에 데리고 오는 1일탁아소와 일주일에 한번씩 데리고 오는 주탁아소, 그리고 한 달에 한 번씩 데리고 오는 월탁아소가 있는데, 그녀는 인근 병기공장에서 초정밀선반공으로 일하면서 중요한 직책을 맡고 있으므로 아이들을 주탁아소와 유치원에 맡겨 보육하고 있다.

국가에서 어린아이들을 유치원이나 탁아소에 맡겨서 보육하게끔 법령을 만들어 공포하고, 전 인민이 따르게 하는 것은 자라나는 어린이들에게 유아 때부터 공산주의 후비대가 될 수 있는 인간형으로 키우기 위해 미리부터 혁명 조직 기풍을 머릿속에 주입하기 위한 것이 첫 번째 목적이고, 두 번째는 공화국 전체 여성들을 가정일로부터 해방시켜 사회주의 건설 노동에 참여시키는 데 깊은 뜻이 있다고 간부당원 교육시간에 들은 적이 있다.

그런데 오늘은 어떻게 된 일인지 아이들을 집으로 데리고 가서 함께 자라는 소식이 왔다. 정림은 그 소식을 듣는 순간 어쩌면 오늘 밤 애들 아범이 집으로 올지 모른다는 생각이 들어 직장에서 나오자마자 유치원과 탁아소로 달려가 아이들을 데리고 왔다. 그리고는 아이들의 속옷도 살펴보고 어디 아픈 데는 없느냐고 물어도 보면서 두 자식들을 무릎 위에 올려놓고 한참 껴안아 주느라 미처 방에 불을 넣을 시간이 없었다.

"지금이라도 나가서 톱밥구멍탄에 불을 좀 지펴 넣을까요?"

"오밤중에 굴뚝에 연기 나는 것 보구 누가 또 쫓아오면 어쩌누? 밤에 남몰래 맛있는 거라도 해 먹는 줄 알고……."

시어머니는 오밤중에도 5호 담당원이나 리당(里黨) 세포의 눈길을 두려워하며 고개를 젓는다. 정림은 시어머니의 말을 들으며 고개를 끄덕인다. 정말 무서운 세월이다. 톱밥구멍탄에 불을 지펴 넣어도 굴뚝에서 치솟는 연기를 보고 이웃이 달려오니…….

정림은 자신도 모르게 온몸이 조여오는 느낌이 들어 포오, 한숨을 쉬며 윗방으로 건너온다. 남쪽으로 트인 창문을 통해 은비늘 같은 달빛이 쏟아져 들어오고 있다. 정림은 오랜만에 마주하는 달빛이 좋아 잠시 창문 쪽을 바라본다.

달빛이 흘러들어오고 있는 방안이 쓸쓸해 보인다. 그래도 그녀는 그지없이 만족해 보이는 표정이다. 남편이 원산연락소에 소속되어 있을 때 9차 공작과 10차 공작을 연거푸 실패하고 돌아오자 그들 부부는 공작원들 부부만 모여 사는 연립주택단지에서 쫓겨났다. 그리고는 방 한 칸 부엌 한 칸이 딸린 하모니카아파트에서 일 년이 넘도록 살면서 사상투쟁에 내몰렸다.

정림은 지금도 하모니카아파트에서 살 때를 생각하면 당이 너무 야박하다 싶은 생각도 든다. 나이 서른다섯이 되도록 공화국에서 살았지만 그때만큼 정신적으로 고통을 당했던 적은 없었다.

그들 부부의 정치생명은 목전에 와 있는 느낌이었다. 주거지가 재배치되자 식량의 배급량과 잡곡의 혼합비율도 달라졌다. 그뿐만 아니었다. 직장에서 만나는 동무들과 지도원 동무들의 시선도 달라지는 것 같았다. 평소에는 항일열사의 집안이고, 남편이 당과 수령을 위해 목숨을 내놓고 특수임무를 수행하는 공작원의 아내라고 낯이 뜨거울 만큼 추켜세우던 지도원 동무와 지배인 동지가 한순간에 마음이 변해 버렸다.

정림은 지금도 원산연락소 공작원 부부들만 모여 사는 공서방네(공화국의 대남사업기관들은 공작원들을 자기들끼리 부를 때 그렇게 지칭하고 있다.) 연립주택단지를 잊지 못한다. 세대주들이 당으로부터 어떤 지령을 받고 어디로 남파되었는지는 아직도 자세히 모르고 있지만, 그때 그녀가 거주하던 공서방네 연립주택단지는 당에서 내려오는 전보통신문 한 장에 공작원 부인 20여 명이 다 같이 상복을 입고 장례식장으로 나가 생각지도 않던 군공메달과 국기훈장을 세대주 대신 받으며 통곡을 해야 했다. 들리는 말로는 공서방네 세대주들이 타고 간 모선과 지선이 남조선 해군에 발각되어 미사일과 함포를 맞고 망망대해에서 구조의 손길을 기다릴 사이도 없이 수장되어 버렸다는 것이다.

정림은 그날 당에서 전해 주는 그 소식을 듣고는 자신도 모르게 온몸이 후들거리는 느낌이었다. 남편은 그 전에 남파 지령을 받고 공작임무를 수행하고 온 뒤끝이라 공식적인 휴식을 취하면서 대기조에 속해 있던 몸이라 수장당할 위기는 운 좋게 모면했지만, 사실 남편도 후임조에 편성되어 있었더라면 그녀도 영락없이 상복을 입고 세대주 대신 군공메달과 국기

훈장을 받았을 것이라고 생각하니 모골이 송연해지는 느낌이다.

그래도 애써 그런 내색을 감추며 상복을 입은 공작원 부인들을 따라 공서방네 묘역으로 올라가니까 묘역이 제법 짜여 있는 느낌이 들었다. 그들 부부가 처음 공서방네 연립주택단지로 이주해 왔을 때만 해도 묘역은 조성된 지 얼마 되지 않아 텅 비어 있었는데, 이곳에서 공서방네 부인들과 미운정 고은정 나누며 아이 둘을 낳고 사는 사이 묘역은 제법 모양새를 갖춘 것이다.

정림은 그날 돌비석이 가시런히 줄을 맞춰 서 있는 공서방네 묘역을 바라보며 첫째 줄 두 번째 돌비석과 세 번째 돌비석은 한때 바깥 세대주와 한조에 속해 있었던 철기아버지와 새별이아버지의 돌비석이라고 생각했다. 두 번째 줄 다섯 번째 돌비석은 바깥 세대주를 못 잊어 근 일 년이 넘도록 실성해 있다 어디론가 실려간 선봉이어머니 남편의 것이라고 생각했다. 그리고 세 번째 줄 일곱 번째 돌비석은 알코올 중독자가 되어 낮이고 밤이고 술에 취해 비실거리다 금년 여름에 자살한 애란이어머니 남편의 것이고, 네 번째 줄 아홉 번째 돌비석은 동해에서 공작 임무를 수행하다 남조선 해군의 포격을 받고 중상을 입은 몸인데도 사력을 다해 헤엄쳐 북으로 돌아오다 공화국 해군에 구조되는 순간 "어버이수령님 만세!" 하고 감격의 한호성을 내지르다 심장마비로 그만 목숨을 거두고 말은 만세아버지의 비석이라고 생각했다.

이유 없는 무덤 없다고 공서방네 묘역에 서 있는 돌비석들은 모두가 나름대로 슬픈 사연들을 간직하고 있다. 그녀의 남편은 함께 공작 임무를 수행하던 친구들이 생각나면 술병과 간단한 안주를 챙겨 묘역으로 올라가 "이보게 친구야, 그동안 잘 지냈는가? 자네 보고 싶어 내가 이렇게 술 한

병 들고 왔네. 어서 일어나 내 술잔 받게." 하면서 친구의 돌비석에다 정답게 술을 뿌려주고는 그 돌비석 앞에 퍼질러 앉아 시간 가는 줄 모르고 술을 마시다,

"친구야, 잘 있게. 나도 자네들처럼 이 묘역에다 전설 같은 영웅담이나 하나 남겨 놓고 죽으면 저승에서도 자네들과 친구가 되어 저 달빛을 받으며 긴긴밤을 함께 보낼 수 있갔디……나, 그때까지만 조국과 인민을 위해 살 테니끼니 저승에서나마 많이 도와 주라우……."
하면서 술에 취해 비틀거리며 묘역을 내려오곤 했다.

그렇지만 그녀의 남편은 그 꿈을 이루지 못한 채 공서방네 연립주택단지에서 쫓겨났다. 남파 지령을 받고 공작지역으로 내려갈 때마다 간신히 목숨만 건진 채 연거푸 빈손으로 돌아온 것이다. 남반부에 비밀리에 심어 놓은 고첩들이 제공해 주는 정보가 정확치 않았다느니, 현지에서 배신자가 생겼다느니, 공작원들의 정신무장 상태가 해이해져 그렇다느니 하며 갖가지 말들이 떠돌더니 결국 남편은 사상투쟁에 내몰리게 되었다. 그렇게 되니까 당에서는 살던 집마저 내놓으라고 했다. 그들 부부는 당이 너무한다는 생각도 들었으나 순순히 정든 공서방네 연립주택단지를 떠나 당에서 새로 정해준 하모니카아파트단지로 이사를 했다.

거기서 살면서 남편은 당에서 정해준 독재대상구역으로 들어가 사상투쟁을 했다. 그녀는 하모니카아파트에서 가까운 병기공장으로 전보되어 종전처럼 초정밀선반공으로 일하게 되었다. 고속으로 회전하는 초정밀선반 앞에서, 가공되어 나오는 제품의 표면이 거칠다느니, 정도(精度)가 떨어진다느니 하며 들볶아대는 지도원 동무들을 생각하면 눈물이 펑펑 쏟아질 지경이었다. 그때마다 그녀는 일일총화가 시작되는 작업장에서 자기

살을 쥐어뜯듯 자아비판을 했다.

"……내일부터는 번잡한 가정일도 잊겠습니다. 오로지 위대하신 수령님과 친애하는 지도자 동지와 제2차 7개년계획의 성과(成功)적인 완성을 위해 품질 좋은 기계제품 생산에 열과 성을 다 바쳐 일하겠습니다. 저는 요즘 남편의 신상 문제 때문에 좋은 기계제품 생산에 열과 성을 다 바쳐 일할 수 없었음을 솔직히 시인하며, 동무들의 비판을 겸허하게 접수합네다. 여러 동무들! 저 같은 과오를 범하지 않도록 작업장에서는 가정일 잊고 작업에만 몰두합시다……."

그녀는 하루하루를 정말 힘들게 버티어 나갔다. 그리고 일과 후의 학습과 직업동맹의 일을 끝마치고 와서는 홀로 이불을 뒤집어쓰고 소리 죽여 울었다. 하루 종일 고속으로 회전하는 초정밀선반 핸들을 돌려서 손바닥은 불이 나는 것 같고, 어깨죽지는 허물어질 정도로 조여오는데도 잠이 오지 않았다. 남편의 진로와 자식들의 앞날이 걱정되었기 때문이었다. 계속적으로 실패한 공작 임무가 화근이 되어 사상적으로 비판을 받고 급기야 출당(黜黨) 조치라도 내려온다면 어찌 될 것인가?

그때는 정말 그들 가족의 일생은 마지막이 되는 것이다. 남편은 엄격한 당의 조치에 의해 임산사업소나 탄광으로 밀려갈 것이다. 그리고 자신은 늙으신 시어머니와 웅이, 생후 5개월밖에 안 된 진이를 안고 남편 직장 곁으로 또 이주되어 병기공장이나 기계공장 같은 데서 초정밀선반 핸들을 돌리며 남은 여생을 고단하게 살아갈 것이다.

왜냐하면 공화국에서는 1946년 7월에 공포한 남녀평등법과 1972년에 공포한 사회주의헌법에 따라 여자도 남자와 똑같이 일을 해야만 식량이 제대로 배급되었기 때문이었다. 또 직장에 나가는 여성은 만 17세부터

55세까지 의무적으로 여성직업동맹에 가입하여 조직생활을 하여야 하므로 가정은 등질 수밖에 없었다. 그래서 아이는 탁아소와 유치원에 맡겨야 하고, 도회지에서는 끼니마저 구매권을 내고 밥공장과 반찬공장에서 만들어 놓은 음식을 매 끼니 때마다 사다 먹어야 한다.

정림은 공화국 사회의 이런 일들이 이제는 만성이 되고 몸에 배어 괴롭다거나 걱정이 되지는 않았다. 손에 기술이 있으니 어디를 가나 일만 하면 입에 풀칠이야 할 것 같았다. 고등중학교 졸업하고 상급학교 진학할 때 공업계 기술전문학교로 진학 운이 열려 전문학교시절부터 초정밀선반 기술을 배우기 시작했는데, 그 기술이 밑천이 되어 남파공작원들의 기계제품을 생산하는 공장에 배치되어 초정밀선반공으로 일하다 잠수정이나 수중잠수장비를 수리하러 오는 남편을 만나게 된 것이다.

시아버지는 원래 남조선 태생이었다. 그렇지만 일제 시대 때 고향을 떠나와 만주에서 항일운동을 하다 광복을 맞이했다. 시아버지는 일본군이 무장 해제되어 본국으로 돌아가자 항일 빨찌산 부대원들과 함께 귀국했다. 그리곤 곧장 고향으로 내려가 시어머니를 모시고 다시 북으로 넘어와 사회주의 조국 건설에 여생을 바친 몸이라 시댁은 공화국에서 백두산줄기 집안과 같은 반열에 있다. 그래서 남편도 특수임무를 수행하는 공작원으로 선발되어 어버이 수령님과 친애하는 지도자 동지의 총애를 받으며 영예롭게 살아왔다.

공장장 동지로부터 남편 될 집안의 내력을 전해 듣고, 그녀는 남편의 청혼을 받아들여 혁명가정을 이루었다. 그리고는 웅이와 진이를 낳아 키우면서 18년간 초정밀선반 기술자로 살아왔다. 그러므로 그녀는 직장에서도 늘 당당했고, 기술전문학교를 함께 나온 동기생들에 비해 부러운 것이 없는 여성으로 평가받아왔다. 그런데 중년에 와서 인생의 진로가 흔들리기 시작한 것이다. 그 무렵 그녀는 웅이와 진이의 앞날만 생각하면 걱정이 되어 밤잠을 못 이룰 지경이었다.

우리 웅이와 진이를 계속 그렇게 내버려 둘 수는 없어. 어떻게든 이 고비를 넘겨야 돼.

정림은 얼굴이 붓도록 울다가 이를 깨물며 혼자 결의를 다졌다.

위대하신 수령님과 친애하는 지도자 동지를 위해서 손바닥이 부르트도록 초정밀선반 핸들을 돌려야 돼. 늙으신 시어머님을 사이에 넣어 남편의 위축된 사기도 북돋워 주어야 돼. 그래야 우리 웅이와 진이의 앞날이 보장돼.

자기 자신을 향해 그렇게 결의를 다지며 정림은 2년을 참고 살았다. 좁은 집에, 잡곡이 많이 섞인 식량을 배급받아도 불평 한마디 없이 휘어지는 허리를 더욱 조이며 전쟁미비축운동에도 남달리 앞장섰다. 시어머니는 입에 풀칠하기도 부족한 배급식량인데도 그 식량을 떼어내어 한 줌이라도 더 갖다 바치는 며느리의 열성이 못마땅했지만 그래도 말 한마디 않고 잘 참아 주었다.

정림은 그런 시어머니가 고마웠다. 날이 갈수록 건강이 나빠지는 시어머니의 얼굴을 쳐다보면 공서방네 연립주택단지에 살 때처럼 하얀 이밥에다 고깃국이라도 끓여드리며 남편보다 더 지극 정성으로 섬기고도 싶었다. 그렇지만 그런 생각은 한때뿐이었다. 바쁘게 일어나 조반을 지어 먹고 나가면 점심과 저녁은 늘 밥공장에서 사다 먹기 일쑤였고, 그렇게 연속되는 일상생활 때문에 시어머니에게는 마음만 있을 뿐 정성껏 밥 한 끼 지어드릴 시간조차 없었다.

거기다 수요일과 토요일은 정치학습에다 독보회, 그리고 직업동맹의 일이 일과 후의 시간을 잡아먹고 있어 시어머니가 제대로 진지나 드시는지, 그것조차 확인할 수 없을 때도 허다했다. 고작 밤 10시가 넘어서야 집에 들어와

"어머님, 저녁 진지 드셨어요? 제대로 드시지 못했으면 밥공장에서 내일 아침에 먹을 밥을 좀 넉넉하게 사 왔는데 이거라도 좀 드시지요?"
하고 말이나 한마디 건네 볼뿐이었다.

그래도 시어머니는 해소 기침만 뱉어낼 뿐 고개를 끄덕여 주는 날이 없었다. 갑갑한 듯 방문을 열어놓고 밤하늘을 쳐다보다간

"얘야, 우리 웅이하고 진이가 집에 와서 자는 날이 며칠이나 남았니?"
하면서 손자가 보고 싶은 표정을 지었다. 정림은 그때서야 번쩍 정신이 드는 것 같아 달력을 쳐다보며,

"모레면 집에 데리고 와서 잘 수 있는 날입니다"
하면서 시어머니 몰래 부끄러운 표정을 지었다. 생후 5개월밖에 안 된 어린것을 탁아소에 맡겨놓고 걱정 한 번 안 하고 사는 자기 자신이 너무나 싫었던 것이다.

그런 날 정림은 깨끗이 빨아놓은 어린것들의 속옷가지를 얼굴에 부비며 가늘게 어깨를 떨 때가 많았다. 여자들을 가정일에서 해방시킨다고 국가가 아이들까지 탁아소와 유치원에 맡겨 키우게 하지만, 어느 때는 그런 일조차 야속하게 느껴질 때가 많았다. 닭이 병아리를 품듯 제가 낳은 자식을 한껏 껴안고 잘 수 없는 현실이 너무 서러웠다.

그래도 정림은 하모니카아파트단지 생활을 하루하루 잘 견뎌냈다. 눈물겹게 살아온 지난날들을 생각하면 저 멀리 달나라 같은 곳에라도 가서

그들 가족들끼리만 오붓하게 살다가 오고 싶었다. 그렇지만 집 떠나 생활하고 있는 남편을 생각하면 자신이 지금 무슨 뚱딴지 같은 생각을 하고 있는가 하는 죄책감을 느낄 때도 많았다.

정림은 부지불식간에 떠오르는 남편의 얼굴을 그려보다 남편이 독재대상구역에서 사상투쟁을 마치고 동북리에 있는 금성정치군사대학에 들어갔을 때를 생각했다. 그때 남편은 금성정치군사대학에서 무슨 교육을 받는지 오랜만에 한 번씩 가족들을 보러 올 때는 꼭 밤중에 찾아왔다. 그리고는 허겁지겁 시어머니에게 인사를 하고는 자신을 밖으로 데리고 나갔다. 단둘이 할 이야기가 있어도 시어머니가 방을 차지하고 있으니까 남편은 자신에게 긴요한 이야기조차 자유롭게 할 수가 없었다. 한참 하모니카 아파트단지를 벗어나 야트막한 언덕길을 걷고 있던 남편이 풀숲이 있는 언덕 밑에서 걸음을 멈추었다.

남편은 달빛이 훤하게 쏟아지는 언덕 밑에다 자신의 상의를 벗어 자리를 만들고는, 자신을 넘어뜨려 말라빠진 젖가슴을 쓸어내렸다. 그런 날 정림은 남편의 상의가 깔린 자리 위에서 치마를 까뒤집힌 채 두어 번씩 몸을 주었다. 그때마다 정림은 옛날처럼 따뜻한 이부자리 속에서 남편과 함께 운우지정(雲雨之情)을 나눌 수 있는 방 두 칸 딸린 집을 그리워했다. 그러나 그런 시절이 언제 또 다가올는지, 무심하게 쏟아지는 달빛만 원망스러워지는 것이다. 그런데도 남편은 아내의 그런 심정 따위는 안중에도 없는 듯 연방 눈웃음을 흘려댔다.

"은막 같은 달빛 아래서 당신 몸을 훑어보니까 정말 백옥 같구려. 여보! 고생스럽더라도 조금만 더 참아주구려. 이번 밀봉교육만 무사히 받고 나면 해주연락소나 남포연락소 공서방으로 복권될지 몰라. 고생하는 당신과 어머니를 위해 그동안 정말 열성적으로 밀봉교육을 받았거든……."

"길케라도 되면 얼마나 좋갔시요……."

정림은 달빛 아래 아랫도리를 다 내놓은 채로 누워 흐느꼈다. 떨어져 있을 때는 일주일에 한 번씩 체온을 전해 주고 가는 자식보다 못하다 싶었던 남편이었는데, 이렇게 살을 맞대고 보니 또 정이 솟는 것이 부부 사이인가 싶었다.

정말 공서방네 연립주택단지에서 쫓겨 나와 살았던 지난날들을 하나하나 되짚어보면 살아가는 일이 꼭 어린아이들 장난 같은 느낌이 들었다. 그리고 인민을 위해 존재한다는 당의 처사가 속을 뒤집어놓을 만큼 야박하고 배신감에 떨게 할 때도 많았다. 그래도 무슨 심통이 풀렸는지, 다시 방두 칸, 부엌 하나 딸린 문화주택으로 주거지까지 옮겨주니까 상처받은 마음이 조금은 풀리는 것 같았다. 필시 위대하신 수령님과 친애하는 지도자 동지가 은덕을 베풀었을 것이다. 수령님과 지도자 동지가 은덕을 베풀지 않으면 그들 부부가 출당(黜黨) 위기에서 복권될 길은 없다고 그녀는 늘 신앙처럼 생각해 왔으니까 말이다.

"여우 같은 년!"

정림은 밝은 달을 바라보며 인민반 조직의 선전원 동무를 입안에 말로 욕해댄다. 직장의 상사로부터 남편이 남포연락소로 배치될 것 같다는 소식을 듣고 집으로 달려왔는데, 선전원 동무는 그새 남편의 소식을 전해 듣고 달려와 웃음을 팔아대는 것이다. 정림은 탁아소에서 진이를, 유치원에서 웅이를 데리고 가라는 소식을 듣고 찾아온 선전원 동무가 고맙기는 했으나 어떻게 남편의 복권 소식까지 전해 듣고 찾아오는지 남의 집 가정사를 유리판처럼 꿰뚫어 보고 있는 그런 사람들이 이제는 진절머리가 나도록 싫은 것이다. 몸에 날개라도 있다면 그런 사람들을 피해 멀리 달나라에라도 가서 살고 싶다.

정림은 지금도 누군가로부터 감시 받고 있는 것 같은 느낌이 들어 온몸이 섬뜩해진다. 그러나 그녀는 애써 그런 내색을 감추며 마을 어귀 쪽으로 귀를 모은다. 컹, 컹, 개들이 계속 짖어대는 걸 보면 필시 마을에 낯선 인물들이 들어온 것 같은데 더 이상 무슨 변화가 없는 것이 자꾸 이상하게 느껴지는 것이다.

잘못 들었는가?

정림은 잠시 자신의 귀를 의심해보다 자리에서 일어난다. 마음이 뒤숭숭해서 견딜 수가 없는 것이다. 그녀는 남쪽 창문을 열고 바깥을 내다본다. 은은하게 내려 비치는 달빛은 개들이 왔다 갔다 하는 모습까지도 다 보일 만큼 밝은데 마음은 자꾸 조바심이 끓어오르는 것이다. 그녀는 바깥 외기가 싣고 오는 찬 바람이 좋아서 벽에다 몸을 기댄 채 계속 바깥을 살핀다. 그러다간 갑자기 놀란 빛을 보이며 시어머니와 자식들이 잠들어 있는 큰방 쪽으로 돌아선다.

"오마님! 애들 아범이 옵네다."

정림은 그렇게 남편이 오는 것을 시어머니에게 일러놓고는 재빨리 바깥으로 나온다. 신발이 신기는지 마는지, 오른손에 가방 하나를 들고 천천히 집을 향해 걸어오는 남편의 모습을 보니까 갑자기 친정아버지를 만난 것처럼 반가움에 겨워 눈물이 앞을 가린다. 그녀는 손으로 눈물을 훔치며 문화주택의 앞마당과 대문 밖 남새밭 쪽으로 넘어질 듯이 뛰어가 남편의 팔을 잡고 매달린다.

"집 떠나 있는 사이 별고 없었시요? 자꾸 개들이 짖어대는 걸 보고 당신이 오는 것 같은 생각이 들어 수십 번도 더 바깥을 내다봤는데 사람이 보여야디요. 아이구 숨차. 좀 쉬었다 가자요."

그녀는 훼훼 고개를 내저으며 연방 가쁜 숨을 몰아쉰다. 사내는 아내의 그런 모습이 사랑스러운지 기분 좋은 눈웃음을 지으며 가족들의 안부를 묻는다.

"어머니도 편안하시고 아이들도 잘 크지?"

"기럼요. 기런데 오마님이 연세가 많으셔서 그런지 요사이는 가끔씩 엉뚱한 말씀을 하실 때가 많습네다. 어카면 좋카시요?"

"어머니가 무슨 말씀을 하시는데?"

"오늘같이 달이 밝은 날은 문을 열어놓고 밤하늘을 쳐다보며 돌아가신 아버님도 불러보시고 어릴 적 함께 놀던 고향집 피붙이들의 얼굴을 한 번만이라도 보고 죽었으면 여한이 없겠다고 하시며 자꾸 통일이 언제쯤 될 것 같으냐고 물으십네다. 어케 답변하면 좋카시요?"

"돌아가실 때가 되었나? 왜 고향집 피붙이 이야기를 하시는가……혹 망령 끼가 보이오?"

"하이구 당신도 차암! 집 떠나 계시더니 별말씀을 다 하십네다. 우리 오마님이 와 벌써 망령드십니까? 웅이와 진이가 집에 오는 날은 그저 잠시도 가만히 있지를 못하시고 아이들과 노시느라 신바람이 나시는데…….암튼 소소한 집안 이야기는 오마님께 인사라도 드리고 난 뒤에 하구 날래 방으로 들어가자요."

정림은 남편이 들고 온 여행 가방을 대신 받아들고 집을 향해 걷는다. 앞마당과 남새밭 사이는 정말 얼마 되지 않는 거리다. 그런데도 사내는 그

남새밭 길을 아내와 함께 걸으면서 많은 이야기를 나눈다. 마을 외곽지역
으로 들어올 때 차단소(검문소)에서 연락을 해놓았더니 그새 리당 간부들과
세포비서들이 마중을 나와 주었다는 이야기도 들려준다. 그래서 사내는
안내원 동무의 잠자리를 마련해 주고 자신은 차에서 내려 천천히 걸어서
집으로 오느라 좀 늦었다는 이야기도 정답게 해준다. 정림은 그제서야 목
이 빠져라 바깥을 내다보며 애태우던 순간들이 위로가 된다면서 시어머
니와 아이들이 누워 있는 큰방으로 남편을 안내한다.

"어머니! 제가 집에 없는 동안 얼마나 고생이 많으셨습니까? 그동안 소
식 한 자 전하지 못한 이 불효자식을 용서해 주십시오."

사내는 방 안으로 들어가 늙은 어머니 앞에 고개를 숙이고 눈물을 글썽
거린다. 늙은 어머니는 자식의 효성스러운 그 인사 한마디가 가슴을 치는
지, 사내의 얼굴을 한번 쓰다듬어보며 눈을 끔벅거린다. 잘 못 먹고, 이웃
으로부터 소외되고, 해소 기침에 시달려서 거무죽죽하게 변해버린 얼굴
인데도 제 자식을 그리워하는 모성애는 아직도 남았는지, 초가 끼어 있는
두 눈에서는 그만 눈물이 흘러내린다. 정림은 그런 시어머니의 모습이 안
쓰러워 큰아이가 입다 찢어놓은 면 셔츠 조각을 수건 대신 갖다 준다.

"오냐. 그동안 속 많이 끓였제? 왜놈들이 다스리던 일제 시대에도 부모
자식 간에는 이렇게 오랫동안 헤어져 사는 법은 없었는데 어째 세월이 날
이 갈수록 더 힘들어지는 것 같누?"

늙은 노모가 수상한 세월을 한탄해도 사내는 그저 말없이 고개만 숙이
고 있다. 정림은 미제(美帝)와 그 앞잡이들이 남반부에서 전쟁 준비를 하기
때문이라고, 독보회에서 들은 대로 대답하고 싶었으나 인내심을 발휘해
참는다. 웬지 오늘 밤만큼은 그런 이야기들을 하고 싶지 않은 것이다. 원

산 공서방네 연립주택단지에 살 때처럼 달빛이 쏟아져 들어오는 방안에 술상이라도 차려놓고, 그 술상 가에 전 식구가 빙 둘러앉아 술이나 과일단물(과일주스)이라도 한 잔씩 나눠 마시면서 시아버지의 항일독립투쟁 이야기를 시어머니로부터 들으며 함께 시간을 보내고 싶은 것이다. 사내도 정림의 그런 속내를 알아차렸는지 들고 온 여행 가방을 연다.

"여보! 내가 아이들 주려고 사탕과자와 과일주를 한 병 가지고 왔는데 이거 들고 나가서 상 좀 봐 오구려. 우리 가족 전체가 모처럼 만에 만났는데 옛날처럼 술이라도 한 잔씩 마시며 어머니 고향이야기 좀 들읍시다."

사내는 바깥에서 아내로부터 전해 들은 이야기가 내내 마음에 걸리는지 가방에서 술병과 사탕과자를 꺼내 아내에게 건네준다. 정림은 옛날로 되돌아온 듯한 남편의 여유 있는 모습이 좋은 듯 고개를 끄덕이며 부엌으로 나간다.

사내는 아내가 부엌으로 나가자 잠들어 있는 어린 자식들을 말없이 내려다본다. 작은놈 진이가 앙증스럽게 주먹을 쥐고 자는 모습을 한동안 말없이 지켜보다 길게 한숨을 쉰다. 그러다간 흙장난을 해서 손이 거칠어진 큰놈의 얼굴을 쓰다듬어보며 어금니를 깨문다.

그때 아내가 술상을 차려온다. 정림은 술상을 든 채로 잠시 남편을 내려다본다. 그러다간 남편이 분노를 씹고 있다고 생각한다. 누구에게랄까? 아마 출당을 위협하고, 사상을 의심하며, 자기 가족을 하모니카아파트단지로 내몬 간부들을 원망하고 있을 것이다. 그녀는 오늘 같은 날 남편이 과거의 아픔을 되씹는 것이 싫어서 얼른 술상을 내려놓으며 술병 마개를 딴다.

"려보! 뭐하는 기야요? 날래 오마님께 술이라도 한 잔 부어 올리시라요."

"어어, 내가 그 생각을 못했구려."

사내는 아내가 건네주는 술병을 받아들고 어머니 잔에 술을 채워 한 잔 권한다.

"어머니! 과일주 한 잔 드셔 보세요. 독하지도 않고 향기가 참 좋습니다."

늙은 노모가 술상 앞으로 다가앉으며 아들을 향해 묻는다.

"너는 북조선에서 태어나 사뭇 평양에서 자랐는데도 말씨가 어이 그래 이남 사람들처럼 서울 말씨만 쓰네?"

"저 같은 대남일꾼들은 자주 남쪽 사람들을 만나기 때문에 서울 말씨만 쓰게 되어 있습니다."

"남쪽 사람들은 주로 어데서 만나네?"

"대중없습니다. 어느 때는 평양에서 만나기도 하고 어느 때는 우리가 남조선으로 내려가서 만나기도 하구요."

"그럼 이남 사람들 만나러 남조선으로 내려갈 때 흙이라도 한 줌 들고 올 수 없겠니?"

"흙은 무엇에 쓰시게요?"

"오늘 밤같이 달이 휘영청 밝은 날은 고향집 피붙이들 얼굴이 떠오르면서 자꾸 눈물이 나오는구나. 이럴 때 말이다, 이남에서 들고 온 흙냄새라도 맡으면 참고만 살았던 그동안의 아픔이 사라지지 않을까? 못된 영감탱이는 내 죽을 때까지 같이 살아주지도 않구 먼저 죽어버리구……만리 타관에서 보고 싶은 피붙이들 얼굴 다 접어두고 죽는 그 날까지 참고 살려니까 달 밝은 밤은 정말 힘이 드는구나. 나이 들면 마음도 여려지는지……."

"어머니 마음 더 말씀 안 하셔도 알 것 같습니다. 저도 집 떠나 있는 동안은 오늘같이 달 밝은 날이 제일 고통스러웠습니다. 가족들 얼굴이 보고 싶어서요."

"모처럼 집에 다니러 온 아범한테 늙은 어미가 괜한 소리까지 다 하는구나. 모두가 술 탓이려니 하고 이제 물러가 쉬어라."

불그레하게 술기가 피어오르자 노모가 술상을 밀쳤다. 사내는 나이 드신 어머니의 모습이 안쓰러워 가방에서 인삼담배를 꺼낸다.

"이거, 당에서 어머니 드리라고 주는 담배입니다. 고향 피붙이 생각나실 때마다 한 대씩 피우면서 조금만 더 기다려 주십시오. 다음에 집에 올때는 꼭 사람을 시켜서라도 어머니 고향 땅 흙을 한 줌 구해 오겠습니다."

"그때까지 내가 살 수 있을지는 모르겠지만 혹 내가 죽는다 해도 애써 구해 온 그 흙을 버리지 말구 내 관속에라도 넣어다오. 북망산천에 가서라도 실컷 고향 냄새나 맡아보게……."

정림은 안타까운 표정으로 시어머니를 지켜보다 술상을 들고 먼저 건넌방으로 건너간다. 사내도 두 자식의 포대기를 다독거려 주고는 건넌방으로 넘어간다.

"참, 당신! 저녁밥은 먹었시요?"

정림은 경황없이 설치다 이제사 그걸 물어본다며 부끄러운 빛을 보인다. 사내는 아내의 그런 모습이 좋은 듯 얼른 아내를 끌어당겨 꼭 껴안는다. 정림은 잠시 사내의 품 안에 안겨 있다 살며시 남편을 떠밀며 빠져나온다. 그녀는 얼른 남편이 누울 수 있게 이부자리를 펴놓은 뒤 옷을 갈아입으라고 추리닝(운동복)을 내어 준다.

사내는 아내가 내준 추리닝으로 갈아입는다. 정림은 어디서 저녁을 먹었으며, 그간 어디서 무슨 일을 하고 지냈는가도 세세히 물어보고 싶었지만 꾹 참는다. 남편은 이상스레 그런 것만 물으면 싫어했다. 그녀는 모처럼 집에 다니러 온 사람을 편안하게나 해주자는 마음이 들어 남편이 옷을 갈아입는 것을 보고는 다시 부엌으로 나간다.

문득, 하루하루 산다는 것이 광대놀음 같은 생각이 든다. 연애 시절에는 항일혁명열사 아들과 결혼하면 한평생 걱정 없이 잘 살겠다 싶었는데 막상 결혼해 살아보니까 눈에 보이지 않은 헛것들한테 그냥 속은 느낌뿐이다. 고향의 부모 형제 다 버리고 사랑하는 낭군을 따라 혈혈단신 북으로 올라온 시어머니도 오늘 밤은 그 무엇에게 속은 기분이 들어서 애들 아범 앞에 그런 말씀까지 하셨을까? 두고 온 고향 땅과 그곳에 살고 있는 피붙이들이 얼마나 보고 싶었으면 흙이라도 한 줌 갖다 달라고 했을까?

투쟁과 혁명이 다 무엇일까?

정림은 대야에다 물을 채운 뒤 소금을 한 줌 뿌리며 포오 한숨을 쉰다. 혁명이고, 통일이고 내가 다 죽어갈 판에 그것들이 무엇에 필요할 것인가, 하는 생각이 밀려오면서 자꾸 웃음이 끓어오르는 것이다. 어떻게 생각하면 여지껏 속고 살은 것이 분하기만 하다. 그나마 마지막 남은 소망이 있다면, 깊은 산 속에라도 들어가 자기 식구들끼리만 오붓하게 한번 살아봤으면 여한이 없겠다는 생각이 든다. 하지만 그런 생활은 저승에 가서나 가능할까, 이승에서는 도저히 실현 불가능한 생각이 들어 자신도 모르게 허탈해지는 기분이다.

"쯔. 속은 기분이야 한도 끝도 없지만 죽는 날까지 저 밝은 달만 보면서 살아야지. 지금 와서 후회한들 무슨 소용 있겠어. 다 내가 선택한 삶이었는데……."

정림은 자기 자신을 다스리듯 광주리같이 밝은 달을 쳐다보며 고쟁이를 훑어 내린다. 그리고는 어느 날 시어머니가 가르쳐 준 대로 소금기가 잘 풀린 대야 물에다 샅을 씻는다. 뒷물이 너무 차다는 느낌이 밀려왔으나 잠시 후 남편이 어루만질 곳이라고 생각하니까 신성한 느낌이 들도록 깨끗하게 씻고 싶은 것이다.

쭈룩 쭈룩 쭈루루…….

정림의 뒷물치는 소리가 귀뚜라미 노래소리처럼 달빛 쏟아지는 뒤란으로 흩어진다. ●

〈학산문학 2001년 겨울호〉

아버지의 팔심

아버지의 팔심

외삼촌 새해 복 많이 받으세요. 민정(敏晶)이에요. 지난해 연말 제 전시회 때는 외삼촌을 목이 빠져라 기다렸는데 오시지 않아 몹시 서운했어요. 외숙모님 말씀으로는 지역의 문화예술인들이 무슨 전시회나 출판기념회를 열 때는 만사 제치고 가서 테이프 커팅도 하고 축사도 해 주시느라 예술회 회장직을 맡은 후는 잠시도 조용히 집에 계실 날이 없다던데 왜 제 졸업작품 전시회 때는 얼굴조차 보여 주시지 않는가 싶어서요. 하지만 졸업작품 전시회가 다 끝나고 전시장을 후배들에게 비워 주려고 안내 데스크 서랍과 전시작품 보관 창고를 정리하다 저는 그만 땅바닥에 풀썩 주저앉고 말았어요. 전화로 주소를 확인해 제 손으로 도록(圖錄) 봉투를 작성하고 그 봉투에 도록과 초청장을 넣어 밀봉한 우편물 봉투가 뒤늦게 안내 데스크 서랍 속에서 나왔으니까요. 어떻게 되었기에 외삼촌한테 보냈다고 믿었던 초청장과 도록 봉투가 이 책상 서랍에서 나올까 싶어 그 경위를 더듬어 보니까 제가 외삼촌한테는 일반 우편물로 부치지 않고 등기로 부치려고 우편물 봉투 작업하던 날 특별히 옆으로 빼놓고는 그걸 깜빡하고 일반 우편물 봉투만 우체국으로 들고 가서 부치고 온 후론 여태 까맣게 잊고 잊었지 뭐예요. 외삼촌 정말 죄송해요. 잘못은 저한테 있었으면서도 외삼촌이 저한테 관심을 가져 주시지 않는다고 어머니한테 오만 투정을 다 부렸으니까요.

어머니도 그날 지방에서 부랴부랴 올라와서는 몹시 난감했을 것이라고 믿어요. 제가 눈에 눈물을 글썽이며 외삼촌에 대해 서운한 모습을 보였으니까요. 제가 그날 어머니 면전에서 서운한 모습을 보인 것은 제 졸업작품을 외삼촌께 보여 드리고 싶은 마음도 간절했지만 그보다는 해를 넘기기 전에 아버지 어머니 이혼 문제에 대해 꼭 외삼촌께 승낙을 받고 싶은 일 때문이었어요.

외삼촌, 단도직입적으로 말씀드리지만 이제 어머니가 아버지의 그늘에서 벗어나서 마음 편히 살 수 있게 이혼을 승낙해 주십시오. 어머니는 외삼촌이 승낙해 주시지 않으면 절대로 변호사에게 이혼소송을 의뢰할 수 없다고 말씀하시니 곁에서 보고 있는 저로서는 참으로 답답하기 그지없습니다. 정초부터 이런 사연으로 외삼촌의 마음을 어지럽게 해드리는 것은 죄송한 심정이지만 저 역시 이 세상에 태어나 만 23년 8개월 동안 성장해 오면서 외삼촌께 이런 글을 쓰게 될 것이라고는 상상조차 할 수 없었습니다. 그렇지만 하루하루 힘겹게 버티는 어머니의 모습을 지켜볼 때마다 전통적인 가문의 인습보다는 시대에 맞는 인간적인 삶이 먼저다 싶은 소견으로 외가 쪽에는 그동안 숨겨 온 아버지의 상습적인 폭행에 대해 말씀드리겠습니다.

외삼촌도 언젠가 저의 기억력을 칭찬해 주신 적이 있지만 저는 비교적 어린 시절의 세세한 일까지 기억하고 있는 편입니다. 그렇지만 아버지와 함께 보낸 시간의 기억은 그렇게 많지 않습니다. 아버지는 대대로 내려오는 우리 집안의 인습 때문에 처가 쪽 권속들이 우리 집으로 찾아오는 것을 몹시 싫어하고 또 우리 가정의 일들이 처가 쪽으로 전해지는 것도 병적일 만큼 싫어합니다. 그래서 외삼촌은 아버지의 사생활에 대해서는 잘 모르실 것입니다. 외삼촌은 젊은 시절 고향을 떠나 사뭇 객지에서 생활해 왔으니까요. 아버지는 제가 어릴 때부터 거의 매일 술을 드셨고, 취하셨고, 일주일에 한 번쯤 저희와 함께 외식을 하는 일을 제외하고는 대부분 밤늦게 들어와 이미 잠든 저와 동생을 억지로 깨워 사랑한다고 말하고는 불도 끄지 않고 나가버리는 것이 애정 표현의 전부였습니다. 그리고 밥상을 뒤엎고, 어머니의 멱살을 잡고 소리를 질러대고, 그러다 우리가 울면서 달려나가 아버지의 다리에 매달리며 "잘못했어요. 엄마 때리지 마세요!"라고 어머니를 대신해 빌어대는 것이 저의 기억 속에 남아 있는 아버지가 귀가한 날 밤의 기억이니까요.

그때 저는 무엇을 잘못했는지도 모른 채 아버지의 한쪽 다리를 붙잡고 무조건 빌었어요. 그럴 때마다 아버지는 다리에 매달린 저를 성가신 듯 차내며 어머니의 뺨과 목 뒤 어깻죽지와 가슴팍을 후려쳤습니다. 어느 날은 그런 아버지가 까무러칠 정도로 무서워 건넌방에서 자는 남동생이 벌떡 일어나 제 곁으로 다가와 주었으면 하는 바람으로 벌벌 떨었습니다. 어떤 때는 제 자신도 모르게 오줌을 좔좔 싸며 몸을 웅크린 채 앉아 있다가 뜨뜻미지근하게 아랫도리에서 전해오는 제 몸의 열기와 오줌 지린내에 놀라 비명을 터뜨리듯 큰 소리로 울며 방 밖으로 뛰쳐나가길 반복했습니다.

아버지는 제가 보는 앞에서 어머니의 뺨을 번갈아 가며 때리며 폭력을 행사할 때가 많았습니다. 어느 때는 어머니의 머리채를 움켜쥐고 벽에다 처박고, 그러다간 안방으로 끌고 들어가 문을 잠가버리기도 했습니다. 안방에서 들려오는 둔탁한 소리는 분명히 아버지가 어머니의 머리채를 움켜쥔 채 벽에다 어머니의 머리를 처박는 소리일 것입니다. 그러다 터져 나오는 어머니의 비명과 울음소리에 놀라 저는 오줌을 싼 속옷도 갈아입을 틈도 없이 안방과 연결된 아파트 베란다 창문 쪽으로 나갔습니다. 그때 베란다를 넘어가 안방 창문을 통해 들여다 본 방안의 모습은 참으로 소름 끼쳤습니다. 아버지는 어머니를 벽에 몰아붙여 목을 조르며 계속 머리를 처박아대고 있었습니다. 마치 개장수가 복날 개를 휘어잡듯, 아버지는 식식거리며 어머니를 때리면서 육체적으로 고통을 안겨주고 있었던 것입니다.

아버지의 그런 모습은 우리 식구뿐 아니라 결혼 전까지 우리 가족과 함께 살았던 삼촌들이나 고모 앞에서도 마찬가지였습니다. 아버지는 삼촌과 고모가 방에 있든 말든 거리낌 없이 어머니를 때리고 짓밟았습니다. 지금도 생생히 기억하는 한 가지 사례는 밥상이 마음에 안 든다고 삼촌의 면전에서 밥상 위에 놓인 숟가락을 어머니의 이마를 향해 내던지더니, 그래도 한이 차지 않았던지 아버지는 밥상이 들어오기 전에 베고 누워 있던 딱딱한 염주 베개를 집어 들고 어머니의 배를 향해 힘껏 내던진 것입니다. 양쪽 모서리 나무판에다 아이들 눈깔사탕만한 나무 염주를 촘촘히 꿰어 연결시킨 베개는 어머니의 배를 정통으로 가격하고는 밥상 아래로 떨어졌습니다. 베개가 떨어지는 소리와 함께 어머니는 허리를 기역(ㄱ) 자로 꺾으며 "억!" 하고 숨 막히는 소리와 함께 벽에 몸을 부딪치며 방바닥으로 쓰러졌습니다.

저는 집안에서 이런 불상사가 일어나던 초기만 해도 어머니가 아버지 앞에서 아무 말도 하지 않은 채 가만히 있어 주길 바랐습니다. 왜냐하면 아버지는 술에 취해 집으로 들어오는 날은 늘 어머니에게 술상을 차려오 라고 했고, 아버지의 성화에 못 이겨 어머니가 술상을 차려 방 안으로 들 어가 마주앉아 "밖에서 많이 드신 것 같은데 그만 주무시지 왜 자꾸 술만 드시면 집에 들어와서도 야밤에 술상을 차리라고 해요?" 하고 짜증 섞인 목소리로 물으면 아버지의 손이 바로 어머니 얼굴로 올라갔기 때문입니 다. 그럴 때마다 저는 아버지가 어머니를 때리지 않게 해 달라고, 또 제 동 생과 제가 성장하고 어머니 아버지와 함께 생활한 기억이 고스란히 남아 있는 우리 가정이 아버지의 폭력으로 파괴되지 않게 해 달라고, 어머니가 제 방에 달아주신 십자상을 향해 간절하게 빌었습니다. 그러나 아버지의 모습은 조금도 달라지지 않았습니다. 평소 술에 취해 있지 않을 때는 취중 의 행위에 대해 무언가 좀 생각하는 듯한 표정이었지만 술을 드시고 나면 맨 날 그 모습 그대로였습니다. 저는 너무나 지친 나머지, 나중에는 아버 지가 집에 돌아오지 않게 해 달라고 기도의 방향을 바꿔 애절하게 빌었습 니다. 아버지가 집에만 없다면 우리 집은 늘 조용하고 평화롭고 어머니 또 한 아버지에게 맞지도, 울지도 않아 좋을 것만 같았기 때문이었습니다.

아버지는 좀 변덕스럽기는 해도 저와 제 동생에게는 다감한 편이었습 니다. 외삼촌도 느끼셨는지 모르겠지만 아버지는 감정의 기복이 심한 내 면을 감추기 위한 방편으로 평소 강약이 구별되지 않는 저음의 목소리로 자신의 의사를 좀 과장해 말하는 버릇이 있습니다. 거기다 돈 씀씀이가 호

탕해 처음 만나는 사람들에게는 "사람이 생긴 것보다는 통이 크다."라는 평을 들으며 늘 호감을 받습니다. 그렇지만 우리 집안의 내력을 잘 아는 향단(鄕檀)의 윗대 할아버지들이나 아버지 세대의 어른들은 그렇지 않습니다. 아버지가 어떤 큰일을 저질러놓을 때마다 불러 앉혀놓고 엄하게 꾸짖을 때가 많았습니다. 저는 초등학교 시절 아버지가 집안의 윗대 할아버지부터 심하게 꾸지람을 당하는 모습을 본 적이 있는데 그때 아버지의 종조부가 되시는 감골할아버지는 "조선조 명종 임금 시절 좌찬성(左贊成)의 자리에서 가문을 빛내며 영남학파의 한 축을 이뤄 놓으신 ○대조 할아버지의 휘(諱) 자에 똥칠을 하는 고얀 놈 같으니……." 하시면서 대노하신 적이 있습니다.

또 아버지에겐 숙부가 되시는 쑥골할아버지는 "이놈아, 니가 나이 서른도 되기 전에 부모를 다 여위고 똑바른 직업도 없이 어린 동생들 공부시키고 배필 찾아 짝맞춰 주느라 애는 쓴다마는 윗대 조상들이 목숨 걸고 지켜온 선산과 전답들을 닥치는 대로 팔아먹으며 대책 없이 살면 우야노? 이제 술 좀 작작 마시고 무슨 일이 있을 때마다 할아버지한테 찾아와 사사건건 의논해라. 어른들이 하도 보기 딱해서 니를 붙잡아 앉혀놓고 무슨 말을 하면 그 자리에서 대장부답게 니 힘으로 할 수 있는 것은 그렇게 하겠다고 약속하고, 할 수 없는 것은 딱 잘라서 현재 니 형편이 이러 저러하여 당장은 이행이 불가능하니 조금만 더 기다려 달라고 하면서 언행이 일치되는 모습을 좀 보여라. 내가 벌써 니를 붙잡아 앉혀놓고 이런 말을 여러 차례 하였건만 니는 어찌 어른들 앞에서는 니 의견을 한 마디도 내보이지 않고 그저 고개 숙여 대답만 맹꽁이처럼 예, 예, 해놓고 돌아서면 감골할아버지 말씀이고 작은할애비 말도 개 방귀 취급하면서 사람이 그렇게 겉 다르고

속 다르게 살아 가노? 니가 명문 대가 종손(宗孫)의 장자가 아니더라도 처신을 그렇게 해서는 안 된다. 집안의 안 어르신네들이 니한테 직접 대놓고 말하기가 뭣해 니 안사람을 불러 앉혀놓고 니한테 할 말을 니 안사람한테 전하는데 니는 그걸 새겨듣지 못하고 그런 말을 전하는 니 안사람을 와 자꾸 손찌검을 하노? 니 안사람이 니한테 맞을라고 이 집안에 시집왔나? 이 며칠 전에도 니가 개 잡듯 니 안사람을 두들겨 팬다면서 니 동생들이 울면서 나한테 전화를 했더라. 니, 그거 어디서 배워먹은 버르장머리고? 대답 좀 해봐라?" 하면서 집안에 어찌 아버지같이 술주정에다 손찌검까지 하는 후손이 태어났는지 이해가 안 된다는 표정으로 닦달하는 모습을 본 적이 있습니다. 이처럼 아버지는 낮과 밤, 장소와 상황에 따라 겉 다르고 속 다른 모습을 보여 주므로 저에게 더 큰 혼란과 두려움을 안겨 줍니다. 저는 성장기 내내 폭력을 일삼는 아버지가 무서워 눈치를 보며 자랐습니다. 언젠가는 어머니처럼 머리채를 붙잡힌 채 안방으로 끌려가 두들겨 맞을 것만 같았고, 제가 만약 아버지 말을 잘 듣지 않으면 어머니에게 또 화풀이가 돌아갈 것 같은 예감이 저를 늘 불안하게 만들었습니다.

아버지는 화가 나면 손찌검뿐만 아니라 부엌에 가서 식칼을 찾는 무서운 기벽(奇癖)을 갖고 있습니다. 자식으로서 차마 입에 담지 못할 말이지만 아버지는 무엇이 불만스러우면 마치 발작하듯 두 눈에 광기를 내뿜으며 어머니에게 칼을 들이댑니다. 때로는 문갑 위에 장식용으로 놔둔 커다란 도자기나 재떨이를 집어 들고 "대가리를 부숴버리겠다."라며 어머니를 향해 불같이 화를 냅니다. 그러면서 울고 있는 어머니를 향해 "니는 그라면서 왜 사는데?"라고 빈정거렸고, "미친년, 씨팔년" 같은 원색적인 욕설부터 시작하여 장성한 자식을 둘이나 둔 자기 아내를 향해 인간으로서의 기본적인 자존심마저 짓밟는 인신공격을 밥 먹듯 해댔습니다. 언젠가는 집안 할머니들의 말씀을 전해주는 어머니에게 "니가 뭘 안다고 지랄이고? 아가리 닥치지 못해!"라며 어머니의 말을 가로막았고, 그래도 어머니가 집안 할머니들의 말씀을 계속 전하면 "아가리를 뿌사뿔라(부숴버릴라) 마. 니 지금 죽고 싶어서 이카나(이러나)?" 하면서 금세 어머니를 패 죽일 듯 다그쳐 대다가도 곁에서 바들바들 떨면서 일거수일투족 지켜보고 있는 제 동생과 저를 의식하고는 갑자기 안색을 바꾸면서 "이걸 그냥 콱! 아이구!" 하면서 당신의 성깔대로 어머니를 두들겨 패지 못한 것이 원통한 듯 고래고래 고함을 질러대는 순간들이 저에게는 바로 악몽의 시작이었습니다.

어머니는 아직도 집안에서 아버지의 큰 목소리가 들려오면 자신도 모르게 가슴이 뛴다고 말합니다. 그러다 아버지가 폭언을 내뱉으며 벌겋게 핏기가 치솟은 얼굴로 손을 치켜올리면서 때리는 시늉을 하면 어머니는 그만 눈앞이 새하얘지면서 오금이 저려온다고 합니다. 그런 모습을 지켜보다 어느 날 저는 어머니에게 "아버지와 맞서세요. 무서워하지 말고 대들란 말이에요." 하면서 순종의 도를 넘어 맹종적으로 굴종하는 어머니의 태도가 못마땅해 몇 번이나 울부짖은 적이 있습니다. 그래도 어머니는 너무 오랜 세월 동안 아버지의 폭언과 폭행에 시달리고, 또 그런 형상들이 뇌리 속에 깊이 각인되어서 그런지 늘 겁부터 먼저 먹으며 아무 말도 못한 채 벌벌 떨다 병자처럼 쓰러집니다. 그만큼 긴 세월 동안 어머니는 아버지로부터 부부로서는 도저히 상상할 수도 없는 인간 이하의 대우를 받으며 살아오다 자신도 모르게 기가 다 빠져버린 것입니다.

우리 집안의 일들이 외가에 전해지면 외할아버지와 외할머니가 고통스러워한다며 어머니가 의식적으로 감추어서 그렇지, 아버지는 제가 알기로도 수 없는 여자들과 염문을 뿌렸습니다. 그런데도 어머니에게 현장을 들키지 않았다는 이유로 아버지는 늘 뻔뻔스러웠습니다. 아직도 잊을 수 없는 것은 언젠가 가족 동반 외식을 나갔다가 우연히 아버지의 친구분과 합석하게 되어 2차로 룸살롱에까지 따라간 적이 있습니다. 그날 저와 제 동생 그리고 어머니는 아버지와 헤어져 먼저 집으로 돌아올 수가 없어서 불편한 자리였지만 그 자리에 합석하게 되었습니다. 그런데 아버지는 자신의 아내 앞에서 룸살롱 접대 아가씨의 엉덩이를 주무르며 노래를 하는 것입니다. 그러면서도 좋다고 웃고, 술에 취해 자식이 있는지 아내가 있는지도 의식하지 못한 채 자신의 흥에 겨워 온갖 추태를 부려대는 모습은 나이 어린 저로서도 견딜 수 없을 만큼 아버지가 미웠습니다. 그뿐 아니라 해마다 연말에는 아버지의 사업체 친구 내외분과 저희 가족이 시내 고급 음식점에서 함께 저녁을 먹는 날이 있는데 아버지는 그런 날 접대를 하는 여종업원과 종전부터 친분이 있었는지는 모르지만 몸을 밀착하여 귓가에 대고 속삭였고, 그 여종업원이 우리 가족의 눈치를 보며 자꾸 피하려고 하자 아버지는 여종업원을 못 가게 막아서며 주머니에 뭔가를 자꾸 찔러 넣어주었습니다. 그걸 보다 못해 화가 난 아버지 친구분의 부인께서 아버지에게 언짢은 표정을 지으시며 자리를 박차고 나간 적도 있을 정도였습니다. 거기다 아버지는 얼마나 많은 여자를 자가용 승용차에 태우고 다녔는지, 어느 날 급히 학원을 가야 하는 저를 차에 태우고 도로에서 신호를 기다리고 있었는데 길거리에서 우연히 만난 어떤 남자분이 아버지의 승용차 옆으로 바짝 차를 갖다 붙이더니 능글맞은 목소리로 "이번엔 또 누구야?" 하며 묘한 표정을 지었습니다.

이렇게 아버지는 폭행, 폭언뿐 아니라 어머니에게 온갖 참지 못할 모욕

감까지 안겨주며 방탕한 생활을 하다 결국에는 자영하던 회사가 부도가 나 빚이 쌓이게 되었습니다. 그렇게 되자 아버지는 집에 들어오지 않기 시작했습니다. 그러면서도 순간의 위기에서 벗어나기 위해 길거리에서 우연히 만난 빚쟁이들에게는 태연스럽게 자신의 연락처를 집으로 가르쳐 주며 당신 혼자만 도망을 가듯 잠적해 버립니다. 그러면 집에 남은 우리 가족은 밤에도 불을 끄고 생활해야 합니다. 거실에는 항상 두꺼운 커튼을 내렸고, 어디를 봐도 빛 한 줄기 새어 나갈 수 없는 암흑의 공간 속에서 동면하는 짐승처럼 우리 남은 세 식구들은 죽은 듯이 살아야 했습니다.

그 시절, 집에 남은 저희 가족은 전화마저 자유롭게 받을 수 없어 항상 전화 코드를 빼놓고 살았습니다. 가끔은 아버지와 연락이 될까 하여, 그래도 집을 나가며 해준 말을 어린 저와 동생은 철석같이 믿었기에, 잠깐잠깐 전화 코드를 꽂았다가 빚쟁이한테서 걸려온 전화벨이 울리기라도 하면 소스라치게 놀라 전화 코드를 빼 버리곤 했습니다. 그런 일 때문에 저와 어머니는 전화벨 소리에 늘 몸서리를 느끼다 아예 전화기를 없애버렸습니다. 그 시절 제가 가장 두려워했던 것은 우리 집 주소를 들고 직접 찾아오는 사람들이었습니다. 현관문 앞에서 그들이 눌러대는 초인종이 울리면 우리 가족은 셋이서 꼭 끌어안고 숨도 죽였습니다. 혹 아파트 문 너머로 작은 기척이나 숨소리라도 새어나간다면 저 사람들이 문을 부수고 들어올 것만 같은 불안감 때문에 저와 동생은 어머니가 당부하지 않아도 숨을 크게 쉴 수 없었습니다. 그때 저와 제 동생 그리고 어머니는 마치 나치 치하의 유대인들처럼 숨소리와 발자국 소리까지도 죽여가며 살았습니다. 문이 열리기를 기다리다 지친 채권자들이 연속적으로 초인종을 누르며 험하게 문을 두드려댈 때 저와 동생은 세게, 더 세게 몸을 끌어안으며 금방 무슨 일이 터져 버릴 것 같은 공포 분위기를 이겨냈습니다. 그런 사정은 어머니도 마찬가지여서 자신도 모르게 후들후들 떨면서 우리를 부둥켜안고 울고 계셨습니다.

그 무렵 어머니가 가장 두려워했던 것은 저와 동생이 다니는 학교로 채권자들이 직접 몰려가 저희 남매를 우격다짐으로 앞세워 저희 집으로 찾아와 현관문을 열게 하고, 그다음 단체로 집 안으로 들어와 거실에 드러누우면 "우리는 어떻게 되는가?" 하는 공포감이었습니다. 그 공포감 때문에 우리 남은 세 식구는 하루 빨리 아버지가 사업을 하다 발생시켜 놓은 부채를 함께 근무했던 간부들과 협의해 현행법이 정한 범위 내에서 빨리 처리해 주길 바랐습니다. 일테면 집안의 어른들과 법조계 전문가들의 도움을 받아 파산선고 같은 법적 조치를 취해주면 아버지가 사업을 하면서 발생시킨 부채 때문에 어머니가 채권자들로부터 현행범보다 더한 인격적 능멸과 물적 강탈은 당하지 않을 것이 아닙니까? 그런데도 아버지는 남은 가족에게 연락도 주지 않고 당신 혼자만 무책임하게 잠적해 버리고 맙니다. 그리고 당신이 계신 곳의 연락처도 알려주지 않습니다. 어쩌다 가끔 전화를 할 때도 "별일 없지? 나랑 연락된다는 소리를 하면 안 돼. 무조건 모른다고 잡아떼! 아, 그렇게 잠시 둘러대는 말도 못해, 이 병신들아!" 하고 오히려 가족들이 당신과 함께 입맞추어 거짓말을 하며 우리 사회를 불신의 늪으로 끌고 가지 않는다고 신경질을 부렸습니다.

그런 생활을 견디다 못해 어머니는 제가 중학교 3학년 때 경매에 들어간 집을 넘겨주고 이모가 사는 도시로 떠날 것을 결정했습니다. 아버지는 그때까지도 아무런 해결 방안을 마련해 주지 않은 채 자신만 이 집 저 집 숨어 다니면서 "곧 해결될 거니까 조금만 더 기다려 봐." 하는 무책임한 감언이설만 남발했습니다. 결국 그 무책임한 말의 뒷감당은 모두 남은 우리 세 식구의 몫이 되고 말았습니다. 그 후 어머니가 시내 은둔처에서 아버지를 만나 이모 곁으로 떠나겠다고 하자 아버지는 갑자기 화를 내며 반대했습니다. 뿐만 아니라 어머니를 "나쁜 년!"이라고 욕해대며 점령군처럼 쳐들어온 채권자들에게 집을 내주고 물러앉아야 했습니다. 그런 사정 때문에 값나가는 가재도구는 채권자들한테 다 뺏기고 우리 가족의 손때 묻은 부엌세간과 이부자리 몇 개를 꾸려 이삿짐을 싸고 인부를 불러와 보따리를 내리며 집을 비워주었습니다.

빚쟁이들한테 집을 뺏기고, 올 데 갈 데 없던 저희들은 시내 여관방에서 몇 며칠을 함께 껴안고 울어대다 이모네가 사는 도시로 떠났습니다. 고향을 떠나던 날은 몹시 바람이 불고 비가 흩뿌렸지만 아버지는 그때까지도 저희들 곁으로 다가오지 않았습니다. 마치 남은 세 식구가 진짜로 어디론가 떠나가는가를 확인하러 온 사람 모양 살며시 아파트단지로 찾아와서 멀리서 지켜보고는 아무 말 없이 은신처로 가버렸다는 말을 뒤늦게 찾아온 삼촌한테 들을 수 있었습니다. 결국 아버지 대신 삼촌이 아파트단지 울타리 옆에 내려 비닐로 씌워놓은 이삿짐을 트럭에 싣고 새로 이사 갈 도시의 문방구 가게까지 따라와 짐을 내려주고 돌아갔습니다.

빚쟁이들에게 알려져선 안 되기에, 저는 고향을 떠나오던 날, 친구들과 짧은 인사만 나눈 채 헤어졌습니다. 우리 세 식구가 이모가 사는 도시로 이사 가는 것을 어떤 일이 있어도 친구들에게 알려서는 안 된다는 어머니의 신신당부 때문에 저는 제 친구 어느 누구에게도 제가 어디로 이사를 가는지조차 말하지 못했습니다. 가장 친한 친구들, 제가 태어나서 자란 고향의 모든 기억들을 한번 되돌아보지도 못한 채 떠나와 타향에서 친구 하나

없이 외롭게 생활할 때도 연락할 사람이 없었습니다. 새로 옮겨 간 학교에서는 심하게 왕따를 당했지만 호소할 친구도 없었습니다.

어머니가 운영하게 된 문방구 가게는 제가 전학 온 중학교 바로 앞에 있었습니다. 쫓겨오다시피 한 우리 세 식구의 생활을 위해 이 도시에 살고 있던 이모가 소개해 준 가게였는데 아주 낡고 오래되어 폐업 직전에 놓여 있었습니다. 그렇지만 어머니에게는 우리 남매와 당신의 호구를 이어줄 생명줄과 같은 사업장이었습니다. 보통 두 명 이상이 함께 관리해야 하는 그 문방구를 어머니는 혼자 힘으로 운영해 나갔습니다. 어머니는 단골도 거의 없는 문방구를 새벽같이 일어나 바닥을 말끔히 청소한 뒤 문구 위에 쌓인 먼지들을 털어 보기 좋게 새로 진열하고, 인근 학교 재학생들이 잘 찾는 학용품을 새로 들이고, 저희 남매를 대하듯 문방구를 찾아오는 학생들을 웃음으로 맞으면서 100원짜리 사탕 한 알, 300원짜리 노트 한 권을 팔기 위해 혼신의 힘을 다해 매달렸습니다. 평소 심장과 기관지, 폐 그리고 관절의 마디마디 어디 성한 곳 한군데 없는 약하신 분이었지만 어머니는 한겨울에도, 한여름에도 우리 세 식구 중 가장 먼저 일어나 부지런히 일했습니다.

그 시절 우리는 문방구 가게에 딸린 작은 단칸방에서 생활했습니다. 그 단칸방은 저희 세 식구가 나란히 누워 잘 수도 없을 만큼 좁아 제 동생은 가로로, 저와 어머니는 그 아래에서 세로로 누워 자곤 했습니다. 문방구 뒷마당에는 늘 쥐가 들끓었습니다. 출입문이 제대로 닫히지 않는 부엌에는 항상 쥐들이 들락거렸습니다. 보일러도 기름이 아까워 거의 돌리지 않은 채 살았습니다. 보일러를 돌리지 않으니까 온수도 나오지 않아 세면할 때는 늘 찬물로 씻고 머리를 감을 때는 가스레인지에 물을 데워 찬물과 같이 섞어 쓰곤 했습니다.

그런 생활 환경 속에서 어머니는 손바닥이 닳도록 일을 했습니다. 난생처음 해보는 문구 장사가 서툴렀고, 학교 인근의 다른 쟁쟁한 문방구 가게들이 시도 때도 없이 묵은 학용품을 덤핑 할 때마다 매출어 일어나지 않아 힘겨워했습니다. 그렇지만 어머니를 괴롭히는 더 큰 고통과 괴로움은 그것이 아니었습니다. 아버지가 정리해 주지 않는 채권자들과 관련된 문제들이었습니다. 아버지는 그때까지도 사업을 하며 발생시킨 부채를 해결하지 않은 채 계속 피해 다니고만 있었기 때문에 아버지를 붙잡기 위해 혈안이 된 채권자들을 어머니는 가장 두려워했습니다. 그들이 또 우리 세 식구가 숨어서 살다시피 하는 곳까지 찾아와 아버지를 찾아내라고 난장판을 벌이면서 문방구에 딸린 방으로 들어와 드러눕기라도 한다면, 어머니는 정말 저희 남매 학업을 위해 이렇게 인척들의 도움을 받으며 사는 하루하루의 삶도 끝장이 나버린다는 불안감 때문에 잠을 이루지 못했습니다. 거기다 타향에서 그 엄청난 시련을 다 짊어지고 기약 없는 나날을 당신 혼자서 견뎌내야 하는 외로움이 어머니를 더욱 슬프게 하는 것 같았습니다.

저희는 이모네 곁으로 이사를 한 후 주민등록도 이모의 주소지에다 동거인으로 등재해 살 수밖에 없었습니다. 어머니는 아버지로 인해 신용불량자가 되어 그 당시 통장 하나 제대로 만들 수 없었습니다. 그로 인해 한동안 휴대폰 기계값이 공짜이고 가입비만 내면 누구나 사용할 수 있던 시절에, 철없던 제가 계속 휴대폰을 사 달라고 졸라대자 어머니는 저와 함께 휴대폰을 사러 간 적이 있었습니다. 그날, 어머니는 신용불량자라서 안 된다는 휴대폰 가게 아저씨의 말을 듣고, 눈 오는 밤을 저와 함께 걸어오면서 "엄마가 이다음에 꼭 사줄게. 무슨 일이 있어도 니들이 갖고 싶은 것은 엄마가 다 마련해 줄 테니까 조금만 기다려." 하시며 펑펑 우셨습니다. 아버지는 그때까지도 무책임하게 어머니가 그토록 모질게, 우리가 고향과 친구와 추억을 모두 끊어버리면서까지 지켜온 새로 이사 온 도시의 집 주소와 전화번호까지 무심하게 주변 사람들에게 알리고 다녔고, 그런 일로 인해 결국 어머니는 빚쟁이들의 빗발 같은 전화질에 협심증까지 떠안는 몸이 되었습니다.

이제는 외삼촌도 알고 계시지만 어머니는 아직도 당신의 명의로 떳떳이 가게 계약을 할 수가 없습니다. 이모부의 눈치를 보며 이모의 이름을 빌려 살아가고 있습니다. 저희 식구들의 주민등록은 뿔뿔이 흩어져 있습니다. 그런 생활 여건 속에서도 열심히 노력하여 문방구의 단칸방 생활에서 낡고 작은 아파트이긴 하지만 전세로 옮겨갔고, 얼마 후 다시 조금 더 나은 아파트를 전세 내어 주거지를 옮기며 저희 남은 세 가족은 다급했던 파산의 아수라장 속에서도 간신히 목숨을 이으며 새롭게 조그마한 보금자리를 다시 마련할 수 있게 되었던 것입니다.

어머니는 지금도 제 동생과 저의 학비 그리고 세 식구 생활비를 벌겠다며 새벽 일찍 일어나 문방구 일을 합니다. 그렇지만 아버지는 그때까지도 부도를 낸 자영 기업체의 대표이사로서 파산처리마저 미뤄둔 채 고향과 저희들이 이사 온 도시를 몰래 숨어다니며 잠적자 생활을 하고 있었습니다. 생활비는 거의 보내주지 않았고, 저희들 학비는 어떤 일이 있어도 당신이 책임진다고 큰소리쳤지만 정작 제가 고등학교를 졸업하고 대학교에 입학했을 때 아버지는 제 한 학기 등록금밖에 보내주지 않았습니다. 그 뒷감당은 모두 어머니가 짊어질 수밖에 없었습니다. 또 제가 새로 이사 온 도시를 떠나 대학이 있는 도시에서 혼자 자취를 하게 되었을 때 아버지는 저의 방세도 당신이 알아서 처리하겠다고 큰소리만 쳤을 뿐 결국은 두 달 치밖에 보내주지 않아 나머지는 모두 어머니가 문방구에서 힘들게 번 돈으로 마련한 전세 보증금에서 공제되어 나가게 했습니다. 그렇게 자신은 가장의 의무를 다하지 않으면서도 아버지는 항상 우리들 앞에서는 가장의 권위를 내세웠습니다. 한번은 제가 왜 자꾸 어머니를 때리느냐고 따지자 아버지는 답답한 표정을 지으며 "대한민국 모든 가정에서 일어나는 일이다, 이거는. 니 엄마가 맞을 짓을 했으니까 아빠가 좀 때린 거고, 니가 몰라서 그렇지 세상 대부분의 집들이 이러고 살잖아?" 하며 오히려 저를 철딱서니 없는 계집아이로 몰아붙였습니다.

외삼촌, 정말 아버지의 말처럼 대한민국 모든 가정에서는 이런 일이 상시적으로 일어납니까? 그리고 설사 어머니가 맞을 짓을 했다고 하더라도, 그렇게 외삼촌이나 아버지 또래의 남성들은 자기 아내를 아무런 죄의식도 없이 두들겨 패도 되고 여성은 그저 가정과 자식을 지켜야 된다는 의무감 때문에 묵묵히 맞고만 살아야 합니까? 도대체 이 땅에, 누가, 언제부터 이런 삶의 양식이 존재할 수 있는 가치관을 심어놓았습니까? 저는 이 의문을 풀기 위해 친구나 제 주변 인척들이 사는 모습을 눈여겨 살펴봤지만 우리 집 같은 가정을 한 군데도 찾아볼 수가 없었습니다. 그런데도 아버지는 저를 아주 바보 멍청이 같은 존재로 여기며 "니가 몰라서 그렇지 세상 대부분의 집들이 이러고 살잖아?" 하고 저마저 몇 대 두들겨 팰 듯한 목소리로 소리칩니다. 저는 아버지가 그럴 때마다 솔직히 아버지의 피를 물려받아 이 땅에 여자로 태어난 것이 서럽고, 진주 촉석루에서 술에 만취한 왜장 게야무라 후미스케(毛谷村文助)를 껴안고 남강으로 뛰어든 논개처럼 아버지를 껴안고 아파트 베란다에서 그냥 땅바닥으로 뛰어내리고 싶은 충동을 수없이 느낍니다.

그런데도 아버지의 잘못된 사고와 행동은 예나 지금이나 변함이 없습니다. 아버지는 제가 대학교 1학년 때도 그런 말을 했고 졸업을 앞둔 최근에도 똑같은 말을 반복합니다. 이 며칠 전에는 어머니 아버지의 이혼 문제로, 저희가 아버지를 설득하다 감정이 격해져 과거를 들이댄 적이 있습니다. 그러자 아버지는 "니가 몰라서 그렇지 다들 이러고 사는데 니들이랑 엄마는 도대체 왜 그러냐? 왜 그렇게 별 거 아닌 것 가지고 유난을 떠느냐?"며 오히려 저와 제 동생을 나무라곤 했습니다. 나중에는 저와 동생이 끝까지 아버지의 주장을 받아들이지 않자 아버지는 "술 먹고 그런 거라고……술 먹었을 때만 그랬다."라며 비굴하게 말을 돌리며 어머니가 당신의 자존심을 건드렸기 때문에 그랬다는 듯 그 빌미를 어머니에게 돌렸습니다. 그때 우리 남매가 평소 아버지가 어머니에게 퍼부은 욕설과 인격 모독적인 발언을 적어놓은 노트를 내보이며 하나하나 따지자 아버지는 억지를 부리듯 욕은 괜찮다고 변명하며 어머니가 당신의 자존심을 건드리는 게 정말 치사한 짓이라고 둘러대며 도리어 어머니를 헐뜯기 시작했습니다.

말과 행동이 일치되지 않는 아버지의 일상생활, 또 저희 어머니이기 이전에 한 사회적 인격체인 여성을, 그것도 자식이 장성할 대로 장성한 두 자식의 어머니를 아버지는 단지 가장이라는 그 한 가지 이유만을 내세우며 너무 함부로 대하는 모습 앞에 저는 참을 수가 없습니다. 아버지는 마치 조선 시대 사대부가 주인마님들이 자기 집 노비 다루듯 어머니를 하찮게 여길 때가 많습니다. 그런 모습을 볼 때마다 저는 참을 수가 없어서 대학교 2학년 시절 어느 날 밤, 처음으로 어머니의 승낙을 받지 않은 채 아버지에게 대든 적이 있습니다. 그때 제가 "아버지가 어머니를 폭행함으로써 저와 동생의 유년시절이 돌이킬 수 없이 망가져 버린 사실을 아십니까? 아버지의 무책임하고 뻔뻔스러운 행동과 부채로 인해 숨어 사는 우리 가족의 고통을 아십니까? 도대체 아버지가 무엇을 잘하셨다고 어머니를 그렇게 추호의 죄의식도 없이 마구 때립니까? 어머니를 때릴 일이 있으면 저를 때리세요. 저는 이제 이웃이 알까 봐 두려워 말없이 아버지한테 맞고 있는 어머니 모습을 지켜볼 수가 없어요……." 하면서 동생과 제가 끝까지 어머니를 가로막으며 나섰습니다. 아버지는 그때 어머니를 폭행하지 못해 화가 머리끝까지 치민 표정으로 제 머리와 뺨을 심하게 때리며 "미친년!"이라고 욕설을 퍼붓기 시작했습니다. 그러더니 또다시 식칼을 찾으며 "자꾸 지랄하면 모조리 다 죽여버리고 끝낸다!"며 차마 필설로 옮길 수 없는 행동으로 집안을 아수라장으로 만들었습니다.

저와 어머니는 옆집 사람들을 위해, 또 옆집 사람들이 알면 집안 망신스럽다며 우선 아버지의 다리에 매달려 애원했습니다. 그날 밤, 어머니는 조선조부터 명망을 이어온 사대부가의 종부(宗婦)라는 무거운 짐을 한시도 내려놓을 수 없는 몸이어서 그랬는지는 모르지만, 차라리 당신이 몇 대 맞더라도 집안을 시끄럽지 않게 만드는 것이 더 바람직하다는 표정으로 그 말할 수 없는 상황 속에서도 당신의 몸을 보호할 생각은 않고 아버지의 포악한 성질부터 주저앉히려고만 애쓰는 모습 앞에 저는 한순간 어리둥절했습니다. 처녀 때 고향의 방위산업체 기획실에서 여사원으로 근무하며 방송통신대학 3학년에 재학 중이었던 우리 어머니가 어쩌다 이렇게 심약한 여인으로 변해버렸는가 싶어서요. 아버지의 끈질긴 청혼에 못 이겨 학업을 중단한 채 우리 집안으로 시집와 두 시동생들과 깐깐한 종조부 종조모 이하 아랫대 시가 권속들 봉양은 물론 한 달에 두어 번씩 다가오는 제사와 시제마저 모두 도맡아 오신 우리 어머니가 왜 아버지 같은 사람한테 맞으면서도 이 집안을 지켜야 합니까? 집안을 지키는 일은 부부 공동의 책임이 아닙니까? 아버지의 회사 부도로 집이 풍비박산 된 이후에도 어머니는 조상의 제사만큼은 내리 3년을 꼬박꼬박 모셔오다 4년째부터는 너무 힘이 드셨던지 고조할아버지 대(代)의 제사는 이제 그만 모시면 어떻겠느냐고 아버지에게 의논을 드린 적이 있습니다. 그러자 아버지는 버럭 화를 내며 차마 입에 담을 수 없는 욕설과 모욕적인 언사로 어머니에게 폭언을 퍼붓기 시작했습니다.

지난번 제사 때도 어머니가 "정이 아빠, 전에 말씀드린 고조할아버지 대의 제사는 이제 그만 모시고 매혼(埋魂)을 하면 어떻겠어요?" 하고 말을 꺼내자마자 아버지는 그런 말을 한 번만 더 꺼내면 입을 찢어버리겠다며 어머니를 또 때리려고 했습니다. 그때는 우람한 동생이 아버지를 가로막아서 불발로 그쳤지만 아버지는 시간이 흐를수록 자성의 기미는커녕 말과 행동이 더욱 난폭해지고 있습니다. 그럴 때마다 저와 동생이 눈물로 호소하자 그날은 무슨 생각이 들었는지 아버지는 당신도 눈물을 흘리며 미안하다고, 이제 네 엄마가 하자는 대로 다 하겠다고, 진실로 네 엄마가 이혼을 원하면 그것도 기꺼이 받아들이겠다고, 우리의 이름을 걸고 약속했습니다. 그래서 다음 날 아침 어머니가 이야기가 나온 김에 매듭을 짓는다며 전날 약속한 이혼 이야기를 다시 꺼내자 아버지는 절대로 그럴 일 없고 저와 동생에게 그런 말을 한 적도 없다, 오히려 어머니가 말을 지어낸다며 벼락같이 화를 내면서 지난밤에 저와 동생 앞에서 한 약속마저 바로 부정해버렸습니다.

아버지는 이처럼 저와 동생 앞에서 한 그 많은 약속과 허세로 가득 찬 큰소리, 심지어 자식의 이름까지 걸고 한 최후의 맹세마저 망설임 없이 쉽게 저버리며 가족의 가슴에 아픔을 심어준 분입니다. 아버지는 항상 달콤한 감언이설과 협박을 번갈아 가며 사용하면서 우리 가족을 속여 왔고 두려움에 떨게 했습니다. 아버지는 어머니와 결혼해 저희를 낳고 키워온 지난 20여 년간 우리 가정을 보살피는 가장으로서의 책임감보다 자기 좋을 때만 잠깐 보고 귀찮을 때는 내버려 두는, 의무 없는 가장의 권위만 지키려고 애써 온 사람입니다. 아버지는 가족의 부양책임과 가족에 대한 애정의 의무, 아내를 위한 정결한 생활, 그 어떤 것도 당신은 지키지 않았으면서 그 모든 것을 묵묵히 참고 견뎌온 어머니를 공공연히 주위 사람들에게 "나쁜 년!"이라고 힐뜯으며 욕해 온 사람입니다. 또 어머니를 정신질환을 앓고 있는 환자처럼 온전치 못한 사람으로 만들어 여기 가선 이 말, 저기 가선 저 말, 들쭉날쭉 거짓말을 일삼고 다닌 분입니다. 그러니 고향 땅에서 함께 사는 집안 어른들인들 어찌 그 소식을 듣지 않을 수가 있겠습니까. 어느 해는 집안의 어른들이 풍설로 떠도는 말을 잠잠히 들어두었다가 일가권속이 다 모이는 명절날 조용히 아버지를 불러 앉혀놓고 확인이라도 하듯 따져 물은 적이 있었습니다. 그때 아버지는 집안 어른들 앞에 꿇어앉아 간사한 언변으로 변명을 늘어놓다 화장실에 잠시 다녀와서 마저 말씀드리겠다며 자리를 피해 나와서는 걸음아 날 살려라 하고 잠적해버렸습니다. 그래서 어머니는 아버지와 부부라는 그 한 가지 사실 때문에 집안 어른들이 아버지에게 못다 한 말을 대신 다 듣고 와서 뒷날 아버지에게 다시 전해주어야 하는 역할까지 짊어져야 했습니다.

어머니의 입에서 진심이 밴 이혼 이야기가 나온 것은 지금으로부터 3

년 전입니다. 어디서 들었는지 어머니는 아버지가 사업을 하다 부도를 내고 지워놓은 부채는 저와 남동생이 그 채무를 모두 떠맡아야 한다는 현행법의 내용을 듣고 와서는 며칠간 식음을 전폐하다시피 누워 있었습니다. 그러다간 저희 남매가 부모 잘못 만나 평생 불행하게 살아야 한다는 이야기를 동생과 저 앞에 늘어놓으시며 한동안 서럽게 우셨습니다. 그러다 어느 날은 옷을 갈아입으러 집을 찾아온 아버지를 붙잡고는 최초로 자식들의 앞날을 위해서라도 이혼을 하자고 아버지에게 애걸했습니다. 그날, 아버지는 제 동생이 고등학교만 졸업하면 이혼을 해주겠다고 약속하며 어머니를 달래기 시작했습니다. 어머니는 아버지의 그 약속을 믿고 지금까지 참고 살아오셨습니다. 그러다 동생이 고등학교를 졸업하게 되자 어머니는 아버지의 지난날 약속을 거론하며 이혼을 요구하자 아버지는 "이제 와서 갑자기 왜 그러는지 그 이유를 알 수 없다."라며 어머니에게 정신병원에 가서 진단부터 받아보라며 이혼 사유를 계속 어머니의 정신적 질환으로 몰아붙였습니다.

외삼촌, 아버지는 이제 더는 용서받을 수 없는 사람입니다. 아버지가 어머니, 저, 동생, 이렇게 세 사람으로부터 지금껏 빼앗아가고 아무렇지도 않게 짓밟아 없애버린 것들은 이제 어떤 식으로도 되돌려 받을 수가 없는 것입니다. 저희가 바랐던 것은 정말로 소박한 행복, 일테면 집안에서 소리를 지르거나 위협할 사람이 없고, 누군가 제게 손찌검을 하지 않으며, 누군가로부터 살해당할 위기감을 느끼지 않는, 아버지가 평일 아침 출근했다가 저녁때가 되면 퇴근하고, 퇴근 후는 어머니가 지어준 저녁밥을 먹고 가족이 빙 둘러앉아 아무 의미 없는 대화나 말거나 소곤소곤 담소하는 그저 그런 가정생활, 정말 너무나 평범한 그런 가정생활뿐이었는데 아버지는 그것마저 지켜주지 못한 분입니다.

　아버지는 20여 년이 넘도록 어머니가 희생하면서 참아주고, 또 어머니와 제 동생, 이렇게 세 사람이 기다려준 갱생의 기회마저 조금도 고마워하지도, 값져하지도 않고 오히려 거추장스럽게 여기며, 우리 가족들에게는 그럴 필요조차도 느끼지 않는 가정 내의 폭군이었습니다. 아버지에게 가족이란, 함께 걷고 배려하며 버팀목이 되어주는 혈연 공동체의 구성원이 아니라 자기가 하고 싶은 것은 마음대로 하고, 가끔 집이라고 찾아와서 휘젓고, 당신이 무언가를 필요할 때 갈취해 갈 수 있는 대상일 뿐이었습니다. 그렇지만 아버지의 그런 행위에 대해 저나 어머니나 제 동생은 절대로 불평불만을 내보여서는 안 됩니다. 그냥 말없이 본체만체하며 입 다물고 가만히 있어야 폭언과 폭력을 행사하지 않는 분입니다. 저와 동생 그리고 어머니는 쥐가 뛰어다니고, 공동화장실이 있고, 부엌에서 머리를 감아야 했던, 문방구 가게에 딸린 그 단칸방에서 생활할 때가 그나마 정신적으로는 가장 행복했다는 생각이 들 때가 많습니다. 빚쟁이에게 시달리지 않아도 되니까 문방구 가게 셔터 밖으로 지나가는 술 취한 행인들의 고성방가와 자동차 소리도 시끄럽지 않게 느껴졌고, 아버지가 없으니 대화는 나직나직했고 평온했으며 가족이 진심으로 밝게 웃을 수 있었던 순간들이 크게 한몫을 했다고 여겨집니다. 아버지가 술에 취해 대문간을 흔들 일이 없다는 것에 처음으로 안도하며 마음 놓고 텔레비전을 볼 수 있었던 것도 그때가 저의 기억에는 처음인 것 같습니다.

　그때부터 지금까지 저는 늘 아버지와 어머니의 이혼을 열망하면서도 한편으로는 몇 번, 몇십 번의 기회를 주고, 저를 이 땅에 태어나게 해 주신 혈육의 정을 되새겨 이해하려고 부단히 노력했지만 이제 아버지란 분은 혈육이라는 인연의 끈과 그 인연의 끈에 매달린 동정뿐입니다. TV 뉴스에서, 대한민국에서 남남으로 갈라서는 부부가 하루 평균 400쌍이 넘는다는 파탄 가정의 자식들이 다 자신을 이 땅에 태어나게 해 주신 아버지를 저희 남매와 같은 시각으로 보고 있는지는 모를 일이지만, 적어도 저와 동생만은 이제 아버지에게는 증오감조차 찾을 수 없는, 존재 그 자체가 위협이고 짐이며 가시처럼 느껴집니다. 우리 가정을 향해, 외부로부터 시도 때도 없이 밀려오는 위험과 폭력을 막고 가족의 안녕과 행복을 위해 소중하게 쓰여야 할 아버지의 팔심이 우리 가정에서는 어떻게 되어 우리 가족의 안녕과 행복을 파괴하는 폭력으로 사용되고 있는지, 저는 제 힘으로 제어할 수 없는 아버지의 폭력만 생각하면 지금 당장이라도 아버지를 껴안고 함께 죽어버리고 싶은 심정뿐입니다. 그리고 대한민국에는 왜, 배가 고파 남의 가게 빵이나 금전을 훔친 절도범이나 강도범은 우리 사회에서 즉시 격리할 수 있게끔 실정법을 가까이 두게 하면서, 가장이라는 기득권 하나로 아내와 자식을 향해 상습적으로 폭언과 폭력을 휘두르며 가족 구성원의 천부적인 인권을 강탈하는 폭력 가장을 가정 내에서 멀리 격리하며 그 자식들과 아내를 보호하는 법은 남은 가족들이 다 망가지고 깨진 다음에나 닿을 수 있게끔 멀리 두어야 합니까? 불이 났을 때처럼 간단히 전화 한 통화로 보호를 받을 수 있게 가까이 두면 안 됩니까? 이것이 문명사회를 살아가는 인간들의 삶의 양식이고 경제협력개발기구(OECD) 10위권 내에서 산다고 자랑하는 우리 사회 기성세대들의 실존적 삶의 가치관입니까?

TV나 책에서 나오는 감동적인 아버지의 사랑은 저와 제 동생에게만은 다른 세계의 이야기 같습니다. 평생 독신주의자로 살기로 맘먹은 제가 앞으로 결혼 같은 것은 생각지도 않겠지만 혹 어머니의 경우처럼 미래의 어느 날 제 주변의 어느 젊은 남자가 끈질기게 저를 따라다니며 결혼해 달라고 보채는 통에 눈이 어두워 설사 결혼을 한다 하더라도 제가 낳은 딸이 아버지를 향해 외할아버지라고 부르는 것을 저는 원치 않습니다. 또 당신의 아내를 폭력과 공포의 질곡으로 몰아넣었던 아버지를 향해 장인으로 불러줄 남편도 현재의 저의 심정으로는 원치 않습니다. 솔직히 말씀드리지만 저는 전통적인 우리 가문의 인습과 부모님의 인생을 답습하고 싶지 않습니다. 제 동생이 아버지를 닮으며 하루가 다르게 성장해 가는 것도 싫고 무섭습니다. 무엇보다도 너무나 쇠약해지고, 오로지 저희를 위해서 죽지 못해 살아오신 어머니, 불쌍한 저희 어머니가 이제 제발 아버지에 대한 공포감에서 벗어나 하루라도 마음 놓고 사시길 바랄 뿐입니다.

행복하게 해 달라는 것도 아닙니다. 제발 아버지란 존재를 생각하지 않고 살 수 있게 저희 곁에서 격리만 시켜 주십시오. 따지고 보면 외삼촌도 아버지의 감언이설 같은 세 치 혀끝의 맹세에 기만당해 지금껏 속으면서 살아오셨고, 저와 동생의 장래를 위해 어머니의 법적인 이혼 승낙만은 심사숙고해 온 분이라는 걸 잘 압니다. 하지만 저와 동생의 장래를 위해 더 이상 어머니에게 "한 번 더 깊이 생각하라." 하는 말씀만은 거두어 주십시오. 어머니에게 더 이상의 인내와 희생을 바라는 것은 죄악이며 몸은 다 컸지만 저와 동생은 아직도 어머니의 사랑만이라도 곁에 있어야만 거친 세상을 살아갈 수 있는, 정신적으로는 미완성의 존재일 뿐입니다. 정말 어머니와 저희들의 앞날을 위해 빌고 빕니다. 만약 이혼이란 것이 안 된다면, 외삼촌이 법조계에 계시는 선후배님들께 선처를 구해 제 친구 부모님의 경우처럼 아버지가 어머니의 생활공간, 즉 문방구 가게와 문을 닫고 집으로 들어와 쉬는 살림집으로 쳐들어와서 가장이란 권리를 앞세우며 폭언과 폭행을 가하지 못하게끔 남은 가족 보호 차원에서 '접근 금지 보호처분'이라도 내려주십시오. 그러면 어머니가 아버지에 대한 극심한 공포감에서 벗어나 다만 얼마간이라도 평온한 마음으로 사실 것 같습니다.

외삼촌, 불가에서는 제가 이승에 오기 전에 아버지의 피와 어머니의 몸을 선택해 이 세상에 태어났다고 가르쳐 주시며 부모를 탓하지 말라고 합니다. 그렇지만 저는 정말 저희 아버지가 자기 아내와 딸에게 아무런 죄의식도 없이 폭언과 폭력을 행사해도 된다는, 근본적으로 여성에 대해 비하의식을 가진 분이셨다면 아버지의 피를 받아 이 세상에 태어나지 않았을 것입니다. 어머니 역시 대학 3학년 때 학업마저 미뤄둔 채 아버지와 결혼하지 않았을 것입니다. 그렇지만 시작은 어찌 되었든, 아버지와 어머니는 제 부모임에는 부정할 수 없는 일인데 세상의 어느 비정한 딸이 자신을 이 세상에 태어나게 해 준 아버지를 향해 이런 글까지 쓸 수 있겠습니까? 동생이나 저의 입장에서는 아버지가 제발, 어머니에게 가장이란 권리를 가지고 접근해 폭언과 폭행만 하지 않으면 저희는 비록 이혼은 되어 있을지라도 아버지 몰래 어머니를 찾아보고, 또 어머니 몰래 아버지를 찾아보며 아버지가 잘못 살아온 지난날을 뉘우치며 살 수 있는 기회라도 마련해 드리는 것이 장성한 자식의 도리일 것 같은 심정에서 외삼촌께 신년 벽두부터 이런 사연을 드리며 도움을 청하는 것입니다.

외삼촌, 제발 어머니의 남은 인생에서 다시는 아버지란 존재가 등장하지 않기를, 그리고 남은 삶만이라도 아버지 때문에 어머니가 깜짝깜짝 놀라시거나 악몽에 시달리거나 죽고 싶다는 생각을 하지 않도록 외삼촌이 냉정한 마음으로 우리 남은 세 가족의 그동안의 고통을 참작하시어 어머니에게 한 줄기 구원의 빛을 안겨 주십시오. 어머니는 이제 나이 마흔아홉입니다.

이제 저의 가슴속에 숨겨놓은, 정말 우리 가족 외에는 세상의 그 어느 누구에게도 말하고 싶지 않은 이야기이지만 외삼촌이 저의 졸업작품 전시회 때 오시면 꼭 저의 자취방으로 모셔 부탁드리고 싶었던 말을 마치겠습니다. 어머니의 간곡한 당부 때문에 진작 우리 가정 내의 이런 사정을 외삼촌 내외분과 외가에 말씀드려 함께 해결책을 찾아야 함에도 불구하고 지금껏 감쪽같이 감추기만 하면서 거짓되게 살아온 저희 가족의 바르지 못한 삶의 자세를 뒤늦게나마 고개 숙여 뉘우칩니다. 너그럽게 용서해 주십시오.●

〈학산문학 2007년 봄호〉

그해 4월의 체험

그해 4월의 체험

[1]

행랑채 서말찌 솥에는 쇠고깃국이 펄펄 끓고 있다. 어머니는 한 양재기 가득 썰어온 파를 넣고 국솥을 휘저었다. 무럭무럭 김이 솟을 때마다 구수한 고깃국 냄새가 뒤란으로 밀려왔다.

어머니는 국솥에 간을 본 뒤 빈 양재기를 들고 다시 뒤란으로 들어왔다. 뒤란에는 새똥과 먼지가 떨어지지 말라고 차일을 쳐놓았고, 차일 밑에는 평상이 놓여 있다. 평상 위에는 두 숙모님이 붙여 내는 전이 두 대광주리에 가득 늘려 있다.

"형수요, 산역꾼들 점심거리하고 돼지머리는 어딧능교?"

둘째 삼촌이 나무상자에다 산신제 제물을 담으며 물었다.

"그건 재실에서 준비하고 있더라."

큰삼촌이 평상에 걸터앉아 제물을 칼질하며 대신 대답했다.

"그럼 집에서 준비할 거는 실과하고 전거리 뿐이네요?"

"예. 건포하고 제기는 어제저녁에 미리 올려 보냈심더. 그거나 담고 어서 들어갑시더. 조반부터 드셔야죠."

어머니는 막내 숙모님과 같이 아침상을 차리며 여유를 보였다. 나는 뭐도울 게 없을까 하고 계속 집안을 둘러보았다.

기와가 깨어지고 토벽이 무너진 행랑채가 말끔히 손질되어 있어 집안 분위기는 확 달라진 느낌이다. 큰채와 사랑채도 묵은 때를 벗겨내고 깨끗이 단장되어 있다. 나는 손질이 잘 된 고향집의 서까래와 기둥들을 바라보면서 아버지가 최근 큰일을 하셨구나 하고 혼자 고개를 끄덕였다.

큰채를 둘러보고 다시 대청마루 앞으로 나왔다. 안방에는 할머니의 말벗이 되는 원친(遠親)들이 자리를 차지하고 있어 내가 앉을 곳은 없다. 건넌방은 미제(美堤) 종조부님이 쓰고 있어 들어가기가 싫다. 나는 도리 없이 아버지의 서재로 들어갔다.

"너 잘 왔다. 여기 앉아 먹 좀 갈아라."

아버지는 축문을 쓸 창호지를 접으며 일거리를 주었다. 나는 윗도리를 벗어놓고 먹을 갈았다.

"언제 시간 나면 축문 쓰는 법을 좀 배워야겠습니다."

"너희 세대엔 축문도 한글화해라. 읽어서 알지 못하는 축(祝)은 아무 의미가 없다……."

아버지는 정성 들여 축을 써 놓고 사랑채로 건너갔다. 선산의 매각은 미제 종조부님의 도움을 받아 할아버지 몰래 처리할 수 있지만, 조상의 유택마저 할아버지 몰래 이장한다는 것은 아버지도 용납이 안 되는 모양이다. 나는 이리저리 불려 다니다가 할아버지에게 아침 인사도 못 올린 참이어서 아버지를 따라 같이 사랑채로 건너갔다.

할아버지는 ○○서씨 19대손 4형제분 중 장남으로 출생해 슬하에 3남 2여를 두고 있다. 두 고모님이 낳은 외손자와 외손녀를 합치면 30명의 후손이 피를 이어받은 셈이다.

할아버지는 우리 집안의 최고 어른이다. 여든을 바라보는 나이지만 아직도 근력은 대단했다. 일흔다섯까지 1백여 마지기가 넘는 전답을 손수 관리하며 아버지마저 도회에서 생활하도록 했다. 아버지는 그런 할아버지의 영향으로 30년 이상 교직에 봉직할 수 있었다. 결혼 후부터 K 대학에서 경제학을 강의했는데, 손수 배출해 낸 인물들은 지금도 각계에서 의욕적으로 일하는 분들이 많다.

아버지는 작년에 정년퇴직을 하고 고향으로 내려왔다. K 대학 부설 경제연구소에서는 한 2~3년 만이라도 후학들을 더 지도해 달라고 했다. 그러나 연로한 육친에게 넓은 농장을 맡기고 도회에서 산다는 것도 한계가 있다며 기꺼이 고향으로 내려온 것이다.

아버지는 그때부터 할아버지가 관리하던 농장을 물려받아 전원생활을 했다. 낮에는 농장 관리인들과 함께 농사를 지었고, 밤에는 고향의 내 후배들을 농장 회의실로 불러들여 두어 시간씩 경제학 개론을 가르쳤다.

"방이 차지는 않았습니까?"

아버지는 사랑방으로 들어와 조심스럽게 꿇어앉으며 아침 인사를 올렸다. 나는 아버지를 따라 우선 절을 올렸다. 할아버지는 도수 높은 돋보기 안경을 콧등에 걸치고 고려 말과 이조 초기의 고사(故事)를 담은 연려실기술(練藜室記述)을 읽고 있다.

"괜찮더라."

할아버지가 낮게 대답했다. 농장을 아버지에게 물려준 뒤부터 할아버지는 마을의 큰 어른으로 군림했다. 아침 일찍 일어나 넓은 농장을 한 바퀴 둘러보며 꼬장꼬장한 어투로 아버지를 닦달할 때 보면 어디서 저런 기인(奇人)이 나타났을까 하는 생각도 들었다. 6척 장신이면서도 할아버지는 아직 지팡이를 쓰지 않았다. 참나무 작대기처럼 언제나 강건한 모습으로 들판을 내왕했다. 백옥 같은 모시옷에다 의관을 갖추고 들판으로 나오면 안광(顔光)이 빛나는 고승(高僧)이 농장으로 들어온 듯한 느낌을 받을 때도 많았다. 이따금 서울에서 내려오는 아버지의 친구들은 "일생 오염되지 않은 전원에서 맑은 공기와 산수를 마시며 탐욕 없이 살아온 분이라서 저렇게 안광이 빛난다."라고 했다.

그런 할아버지가 요즘 선산문제로 자주 편찮으셨다. 엊그제도 심하게 기침을 하며 자리에 누웠다는 소식을 듣고 나는 일부러 시간을 내어 고향으로 내려온 것이다.

"대학원은 언제까지 다녀야 하노?"

할아버지가 읽고 있던 연려신기술을 밀어놓으며 나를 바라보았다.

"1년 정도 더 다녀야 합니다."

"대학원 나오면 네 애비처럼 교수가 되나?"

"네. 그렇지만 박사과정 마치려면 공부는 더 해야 합니다."

"박사도 좋다마는 이 할애비 죽기 전에 장가나 가고 해라."

"할아버지, 저 장가가는 것이 그렇게 보고 싶으세요?"

"암!"

"저, 대학원만 졸업하면 곧 결혼하겠습니다. 할아버지 건강하게 오래오래 사세요."

"오냐. 요사이 같으면 그만 내일이라도 죽고 싶지만 우리 동수 장가갈 때까지는 살아야지. 암, 그렇고 말구……."

할아버지가 애써 심중의 근심을 감추며 웃었다. 나는 회갑이 넘은 아버지가 할아버지 앞에 꿇어앉아 조심조심 아침 인사를 올리는 모습이 시대에 맞지 않다는 생각이 들어 일부러 싱겁을 한번 떨었다.

"할아버지, 할아버지도 독서하시면 무슨 흥미를 느끼세요?"

나의 어이없는 물음은 아버지와 할아버지 사이에 팽팽히 유지되던 긴장을 풀어버리며 대번에 웃음이 튀어나오게 했다.

"에라이 이놈아!"

아버지가 갑자기 당황하는 표정으로 나를 꾸짖었다. 그러나 할아버지는 파안대소하며 수염을 쓰다듬었다. 나는 또 용기를 내어 손자다운 재롱을 부렸다.

"할아버지, 이성계를 신격화해 놓은 연려실기술 같은 책만 읽지 마시고 할머니와 같이 정답게 TV도 보시며 얘기 좀 하세요."

"니 할매가 말을 해야 내가 답을 하지, 이놈아."

"그러지 마시고 할아버지가 먼저 말을 좀 건네 보세요. 그러면 할머니가 아주 정답게 대답해 주시잖아요."

"오냐. 다음부터 그러마."

방안은 나의 노력으로 잠시 밝은 분위기가 감돌았다. 아버지는 더 머뭇거려서는 안 되겠다 싶은지 어렵게 입을 열었다.

"오늘 조반 드시고 선산에나 한번 다녀오시지요?"

"와?"

"오늘……이장을 하려고 합니더."

"뭐? 누구 맘대로 이장을 한단 말이고……."

할아버지의 목소리가 갑자기 높아졌다.

"아버지! 이번 일은 아버지가 깊이 헤아리셔야 합니다. 어느 개인을 위하는 일도 아니고 나라를 위하는 일인데 끝까지 아버지 주장만 펴시면……."

"허참! 나라를 위하는 일도 유만부득이지 내가 아직 두 눈 멀쩡히 뜨고 살아있는데 니가 와 오뉴월 메뚜기 뛰듯 촐싹거리노? 니, 그 선산이 어떤 산인지 아나?"

할아버지의 닦달 앞에 아버지는 그만 고개를 숙였다. 사실 우리 선산은 조상들이 재력을 모아 매입한 산이 아니었다. 나라를 위해 많은 일을 하신 8대조 할아버지가 조정으로부터 하사를 받은 임야라고 전해졌다. 나는 이것이 사실인가 싶어 역사를 거슬러 올라간 때가 있다.

그때 파악한 자료지만, 우리나라는 조선조 중엽까지 임야를 공무주(公無主)라 일컬어 왔다. 말 그대로 임야는 개인소유가 인정되지 않고 공공의 소유로만 인정되었다. 이런 제도가 조선 중기 이후부터 바뀌기 시작했다. 권세가들이 묘지 설정을 위해 조정에다 인가신청을 했던 것이다. 조정도 이러한 신청을 긍정적으로 보고 조금씩 인가하게 되었는데 그때부터 우리나라는 임야의 개인소유가 늘어나기 시작했다. 좌청룡 우백호가 선명한 양산의 소유주는 당시에도 타인의 입산을 금지할 만큼 소유권을 강하게 주장했다.

당시 묘지의 규모에 대해서는 경국대전을 통해 전해졌다. 종친 즉, 일품은 4면이 각 백 보(百步 : 1步의 길이는 6尺_1.8m)였고, 2품에서 6품까지는 90보에서 50보까지였다. 그리고 문무관은 종친(宗親)보다 각 10보씩 적은 규모로 정했다. 그러나 실제의 구역은 이 규정보다 훨씬 넓었다. 주위의 지형 지세를 감안하여 정했기 때문이다. 할아버지는 그때부터 전해져 내려오는 산이 바로 우리 선산이라며 조상의 위업을 찬양하기도 했다.

"그렇다 하더라도 국가가 다시 요구하면 내줘야 하는 것이 국민 된 도리가 아니겠습니까?"

"어허! 너는 어이해서 조상이 그토록 애써 마련해 놓은 선산을 내어 줄라고만 하노? 그 모질고 악독한 왜정시대에도 나는 목숨을 걸고 지켜왔는데……."

"그래도 이번만은 아버님이 한 번 더 깊이 생각하셔야 합니다."

"시끄럽다. 그런 소리 할라거든 어서 물러가거라. 내 죽을 때까지는 산 못 내놓는다."

"아버지! 그러시면 안 됩니다. 이미……."

"뭐, 뭐라고? 선산을 넘겨줬다고……."

할아버지는 미제 종조부님의 승낙 아래 선산을 P 산업에 넘겨주었다고 하자 펄쩍 뛸 듯 소리를 질렀다. 그리고는 머리끝까지 치민 성화를 참지 못해 자진할 듯 해소 기침을 쏟았다. 아버지는 금방 피라도 토할 듯 성화를 못 참는 할아버지 앞에 고개를 숙이고 말았다. 그러나 할아버지는 시뻘겋게 핏발이 선 눈으로 아버지를 노려보며 진노했고, 끝내는 기력이 달리는지 자리에 누워 부들부들 몸을 떨었다.

"아버지! 고정하십시오. 제가 죽을죄를 지었습니다."

아버지는 할아버지 앞에 엎드려 계속 빌었다. 나이 잡순 노인이 한번 충격을 받아 누우면 다시 일어나지 못한다는 두려움이 아버지를 못 견디게 했던 것이다. 하지만 할아버지는 끝내 아버지의 간청을 받아 주시지 않았다.

"일 없다! 어서 물러가거라."

할아버지는 돌아누워 아버지를 쳐다보지도 않았다. 아버지는 도리 없이 할머니에게 할아버지의 마음을 풀어 달라고 부탁하며 사랑방을 나왔다. 아버지는 사랑방을 나와 잠시 넋 없이 서 있다. 60평생을 살아오면서 할아버지에게 그토록 호된 야단을 맞을 때가 없었던 것 같다. 아버지는 가슴에 깊은 상처를 입은 듯 천천히 대문께로 걸어갔다. 나는 아버지를 뒤따라가며 내가 피우던 담뱃갑과 라이터를 꺼내 아버지에게 드렸다.

집안이 선산문제로 시끄러워진 것은 지난 겨울부터였다. 방학을 맞아 고향에 내려오니 아버지가 대학 내의 분위기를 이것저것 묻다가 느닷없이 집안 쪽으로 화제를 돌렸다.

"우리 선산이 P 산업에 넘어가게 되었다. 알고 있느냐?"

"아뇨?"

가슴이 철렁 내려앉는 느낌이었다. 8대조 때부터 대물림되어오던 선산이 P 산업에 넘어가게 되었다는 말이 도무지 믿어지지가 않았던 것이다.

"P 산업이 우리 선산에다 제2공장을 짓는단다."

"산등성이에다 무슨 놈의 공장을 짓습니까?"

"선산 지하에다 방위시설물을 짓는 모양이다……."

아버지의 이야기를 다 듣고 보니 P 산업은 이미 지난달부터 공장부지로 확정된 지역의 임야를 토지수용법에 의거해 매입하고 있었다. 이 지역 주민들은 대부분 P 산업의 조치에 순응하는 모습이다. 비탈지고, 잡목이 우거진 야산을 문전옥답 가격으로 매입하고 있으므로 불만이 따를 수가 없는 것이다. 악산 한 줄기 지녔다가 팔자 고쳤다고 좋아하는 주민도 있었다. 그러나 우리 집은 정말 고민이었다. 수용되어야 할 임야엔 조상의 유택이 16기(基)나 산재되어 있고, 할아버지가 완강히 반대했기 때문이다.

"이놈들아! 너희들은 애비 에미도 없냐? 조상이 있어야 네놈들도 태어났을 것인데 어째 남의 선산을 그렇게 쉽게 가져 갈라고 하노? 내가 지금 네놈들 서산에 올라가 조상의 안택을 파헤쳐 볼까? 순 화적 같은 놈들 같으니라구……."

토지수용령과 관련된 P 산업의 직원이 집을 찾아왔을 때 아버지는 난색을 짓고 있는 P 산업 직원을 달래느라 정신이 없었다.

"어른 말씀이 어디 틀린 거야 있습니까? 교수님이 제 입장을 충분히 참작하셔서 이번 일을 좀 도와 주십시오. 전, 사실 교수님마저 어른을 옹호하고 나서면 감당이 불감당일 것 같습니다."

"알았어요. 저녁때도 다 됐고 하니 우리 약주나 한 잔 합시다."

아버지는 할아버지에게 혼이 난 P 산업의 직원을 건넌방으로 데리고 들어가 술까지 대접하며 마음을 풀어주었다. 이때 아버지는 P 산업이 고시한 기간까지 전 가족이 할아버지를 설득해 보고, 그래도 할아버지가 승낙하지 않으면 아버지가 문중을 대표해 권리를 대행하겠다고 약속했다.

그러나 약속한 날짜가 다가와도 할아버지는 일 보의 양보도 없었다. 아버지는 할아버지를 설득하다 못해 문중회의를 소집했다. 문중회의는 선산 밑에 있는 재실(齋室)에서 열렸다. 할아버지 형제 세 분, 그 밑의 종숙부들, 또 아버지 형제 두 분과 내 종방 등 20여 명이 회의에 참석했다.

친척들은 저마다 괴로운 표정들이었다. 연로하신 종조부님은 이 무슨 변고인고 하며 탄식까지 했고, 둘째 종조부님은 집안에 망조가 든다고 눈물까지 흘렸다.

종조부님과 종숙부님 몇 분은 애초부터 선산을 내주지 않는 방향으로 회의를 끌고 나갔다. 집안의 친척들 중 고위 관직에 있는 후손들의 힘을 빌려 P 산업이 다른 지역에다 방위산업 부지를 물색해 보도록 유도하자고 주장했다.

아버지는 그런 안건이 나올 때마다 크게 실망하는 표정이었다. 대한민국 어느 지역의 임야를 훑어보아도 묘지 없는 산이 없고, 정부가 관계 전문가를 동원해 선정한 방위산업 입지를 한 가문이나 문중의 힘으로 변경시켜보자는 안건이 도무지 말 같지 않았기 때문이다.

"그게 어디 말이나 될 일입니까? 자꾸 이러면 밤을 새도 회의가 끝날 것 같지 않으니 이번 문제는 일단 지정된 날짜까지 계약에 응하는 것이 어떻겠습니까? 일을 수월하게 풀어나가는 쪽으로 생각을 좀 모아 주십시오."

아버지가 힘겨운 표정을 지으며 방향을 제시하자 할아버지 바로 밑에 동생이신 은하(銀河) 종조부님이 대뜸 욕을 했다.

"뭐라카노! 니가 형님의 장남으로 태어나 종손이지, 뭐 잘난 게 있어 종손인 줄 아나? 윗대 어른들은 명당에 누우신 조상의 유택을 건드리지 않으려고 머리를 짜내는데 니놈은 우째 조상의 유택을 허물자고 날뛰노? 니놈이 P 산업의 돈을 묵었나, 한 자리 준다는 밀약을 받았나, 어디 다시 한번 말해라 보자. 고지식한 놈 같으니라구."

"작은 아버님! 무슨 입에 담지 못할 그런 말씀을 하십니까? 좀 고정하십시오."

"시끄럽다, 이놈아! 그따위로 종손 행세 할라면 썩 물러가거라. 난 형님 말씀대로 눈에 흙 들어가기 전에는 조상님 유택 못 건드린다……."

"그럼 작은아버님은 지금도 윗대 조상님이 명당에 누워 계셔서 우리 집안에 장관이 나오고 박사가 많이 나왔다고 생각하십니까?"

"그럼. 그게 다 조상님 음덕과 명당 덕이지 너희들이 뭐 잘 나서 우리 집안이 지금까지 번성한 줄 알았나?"

"작은아버님, 그건 윗대 조상님이 좋은 자질과 두뇌를 주셨기 때문에 그런 인물들이 많이 나왔지, 명당에 누워 계시기 때문에 그런 인물들이 많이 나왔다고 믿는 것은 터무니없는 관념이십니다."

"이런 후레자식이 있나. 엇따 대놓고 훈계야!"

은하 종조부님은 조카 앞에서 무안을 당했다고 생각했는지 그만 재실 문을 박차고 밖으로 나가버렸다. 평소에도 배타적이고 편협한 성격인데 둘째 종숙부님이 높은 관직에 오르자 은하 종조부님의 의식세계는 점점 편협해지는 느낌이었다.

"어떻게 마음이 맞는 사람들끼리 잘 의논해 보이소. 나는 자리가 자린 만큼 무슨 말을 못하겠네요. 하여튼 형님, 고충이 많겠심더……."

은하 종조부님이 회의장을 박차고 나가자 종숙부님 몇 분과 내재종형제들도 할아버지의 둘째 동생이신 미제(美堤) 종조부님과 입암(立岩) 종조부님의 눈치를 살피며 슬며시 일어났다. 아버지는 몹시 속이 상한 표정이었으나 회의장을 재수습하여 강경책으로 나갔다.

"남의 일도 아니고, 가문 내의 일을 숙의하는데 비합리적인 방안만 고집하는 어른은 이 자리에 앉을 자격이 없다. 또 남의 동네 불구경하듯 방관하는 사람도 이 자리엔 앉을 자격이 없다. 핵심은 선산 이전 문제를 어떤 슬기로 풀어나가느냐이다. 우리보다 문화가 앞선 선진국들도 이런 고통이 현실 문제로 대두됐기 때문에 토지의 공개념이란 용어를 법률화했던 것이다. 우리는 이제서야 이런 문제를 거론하게 되었지만, 이 문제는 우리 후대에 닥친다 해도 한번은 필연적으로 아픔을 감수해야 한다. 결론은 아버지 몰래 토지수용령에 응하는데, 그 일은 내가 맡겠다. 그러나, 그것만으로 일이 끝나는 것이 아니다. 16기에 이르는 조상의 유택을 다른 곳으로 이장해야 하는데, 그 일을 어떻게 처리할 것이냐에 대해 각자의 의견을 제시해 주기 바란다.”

그 말끝에 종형이 물었다.

“그럼 큰아버지께선 윗대 조상님들의 유택을 개장하는데 지금처럼 한곳에 모시기를 원하십니까? 아니면 이 산 저 산 분산하더라도 명당을 찾아서 이장할 계획이십니까?”

“당연히 한곳에 모셔야지.”

“저는 그것이 어렵다고 봅니다. 어른들은 우리 선산에 모신 조상의 유택을 다 명당이라고 보고 계십니다. 그런데 지금 어디 가서 어른들이 만족할 만한 산을 구하겠습니까? 산이란 산은 다 묘지가 들어서 있고, 또 명당이라고 하는 곳은 돈 있는 사람들이 미리 사들여 호화 가묘(假墓)를 만들어 놓고 있는데요.”

아버지도 그 질문엔 대답을 않고 생각만 하고 계셨다. 회의의 진행을 위해 내가 한마디 거들었다.

“전 묘지 구입이 시급하다고 생각합니다. 그리고 묘지가 구해지면 명당의 개념을 수정해 윗대 조상님부터 차근차근 이장하는 것이 이번 일을 쉽게 풀어 가는 한 방법이라고 생각합니다.”

숙부님이 깜짝 놀란 얼굴로 나를 바라보았다.

"명당의 개념을 수정해 차근차근 모시자고? 결국 동수 니 말은 공동묘지에 모시는 것처럼 위(位)도 보지 말고 윗대부터 차례대로 모시자는 말인데, 그렇게 이장해 놓고 뒷일은 누가 책임질 거니? 이장하고 집안에 환자가 발생해도 묘 잘못 써서 그렇다고 원성이 빗발칠 텐데……."

"숙부님은 아직도 묘 잘못 써서 후손들의 진로에 화가 미친다고 생각하십니까?"

"믿지 않으면 우얄 끼고? 대대로 계승된 믿음이고 신앙인데."

"그럼 공원묘지나 공동묘지에 유택을 마련한 집안의 후손들은 다 하층 계급으로 전락하고 우환에 시달린다는 말씀입니까?"

"보편적인 인식이 그렇다는 말이다."

그때 둘째 삼촌이 의견을 제시했다.

"저도 선산을 내어주는 데는 찬성입니다. 그러나 이장할 장소 선택, 또 어떻게 윗대부터 모시느냐에 대해서는 좀 더 깊이 있게 생각한 다음 어떤 결정을 내려야 할 문제라고 생각합니다. 아무리 시대가 변했다고 해도 생명줄 같은 어른들의 가치관을 자식들이 무지막지하게 짓밟을 수는 없지 않습니까?"

아버지는 진전 없는 회의에 피로를 느끼는 표정이었다. 따지고 보면 다 한 자손 한 핏줄인데도 생각하는 세계는 각양각색이다. 어떤 어른은 일을 발전적으로 풀어갈 생각은 않고 계속 체면과 명문대가의 명분만을 강조했다. 또 일부는 자신의 의견은 일체 내보이지 않으면서 선산을 매각했을 때 들어오는 막대한 재원에 대해서만 관심을 보였다. 그들은 순전히 굿이나 보고 떡이나 먹자는 투였다. 아버지는 그런 친척들에 대해서는 의견을 더 들어볼 필요도 없다는 듯 선산을 내주고 마땅한 선산을 구해 16기의 유택을 이장하는 것을 합의한다는 데서 회의를 마무리 지었다. 그리고 둘째 삼촌이 건의한 대로 이장할 장소와 방법 등은 서로가 깊이 연구한 뒤에 다시 만나 숙의(熟議)하자고 합의를 보고 제1차 문중회의를 끝마쳤다.

그날, 밤늦게 서울로 올라갔다가 보름 후 나는 다시 고향으로 내려왔다.

재실로 들어가는 산비탈에는 그새 진달래가 화창하게 피어 있고, 남향받이 바위 밑에는 오랑캐꽃과 할미꽃이 드문드문 피어 있다.

이제 꽃샘추위는 완전히 물러간 것 같다. 재실이 서 있는 언덕배기에는 아지랑이가 가물거렸고, 산골짜기 옆으로 띄엄띄엄 갈아 놓은 보리밭에는 종다리가 푸드덕푸드덕 날고 있다.

나는 바삐 걸었다. 지난번에 올 때는 언 땅이 녹느라 재실로 올라가는 소롯길이 무척 질척거렸는데, 그새 겨우내 언 땅도 다 녹아서 길바닥이 푸석푸석한 느낌이었다.

"이제 오나?"

회의시간에 맞추려고 급히 재실 마당으로 들어서는데 재종형님이 버드나무 곁에서 반겨 주었다.

"뭐 하십니까?"

"호드기 한번 튼다. 피둥피둥 물이 올라 아주 잘 틀리는데……."

"어른들은 다 오셨습니까?"

"올만한 사람들은 다 왔다. 어서 들어가자."

나는 종형과 같이 재실로 들어갔다. 1차 회의 때는 날씨가 쌀쌀해 재실 뒷방에 모였는데 오늘은 어른들이 6간 대청에 나와 있다. 나는 얌전히 신발을 벗고 대청으로 올라가 어른들에게 인사를 올리고 아버지 곁에 앉았다.

"서울서 어제 밤차 탔더냐?"

아버지가 돋보기 안경을 꺼내면서 물었다.

"예. 집에 들렸다가 오니까 좀 바쁘네요."

"고생 많다. 문중회의에 참석하랴, 박사 되랴……. 아침은 묵었나?"

첫날 회의 때 문을 박차고 나간 은하 종조부님이 물었다. 곁에 앉은 종숙부님은 "핫다! 노인네, 오늘은 되게 자애롭네……."라며 피식 웃었다.

나는 종조부님께 공손히 대답하며 친척들의 얼굴을 살펴보았다. 회의에 참석한 어른들은 저마다 후손의 도리를 다한다는 명분으로 모였지만 실제로 치열하게 문제의 핵심을 파고들며 일할 사람은 아버지와 삼촌, 그리고 나를 제외하면 대다수가 감시자나 방청객의 자격으로 참석해 한마디씩 거들며 선산을 매각한 뒤에 들어오는 거액의 향방을 염탐하려고 왔을 뿐 애써 일할 사람은 거의 없다는 것을 알았다.

왜냐하면 촌수가 먼 어른들은 종가에서 윗대 조상의 유택 문제를 어떻게 처리하는가를 잘 보아두었다가 후일 그들의 집에도 우리 집과 같은 일이 일어나면 주위로부터 손가락질 받지 않는 범위 내에서 처리하겠다는 의중이 뚜렷이 나타났기 때문이다. 또 촌수가 가까운 어른들은 아버지의 입에서 선산매각대금의 처리 문제가 나오기를 눈 빠지게 기다리다, 아버지의 입에서 선산매각대금은 전액 은행에 적립해 문중의 장학기금으로 쓴다고 일방적으로 결정해버리자 "에이, 못자리에나 한번 나갔다 올걸. 괜히 왔어……."라며 으흠으흠 헛기침만 뱉어대고 있었기 때문이다.

"1차 회의 때는 새로이 선산을 마련해 윗대 조상님의 안택을 이장한다는 데까지 의견의 일치를 봤습니다. 오늘 의제는 어느 지역에 선산을 정할 것인가, 또 선산이 마련되면 어떻게 모실 것인가를 결정해야 합니다. 그동 안 서로 알아보신 소감들을 말씀해 주세요."

아버지가 선산매각대금의 처리 문제를 매듭지은 뒤 화제를 돌렸다. 그 러자 은하 종조부님이 "야가 또 무슨 말을 이렇게 하노?"라며 아버지를 노려보았다. 금세 무엇이 터질 것 같은 분위기가 수초간 계속 되었다. 그 때 곁에 앉은 미제 종조부님이 "형님도 그 성질 좀 죽이고 이야기나 계속 좀 들어보소……."라며 은하 종조부님을 진정시켰다. 회의장의 분위기가 간신히 위기를 넘겼다. 은하 종조부님의 직손들은 가늘게 숨을 몰아쉬었 고, 삼촌이 이 사람 저 사람 눈치를 살피다 조심스럽게 입을 열었다.

"저는 지난 보름 동안 수소문하며 이 지방 산줄기를 훑어봤는데 서너 위(位) 정도 묘를 쓸 수 있는 산은 있어도 16기를 한곳에 만족하게 모실 산 은 없다는 것을 확인했습니다. 그래서 저는 이 문제를 토론하기 전에 선산 을 정하는 범위부터 거론하고, 그 범위 안에 마땅한 산이 없으면 분산해서 모시는 방법도 한번 생각해 보는 것이 어떨까, 의견을 제시해 봅니다."

"그것도 한번 생각해 볼 문제지요."

막내 삼촌이 고개를 끄덕였다. 아버지가 은하 종조부님을 보고 물었다.

"작은아버님, 이 문제에 대해 한 말씀 해주세요. 어떻게 풀어나갔으면 좋겠습니까?"

"나는 말하고 싶지 않다. 처음부터 늙은이들은 제쳐놓고 젊은것들이 마 음대로 하는데 내가 말하면 뭐 하노. 다 소용없는 일인데……."

"무슨 말씀을 그렇게 하십니까?"

아버지가 난처한 듯 한숨을 쉬었다.

"여러 말 할 것 없고……내가 여기 나온 것은 형님(우리 할아버지)이 저렇게 속이 상해 돌아앉아 계시니 나라도 나와야겠다는 생각이 들어 나왔다. 나는 이장한다는 것 자체가 못마땅하니까……."

아버지는 맥이 풀린 듯 잠시 허공을 비켜보다 회의를 진행시켰다.

"잘 알겠습니다. 그럼 둘째가 제안한 대로 선산을 정하는 범위부터 한번 생각해 봅시다. 나는 우리 고향에서 반경 50Km 이내에 있는 산들을 한번 물색해 봤으면 해요. 다른 분들 의견은 어떻습니까?"

사촌형이 받았다.

"전 반댑니다. 왜냐하면 저는 이 지방 산들을 모두 살펴보았는데 마땅한 산이 없다는 것을 제 눈으로 똑똑히 확인했기 때문입니다. 한마디로 북망산이 만원이에요. 그런데 반경 50Km 이내에 있는 산들을 구한다는 것은 현실을 너무 모르고 하시는 말씀 같아 실현 가능성이 전혀 없다고 봅니다."

"네 말도 일리는 있다. 그러나 북망산이 만원이라고 선산을 너무 멀리 정한다는 것도 현실적으로 무리다. 만원이면 만원인 대로 받아들여야지, 반경 1백Km나 2백Km까지 확대하면 누가 산소를 둘러보고 성묘하나? 바쁜 세상에."

입암 종조부님이 눈을 감은 채 고개를 끄덕였다. 미제 종조부님은 북망산이 정말 만원일까, 하고 동표 형의 조사보고 내용을 반신반의하는 얼굴이다. 아버지가 계속 말을 이었다.

"물론 선산을 둘러보고 성묘하는 것은 종손인 내가 해야 하고, 또 내가 못할 형편이면 동수가 해야 한다고 생각한다. 그러나 종손이라고 해서 조상 산소나 지키고 성묘만 하면서 일생을 살아갈 수는 없다. 종손도 윗대

조상을 주도적으로 모시는 사람 이전에 한 인간으로 태어났다. 이 말이
다."

"맞는 말이다……."

입 무겁기로 소문난 미제 종조부님이 곰방대에 잎담배를 채우며 아버
지를 거들었다. 아버지는 또 힘을 내어 말을 이었다.

"동표 너도 한번 생각해 봐라. 네 동생 동술이는 은행에 몸담고 있기 때
문에 설이나 추석 명절 때 조상 제사 지내러 고향에 내려온 적 몇 번 없다.
이유는 은행 업무가 명절 전날 제일 바쁘기 때문이다. 또 직업군인으로 있
는 동영이는 국가를 먼저 지켜야 되는 명분 때문에, 또 피치 못할 사정 때
문에 고향에 내려오지 못하고, 남은 것은 종손뿐이다. 물론 조상 산소 성
묘하고 제사 지내는 일이 가치 있는 일이라서 아버지나, 나, 동수는 숙
명적인 의무처럼 받아들이지만 우리도 사회를 터전 삼아 살아가는 사회
인 아니니. 여기 대소가가 다 모였지만 해마다 적지 않게 지출되는 성묘경
비와 산소관리비를 손수 내놓은 사람 누가 있나? 다 종손인 아버지와 내
가 부담했고, 또 앞으로는 동수가 부담해야 할 일 아니니? 그런데 명당자
리 없다고 선산을 고향에서 가깝게 정하지 않고 1백Km나 2백Km까지
확장해서 마련하면 그 뒷감당은 누가 하나? 우리는 이런 측면에서 유택의
개념을 다시 한번 정리해 봐야 하는 것이다. 내 말 무슨 말인지 알겠나?"

아버지의 논리적인 접근에 대꾸를 하는 사람은 없다. 오히려 은하 종조
부님은 낯이 뜨거운지 슬며시 자리를 틀고 일어나 밖으로 나가버렸다. 나
는 종조부님의 그런 모습을 보면서 우리네 조상의 가슴속에 정립돼 있는
묘지에 대한 보편적인 관념을 읽을 수 있다. 우리네 조상들은 겉으로는 묘
지를 집 가까운 곳에 마련해 조석으로 둘러보고, 슬플 때나 기쁠 때나 늘

조상과 함께 있겠다는 마음으로 명당을 찾았지만, 실제로는 묘지를 잘 써 놓으면 내가 잘되고 후손이 번창하고 재물이 끓는다는 피상적인 믿음 때문에 기를 쓰고 명당을 찾아다닌 것이 아닌가 하는 생각이 들었다. 누구나 표면적으로는 조상의 시신이 하루라도 빨리 탈골하여 진토가 되기를 바라는 효심에서 명당을 찾는다고는 하지만 마음 깊은 곳에는 늘 나의 이익을 먼저 생각하는 일면을 갖고 있다는 것이다. 아버지가 다시 말했다.

"두번째 명심해야 할 것은 한국에 우리만 살고 있다는 것이 아니라는 사실이다. 수많은 문중과 문중이 모여서 7천만 민족을 형성하고 있는데, 그 많은 문중이 다 우리와 같은 생각들을 하고 있다는 사실이다. 조상의 유택을 고향과 가까운 명당에다 모시고 시간 나면 돌아볼 수 있게 말이다. 그러니 2백Km까지 범위를 확장한다 해도 마땅한 산이 있을 리 없다. 따라서 우리는 제한된 국토에서 살면서 예전처럼 명당을 찾아 헤맬 것이 아니라 우리 곁에다 명당을 만들어야 하는 시대적 요청에 직면해 있다는 사실을 인식해야 한다는 것이다. 우리는 이런 사실부터 염두에 두고, 우리가 누울 자리를 허심탄회하게 의논해 보자는 것이다. 이해가 가니?"

"그래, 그건 우달이(우리 아버지) 말을 들어야 한다."

입암 종조부님이 결정을 내리듯이 말하자 미제 종조부님도 고개를 끄덕였다.

"그럼 반경 50Km 이내에 있는 산을 선산으로 확정하자는 말인데, 어디 그럴 만한 산이 있어야지요?"

동표 형이 되묻자 아버지가 또 보충설명을 했다.

"그러니까 명당을 찾아 헤매던 종전의 관념에서 벗어나 우리 곁에다 명당을 만들어야 한다고 말했잖니?"

"글쎄요. 명당은 조물주가 만들어 놓은 것을 찾아야 하는 것이지, 우리 손으로 만든다는 것은 아무리 애를 써도 이해가 안 되네요."

"그러면 내가 양보하마. 1백Km도 좋고 2백Km도 좋다. 조상을 만족하게 모실 수 있는 산이 있으면 금전에 구애되지 않고 사들일 테니 모두 나서서 좀 알아봐 주기라도 해다오."

"그렇게 해서도 선산이 물색되지 않으면 어떻게 합니까?"

"그땐 이장할 만한 산이 없어 선산 못 내어놓겠다고 해야지, 다른 방도가 없잖아?"

막내 삼촌이 우스개 소리로 분위기를 바꾸자 둘째 삼촌이 타박을 주었다.

"넌 아침 신문도 못 봤니? 태평스럽게 그런 쓰잘데기 없는 농담이나 하게……."

"왜요, 조간신문에 뭐 났어요?"

"〈분묘개장공고〉라고 광고란에 5단 통으로 대문짝만하게 게재되었더라. 지정된 날짜까지 처리하지 않으면 모두 법률 16조에 의거, 무연분묘(無緣墳墓)로 간주해 임의 이장하겠다고. 이런데도 가만히 있을 거니?"

"그럼 어떻게 하지요?"

둘째 삼촌이 물었다. 아버지는 대답을 못하고 있다. 여럿 앉은 친척들도 이제는 지친 표정들이다. 재종형들은,

"이런 일은 종가에서 적당히 알아서 처리할 일이지, 자꾸 바쁜 사람 불러내어 회의만 하면 무슨 소득이 생깁니까?"

하며 대충대충 마무리 짓자고 했다.

또 당숙 한 분은,

"오후 5시까지 은행에 1천만 원을 입금하지 않으면 회사 부도가 난다."
라며 자리를 뜨기도 했다. 종형은 그런 어른들의 행동을 못마땅하게 생각
하며 아버지에게 한마디 했다.

"큰아버지. 오늘 회의도 결국 아무런 결론도 못 얻고 뒤죽박죽이 되고
말았는데 이럴 바에야 차라리 명당이 있는 산을 여러 개 구입해서 유택을
분산하면 어떻겠습니까? 세월없이 시간만 끌 일은 아니잖습니까?"

"2백 년 동안 한곳에 모신 조상의 유해를 지금에 와서 여기저기 분산하
는 것은 말이 안 된다. 형님은 이장한다는 자체마저도 못마땅해 식음을 전
폐하다시피 하고 누워 계시는데……."

입암 종조부님이 잘라서 말했다.

"그럼 풍광 좋은 공원묘지를 한번 알아보는 것이 어떻습니까? 양반도
궁하면 쪽박 찬다는 말이 있듯, 사정이 이런데 어쩌겠습니까?"

"어허! 아방궁 같은 내 선산 내주고 조상을 공원묘지에 모셔? 그런 말
은 입밖에도 내지 마라."

미제 종조부님이 또 화를 내자 아버지는 금방 방황하는 표정이다. 입암
종조부님이 다시 말을 이었다.

"지금 와서 조상의 유해를 이 산 저 산 분산하는 것은 말이 안 되고, 그
렇다고 우리 쉽게 공원묘지에 모시는 것도 문중의 체면상 말이 안 된다.
그러니 우달이 말처럼 조상의 유해를 한곳에 모신다는 원칙 아래 산을 한
번 더 물색해 보자……."

"산이 없다니까요."

"아니다! 열여섯 분을 다 명당에다 모시겠다는 욕심 때문에 산이 없지,
웬만한 산에라도 모시겠다는 마음만 가지면 산은 아직도 얼마든지 있다."

"어른들이 그만큼만 넓게 생각해 주시면 일은 쉽게 풀리지요."

입암 종조부님이 결론을 짓듯 말했다.

"형님 두 분은 내가 설득시키겠다. 대신 너희들은 우달이(우리 아버지)와 한편이 돼 도와라. 우달이가 밀고 나가는 일에 이렇쿠 저렇쿠 딴 말을 하면 이번 일 우달이가 못 추스린다. 내 말 무슨 뜻인지 알겠나?"

입암 종조부님이 두 숙부님을 바라보자 두 숙부님은 말없이 고개만 끄덕였다. 나머지 사람들도 "그래, 그게 좋겠네. 이제 골치가 아파 더 못 생각하겠어……." 하면서 쾌히 동조했다.

아버지는 그제서야 실마리를 푼 듯 복안을 밝혔다. 새로 선정할 선산은 고향에서 반경 50Km 이내에 있는 산으로 정하며, 조상을 한곳에 모시는 것을 원칙으로 한다는 것이다. 둘째는 최소 100년 앞을 내다보고 입지를 선택하되, 현대화나 도시화 바람에 다시 이장당하지 않을 곳을 최고의 명당으로 본다는 것이다. 그리고 국가시책에 호응은 못해도 실정법이 허용하는 범위 내에서 합리적으로 추진한다는 것을 명시하자 다른 반론을 제기하는 사람은 없었다.

"그 외 또 참고하여야 될 일이 있습니까?"

아버지가 두 종조부님을 쳐다보았다. 입암 종조부님이 고개를 저었다.

"그만하면 됐다. 조상 명당에 모시고 내 복 받자고 골머리 썩혔지, 명당이라는 거 생각지 않으면 어려울 게 없다. 효도, 효도 하지만 조상 명당에 모시고 제 놈 일찍 죽는다는 순리가 따른다면 모두가 조상도 좋고 나도 오래 살 수 있는 반명당을 찾자는 것이 사람 마음이고 세태다……."

미제 종조부님이 말을 함부로 한다며 입암 종조부님을 나무라다가 아버지를 바라보았다.

"이제 회의를 끝내면 안 되겠나?"

"끝내지요. 그럼 이곳저곳 수소문도 하고, 또 관계부처에 들어가 현행 법률도 알아본 뒤 다시 통기하겠습니다."

"그래. 두 형님이 협조 안 한다고 원망하지 말고 우달이 니가 한 번 더 애 써라. 집안일이고 문중 일 아닌가?"

할아버지 4형제 서열로는 막내인 입암 종조부님이 아버지를 격려했다. 아버지는 회의를 폐회한 뒤 둘째 할아버지인 미제 종조부님을 바라봤다.

"오늘 미제(美堤)로 들어가시렵니까?"

"와?"

"아직 선산을 P 산업에 넘겨주지 못하고 있는 실정입니다. 좀 도와 주십시오."

"저런! 그 일을 여태까지 미루면 우야노? 전번 회의에서도 넘겨줘야 된 다고 결정 난 일인데……."

"아버지가 인감을 내놓지 않는데 어떻게……도리가 있어야지요."

"허허! 형님이 그래서야 되나. 그래, 형님이 끝까지 인감을 안 내어놓으면 우달이 니는 우얄 복안이고?"

"천상 작은아버님 입회 아래 계약을 체결하든지, 인감을 갱신하는 길밖에 다른 도리가 없습니다."

"그렇게 해보자."

미제 종조부님은 그날 미제로 들어가지 않고 집으로 들어와 주무셨다. 아버지는 이튿날 미제 종조부님의 도움을 받으며 선산의 매각 문제를 종결지었다. 그러나 할아버지는 이런 과정과 미제 종조부님의 도움을 받으며 넘겨준 선산을 도로 찾아오라고 계속 화를 내시니까 아버지는 다시 난감한 표정으로 몇 며칠을 끙끙 앓았다⋯⋯.

"야들아, 큰일을 우예 다 이겨 내노?"

입암 종조부님이 집으로 들어오다 아버지를 보고 말했다. 아버지는 그때까지 바깥마당에서 마음을 진정시키다 억지로 반가운 내색을 보였다.

"어떻게 이렇게 일찍 나오십니까? 근간 기력은 여전하시지요?"

아버지가 입암 종조부님을 모시고 안으로 들어오며 물었다.

"그래, 나야 아무 일 없다마는 형님은 어떠노?"

입암 종조부님이 큰채 대청마루에 걸터앉으며 할아버지의 안부를 물었다. 아버지는 대답을 못하고 머뭇거렸다. 입암 종조부님이 다시 물었다.

"산에 올라갈 준비는 다 됐나?"

"예. 작은아버님 도착하시면 올라가려고 일부러 시간을 좀 늦추고 있습니다. 우선 들어가셔서 조반이라도⋯⋯."

"그래서는 안 된다. 싸게싸게 서둘러야 하루 만에 끝내지, 그러면 되나?"

"아무래도 하루에는 벅찰 것 같아 이틀로 나눴습니다. 열여섯 기를 하루에 다 연다는 것은 사실 무리거든요."

그때 어머니와 숙모님이 절을 올리러 나왔다. 입암 종조부님은 분묘 16기를 하루에 다 열어 이장시킨다는 게 무리라는 것을 뒤늦게 수긍하며 손을 저었다.

"옛날 같으면 이장도 대상(大祥)인데 오늘 같은 날은 절을 올리는 법이 아니다. 이렇게 봤으면 됐고⋯⋯형님들은 다 어디 계시노?"

입암 종조부님은 어머니와 숙모님을 들어가게 하며 마루로 올라섰다.

아버지가 말했다.

"미제 작은아버님은 계속 저를 도와주셨고, 은하에선 기침이 심하셔서 거동을 못하시는 것 같습니다."

"그래?"

입암 종조부님은 놀란 빛을 보였다.

"왔나?"

아버지가 입암 종조부님을 건넌방으로 모시자 미제 종조부님이 인사를 건넸다. 입암 종조부님은 아주 반가운 표정으로 자리에 앉았다. 고희가 넘은 노인들이라 반가운 해후의 정도 표정과 눈빛으로 대신하며 말을 줄였고, 형제간에 나란히 앉아 있으면서도 말수가 없다. 미제 종조부님은 눈빛으로 "야야, 너도 이제 많이 늙었구나……." 하고 묻는 표정이었고, 입암 종조부님도 눈빛으로 "근간 몸이 편찮으셨어요? 와, 그렇게 신색이 안 좋아 보여요?" 하는 얼굴이다. 그리고 두 분 사이에 앉아있는 아버지는 예순인데도 청년 같은 모습으로 꼿꼿이 앉아 있다.

"큰형님은 어디 계시노?"

잠시 숨을 돌린 입암 종조부님이 할아버지를 찾았다. 미제 종조부님이 아버지를 대신해 대답했다.

"사랑에 누워 있다."

"와요! 큰 형님도 편찮으신가요?"

미제 종조부님이 천천히 고개를 끄덕이며 선산을 P 산업에 넘겨 준 과정을 설명했다. 입암 종조부님은 그제야 이해가 된다는 표정으로 고개를 끄덕였다.

"큰형님이 그러시면 되나? 시대가 변하면 풍습도 변하는 법인데…….

그리고 조카도 꼴망태기나 메고 다니는 초동도 아니고, 몇십 년간 신학문을 가르친 박사인데 여북 답답했으면 미제 형님과 상의해 선산을 넘겨주었겠나……. 형편대로 살아야지."

입암 종조부님이 할아버지를 나무라며 미제 종조부님을 바라보았다. 미제 종조부님이 장죽을 끌어당겨 엽초를 채우며 말했다.

"조카가 선산을 넘겨주기로 한 것은 혼자 생각이 아니다. 후손들 대다수가 넘겨주자고 의견을 모았기 때문에 그랬는데 이제는 형님이 생각을 고치셔야 한다……."

"그럼요. 임금도 백성이 원하면 따라야 하는 게 순리인데 형님이 계속 그러시면 안 되지요……."

"입암, 자네가 들어가서 한번 더 청을 넣어 봐라. 속 상하더라도 툭툭 털고 일어나 산에나 같이 가보자고……."

"그러면 큰형님은 정말로 몸이 편찮으셔서 누워 계시는 게 아니라 속이 상해서 저러고 계십니까?"

아버지가 뭐라고 말을 못한 채 고개만 끄덕이자 미제 종조부님은 혼자 껄껄 웃으시며 아버지를 쳐다봤다.

"관(棺)이나 염(殮)할 준비는 다 됐나?"

"예. 윗대는 시신이 진토 되어 골절도 못 찾을 것 같아 칠성판만 준비했고, 백 년 이하 아랫대는 관까지 준비했습니다."

"산역꾼들도 몰이 됐나?"

"예. 어제저녁에 재실로 올려보냈습니다. 아마, 산신제를 지낼 준비까지 마쳐 놨을 겁니다."

"그동안 애 많이 썼다. 빨리 봉분을 열어야 하는 일이 급한데 형님은 계속 저래 누워 계실 건가?"

"안 된다. 저러구 계시면 심중에 병 생겨 영영 못 일어나신다."

"맞심더. 제가 한 번 더 청을 넣어볼 테니 형님이 옆에서 좀 거드소."

두 종조부님이 자리에서 일어났다. 아버지는 큰 근심을 벗은 듯 먼저 방을 나갔다. 입암 종조부님이 사랑채로 건너가며 아버지를 위로했다.

"마음이 무겁더라도 조카가 넓게 생각해라. 우리야 젊었을 때 만주로 북해도로 돌아다니며 오만 구경 다 했지만 형은 종손이라는 책임 때문에 가문만 지킨 분 아닌가. 그래서 생각도 작대기처럼 곧은데 그게 흠이 될 수는 없다."

"저야 아무려면 어떻습니까? 저러시다 심중에 큰 병이라도 생길까 봐 걱정이 돼서 그렇지요."

"괜찮다. 우리가 들어가 모시고 나갈 테니까 조카는 봉분 열 준비나 서둘러라."

입암 종조부님과 미제 종조부님이 사랑방으로 들어간 지 30분이나 되었을까, 할머니가 큰채로 건너오시며 어머니를 불렀다.

"야야, 사랑에는 식상을 따로 보지 말고 합상하도록 해라. 3형제분이 오랜만에 회포를 풀며 밥이라도 한 끼 같이 먹겠단다……."

"합상 해도 아버님 아무 말씀 없으시겠습니까?"

"괜찮을 게다. 형제분을 만나니까 영감 씨가 마음이 풀리는지 그렇게 시키더라."

아버지는 그제서야 한시름 놓이는지 표정이 좀 밝아 보였다. 나는 어머니와 같이 사랑방으로 조반상을 날랐다.

"이번 일은 형님이 깊이 생각하셔야 합니다. 회갑이 넘은 자식에게 고얀 놈이라니, 그게 대체 무슨 말씀입니까. 조카도 집만 나가면 일국(一國)의 장관들도 고개를 숙이는 경제학 박사시더."

조반상을 들고 사랑방 문을 여는데 입암 종조부님의 목소리가 새나왔다.

"맞지를! 형님의 위치가 있는데 집에 누워 있다뇨. 우리가 옆에서 손을 잡아드릴 테니까 어서 산으로 나가봅시더. 조카의 심정도 생각해 주어야지요……."

할아버지가 밥상을 받으며 말했다.

"동수야, 네 할머니한테 가서 제의(祭衣) 준비하라고 해라."

나는 공손히 고개 숙여 대답하며 사랑방을 나왔다. 나도 모르게 가슴이 후련해지는 것 같으면서 "휴 ─." 하는 한숨이 나왔다. 불과 한 시간 전만 해도 금방 돌아가실 것 같던 할아버지가 그새 심기가 달라져 산에까지 나가시겠다니……. 노인들의 마음과 건강은 도무지 종잡을 수가 없는 심정이다.

"너도 어서 아침 먹어라."

삼촌이 뒤란을 나오며 말했다. 나는 대답을 하면서도 할머니를 찾느라 집안을 돌아다녔다. 대소가가 다 모여서 그런지 집안은 완전 잔칫집 분위기였다. 사랑방에는 할아버지 형제분들이 조반을 드시고 계셨고 큰채 건넌방에는 아버지 형제분들이 그 넓은 방을 다 차지하고 있다.

내가 앉을 곳은 사촌들과 농장 관리인들이 앉아있는 행랑채 봉놋방뿐이다. 행랑채 안방에는 집안의 아녀자들이 앉아 있고, 큰채 큰방과 작은방에는 할머니와 종숙모님들이 앉아 계셨기 때문이다. 나는 할머니께 할아버지의 제의를 준비하시라고 일러 드린 뒤 다시 봉놋방으로 건너가 농장

관리인 김씨 옆에서 쇠고기 국밥을 한 그릇 받아 들었다.

[2]

장의차가 도착했다.

우리들은 선산으로 가기 위해 승차했다. 할아버지와 두 종조부님은 장의차의 상석에 앉았고, 아버지와 삼촌 그리고 종숙부님들은 중간에 앉았다. 내 또래의 종형과 재종형제들은 뒷좌석의 의자에 서로 짜 앉았다. 할머니를 비롯한 부녀자들은 뒤차를 타야 할 형편이다. 대가족이라 정원 45명이 타는 대형버스도 비좁았다. 아버지는 할머니와 고모님들을 함께 모시고 가지 못하는 것이 마음에 걸리는 표정이다.

"차를 다시 보낼 테니까 재실에 도착하는 대로 얼른 점심준비를 서둘러요. 봉분 열면 비위가 상해 음식을 못 드시는 분들도 계실 거니까……."

아버지는 어머니에게 집안 어른들 점심 준비에 신경을 쓰라고 일러 놓고 차를 출발시켰다. 장의차는 뒷좌석에다 이장에 필요한 제기와 제물을 싣고 선산으로 달렸다.

선산이 가까워 오자 P 산업의 공장부지를 정리하는 불도저의 엔진 소리가 시끄럽게 들려왔다. 불도저가 밀어놓은 흙더미를 지나오니까 공룡같이 생긴 굴삭기가 이장도 채 끝나지 않은 어느 집 민묘(봉분이 뭉개져서 표면이 평평한 묘)를 밀어버려 후손들이 농성을 벌이고 있는 모습이 보였다. 우리들은 농성을 벌이고 있는 사람들에게 버스가 지나갈 수 있게 길을 좀 비켜 달라고 사정하며 간신히 재실 앞마당까지 들어갔다.

우리 선산과 맞대고 있는 건너편 산 여기저기서 우리보다 먼저 도착한 다른 집안의 후손들이 분묘를 열고 있는 모습이 보였다. 우리들은 가까운 산자락에서 들려오는 곡소리를 들으며 버스에서 내렸다. 신문 지상으로 공고를 해도 연고자가 나타나지 않는 분묘는 당국으로부터 하청받은 장의사들이 일일 잡부들을 동원해 와서 마구 파헤치고 있다.

"세상에, 후손 없는 것도 원통한데 남의 조상 유택을 무 구덩이 파듯 저래 파헤치다니……."

할아버지는 산으로 올라가며 오래 살은 것 자체를 후회하고 계셨다. 동원되어 온 어느 장의사의 일일 잡부들이 의식(儀式)도 없이 남의 조상 묘를 마구 파헤치는 모습이 도무지 이해가 되지 않는다는 표정이다.

"아이구, 형님요? 회갑이나 넘기고 그마 죽어버렸으면 저런 꼬라지는 안 볼 것 아닙니꺼?"

할아버지를 뒤따르던 입암 종조부님이 혀를 내두르며 할아버지를 불렀다. 할아버지는 오랜만에 걷는 산길이 힘 드시는지 길섶의 바위에 걸터앉으며 좀 쉬었다 가자고 했다. 우리는 걸음을 멈추고 잠시 땀을 식혔다.

미제 종조부님은 할아버지 곁에서 담배를 한 대 붙여 물면서 아버지의 판단이 옳았다고 했다. 아버지가 이장 문제를 서두르지 않았다면 우리 문중도 동원되어 온 일일 잡부들에 의해 조상의 유택이 마구 파헤쳐졌을 것이라는 생각이 그런 판단까지 낳게 하는 것이다. 할아버지는 지금까지 선산을 P 산업에 넘겨줄 수 없다는 문제만 가지고 고집을 부리며 아버지와 같이 "조상들의 유택을 어디다, 어떤 방법으로, 이장할 것인가?"에 대해 상의 한번 하지 않으신 게 후회가 되는 모양이다. 할아버지는 그때서야 아버지를 불러오라며 어디다, 어떤 방법으로, 조상들의 유택을 옮길 것인가에 대해 관심을 보이기 시작했다.

나는 뒤따라오는 아버지를 모시러 가면서 제2차 문중회의가 있었던 날

밤을 생각했다.

　그날 밤 아버지는 서울로 올라가려는 나를 붙잡고 조그만 메모지 한 장을 주었다. 그 메모지에는 ▷매장 및 묘지에 관한 법률, ▷시행규칙, ▷시행령이 적혀 있다. 또 ▷세계 각국의 장례법은 어떠하며, ▷매장과 화장에 대한 사상적 배경과 ▷국민 출생률이 적혀 있다.

　"이걸 알아서 뭘 하시게요?"

　"이번 기회에 반영구적인 문중묘지를 하나 만들어 놔야겠다. 이걸 이번 기회에 완벽하게 처리해 놓지 않으면 각 세대마다 논란이 일 것 같다. 너는 그런 생각이 들지 않니?"

　"글쎄요. 전 그만큼 멀리 보지 못했습니다."

　"출생과 사망이라는 문제는 이 지구가 멸망할 때까지 계속되는 자연의 순환법칙이다. 그런데도 우리는 살기 급급해서 출생과 관계되는 의식주·취업·사회복지·노후문제 따위만 생각했지 주검에 대한 문제는 복고적인 방법만 답습해 왔다……."

　"다급하지 않으니까 그랬겠죠."

　"그렇지만 이젠 더 미룰 수 없게 되었다. 문중회의에서도 강조되었지만 북망산도 이젠 만원이다. 이 때문에 먼저 자리를 정하고 누워 계신 선친들도 국토의 효율적인 이용이라는 시책에 밀려 쫓겨나게 되었다. 이것은 인구의 급격한 증가로 산 사람이 죽은 사람의 유택마저 뺏어 살아야 하는 비극이 우리 눈앞에 현실로 다가왔다는 증거다."

　"어쩔 수 없잖습니까?"

　"물론 산 자를 위해 죽은 자를 다른 곳으로 이장시켜 놓는 것이 시대적 요청이라 하지만, 나의 생명을 주신 조상을 한없이 먼 곳으로 내몰 수는 없다. 그래서 나는, 이번 기회에 산 자와 죽은 자가 가깝게 살아갈 수 있는 합리적인 문중묘지를 하나 마련하고 싶은데 정부는 이 문제를 어떻게 처리해 나가고 있는지, 보사부에 들어가서 한번 알아보고 오너라. 그 자료를 근거로 해서 앞으로는 이장 문제로 집안이 다시 시끄럽지 않게 처리하게……."

"언제까지 파악하면 되겠습니까?"

"시간이 없다. 서울에 도착하는 대로 곧장 알아봐라."

다음날, 나는 만사 제쳐 두고 보건사회부 위생과로 달려갔다. 97번 버스를 타고 과천으로 달려가는 기분은 참으로 착잡했다. 북망산도 만원이라는 말을 들어서 그런지 버스가 남태령 고개를 넘을 때는 산이 예사로 보이지 않았고, 산이라고 생긴 곳에는 필연적으로 묘지가 들어서 있는 눈앞의 현상 앞에 가슴마저 답답해지는 느낌이다.

위생과로 들어가 과장을 붙잡고 찾아온 목적을 말하니까 위생과장은 운동부족으로 흉하게 살이 찐 관계 직원을 한 사람 소개시켜 주었다. 나는 그에게 아버지가 메모해 준 사항들을 내보였다. 그는 ▷매장법률, ▷시행규칙, ▷시행령, ▷분묘 1기당 허용면적, ▷평면식 비석묘의 설치방법, ▷납골묘지 및 직립식 묘지 설치방법, ▷국민 출생률, ▷사망률 등에는 동그라미표를 그렸고, ▷매장과 화장에 대한 사상적 배경, ▷관련 도서와 전문가를 묻는 난에는 삼각표를 했다. 그리고 각국의 묘지 실태를 묻는 난에는 네모표를 했다.

"현재 동그라미를 친 문항은 바로 자료를 드릴 수가 있는데 삼각표와 네모표를 친 문항은 3층으로 내려가 K 씨를 만나보십시오."

그가 건네준 자료들을 받아들고 3층으로 내려왔다. 마침 K 씨는 자리에 없다. 손님이 찾아와서 구내 다방에 잠시 내려갔으니 기다려 달라고 했다. 나는 K 씨를 기다리며 그가 건네준 자료들을 훑어봤다.

1981년 3월 16일 법률 제3389호로 개정된 매장과 묘지에 관한 법률은 아버지가 알고 싶어 하던 사항들을 비교적 소상하게 제시해 주고 있다. 그 법률들을 읽으면서 나는 비로소 매장에 대한 정의를 바로 알 수 있었다. 매장은 임신 4개월 이상 된 사태(死胎)를 포함해 시체 또는 유골을 땅에 묻거나 납골하여 장사하는 것을 말했다. 또 매장은 묘지 이외의 구역에서는 할 수 없으며, 묘지의 면적과 시설물의 종류, 크기, 형식 등은 대통령령이 정하는 기준 내에서만 가능했다. 분묘 1기당 점유면적은 20㎡(약 6평)이내며 합장일 경우는 25㎡를 초과할 수 없게 되어 있다.

그런데 이런 기준을 지키며 설치해 놓은 묘지라 해도 국토의 효율화를 위해 이전이 필요하다고 인정되면 연고자는 반드시 관할관청이 요구하는 대로 이장해야 되었다. 만약 요구에 따라 공시한 기간까지 분묘를 이장하지 않으면 모두 무연고자 묘지로 간주해 관할관청은 공설납골당에 집단적으로 안치할 수 있게 되어 있다.

이 법에 따르면 재단법인이나 문중은 법이 규정하는 대로 사설묘지나 문중묘지를 설치할 수 있다. 그런데 문중은 1개소에 한하며, 면적은 2000㎡ 이하에서만 가능했다. 자연인이 가족묘지를 설치할 경우에는 500㎡ 이하에서만 가능했다. 그런데 이런 묘지들은 반드시 관계 규정을 지켜야만 되었다.

관계 규정이라는 것은 하천법·농지법·도시개발법·산림법·사방사업법 등을 다 지켜야 된다는 것이다. 관계 직원은 대한민국의 그 수많은 묘지 중 관계 규정을 다 지키며 강제로 이장당하지 않을 묘지는 사실 몇 기 안 된다고 말했다. 이것은 결국 개인의 사설묘지 소유를 정부는 영구히 인정해 주지 않겠다는 말인데, 이런 묘지들은 현재의 실정법 아래서는 모두 암매장 묘지로 인정되어 정부가 처벌을 내리면 그 처벌을 받게 되어 있고, 관할관청이 이장을 요구할 때 응하지 않으면 모두 무연분묘로 간주되어 일괄처리해도 후손들은 이의를 제기할 수 없게끔 되어 있다.

관계 법규를 다 읽고 인구증가율을 훑어보고 있는데 K 씨가 올라왔다. 나는 찾아온 목적을 말하며 인사를 나눴다. 알고 보니 그는 내가 다니는 대학원에 출강하고 있고, 보건사회부에는 참사관으로 재직하고 있다. 나는 그에게 우선 정부의 방향부터 물었다.

"화장을 유도하고 있지요."

"우리의 전통적 관습은 매장인데 정부는 왜 화장을 유도하고 있습니까?"

"일차적으로는 매장할 묘지가 부족해서 그렇지요."

"구체적인 실태를 설명해 주실 수 있습니까?"

K 씨가 서류함에서 자료를 꺼내며

"우리나라는 전국에 약 2천만 기 이상의 분묘가 산재되어 있습니다. 이 분묘의 점유면적은 850㎢인데 이것은 전국의 주택지(대지) 총면적 1721㎢의 50% 이상을 차지하고 있는 수치입니다. 말하자면 살아있는 사람은 주거지가 없어 남의 집 셋방살이로 연명해 가는데 묘지는 대지 면적의 과반수 이상을 차지하고 있으니 기가 막힐 일이 아닙니까? 그런데 인구증가율은 또 어떻습니까? 연 15%씩만 계산해도 남한 인구를 4천만 명으로 잡으면 연 6백만 명씩 늘어난다는 계산입니다."

"정말 심각하군요."

"학생도 한번 생각해 보세요. 통계에 따르면 우리나라는 연평균 20만 기 이상의 분묘가 늘어나고 있는데, 여기에 소요되는 묘지의 넓이는 약 10㎢에 이릅니다. 여기에 13평형 단독주택을 지을 경우 약 20만 호를 건설할 수 있습니다. 그러니 해마다 묘지로 잠식되는 땅이 어느 정도 된다는 것을 학생도 피부로 느낄 수 있을 겁니다."

"그럼 다른 나라에선 이런 심각한 문제를 어떻게 처리하고 있습니까?"

"국가마다 고유한 관습과 전통이 있어 일정하지 않습니다. 그렇지만 홍콩이나 대만 같은 나라는 거의 화장에 의존하고 있습니다."

"구체적으로 파악할 수 있는 자료를 좀 볼 수 있습니까?"

"꼭 필요하다면 퇴근 후 내 연구실로 오세요."

"연구실은 어딥니까?"

"공덕동 사거리에 있는 사회복지회관 3층입니다."

저녁때, 나는 K 씨의 연구실로 찾아갔다. 그는 퇴근해서 사회복지에 관한 주제를 안고 연구에 몰두하고 있다. 그의 연구를 방해하는 것이 미안했으나 나는 차를 한 잔 대접하며 자료를 요구했다.

"이 자료들은 각국 대사관에 사신(私信)을 보내 회신을 받은 자료로 작성한 논문인데 필요하다면 복사를 해서 참고하세요."

K 씨가 묘지제도에 관한 연구보고서 한 권을 내주었다. 나는 여직원에게 복사를 의뢰하며 그에게 물었다.

"선생님의 입장에선 우리 문중의 선산문제를 어떻게 풀어갔으면 좋겠습니까? 도움 말씀을 좀 주세요."

"우선 가문의 어른들을 선도, 계몽해 명당에 대한 개념부터 수정해야 될 것 같습니다. 일테면 종래의 개념은 풍수지리설에 따라 조상의 시신을 만족하게 모실 수 있는 묏자리를 우리들은 통상 명당이라 불러왔습니다. 그러나 앞으로 1백 년이나 2백 년 후의 명당은 국토효율화정책에 밀려 묘지가 두 번 세 번 강제로 이장당하지 않은 지역이 최상의 명당이 될 것 같습니다. 사견(私見)이지만 말입니다."

K 씨는 담배를 한 대 붙여 물며 계속 말을 이었다.

"한번 생각해 보세요. 산 사람은 거주할 자리가 없어 바다까지 메우고 있는데 죽은 사람을 계속 명당에다 안장해 놓을 수가 있겠습니까? 어차피 죽은 자는 산 자를 위해 비켜주어야 하는 것이 비정한 현시대의 질서며 요구되는 가침니다. 그 좋은 실례로, 신문 지상에 게재되는 광고를 들 수 있습니다. 요즘 국내 각 일간지를 보면 매일 〈분묘이장공고〉라는 광고가 나와요. 이것은 국토의 효율화를 위해 묘지를 다른 곳으로 옮기라는 행정명령이지만, 따지고 보면 산 자가 죽은 자의 유택마저 뺏는 강탈행위나 같은 거지요."

나는 어이가 없어 그만 웃고 말았다. K 씨는 급하게 담배꽁초를 재떨이에 비비며 혈기를 올렸다.

"만약 이런 행정명령에 불복하면 어떻게 됩니까? 국민 전체의 삶을 위해 정부는 일방적으로 분묘를 이장해 버립니다. 그러면 이런 유골들이 마지막으로 가는 곳은 어딥니까? 모두 일당 받는 인부들에 의해 개뼈다귀처럼 수거되어 공동묘지로 가거나 납골당으로 집결됩니다. 이래 놓고도 우리는 조상을 명당에 모셨다고 자부할 수 있습니까? 더 심각한 것은, 우리나라에 산재된 2천만 기 이상의 묘지 중 무연고자 묘지가 30%를 넘고 있는 사실입니다. 이런 묘지들은 국토개발 바람이 불면 정부로부터 하청받은 장의사 인부들이 묘를 파헤쳐 다른 곳으로 옮기는데, 이런 묘지 역시 옛날에는 좌청룡 우백호를 따지며 나름대로 명당에다 설치한 묘지라고 봐야 합니다. 그런데 세월이 흐른 오늘날에는 신문에 광고까지 내어도 후손이 나타나지 않습니다. 이걸 우리는 진실로 조상을 명당에다 모셨다고 말할 수 있습니까? 조상을 명당에다 모셨는데 왜 후손이 끊어지고 무연고자 묘지가 됩니까? 차라리 이럴 바에는, 사망 당시는 좀 섭섭해도 자손들의 손으로 깨끗이 화장해 안전한 곳에 유골을 모셔두는 것이 가장 바람직한 명당에다 조상을 모신 격이 되며 가치 있는 일이라고 생각합니다. 100년이나 200년 후 후손들이 뼈만 앙상히 남은 조상의 유골을 이 지역 저 지역으로 옮기는 것보다 말입니다."

"그렇지만 조상을 화장한다는 것은 두 번 돌아가시게 하는 경우가 되는데 그게 쉽겠습니까?"

"인식 나름입니다. 만약 화장을 두 번 죽이는 행위라면 불교에선 왜 화장을 하겠습니까? 살생은 금하고 있는데."

"선생님의 연구보고서엔 화장에 대한 사상적 배경도 거론하고 있습니까?"

"아닙니다. 특정 종교를 비호한다는 비판이 귀찮아서 연구 방향에서 빼버렸습니다."

연구보고서가 복사되어 왔다. 나는 여직원에게 수수료를 지급하고 연구실을 나왔다. 집으로 돌아와 밤늦게까지 연구보고서를 읽으며 세계 각국의 묘지 실태와 변천사부터 파악해 나갔다. 16절 복사지 200매가 넘는 연구보고서는 아버지가 요구하는 사항들을 소상하게 언급하고 있다.

이 보고서에 따르면, 탑이나 왕릉 같은 것은 묘지의 범주에서 제외되지만 우리나라의 묘지는 지석묘시대, 옹관묘시대, 목관묘시대를 거쳐 국립묘지나 4.19 묘지 같은 현대식 묘지로 발전해 오고 있다. 그리고 조상의 유골을 한적하고 풍광 좋은 명당에다 안치하기 시작한 것은 풍수지리설이 들어온 삼국시대부터 시작됐다. 특히, 통일신라시대는 불교가 성한 때라 불교 고유의 장례법에 따라 화장을 한 다음, 그 유골을 추스려 부장품과 함께 옹관 속에 보관해 풍수지리설이 요구하는 양산의 명당에다 안치한 것이 특이할 만큼 인상적이다.

외국의 경우는 프랑스가 특별했다. 프랑스서는 교회나 사원의 낭하(廊下)에 시신을 매장해 오다 19세기 이후부터 공원묘지를 조성해 야외에다 주검을 매장하기 시작했다. 그러나 이런 묘지정책도 국토의 제한성 때문에 완벽한 것이 못 되어서 지금은 시한부 묘지 제도를 채택하고 있다. 시한부 묘지 제도란 3년 이상 30년까지만 매장을 허용하고, 그 뒤에는 유골을 화장하여 납골당에 안치하며 시체를 매장한 묘지를 환토(換土)하여 재활용하는 것을 말했다.

이탈리아는 이집트와 유대인들의 관습을 모방하여 매장법을 답습해 오고 있다. 그러나 이러한 매장법도 19세기 이후부터는 묘지의 수요를 감당할 수 없어 현재는 화장법을 채택하고 있다. 시가지 외곽에다 화장터(場)와 납골당이 있는 공원묘지를 조성하여 개인용 가족 납골당을 마련해 주고 있다.

독일도 근대까지는 매장법을 채택해 오다 현대에 들어와서는 화장법을 법제화하고 있다. 그들은 국토의 묘지화를 막기 위해 화장한 유골을 일반묘지에 매장하는 것도 특별한 경우를 제외하고는 거의 허용하지 않는 실정이었다. 국민 대다수가 공원묘지 형태로 조성한 공설납골당에 분골을 안치하고 있다.

미국은 좀 특이했다. 그들은 사망자의 무덤을 묘지라 부르지 않고 세미트리(Cometeri)라 불렀다. 세미트리란 라틴어로 안식처란 뜻을 내포하고 있었는데, 영생불멸의 삶을 영위한다는 기독교의 이념과 일치했다. 이 종교적 이념 때문에 미국은 국민 88%가 매장제도를 채택하고 있다. 그러나 그들도 최근에 와서는 묘지의 수요를 감당할 수 없어 화장과 매장을 병행하는 머튜어리(Mortuary) 방식을 채택했다. 미국인들은 묘지를 인생 종말의 땅으로 가꾸지 않고 공원으로 가꾸는 것이 특색이다. 그들은 현대식 집단묘지에다 죽음을 상징하는 묘비나 기념탑을 일체 설립하지 못하도록 법제화해 놓고 있다.

일본은 국민 95%가 화장법을 채택하고 있다. 화장에 대한 연혁은 6세기경 불교의 수입과 함께 보급되기 시작했다. 8세기에 들어와서는 천황의 시신마저 화장을 하기에 이르렀다. 지금은 상하계층을 막론하고 국민 전체가 화장법에 의존하고 있다.

태국은 국민 전체가 화장법을 채택하고 있다. 홍콩은 국민 85% 정도가 화장법을 채택하고 있다.

다음 날, 고향으로 내려가 아버지께 자료를 전해드리며 어젯밤 내가 전제 자료를 읽으며 간추린 내용을 말씀드렸다. 아버지는 내가 요약한 자료들을 읽으면서 계속 한숨만 쉬었다. 어떻게 용단을 내려야 좋을지 판단이 서지 않는다는 것이다. 비교적 국토가 넓고 종교적 관습에 따라 근대까지 매장법을 고수해오고 있던 나라들도 현대에 들어와서는 종교적 관습마저 초월해 화장법을 채택하고 있는 실정 앞에 놀라움을 금치 못했다.

화장법은 이제 전 세계적인 장례법으로 자리를 잡고 있다. 우리나라처럼 국토가 좁고 인구증가율이 높은 일본이나 홍콩 같은 국가들은 벌써 몇백 년 전부터 화장법을 채택해 오는 실정. 서구 기독교 문화권의 국가들도 지금은 종교적 이념과 관습을 초월해 화장법을 국가적인 장례법으로 법제화하는 실정 앞에 아버지는 어안이 벙벙해진 것이다.

"너는 어떻게 했으면 좋겠냐?"

"일단 파악된 자료를 정리해 어른들께 알려 드리고, 의견을 규합해 방법을 찾는 것이 원성을 막는 길이라고 생각합니다."

아버지는 몹시 피로한 모습을 보이면서도 내 의견을 받아들였다. 집안 어른들께 일일이 연락을 보내 다시 문중회의를 개최했다. 다시 모인 집안 어른들은 우리나라의 법령이 규제 일변도로 입법된 데 대해 혀를 내둘렀다. 법이 요구하는 규제 사항들을 모두 준수하며 선산을 마련한다는 것은 실정법 아래서는 불가능했다. 도시계획법을 피하니까 산림법이 걸리고, 산림법을 피하니까 보건법이 걸리고, 도로법을 피하니까 국방부장관이 제정한 규제조항에 묶여 발을 뺄 수가 없을 정도로 우리 정부는 현행 실정법을 앞세워 국토의 사설 묘지화를 촘촘하게 규제하고 있다. 간혹 친구들과 같이 등산을 가거나 여행을 할 때, 전국 각지 산지에 훌륭하게 마련돼 있는 대다수 묘지들은 촘촘하게 규제되고 있는 실정법을 위반하고 있는 실정이고, 정부나 지방자치단체가 실정법규와 위법사항을 제시하며 이전을 요구하면 거의 전부가 다른 지역으로 이장해야 하는 분묘들이었다.

그렇다고 그런 규제조항들을 슬쩍 눈감고 넘어가자니까 공식적인 묘지 허가가 나오지 않았고, 허가가 나오든 말든 우리 문중의 관례대로 밀어붙이려니까 조상을 암매장하는 격이 되었다. 결국 손쉽게 구할 수 있는 공원묘지와 공동묘지뿐인데 그곳은 삼촌들까지 나서서 완강히 반대했다. 풍광 좋다고 소문난 공원묘지도 따지고 보면 셋방살이나 다름없는 유한묘지며, 계약기간 전이라도 개발 바람이 불어 정부가 이장하라면 또 옮겨 앉아야만 되었다.

"형님, 매장에만 의존하던 기독교 문화권의 국가들도 화장과 매장을 병용하고 있는데, 우리도 이번 기회에 프랑스처럼 시한부 제도를 도입하면 어떻겠습니까?"

종숙부님의 제안에 삼촌은 완강히 반대했다.

"그럴 바에야 차라리 화장해서 납골당에 모시지요. 이 바쁜 세상에 언제 두 번씩 장례식을 합니까? 또 매장했던 지역을 환토(換土)한다지만 그게 눈감고 야옹하는 격인 데다 일거리를 자청해서 만드는 격 아닙니까?"

"그렇지만 납골당이니, 화장이니, 하는 말들이 던지는 충격적인 괴리감을 상쇄시키면서 화장법으로 접근해 갈 수 있는 절충법이 아닙니까? 지금 각국의 추세를 보면 미래에는 도리 없이 화장법으로 통일될 것 같은데, 반영구적인 문중묘지를 만들겠다는 대전제 아래서는 달리 뾰족한 수가 없지 않습니까?"

"그럴 바에야 옛날 우리 선조들이 채택했던 통일신라시대 때의 장례법을 따르지요. 화장해서 유골을 광중(壙中)에 넣어 매장하면 묘지 면적 줄이고, 무덤을 만들어 놓을 수 있어 일거양득 아닙니까?"

"그렇지만 어른들의 고정관념을 무슨 수로 허물어뜨리나? 화장을 죄악이라고 보고 있는데……."

"힘이 들더라도 화장의 유래나 사상적 배경을 연구해서 어른들의 인식을 바꾸도록 합시다. 지금 동수가 파악한 자료를 보면 우리가 아무리 화장을 뿌리쳐도 언젠가는 우리 스스로 받아들여야 할 것이 눈에 훤히 보이는데 알면서 두 번씩 일을 하는 것은 너무 미련하지 않습니까?"

"그렇다면 그 십자가를 누가 멜 텐가?"

"그거야 오늘 이 자리에 앉은 모든 일가친척이 공동으로 져야지요."

"맞습니다. 우리도 이번엔 좀 영구적인 차원에서 이 문제를 처리합시다. 일본이나 태국처럼 납골당은 못 만들어도 묘지 면적 줄이면서 선친과 같이 있을 수 있는 문중묘지는 꼭 만들어야 할 시기라고 생각됩니다."

"그런 측면에선 미국의 현대식 묘지도 참조했으면 좋겠습니다. 묘지를 인생 종말의 땅으로 유폐시키지 않고, 후손들의 공원으로 꾸미는 풍습은 참 생산적이고 바람직하잖아요."

"그러면 우리도 국립묘지나 UN 묘지처럼 평분식 묘지로 하면 어떻겠습니까? 화장과 매장의 장점을 살리면서 묘지 면적을 최소화할 수 있습니다."

"UN 묘지는 안 된다. 평분식으로 해도 비석 정도는 세워야 후손들이 섭섭지 않다……."

한 두어 시간 이런 대화들이 교환되다가 문중회의는 결의안을 내게 되었다. 첫째, 정부가 법으로 정해놓은 규제조항을 가능하면 다 준수하며 조상의 유골을 암매장하는 것을 피한다. 둘째, 고향에서 반경 50Km 이내의 임야에 선산을 마련하고 조상의 유골을 한곳에 모신다. 셋째, 전통적인 명당의 개념에서 벗어나 먼 앞날에도 조상의 유택이 국토의 도시화·효율화 정책에 침해를 받지 않는 지역을 명당으로 본다. 넷째, 묘지의 면적을 최소화하기 위해 국립묘지처럼 평분식으로 한다. 그리고 채택된 안건은 임의로 변경할 수 없다는 부칙을 달아 회의에 참석한 모든 일가 친척이 연대 서명했다.

아버지와 나는 그날 오후 늦게 집으로 돌아왔다. 아버지는 밤차를 타려고 집을 나오는 나에게 또 과제를 주셨다. D 대학 대학원으로 들어가 〈화장에 대한 사상적 배경〉을 문화사적 측면에서 조사해 오라는 것이다.

나는 이튿날 D 대학 대학원으로 들어가 C 교수를 만났다. C 교수는 교양학부 시절 아버지의 강의를 들은 제자 분이셨다.

"교수님, 좀 외람된 질문입니다만 불교에선 사람이 죽으면 왜 매장을 하지 않고 화장을 했습니까? 그 사상적 배경을 문화사적인 측면에서 좀 알고 싶어 찾아왔습니다."

"불교에서는 그걸 다비사상(茶毘思想)이라고 하는데 간단히 설명할 수 없습니다. 인도철학과 동양철학, 그리고 불교사를 모르는 사람들에게는 허무맹랑한 소리같이 들리니까 말입니다……."

"대충 집안 어른들께 맥이라도 설명해 줄 수 있게 흐름만이라도 좀 설명해 주십시오. 그 외는 제가 관련 도서들을 찾아보며 다시 알아보겠습니다."

C 교수는 잠시 생각을 가다듬다가 입을 열었다.

"인도문화사를 공부하다 보면 인도 문화형성에 주동적인 역할을 한 종족은 아리안(Aryan)족이라는 걸 알게 될 것입니다. 이 아리안족에 의해 인도는 베다(Veda)의 시대 → 범서(梵書) 시대 → 우파니샤드(Upanisad) 시대를 거치게 됩니다. 우파니샤드 시대 철학의 중심과제는 개인과 우주와의 본질, 또 양자 간의 본질을 고찰하는 것입니다. 개인의 중심생명을 아(我 : atman)라 하고, 이 아를 생명의 근원이라 인정합니다. 우주에 있어서는 중심생명인 범(梵 : Brahman)이 존재하며 일체 현상을 관통하는 원리가 되지요. 뿐만 아니라 범은 우주의 창조신으로서 전체 우주를 지배한다고 믿었지요. 또 범과 아는 본질상 동일하므로 〈아(我 : atman)〉를 알면 〈범(梵 : Brahman)〉을 알게 되어 우주의 생명에도 참여할 수 있다고 했는데, 이 상태가 바로 해탈(解脫)입니다. 무슨 말인지 이해가 갑니까?"

"예. 집에 가서 아리안족의 이동 경로와 각 시대로 넘어오는 과정만 깊이 있게 파악하면 흐름은 알 것 같습니다."

"그럼 되었어요. 자세한 것은 서군이 차후 인도철학사를 읽으면서 파악하세요."

나는 노트에다 간단히 메모하며 또 C 교수를 바라보았다.

"우파니샤드 시대에서는 인간의 행위를 선악의 과보(果報)라고 하는 도덕적인 요구에 의해 규정할 때가 많았습니다. 무슨 말이냐 하면, 전생(前生)의 업(業 : Karma)에 의해 현재의 과보를 규정하고, 현재의 업에 의해 미래의 과보를 예고하는 윤회전생(輪回轉生)의 사상이 발전하면서 인도문화는 경서시대(經書時代)로 넘어옵니다."

"그러니까 바라문교 문화의 제4기가 되는군요."

"그렇습니다. 연대기로는 BC 6백 년에서 2백 년경입니다."

나는 석가가 태어나기 직전이구나 하며 고개를 끄덕였다.

"이 시대는 사성 계급제도, 즉 사제자(Brahamna)·왕족(Ksatriya)·민(Vaisya)·노예(Sudra) 계급에 동요가 일어나 인도 사회는 일대 변혁이 일어납니다. 다시 말해, 그 사회에서는 최고의 지식층이며 엘리트라 할 수 있었던 전통바라문의 세력이 쇠퇴하고 왕족이 지배권을 강탈해 칼자루를 휘두르는 시대가 전개됩니다. 이렇게 사회의 기강과 질서가 무너지자 사상계나 종교계도 신흥세력이 우후죽순처럼 나타나 풍미하게 됩니다."

"원인이 뭐지요?"

"농경업과 상공업의 발달로 새로운 실력자가 등장하기 때문입니다. 종래에는 제장(祭長)이 제단을 만들어 공물(供物)을 바치고 여러 신(神) 중의 어느 일신(一神)을 권청(勸請)하여 현실적인 이익을 기원하던 정치가 지속되어 왔기 때문에 4성 계급제도는 지속될 수 있었지요. 그러나 농경업과 상공업의 발달은 물질적 생활을 풍요롭게 했을 뿐만 아니라 화폐경제를 발전시켜 막대한 부의 축적을 가능하게 했지요. 그리고 공장이 건설되고 교역이 이루어지는 인도 각지의 소도시를 번창하게 만듭니다. 이렇게 소도시가 늘어나고 번창하게 되자 제장에 의한 통치는 한계를 보이기 시작합니다. 통치지역이 광범위한 것도 한 원인이 되지만 각 소도시마다 막대한 부를 축적한 상공업자가 새로운 실력자로 등장해 사제계급까지 무시하며 설치기 때문입니다. 국왕은 이런 현상을 보고만 있을 수가 없어 각 지역의 소도시를 대국에 병합시켜 물리적인 힘에 의한 정치로 인도 사회를 평정시켜 나갑니다. 이같이 물리적인 힘에 의한 정치가 얼마간 지속되자 왕족의 기반과 권력은 막강하게 비대해지고 사제계급은 말이 아니게 세력과 위신이 실추되고 맙니다. 그런데 문제는, 힘에 의한 정치로 인도 사회를 평정시킨 왕족이 계속 사제계급을 받들었으면 괜찮은데, 나중에는 상공업자들처럼 계급제도의 서열마저 강탈해 최고 위치에 올라서게 됩니다. 이때 인도는 극도의 도덕적 빈폐 현상이 일어납니다. 왕족은 사제계급을 밀어내고, 돈만 있으면 노예계급도 우쭐댈 수 있는 사회가 되니 부패하지 않을 수가 없었던 것입니다. 사상계와 종교계도 마찬가집니다. 권력에 아부하는 사상가가 나오는가 하면, 유물론자 · 회의론자 · 쾌락론자들이 나타나 저마다 일가견을 주장하는데, 그중에서 가장 유명한 것은 육사외도(六師外道)라 볼 수 있지요…….”

C 교수는 목이 타는지 물을 한 컵 마신 후 계속했다.

“육사외도란 아지타 케사캄바라(Ajita kesakamla) · 산자야 베라티푸타(Sanjaya Velattiputta) · 막카티 고살라(Makkhali Gosala) · 파쿠타 캇챠야나(Pakudha Kaccayana) · 푸라나 카사파(Purana Kassapa) · 니칸타 나타프타(Nigantha Nataputta) 등을 말합니다. 그 중 아지타는 지(地) · 수(水) · 화(火) · 풍(風)의 4원소(四元素)를 내세우며 인간은 이 4원소로 구성되어 신체의 파멸과 함께 소멸한다고 설파했지요. 다시 말해, 이 지구상의 모든 만물은 이 유물론적 요소 즉, 지 · 수 · 화 · 풍의 요소에 의해 형성되는 것이라고 보는 견해로써 인간생활에 있어서 5관(五官)의 향락만을 목적시했지요.

그러나 산자야는 인식의 객관적 타당성을 부정하는 불가지론(不可知論:Ajnanavada)을 주장했고, 막칼리는 생존하는 것의 구성요소로 영혼 · 지 · 수 · 화 · 풍 · 허공 · 득 · 실 · 고 · 락 · 생 · 사의 12종을 늘어놓으며 그것을 실체시 했습니다. 그리고 업에 의한 윤회를 부정하며 무인론을 강력히 주장했습니다. 또 파쿠타는 지 · 수 · 화 · 풍 · 고 · 락 · 명아(命我)의 7요소설을 내세웠어요. 이처럼 인도 사회에는 사회적 변혁과 더불어 갖가지 사상들이 나타나게 되는데, 이러한 사상들을 대변하면 크게 두 가지로 나눌 수 있지요. 바라문교의 우주관인 창조설(전변설轉變說이라고도 부른다.)은 우주의 근본 원리로써 범(梵)을 설정하고, 이것이 전변(轉變)하여 삼라만상이 생겼다고 주장하는 것입니다. 또 일반 사상계의 우주관인 요소설(積聚說이라고도 부른다.)은 우주 최초부터 독립된 다수의 요소(要素)가 있어서 이 요소들이 어떤 일정

한 형식으로 결합해 우주의 모든 것이 생겼다고 주장하는 견해입니다. 말하자면 지·수·화·풍의 여러 요소가 결합하여 일체 세계가 구성되었다고 보는 견해인데, 가령 사람의 경우에는 살덩이는 죽어서 지(地)로 가고, 피는 수(水)로 가고, 기나 정열은 화(火)로 가고, 숨 쉬는 기운이나 그리움은 풍(風)으로 간다고 보는 견해입니다.

인도 사회가 이렇게 양대 사상의 조류에 밀려가고 있을 때 카필라(Kapilavastu) 국의 수드다나(Suddhodana) 왕과 마야(Maya) 부인 사이에 석가가 태어납니다. 그는 인생이 생노병사(生老病死)·우비고뇌(憂悲苦惱)의 대해(大海)에서 허덕이는 것을 관찰하고, 그 고해에서 탈출하여 절대 안락한 생존경지를 찾기 위해 29세 때 출가합니다. 출가 후 석가는 당시의 유명한 선인(仙人)이었던 알라라 칼라마(Alara Kalama)와 우다카 라마푸트라(Uddaka Ramaputra)를 찾아가 수정주의를 닦았으나 만족을 얻지 못해 다시 그들 곁을 떠나 다른 종교적 실천수행방법의 하나인 고행주의를 취하여 6년 동안 세월을 보냅니다. 그러나 그 고행주의 방법도 만족을 얻을 수가 없어 홀로 숲속으로 들어가 보리수나무 아래에서 관상에 잠기다가 깨달음을 얻어 불타(佛陀: 부처)가 되는데, 이때가 35세 때입니다. 성도 후 석가는 바라나시(Varanasi) 교외의 녹야원(鹿野苑)에 가서 전에 함께 고행하던 카운디누야(Kaundinya) 등 5인에게 처음으로 설교하여 그들을 교화시킵니다. 그리고 당시의 풍미하던 사상을 버리고 새로운 사상을 혁신적으로 수립하여 불교사상을 정립했습니다. 그런데 사람이 죽으면 화장을 하는 것은, 요소설의 영향을 받아 인간의 몸뚱이를 원래의 요소 즉, 지·수·화·풍의 여러 요소로 되돌려 보내고 혼은 연기와 불꽃을 태워(昇) 승천시키도록 하는 사상이 다비사상의 골간을 이루고 있습니다. 이해가 갑니까?"

"결국 다비사상은 인간을 두 번 죽이는 것이 아니라 혼이 떠난 인간의 육체를 빨리 제 요소로 돌려보내는 의식이군요. 그리고 영혼은 연기와 불꽃을 태워(昇) 승천시켜 윤회사상에 따라 망자의 혼(魂)에게 새로운 내세(來世)의 삶을 기원하는 것이고요……."

C 교수는 자신의 강의 내용을 정확히 이해했다면서 고개를 끄덕였다.

이튿날, 나는 C 교수의 개별 특강 내용을 정리해서 다시 고향으로 내려왔다.

아버지는 내가 정리해 온 자료를 읽고 난 후 지긋이 어금니를 깨물었다.

"문제는 우리의 용단이다……."

"뭘 말입니까?"

"종전 우리들의 고정관념은 화장을 두 번 죽이는 행위로 인식하고 있었기 때문에 경원하고 있었다. 그런데 근본을 알고 보니 화장을 하느냐, 매장을 하느냐는 그렇게 고심할 필요가 없을 것 같다. 네 생각은 어떠니?"

"저도 매장을 하느냐, 화장을 하느냐는 그렇게 중요하지 않다고 봅니다. 문제는 어떤 정신과 세계관으로 조상의 시신을 수습하느냐가 더 중요하다고 봅니다……."

"이젠 일을 좀 서둘러보자."

아버지는 이튿날부터 삼촌과 같이 선산을 알아보러 다녔다. 지성이면 감천이라는 말이 있듯, 아버지의 그런 노력은 동네의 어른들에게도 널리 알려져 이웃까지 돕고 나섰고, 생각보다 쉽게 실마리가 풀어지기 시작했다. 아버지의 죽마고우인 기범 씨가 아버지를 찾아온 것이다.

"이보게. 그곳은 정말 좋은 곳이네……. 지목(地目)도 묘지로 나 있어 그냥 터만 잡으면 된다네."

"어디, 그런 데가 있더냐?"

"딱실못에서 북쪽으로 한참 올라가는 곳인데 묏자리로는 그만한 자리가 없을 걸세. 좀 악산이라서 그렇지."

"우선 한번 가보기나 하세."

아버지는 기범 씨와 함께 택시를 타고 두류골로 갔다. 우리 집에서 약 20Km 정도 떨어진 두류골은 안골짝까지 차가 들어갔다. 그러나 기범 씨가 말한 묏자리까지는 택시에서 내려서 1시간 정도 더 걸어가야 닿을 수 있는 위치였다. 나는 아버지를 따라 산길을 걸으며 주위를 살펴보았다. 멀리서 뻗어 내린 고산(高山)을 메고 두 가닥 길게 평야로 내려 뻗은 골짜기에는 오리나무와 소나무가 울창했다. 산줄기 끝에는 일제시대 때 막아 놓은 저수지(딱실못 또는 하곡지)가 바다처럼 넓게 전개되었다. 저수지 옆으로는 영천(永川)과 포항(浦項)을 잇는 28번 국도가 펼쳐져 있다. 국도 양옆으로는 넓은 평야가 전개되었는데, 나는 넓게 퍼져나가는 평야 끄트머리에 안강읍(安康邑)이 있고, 읍에서 들길을 따라 동쪽으로 들어가면 우리 집이 있다는 것을 가늠할 수 있다.

지금의 선산에 비하면 산의 경사도나 교통편 등이 많이 뒤떨어졌다. 그러나 100년이나 200년 후를 생각하면 이만한 자리도 없을 것 같은 생각이 들었다. 우선 산 아래에 저수지가 있어 공업단지나 주택단지가 들어설 전망이 없다. 산의 경사도가 몹시 가팔라서 목장이나 임업시험장으로 재개발될 소지도 없다.

저수지의 한쪽 못 둑을 타고 산을 향해 1km쯤 걸어 올라왔을 때 기범 씨가 "여기네……." 하면서 아버지를 불렀다. 아버지와 나는 주위를 유심히 살펴보았다. 흙도 좋고, 양지바르고, 바람 소리도 들려오지 않았다. 병풍을 치듯 자옥산(669.9m)·삼성산(591.5m)·성산(244.4m) 같은 높은 산이 북쪽을 막고 있어서 잠시 서 있는데도 아늑한 느낌이 밀려왔다.

"어떤가?"

기범 씨가 땀을 닦으면서 물었다.

"좋으네! 어째, 이런 곳을 다 남겨 두었을까? 그저 꿈만 같네그려……."

아버지가 저수지를 바라보며 감탄했다.

"이 사람아, 마음에 들면 어서 내려가서 계약이나 하세. 이 산도 사실은 산주(山主)가 이민을 가게 돼 나온 산이지, 그렇지 않으면 이만한 산이 나올 턱이 있는가?"

아버지는 그저 흥분해서 고개만 끄덕이며 서 있는데 기범 씨가,

"하나 흠은 산줄기가 가팔라서 실제 묘를 쓸만한 곳은 몇 군데 안 되는데 그래도 괜찮겠는가?"

라며 다시 아버지의 의중을 물었다. 아버지는 좁은 것은 차후 문제이고, 지목이 묘지로 나와 있다는 그 한 가지 사실만으로도 만족한다며 나선 김에 산주를 찾아가 계약했다. 그리고 미제(美堤)로 들어가 종조부님을 모시고 나와 조언을 들으며 〈○○서씨 문중 묘원〉을 만들기 시작했다.

가파르고 나무가 울창한 산이었으나 20여 명의 산역꾼들이 달라붙어 한 달 동안 땀을 흘리고 나니까 훌륭한 문중묘지 하나가 조성되었다. 거기다 비각과 재실을 세우고 도래솔까지 이식해 사방사업을 끝내려면 앞으로도 많은 인력과 시간이 필요했다. 그러나 우선 이만한 자리에다가 묘지를 마련해 발등에 떨어진 불을 끌 수 있다는 사실 하나만으로도 아버지와

나는 기뻤다. 또 우리 식구와 문중의 많은 후손들이 일생을 다 살고, 이곳에 와서 유택을 마련해도 몇백 년 후까지 묘지가 없어서 고심할 필요가 없다는 생각을 하니까 마음 한구석이 그렇게 여유 있게 느껴질 수가 없다. 그러나 화장을 해야 한다는 사실이 할아버지 귀에 들어가면 집안이 또 시끄러워질 수 있다는 염려 때문에 아버지는 사실 새 묘지 조성작업도 조용히 끝마쳤다…….

그런데 미제 종조부님이 이장 방식에 대해서 어떻게 설명을 드렸는지 할아버지는 화장을 한다는 사실에 대해서는 별말씀이 없으셨다. 산세와 토질, 주변 경관에 대해서만 관심을 보이시며 어서 올라가서 봉분이나 열자고 했다.

아버지와 나는 위기를 피하듯 얼른 자리에서 일어나 산길을 걸었다. 선산의 중턱쯤 올라갔을 때 먼저 도착한 산역꾼들이 다가와 인사를 했고, 차일을 쳐놓은 모습이 보였다. 아버지는 두 종조부님과 할아버지가 도착하자 산역꾼들이 진설해 놓은 제상 앞에서 향을 피우며 식전에 써 놓은 축문을 종조부님께 넘겨드렸다. 그리고 거동이 불편한 할아버지를 대신해 제주가 되어 술을 치고 절을 올렸다. 이때 제상 옆에 섰던 미제 종조부님이 낭랑한 목소리로 축문을 읽었다

"유 세차 갑자 4월 을미삭 5일 기해 ○○서우달 감소고우. 토지지신 금위 ○○서성환 택조불리 장개장 우차. 신기보우 비무후간 근이청작포해지천우신 상 향(維 歲次 甲子 四月 乙未朔 五日己亥 ○○除于達 敢昭告于 土地之神 今爲 ○○徐成煥 宅兆不利 將改葬 于此.神其保佑 俾無後難 謹以淸酌脯蟹 祗薦于神 尙 饗)"

나는 이때 숙부님 뒤에 서서 미제 종조부님이 읽고 있는 축이 무슨 뜻이냐고 물었다. 숙부님은 "에이 이놈! 대학원에 다닌다는 놈이 그걸 모르면 우야노?" 하면서 알기 쉽게 설명해 주었다.

　"갑자년 음력 4월 초닷새 ○○서씨 ○○대손 우달이가 토지지신에게 감히 밝게 고합니다. 이제 ○○대조 할아버지의 유택이 불리해서 개장을 하려 합니다. 그래서 산신께 맑은 술과 포해로써 공경하오니 산신께서는 도와주소서."라는 뜻이라고.

　"너희들도 절하여라."

　축이 끝나자 삼촌이 말했다. 아버지 뒤에 고개를 숙이고 있던 아랫대는 할아버지가 술을 치고 난 다음 따라서 절을 했다.

　아버지는 산신제가 끝나자 선산의 최상석에 있는 8대조 할아버지 묘소로 갔다. 삼촌과 종숙부님은 아버지를 도와 다시 제상을 차렸다. 제상을 차리는 법은 힘들면서부터 쭉 봐 왔는데도 진설도(陳設圖)가 없으면 어떻게 제물을 놓아야 할지 헛갈리기만 했다. 그런데도 삼촌과 종숙부님은 서두동미(西頭東尾)・생동숙서(生東熟西)・홍동백서(紅東白西)・조율이시(棗栗梨柿) 가례(家禮)에 따라 제물을 척척 내놓았다.

　제상이 다 차려지자 아버지는 또 향을 피우고 술을 치며 강신(降神)을 한 뒤 재배했다. 그때 축을 들고 섰던 미제 종조부님이 홈홈, 기침을 세 번 한 뒤 북쪽으로 꿇어앉아 독송했다.

　나는 다시 숙부님의 허리를 찔렀다. 숙부님은 이 기회에 단단히 들어두라며 낮은 목소리로 설명해 주었다.

　"갑자년 음력 4월 초닷새 ○○서씨 ○○대손 우달이가 8대조 할아버지에게 감히 고합니다. 할아버지를 이곳에 부장(祔葬)했는데 다른 근심이 생겨 장차 묘혈을 열어 다른 곳으로 옮기려 합니다. 할아버지께서는 결코 놀라거나 움직이지 마소서. 이에 정성 들여 주과포해를 펴놓고 술을 올리니 흠향하소서."라는 뜻이라고.

숙부님으로부터 그런 설명을 들으면서 나는 우리 선조들이 죽은 조상도 살아있는 것처럼 극진히 봉양해 온 모습을 볼 수 있다. 유교 사상의 영향으로 그런 관념이 몸에 배었다고 생각되는데, 할아버지 세대는 비록 부모가 타계했다 해도 영원히 죽는 것이 아니라 단지 주검만 평소 살던 집에서 멀어져 산으로 옮겨 졌을 뿐 혼은 언제나 살아서 같이 있다고 믿고 있는 것 같았다. 그래서 우리의 선조들은 매장법이 최상의 장례법이라고 믿어왔던 것 같았고, 할아버지는 아버지가 선산을 내어주자고 할 때 그토록 펄쩍 뛰면서 분노했구나 하는 것을 알 수 있다. 그리고 그동안 할아버지가 느낀 내적 고통이 얼마나 극심했다는 것도 어렴풋이 느낄 수 있을 것 같다.

결국 할아버지와 아버지, 그리고 손자인 나 사이에 일어났던, 묘지로 인한 갈등은 효심의 차이에서 일어났던 갈등이 아니라 우주와 인간과의 관계를 바라보는 세계관의 차이가 빚어낸 갈등이라는 생각이 들었다. 왜냐하면 나의 입장에서도 아버지가 돌아가시면 내가 주도적으로 장례를 치르는데, 그때 주검만 산으로 옮겨질 뿐 영혼은 언제나 내 곁에 있다고 믿고 있으면 산소에 대한 개념은 지금과는 달리, 확 변할 것이라는 생각이 뒤늦게 밀려왔기 때문이다. 결론적으로 할아버지의 분노는, 나이 잡수신 노인들의 쓸데없는 옹고집도 아니며 낡은 관념도 아니라는 생각이 들었다. 미래를 바라보는 안목과 세계관만 내 또래의 후손들과 교류되고 소통되면 오늘을 살아가는 종형 이하 우리 세대가 소중히 간직해야 할 지조요, 오염되지 않은 정신세계라는 판단이 섰다.

축이 끝나자 입암 종조부님이 다시 술을 치며 절을 했다. 우리도 따라서 절을 했다. 그때 묘 앞에 둘러선 집사자(執事者)와 상주들은 고개 숙여 곡을 했다. 할아버지와 종조부님의 눈엔 그새 눈물이 그렁그렁했다. 아버지와 종숙부님의 눈도 충혈되어 있다. 묵중한 타악기의 여음처럼, 할아버지의 말 한마디에 의해 기계적으로 터져 나오는 곡소리는 할아버지 이하 삼촌 세대까지 가슴을 울려서 슬프게 울려 퍼지는 것 같은데, 종형 이하 우리 세대는 눈물은커녕 가슴이 더 파삭파삭 메말라 가는 느낌이다. 종형과 나는 어른들과 같이 동화될 수 없는 사실에 대해 적잖이 당황했다. 침이라도 찍어 발라 우는 시늉이라도 하기 위해 슬며시 돌아섰다. 그때 할아버지가 제상 앞에서 물러나며 한마디 했다.

"상 물려라."

나는 삼촌을 도와 제상을 물렸다. 할아버지는 그새 괭이를 들고 왔다. 아버지는 할아버지가 들고 온 괭이를 받으려고 했다. 그러나 할아버지는 기어이 손수 파묘하시겠다며 서쪽부터 한 번씩 찍어 흙을 일구어 놓은 다음 산역꾼들을 불러 묘를 열라고 했다.

산역꾼들은 조심스럽게 봉분을 파기 시작했다. 잔디로 잘 치장되어 있는 봉분의 표면은 갑충의 등때기처럼 단단했다. 그러나 한참 파니까 들쥐와 뱀들이 봉분 속으로 드나든 구멍들이 개미굴처럼 뻥뻥 뚫려 있다. 200년 동안 8대조 할아버지의 관을 덮고 있던 흙은 깊게 파내려 갈수록 검은 빛을 띄었다. 윤기도 자르르 흘렀다. 할아버지는 흙을 한 줌 쥐어 비벼보며 젖은 목소리로 숙부님을 불렀다.

"빨리 칠성판 들고 오너라."

아버지는 읍(揖)을 하는 자세로 섰다가 뒤로 물러섰다. 숙부님과 종숙부님이 조심스럽게 칠성판을 들고 왔다. 아버지는 칠성판의 상(上)을 관과 같은 방향으로 놓은 뒤, 깨끗한 창호지를 칠성판 위에 깔았다. 산역꾼들이 삽질을 중단하며 할아버지를 불렀다.

"어르신네요, 관은 다 삭았는데요."

"삭았겠지. 골절(骨節)이 흐트러지지 않도록 조심해서 흙을 걷어내라……."

산역꾼들이 한참 더 흙을 걷어내니까 관이 놓였던 자리가 드러났다. 그리고 무슨 냄새라고 꼭 짚어 말할 수 없는 묘한 냄새가 치솟는 광중에서 사람이 누웠던 흔적이 거무스름하게 나타났다. 나는 이상한 흥분과 신비감을 느끼며 광중을 지켜보았다. 8대조 할아버지의 시신은 이미 진토가 되어 뼈조차 제대로 남아있지 않았다. 두개골은 삭아 뭉그러져서 주먹만 한 크기였다. 앞뒤의 구별조차 힘들었다. 코와 입과 눈의 형상도 없어졌고, 크기도 줄어들었다. 고향 집 뒤란 울타리 밑에 딩굴고 있는 박의 속살처럼 구멍이 뻥뻥 뚫려 있다.

인간의 골절이 200년간 땅속에 묻혀 있으면 어떤 형상으로 변한다는 것을 나는 그때 육안으로 분명하게 목도했다. 그래도 할아버지는 삭아 뭉그러진 조상의 두개골이 무슨 귀물스러운 보물이라도 되는 듯 손으로 집지도 않았다. 버드나무로 만든 젓가락으로 조심스럽게 한 마디씩 집어 올려 칠성판 위에 놓았다. 그리고 뼈라고도 할 수 없는, 흰 섬유질의 각질 같은 골반뼈와 다리뼈를 떨리는 손으로 집어 올렸다. 다리뼈는 삭아 뭉그러져 손가락같이 가늘어져 있다.

"감포(弇布) 가지고 오너라."

할아버지가 말했다. 할아버지의 이마에는 진땀이 흐르고 있다. 달포 가량 두문불출하며 끼니도 제때 드시지 않아 얼굴은 저승꽃이 필 만큼 거무스름했는데, 그 메마르고 껄끄러워 보이는 안면에서 구슬 같은 땀이 뚝뚝 떨어지고 있다. 할아버지는 말수가 없으면서도 당황하고 있는 것이 분명했고, 혼신의 힘을 모아 8대조 할아버지의 유골을 수습하고 있는 것을 확연하게 느낄 수 있다.

종숙부님이 감포를 들고 와 할아버지에게 넘겨주었다. 할아버지는 초석(짚과 비슷한 갈대과의 건초 뭉치)으로 둥근 뼈가 굴러떨어지지 않게 괸 뒤, 두 종조부님에게 칠성판을 들어 올리게 하였다. 그리고는 감포로 칠성판의 상(上) 부분부터 칭칭 감아 내려왔다. 그다음 칠성판의 상하(上下) 방향으로 길게 감포 쳐서, 그 위에다 또 횡포를 쳐 단단히 묶었다.

"저쪽으로 모셔라."

삼촌과 종숙부님이 휘장이 쳐진 차일 밑으로 칠성판을 옮겼다. 아버지는 읍(揖)을 한 자세로 칠성판을 따라갔다. 칠성판이 차일 밑으로 옮겨졌다. 아버지는 준비해 놓은 병풍으로 앞을 가리고 그 앞에다 상을 놓고 전을 차렸다. 그리고는 "아이고오— 아이고오— " 하면서 곡을 했다.

이때도 아랫대 조상의 유택은 할아버지와 두 종조부님, 그리고 종숙부님들이 지켜보는 가운데 계속 파묘되었다. 아버지는 그때도 차일을 떠나지 못한 채 유해를 지키며 곡을 했다.

정오 무렵에는 유택 3기가 더 열려서 유해가 수습되었다. 나는 그때까지 할아버지 쪽과 아버지 쪽을 내왕하며 심부름을 했다. 그때 산역꾼들이 다섯 번째 유택을 파묘했다.

"어르신네요……. 이 봉분은 좀 이상한데요."

정신없이 봉분을 파헤치던 산역꾼들이 삽질을 중단하며 할아버지를 불렀다. 할아버지는 칠성판 위에다 감포를 깔다가 파묘하고 있는 유택 곁으로 다가갔다.

"뭐가 이상하노?"

"물이 찬 것 같심더……."

"뭐라카노! 이 명당 자리에 물이 차다니……."

"아닙니더. 틀림없이 물이 찬 것 같심더. 여기 보이소. 수군포(삽) 끝에 물기가 돌잖아요?"

할아버지의 안색이 금시 싹 변했다. 나도 머리카락이 곤두서는 것 같다. 할아버지는 얼른 꿇어앉아 산역꾼들이 걷어 올린 흙을 한 줌 쥐어짜 보며 부들부들 몸을 떨었다. 틀림없이 물기가 돌았고, 깊이 파내려 갈수록 흙은 더 질척했다.

"야야, 이 할아버지 유택이 와 이렇노?"

할아버지가 질척한 흙 한 줌을 쥔 채 미제 종조부님을 불렀다. 두 종조부님도 놀란 표정으로 흙을 만져보고 있다.

"수군포를 세우지 말고 옆으로 뉘어 흙을 긁어내어라."

입암 종조부님이 산역꾼의 삽을 뺏어 손수 흙을 걷어내었다. 흙은 파내려 갈수록 코를 찌르는 악취를 풍기며 더 질퍽거렸고, 잘 이겨놓은 회분(灰 分)처럼 점도가 높아 보였다.

"이 유택은 관이 삭지 않았심더……."

산역꾼 하나가 당황하는 목소리로 소리를 질렀다. 다른 산역꾼은,

"물에 퉁퉁 불어 있구마는. 아이구우— 냄새야!"

하면서 코를 틀어막았다.

"어허! 이 사람들아. 파묘하면서 그런 말을 하는 법이 아니다."

할아버지가 고개를 홰홰 흔드는 산역꾼을 나무라며 대신 흙을 걷어냈다. 산역꾼의 말처럼 관은 삭지 않은 게 분명했다. 정목(矴木)처럼 물에 퉁퉁 불어 있다. 종숙부님과 나는 새하얗게 질린 표정으로 퉁퉁 불은 관만 지켜보고 있고, 입암 종조부님과 산역꾼들은 합세해서 물이 뚝뚝 떨어지는 관을 평지로 들어 올렸다. 따라왔던 지관이 고개를 갸우뚱하며 광중을 점검했다. 그는 금시 질펀하게 물이 스미는 광중 속을 들여다보며 뭔가 믿어지지 않는다는 표정을 지었다. 수분의 침투를 막기 위해 광중 둘레에 숯으로 벽을 쌓았고, 칠성판 위에도 어느 분묘나 마찬가지로 회벽까지 쳐서 물기가 스며들지 않게 봉분을 만들었는데, 유독 이 유택만 물기가 스민 원인을 지관은 찾아낼 수가 없다고 말했다.

"이쪽으로 오너라."

할아버지가 칠성판을 놓아두었던 자리를 치우며 관을 들고 오라고 했다. 지관이 악취를 못 참아 인상을 찡그렸고, 나는 역한 매스꺼움을 참으며 할아버지 곁으로 관을 들고 갔다. 할아버지는 자리가 깔린 땅 위에다 홍두깨 같은 받침목을 놓고, 그 위에다 관을 놓으라고 했다. 관의 모서리에선 계속 물이 뚝뚝 떨어졌다.

"천막 남은 것 없나?"

"여기 있습니다."

"빨리 그 천막을 이 위에다 쳐라!"

할아버지는 감포 한 자락을 찢어 관의 뚜껑을 닦으면서 천막으로 햇볕부터 가리라고 했다. 종숙부님과 나는 바삐 천막을 쳤다. 천막이 다 설치되자 할아버지는 천막 주위로 휘장도 치라고 했다. 조상님의 관속을 아무나 보지 못하게 막을 심산이다. 천막과 휘장이 다 설치되자 관이 놓인 자리는 금시 임시빈소처럼 햇볕이 가려졌다.

"이 어른 세상 떠난 지가 얼마나 되었지요?"

지관이 종조부님 두 분을 바라보며 물었다.

"우리 증조부 윗대니까 120년은 되었을 걸요."

"관은 무슨 나뭅니까?"

"잣나무 관입니더."

"거, 이상타! 물이 스밀 자리가 아닌데……."

지관은 주머니에 넣어온 쇠(나침판)까지 꺼내 산세를 살펴보며 계속 "이상하다"라는 말만 되풀이했다. 그가 알고 있는 풍수지리설의 지식과 경험으로는 물이 스민 원인을 찾을 수 없다는 표정이다.

"아무튼, 이번 이장은 잘하는 것 같습니다."

지관은 관을 닦고 있는 할아버지를 향해 계속 말을 걸었다. 그러나 할아버지는 이렇다 저렇다 대답 한마디 없이 관을 열 준비만 서둘렀다. 목관은 은정(隱釘 : 나무로 만든 못)으로 단단히 고정되어 있어 손으로는 뚜껑을 열 수가 없다. 할아버지는 삽날로 은정을 박은 네 귀퉁이를 제켜 조심스럽게 관 뚜껑을 열었다.

"야야, 이 일을 우얄꼬?"

할아버지가 관 뚜껑을 들어내며 미제 종조부님을 바라보았다. 미제 종조부님은 금세 표정이 죽은 개발바닥처럼 시커메졌다. 입암 종조부님은 재빨리 할아버지를 부축했다. 할아버지는 그새 얼굴이 새까맣게 타들어가는 안색이다.

두 종조부님과 할아버지를 바라보다 나는 얼떨결에 관속을 내려다보았다. 물이 가득했다. 숨을 틀어막는 듯한 고약한 냄새가 일시에 푹 끓어 오르는 것 같다.

"허허. 이럴 수가……?"

입암 종조부님은 시신이 탈골도 되지 않은 채 물 위에 둥 떠 있는 모습을 보고 무릎을 쳤다. 나는 두 종조부님과 할아버지를 지켜보며 붙박인 듯이 서 있다. 움직이기만 하면 역하게 밀려오는 고약한 냄새에 질려 토할 것 같다. 머리칼과 배꼽이 선연하게 드러나는 시신의 아랫배가 흐리터분한 시즙(屍汁)에 잠긴 채로 동공을 찔러왔다. 부패해서 허물어지다 만듯한 허벅지 쪽의 깊은 살과 반쯤 드러난 뼈 사이로 칡넝쿨처럼 얽혀있는 수의가 심한 매스꺼움을 불러오며 명치뼈 밑을 짓눌러 댔다. 고통스러웠다. 나는 입을 틀어막으며 돌아섰다.

"다시 관을 덮어라."

미제 종조부님의 어깨를 짚은 채 잠시 현기증을 쫓고 있던 할아버지가 말했다. 입암 종조부남이 다시 관 뚜껑을 덮었다. 악취는 뚜껑을 덮었는데도 계속 치솟았다.

"곡이라도 좀 해라."

할아버지가 두 종조부님께 말하고 천막을 나갔다. 두 종조부님이 관 앞에 엎드려 곡을 했다. 나는 밖으로 나갈 수도 없어서 같이 곡을 했다. 산신제를 지낼 때만 해도 눈물이 나오지 않아 애를 먹었는데, 이제는 지독한 냄새와 상황에 질려 눈물이 저절로 나왔다. 그리고 끝도 없는 두려움이 슬금슬금 밀려오며 아랫도리가 후들거렸다.

풍수지리설은 과연 어디까지가 진실일까? 선친들이 신앙처럼 믿어온 그 초자연의 세계를 부정하고 싶은 생각은 없다. 그러나 누선을 마구 쑤시는 듯한 악취를 맡고 있으니까 자꾸 우리 문중의 옛일이 떠오르고 배신감이 끓어올랐다.

나에게는 6대조가 되는 할아버지가 세상을 떠났을 때만 해도 우리 문중은 영남의 명문대가로 손꼽혔다. 그런 문중의 큰집이 가친 상을 당했을 때 5대조 할아버지가 치른 장례식은 어떠했을까? 재력도 있고 권세도 있을 때여서 이름 있는 지관을 불렀을 것이고, 또 초빙되어 온 지관은 자신의 지식과 경험을 총동원해서 묏자리를 보아주었을 것이다. 그런데 그 묏자리는 수중 유택이 되어 있다. 이런 사실을 모르는 5대조 할아버지는 선친의 유택을 잘 썼다는 주위의 칭송을 받으며 평생 긍지감 속에서 살았을 것이고, 계속 번창하는 우리 문중을 눈여겨본 이웃들은 "명당에다 조상을 모셨기 때문에 복을 받아 그렇다."라며 그들 나름의 상식과 상상력으로 유추해석을 내렸을 것이다. 할아버지는 윗대 할아버지들로부터 구전되는 그런 이야기들을 성묘 때 이따금씩 해주셨으니까 말이다. 그러나 120년이 지난 지금, 유택을 파보니까 시신은 탈골조차 되지 않은 채 물 위에 붕 떠 있다.

이건 어찌 된 사연일까? 당시 초빙된 지관이 이름만 높았지 반풍수였다는 말인가? 아니면 실수를 했단 말인가? 두 종조부님의 곡소리는 바로 이런 안타까운 사연을 담고 있는 것 같아 나에게는 더 슬프게 들렸다.

"좀 비켜라 보자."

할아버지가 다시 천막 안으로 들어오며 나를 물러서게 했다. 할아버지는 산역꾼을 시켜 관을 하나 들고 왔고, 집에서 준비해 온 솜과 목면포(本綿布)를 몽땅 다 가지고 왔다.

"이것 좀 깔아라."

할아버지가 들고 온 비닐을 나에게 건네주었다. 나는 관 옆에다 두꺼운 비닐을 판판하게 깔았다. 그때 재실로 내려갔던 종숙부님이 고무장갑을 한 켤레 들고 왔고, 할아버지는 그 고무장갑을 끼고 버드나무 젓가락에다 솜과 목면포를 감아 관속의 시즙을 찍어내기 시작했다.

시즙을 뒤적거리자 악취가 또 진동을 했다. 나는 매스꺼움을 참기 위해 턱뼈가 어그러질 만큼 어금니를 깨물었다. 나도 모르게 진땀이 흘렀고, 콧구멍에서 쏴한 바람이 이는 것 같았다. 세상에 태어나 이보다 더 지독한 냄새는 맡아 본 적이 없다. 그런데도 할아버지는 싫은 내색 한번 보이지 않으시며 걸쭉한 시즙 속에 잠겨 부패하다 만 6대조 할아버지의 시신을 차분히 건사하고 계셨다.

나는 슬그머니 천막을 빠져나와 바람이 잘 통하는 나무 그늘 밑으로 자리를 피했다. 할아버지를 도우려고 해도 치받는 구역질 때문에 견딜 수가 없다. 아버지와 종숙부님은 나를 몹시 못마땅하게 생각했다. 6대조 할아버지가 나를 낳은 부모라고 생각하면 구역질이 웬 말이며, 내가 만약 물이 찬 그런 관속에 갇혀 있다면 살려 달라고 아우성이라도 치지 않았겠느냐면서 파묘해 놓은 유골이나 지키라고 했다. 그리고 아버지는 나 대신 할아버지 곁으로 다가가, 보기만 해도 두렵고 끔찍한 6대조 할아버지의 시신을 새 칠성판에다 옮겨 소렴과 대렴을 끝냈다.

이틀로 계획했던 이장은 첫날 사흘로 연장되었다. 매장한 지 100년 미만의 유택은 시신이 완전히 부패되지 않아 칠성판만 쓸 수가 없다. 모두 소렴과 대렴을 해서 관을 써야만 되었다. 또 분묘를 열 때마다 이변이 일어나는 통에 어른들은 깜짝깜짝 놀랄 때가 많았다.

어느 할머니는 관속에 물도 괴지 않았는데 시신이 부패되지도 않았다.

어느 할머니는 음지식물처럼 머리카락이 새로 돋아 관을 메우고 있다. 나는 사흘째 되는 날엔 숫제 유택을 파헤치는 근처에도 못 갔다. 완전히 탈골되어 뼈만 남았을 것으로 예상했던 유택들이 기현상을 보이니까 정신적으로 충격을 받고 만 것이다. 나는 이장도 끝마치기 전에 쓰러져 심한 고열과 악몽에 시달렸다.

어른들은 일주일 만에 집으로 돌아왔다. 사흘로 계획했던 이장은 닷새나 연장되었다. 그래도 어른들은 구토 한 번 하지 않고 그 끔찍스럽고 비위생적인 일을 말끔히 끝냈다. 나는 그때서야 큰일을 하는 데는 어른들이 꼭 있어야 한다는 말을 뼈저리게 실감했다.

이장을 마치고 어른들이 집으로 돌아오자 집안은 시신이 부패하는 냄새가 등천을 했다. 나는 또 구토에 시달리기 시작했다. 여태껏 재실에서 먹고 자며 이장을 했기 때문에 집에는 그런 냄새가 없었는데, 식구들이 다 모이니까 집안마저 악취가 치솟았다. 나는 왝왝 토하면서도 이장 때 입었던 겉옷과 속옷을 벗어 태우라고 외쳤다. 나의 아우성에 어른들이 입었던 속옷까지 몽땅 불태워도 주검의 냄새는 사라지지 않았다. 나는 방마다 향을 피우며 난리를 피우듯 왝왝 구역질을 해댔다.

주검의 부패된 냄새는 한 보름쯤 지나니까 집에서 사라졌다. 아버지와 어머니는 한바탕 몸살을 앓고 나서야 기력을 회복했다. 목소리도 밝아지고, 이따금 웃으시기도 하고, 어느 때는 막 부화를 끝내고 나온 병아리와 친구가 되어 한참씩 해바라기도 하고……. 하지만 나는 의사로부터 한 달간 공부도 하지 말고 정양을 하라는 지시 때문에 학교마저도 결강했다. 집에서 보약을 먹으면서 빈둥빈둥 놀고 있는데도 머리는 늘 무거웠다.

제일 지성으로 시신을 수습한 할아버지는 그때까지도 일어나지 못하고 누워 계셨다. 그 통에 할머니는 덩달아 기력이 없고, 집안은 늘 우울했다. 할아버지는 이번 이장으로 인해 큰 병을 얻었다. 곤히 주무시다가도 벌떡 일어나셨고, 어느 날은 헛소리를 하시면서 아버지를 찾고, 어느 때는 콩죽 같은 땀을 흘리며 물을 달라고 외쳤다.

대고모님과 할머니는 부패된 시신이 내뿜는 고약한 냄새를 너무 많이 맡아서 병을 얻었다고 했다. 또 삼촌과 종숙부님은 "잘 탈골되어 진토로 변했으리라 믿었던 6대조 할아버지의 유해가 물에 잠겨 있고, 4대조 할머니는 난데없는 새까만 머리카락이 관을 메우고 있는 것을 보고 놀라서 그렇다."라고 했다. 아버지와 삼촌은 할아버지의 병이 정신적인 심화(心火)일 것이라고 추측했다. 이장의 후유증은 새로운 근심으로 변해 집안 식구들을 괴롭혔다.

할아버지가 한 달이 넘도록 일어나시지 못한다는 소식을 듣고 은하 종조부님이 시골에서 나오셨다. 이장 때는 기침이 심해 거동도 못하시던 분이 그간 좀 차도가 있었던 모양이다. 하룻밤을 집에서 묵은 은하 종조부님은, 이튿날 오전 아버지를 붙잡고 새로 마련한 선산으로 가자고 했다. 아버지와 나는 어쩔 수 없이 은하 종조부님을 모시고 선산으로 올라갔다.

문중묘지는 그사이 비가 두어 번 내려서 제법 푸른 기운이 돌았다. 시들었던 잔디는 살아나고, 잔디 위에 보기 흉하게 얹혀 있던 붉은 흙덩이들도 빗물에 씻겨 내려앉고, 묘지 둘레에 이식해 놓은 도래솔과 활엽수도 지기(地氣)를 받으며 싱그러운 빛을 띠었다.

"후유 ―."

말없이 묘지를 둘러보던 은하 종조부님이 길게 한숨을 내쉬었다. 억장이 무너진다는 표정이다. 비탈진 산을 계단식으로 축을 쌓아 바둑판처럼 구획해 놓은 것도 전통적인 선(線)의 맥락에서 벗어나 거부감을 자아내지만, 그보다도 봉분도 없는 평분식 묘지에 오밀조밀 비석만 서 있는 듯한 문중묘지가 도무지 마음에 들지 않는다는 인상이다.

"야들이 조상 산소를 가지고 장난을 쳐도 유분수지, 이 무슨 날벼락 맞을 짓을 해놨노……."

은하 종조부님은 아버지를 후려 팰 듯 지팡이를 휘두르며,

"이놈아! 조상의 유택을 이따구로(이 모양으로) 맨들어 놓고도 후환이 없을 줄 알았나? 형님 편찮으신 것은 너희 젊은것들이 조상 유택을 가지고 장난을 쳤기 때문에 혼령들이 노해서 그렇다. 순, 후레자식 같으니라구……."

이만큼 떨어져서 은하 종조부님과 아버지를 번갈아 쳐다보며 나는 어이없이 웃고 말았다. 불같은 성질을 못 참아 회갑을 넘긴 조카에게 "이놈아, 저놈아!" 하면서 욕설을 퍼붓는 은하 종조부님의 성정도 보기 딱하지만, 혼령들이 노해서 우리 할아버지가 편찮으시다는 해석에는 그저 기가막힐 뿐이다. 그리고 돌아가신 지 100여 년이 지나도 진토가 되지 못한 채 물에 퉁퉁 불어있던 조상님의 유해들을 잘 건사하여 살덩이는 지(地)로, 시즙은 수(水)로, 고약한 냄새와 치솟는 악취는 풍(風)으로 보내드리며 뒤늦게나마 윤회전생의 새로운 내세(來世)를 기원한 아버지가 졸지에, 후레자식이 되었다는 사실이 되게 억울해서 옆에 사람이라도 있다면

"우리 아버지가 정말 후레자식입니까?"

하고 물어보고 싶어 절로 입이 간질간질했다. ●

〈학산문학 1992년 겨울호〉

작가의 말

　지난 1976년 중편소설 〈갱(坑)〉으로 제11회 세대신인문학상을 수상하고 문단에 등단한 후 14년간 국내 문예지에 발표했던 중·단편소설 7편을 간추려 1996년에 첫 소설집 《갱(坑)》을 묶었다.

　물론 첫 소설집을 묶기 전에, 북한연구신서 《북에서 사는 모습(북한연구소, 1987)》과 《인민이 사는 모습(자료원, 1994)》 1·2권, 장편소설 《퇴함(자료원, 1995년)》 1·2권을 먼저 펴내느라 문예지에 발표했던 작품들을 간추려 소설집을 묶을 여유도 없었지만, 사실은 원고료가 들어오는 신문사나 잡지사의 청탁원고, 그리고 내가 몸담았던 직장에서 매일매일 기계적으로 써내야 했던 방송 논설과 신문사 특집 기사 따위에 밀려 소설집 묶는 일은 매양 차일피일 미뤄지기 일쑤였다.

　그렇게 미적거리며 살아오는 사이에 많은 세월이 흘렀다. 첫 소설집은 그나마 등단 14년 만에 묶었는데, 이번에 펴내는 두 번째 소설집은 첫 소설집을 펴낸 뒤 34년 동안 문예지에 발표했던 중·단편소설과 미발표 신작 한 편을 보태 총 8편으로 소설집을 묶어야 할 형편이라 나름으로는 꼭 코로나-19에 걸려 돌아오지 못할 강을 건너간 초등학교 동기생들처럼 죽을 준비를 하는 작가의 소설집 같은 느낌이 들어 한동안 심한 정신적 갈증에 휩싸이기도 했다.

두 번째 소설집을 묶을 시기를 너무 미뤄버렸다는 게 가슴 아팠다. 여기저기 내갈기듯 발표만 해놓고, 그 글을 쓴 작가가 챙기지 않으면 꽁트, 장편(掌篇)소설, 단편소설들은 거진 유실되기 일쑤다. 물론 발표한 매체가 종간이나 폐간되지 않고 건재하면 괜찮겠지만 처음 창간할 때는 천년만년 장구할 것 같은 문예지나 일반 매체들도 변화무상한 세월 앞에서는 일엽편주에 불과할 뿐이다.

거기다 200자 원고지에 글을 쓰다 컴퓨터 시대로 넘어오면서 외부 바이러스 감염이나 범죄형 해커들이 의도적으로 침입해 컴퓨터 내부 주요 자료들을 암호화해놓고 그 암호를 풀 수 있는 키를 주겠다면서 고액을 요구하는 랜섬웨어(ransomware) 국제범죄집단의 농간에 나는 두 번 당했다. 그 통에 완성해 놓은 장편 한 편과 여러 편의 소설들을 저 아득한 옛날, 계백 장군이 황산벌전투를 앞두고 자기 부인과 자식들을 적군의 칼에 죽임을 당하지 않도록 하기 위해 자기 칼로 죽여주고 전장으로 달려가듯 나는 랜섬웨어 국제범죄집단이 5천만 원이라는 거금의 흥정 금액을 제시했을 때 내가 3년 걸려 완성한 장편 1편과 여러 매체에 발표했던 꽁트, 칼럼, 당편

소설, 단편소설들은 피눈물을 흘리며 내 손으로 죽이듯 이 세상에서 사라지게 해야만 했다.

사회적 대외활동을 거의 끊다시피하며 출판사 사무실 한쪽 집필실에 틀어박혀 3년간 매달린 장편 한 편과 그 바쁜 와중에도 원고 청탁을 해주신 분들의 호의를 저버릴 수 없어 수많은 밤을 뜬눈으로 보내며 완성한 단편소설들, 그리고 그 외의 수많은 한글 파일 자료들이 영원히 이 세상에서 사라진다는 것을 생각하면 글을 쓴 작가의 입장에서는 5천만 원이 아니라 1억 원을 주더라도 내가 생산한 글들은 꼭 찾아오고 싶은 심정이었다.

하지만 나는 전 생애를 통해 5천만 원이라는 거금을 만져 본 일이 딱한 번뿐일 만큼 그들이 요구한 금액은 나에게는 천문학적인 숫자였다. 그통에 두 번째 소설집은 더 늦어져 버렸는데 그동안 격은 그런 아픔들을 그누구에게 다 하소연하랴. 그나마 학산문학에 발표한 작품들은 유실되지 않고 고스란히 남아 있어 이번에 작품을 찾아내어 간추리는 데는 별로 어려움이 없었다. 하지만 작품을 다 찾아내 놓고 보니 30년이 넘은 작품도 있어 가슴이 아팠다.

요사이는 옛날식 장편소설보다 경장편이 대세고, 소설집을 손가방이나 백팩에 넣어다니며 짬짬이 꺼내보기 편하게, 판형도 엄청 줄어들었는데 마치 시대를 저버린 사람 모양 오래전에 발표한 작품들로 소설집을 묶는다는 게 요사이 젊은 독자들께 참 미안하다는 생각도 든다. 마치 물간 생선을 파는 생선가게 아저씨처럼 뻔뻔스런 느낌도 들고……

그렇지만 서점가 한 코너에 자리를 차지하고 있는 큰글씨 책들처럼, 돋보기를 끼고 책을 읽는 올드보이 세대들은 그들이 살아온 전성시대를 그려보며 30년 아니라 100년 전의 내용들로 구성된 책들도 즐겨 읽는다는 사실을 나는 최근 우리나라 신소설 시대를 연 작품 20편을 현대어로 편역하면서 터득한 터라 용기를 내어본다.

신선감이 떨어지더라도 아무쪼록 너그러운 눈길로 일별해 달라고 부탁드리며, 졸작이나마 이 글을 해군방송선 피랍 사건 유가족들에게 바친다.

2022년 8월 10일
인천광역시 함봉산 기슭에서
지은이 서동익 드림

묵은 창작 노트를 펼쳐보며

가편집을 끝낸 두툼한 교정쇄가 작가교정을 보라고 나한테 전달되었을 때 나는 350페이지에 이르는 가편집본을 한 장 한 장 넘겨보며 '그때는 무슨 의도로 내가 이런 소설들을 썼을까?' 하고 〈묵은 창작 노트〉를 꺼내 이 소설집에 수록한 소설들의 창작 전 메모 내용을 한 줄 한 줄 읽어 보았다.

이 소설집은 개인적으로는 문단 등단 후 46년간의 작가 인생 전체를 전기와 후기로 나누어 볼 때는 후기 작품세계를 보여 주는 소설집이고, 내용적으로 볼 때는 1990년대 중반 이후부터 2020년대 초반까지 남북한, 즉 한반도의 시간적·공간적 배경과 그 배경 안에서 실존적 삶을 영위한 일반 국민(또는 북한주민)들의 30년간의 삶을 나름대로 짚어보며 소설로 그려 본 작품집이라는 생각이 들었다.

나는 지난 1976년 문단 등단 이후 한국 현대소설문학의 〈반쪽의 문학현상〉과 〈왜소성〉을 발견한 후, 나름대로 이를 극복하는 장편소설을 집필하다 북한 동포들의 일상적 라이프 스타일과 생활용어, 특히 일상생활용어 속의 정치용어, 경제용어, 은어 따위에 막혀 실패했다. 이 문제를 극복하기 위해 직장을 대북전문기관인 자유의소리방송〈전문집필위원〉과 통일부〈학술용역〉, 국방일보〈객원논설위원〉 인천남동신보〈주간 겸 논설위원〉 등으로 옮겨 근무하면서 본격적으로 북한을 연구하기 시작했다.

그런 노력 끝에 〈북에서 사는 모습〈북한연구소, 1987년〉〉, 〈인민이 사는 모습 1, 2권〈자료원, 1996년〉〉, 〈남북한 맞춤법 통일을 위한 사회주의헌법 문장연구〈북방문제연구소, 2007년〉〉, 〈남북한 맞춤법 통일을 위한 조선로동당 규약 문장연구〈북방문제연구소, 2007년〉〉와 같은 북한 관련 연구서를 펴내며 군사분계선 이북의 북한지역을 나의 문학적 공간 속으로 끌어들여 한국 현대소설문학의 〈반쪽의 문학현상〉을 극복하는 데 나름대로 많은 힘을 쏟아왔다. 그런데 이번 소설집에는 그런 노력들이 만들어 낸 작품들을 3편이나 수록할 수 있어 개인적으로는 많은 뿌듯함을 느낀다.

첫머리의 〈대청봉 가는 길〉은 김영삼 정부가 IMF 외환 위기를 불러들여 국가 부도를 선언한 후 우리 국민과 출판계 종사자들이 당해야만 했던 비극적인 수난사를 조명해본 소설이다. 1997년에 발생한 IMF 외환위기 사태는 햇수로 만 25년이 지났건만 아직도 치유되지 않고 있다. 이 사태로 말미암아 나는 개인적으로 내 딸과 아들의 돌반지, 거주지 지방자치단체로부터 구민문화상 수상 때 부상으로 받은 묵직한 황금열쇠까지 나라 빚 갚는 〈금 모으기 캠페인〉에 갖다 바쳤고, 출판사 사옥을 마련하려고 전국 주요 서적도매상으로부터 받아 차곡차곡 모아놓았던 문방구 어음을 죄다 찢어버리며 주거와 출판사 사무공간을 마련하지 못해 남의 집 월세 살이를 10여 년간 더 해야만 되었다.

그런데 이것은 그 시절 나 혼자만 당한 수난사가 아니다. 우리 국민 대다수가 6·25 이후 처음 맞이한 국가 부도 사태로 인해 각양각색의 고통을 겪어야만 했고, 그나마 나는 전국 주요 도시 서적도매상으로부터 받은 〈문방구 어음〉을 인쇄소나 지업사에 다시 배서해서 돌리지 않았기 때문에 어음 액면가의 100% 금액만 손실을 보았다. 그러나 매월 전국 각 소매 서점으로부터 현금으로 들어오는 돈은 출판사 직원과 사무실 월세 주는 데 우선 지급하고, 신간을 출간하기 위해 사들이는 인쇄용 용지대와 제판비, 인쇄비 따위는 서적도매상으로부터 받은 어음을 배서해서 돌려버린 동료 출판사 대표들은 서적도매상으로부터 받을 돈을 못 받아 어음 액면가의 100% 손해를 보았고, 또 자신이 배서한 어음의 액면가를 어음 발행자를 대신해 물어주느라고 또다시 100% 손해를 보아 대다수가 수갑을 차고 붙잡혀 가서 경제범으로 감옥살이를 하여야 했고, 감옥에서 풀려난 뒤는 평생 신용불구자가 되어 현재까지 은행 통장이나 핸드폰 하나 자기 명의로 개설하지 못한 채 살아가고 있다.

두 번째 〈밤길〉은 IMF 국가 부도 사태 돌풍이 남한 전역을 휩쓸고 갈 때 군사분계선 넘어 북한 주민들이 1인 독재자의 명령 한마디에 선택의 여지없이 〈고난의 행군〉을 하며, 식량 배급제가 끊긴 〈미공급 시기〉 2000만 북한 주민들 중 300여 만 명이 초근목피로 생명을 이어가며 기아에 허덕이다 마침내는 식량을 구하려고 이승의 마지막 〈밤길〉을 헤매다 산간 오지 신작로에서, 때로는 동네 어귀 큰길에서 까무러쳐 시체로 굳어

가다 시체처리반 트럭에 통나무처럼 포개져 공동묘지로 실려 간 평안도, 량강도, 자강도, 함경도 지역 주민 아사 참사를 소설로 그려본 작품이다.

북한은 남북분단 이후 아무리 풍년이 들어도 연중 서너 달 정도는 다른 나라에서 식량을 수입해 와야만 2000만 전체 주민이 하루 500~600g 정도씩 식량을 배급받아 생명을 연명해 갈 수 있는 사회주의 경제체제 국가이다. 그런데 1989년 폴란드를 시작으로 동유럽 사회주의 국가들이 줄줄이 붕괴되고, 1991년에는 급기야 소비엔트 연방마저 해체되며 구소련을 종주국으로 한 사회주의 경제체제와 교역은 완전히 중단되고 말았다. 이로 말미암아 북한은 경제적으로 고립된 데다, 1993년 NPT(핵확산금지조약) 탈퇴 선언 후 미국에 의한 경제 봉쇄로 농업 기계를 가동할 석유 및 식량의 수입이 제한되어 농업 생산력은 현저하게 감소하기 시작하였다. 엎친데 겹친 격으로, 1980년대 중반부터 기후변화로 인한 냉해 피해로 수년간 흉작의 고통을 이어오다 1995년 대홍수를 고비로 농지의 대규모 파괴가 겹쳐지면서 마침내는 농민들마저 기아 사태에 내몰리기 시작했다. 그러다 식량 배급 미공급 시기에는 평안도, 량강도, 자강도, 함경도 지역에서 20여 만 명 이상의 아사자가 한꺼번에 속출했다고 북한 당국이 공식적으로 발표했다. 그러나 유엔 인구센서스를 바탕으로 발표한 북한 인구 추계에 따르면, 1996~2000년간 아사자 수는 33만여 명으로 추산되고, 미국 통계청에서는 1995년에서 2000년까지 경제난에 의해 직간접적 영향으로 사망한 북한 인구를 50만 명에서 60만 명으로 추산하고 있다. 탈북한 고 황장엽 씨의 회고록에는 당시 아사자 수를 300만 명으로 기록하고 있다. 물론 황장엽 씨는 5~6년 이상 기아의 고통에 허덕이다 그에 뒤따라 찾아오는 다른 합병증에 그대로 노출되어 각 세대마다 죽어 나간 전체 인민들의 주검까지 포함하지 않았나 하는 추론이 뒤따르고 있으나 이때도 북한은 인도적 차원에서 우리 정부가 북한에 지원한 곡물 중 일부를 은밀히 중국 등 제3국으로 빼내어 핵 개발 자금을 마련한 사실이 한때 뉴스를 타곤 했다.

세 번째 〈걸신〉은 인간의 원초적 욕망과도 같은 〈식탐〉과 〈물질적 탐욕〉을 주인공의 내면세계와 연계시켜본 소설이다. 이 소설에서 주인공은 20세기가 다 저물어가는 1999년 12월 27일 자신의 지병을 치료하기 위해 정산 박사가 지도하는 단식수련원에 들어간다. 이때 주인공은 자연연령이 51세며, 인생의 최전성기를 살아가고 있다. 스물여덟에 소설가로 등단해 몇 권의 북한연구신서와 소설집도 펴냈고, 서울에서 소설가로, 북한전문가로 사회적 우대를 받으며 국방부 산하 기관에서 국방장비 표준규격 제정관으로, 또 공채 1기로 합격하여 〈자유의 소리 방송〉에서 북한 전문 집필위원과 논설위원으로 오랜 기간 재직하다 나이가 더 들기 전에 자립해야겠다는 욕망으로, 자신을 문단에 등단시켜 준 도시로 내려와 지역 신문사와 출판사를 설립해 대표자 겸 주간으로 바쁘게 살아가고 있다. 가정적으로도 아내와 함께 아들딸 낳아 잘 키우며 그런대로 안정적인 생활을 하고 있다.

그러나 이것은 어디까지나 겉으로 보여지는 주인공의 모습일뿐이다. 속속들이 들여다보면 주인공은 1980년 11월 아주 노총각이라 할 수 있는 서른셋에 결혼해 서른다섯에 첫딸을 받았고, 서른여덟에 아들을 얻어 당시 자식들은 아직도 한참은 어린데, 그 자식의 울타리가 되어주어야 할 주인공은 육체적으로 간암으로 진행되는 과정 중에 나타나는 알코올성 간염과 지방간을 앓으며 하루하루를 몹시 고단하게 살아가고 있다. 그런데도 꽉 찬 일정 속에 묶여서 낮잠 한번 마음 놓고 잘 수 없는 형편이다. 격주간으로 펴내는 지역신문 발간일이 다가오면 거의 4~5일은 밤을 새다시피 원고를 써야만 대판 12면의 지역신문이 발간될 수 있었다. 그런 와중에도 지역의 주요 현안과 개인적 이권 쟁취를 위해 보도를 의뢰하려는 주민들이 찾아와 일주일에 3~4일은 술판에서 헤어날 수 없는 나날을 보내야만 했다. 업무량을 좀 줄이기 위해 직원을 더 충원하면 그때부터는 사원들 월말 급여 맞춰주기와 한 달에 두 번 발간하는 신문제작비용 마련하기가 천 근 무게로 어깨를 짓누르는 데다, 늘 관할지부 안기부 직원과 경찰서 형사들의 동향보고 인물군 중의 한 사람이어서 주인공 자신도 모르게 "제에미, 씨팔!" 하는 욕설이 저절로 튀어나오는 날이 비일비재했다. 주인공은 작중에서 "울고 싶고, 어디론가 꺼져버리고도 싶다."고 중얼거린다. 그러다간 '내가 오늘을 만들기 위해 얼마나 긴긴날을 헐떡거리며 달려왔는데……' 하는 족적의 무게감에 도로 짓눌려 더 새로워지고, 다시 태어나고 싶고, 현재보다 매사를 더 탁월하게 처리해 나갈 수 있는 입신의 경지에까지 다다르고 싶은 욕망에 사로잡혀 한 달여의 고뇌 끝에 단식수련원에 입원하기로 최종 결단을 내리며 가족들과 이별하는 이야기로 소설은 시작된다.

네 번째 〈아버지의 정인〉은 10여 년 전에 시작해 작품을 거의 다 써놓고, 작가의 손에서는 더이상 손댈 수 없는 작품 속 희생자 유가족의 사회적 문제를 '시간을 두고 좀 더 고민해보자.' 하고 수년간 고뇌하다 최근에야 마지막 방점을 찍은, 200자 원고지 250매 분량의 미발표 중편이다. 미발표작이라고는 하지만 작품 속 시간적 배경이 1970년부터 1990년대까지 30년간 이어지고, 공간적 배경은 사건이 발발한 연평도 해상과 그 사건의 희생자와 유가족들이 살고있는 한반도 전역에서 유엔 본부가 있는 미국까지 뻗어 나간, 조국광복 후 현재까지 계속되는 남북분단의 고통을 내부자 시각에서 그려본 소설이다.

이야기는 1970년 6월 5일 오후 1시경, 연평도 해상에서 어로작업 중이던 민간어선들을 보호하다 안개 낀 북쪽 바다 저편에서 NLL(북방한계선)을 몰래 넘어와 우리 어선을 보호 중인 해군방송선을 향해 불시에 포격을 가해 승조원 20명 전원을 사상하게 한 후 그 시신과 방송선 선체를 북으로 끌고 간, 이른바 〈해군방송선 피랍 사건〉의 전모와 남쪽에 남은 피랍자 유족들이 아무런 예고도 없이 받아들여야만 했던 실존적 고통을 관계자 입장에서 계속 지켜본 작품이다.

이 소설은 7.27 휴전협정 체결 이후 남북 간 교전이 수차례 발발한 서해 연평바다의 자연적 특성과 조선조 인조 14년 연간에 김경업 장군에 의해 조기잡이 어로법이 개발된 이후 330여 년간 전승돼 오던 〈조기파시어장〉 진풍경을 목격자가 작중에서 진술하고 있어 NLL(북방한계선)이 그어지기 전, 그러니까 남북분단 전의 연평 앞바다가 눈물 나도록 그리워지고, 그러다 보니 더더욱 통일이 뼈에 사무치는 소설이다.

다섯 번째 〈그 마을〉은 인천광역시 강화군에 있는 〈우리마을〉 이야기다. 이 마을에는 90여 명의 발달장애인이 살고 있다. 이 90여 명의 발달장애인은 우리 사회가 이른바 〈배냇병신〉으로 취급하며, 외면적으로 비장애인과 함께 살아가며 교육을 받을 권리, 초·중·고 교육 이수 후 취업을 해서 생계를 이어갈 수 있는 권리는 물론 그들 나름대로 인생을 설계해 사회적 구성원으로 함께 살아갈 수 있는 전 국민적 기본권은 물론, 집단적 시설에서 협동생활을 할 수 있는 권리마저도 우리 사회는 '집값이 떨어진다, 혐오시설이다, 건강한 내 자식의 교육에 걸림돌이 된다, 눈꼴사납다.'라는 이유로 박탈한 채 도회의 주거 복지 공간에서 밀어내버린 사람들이다.

보건복지부와 국민건강보험공단이 제시하는 통계자료에 따르면, 2016년도 우리나라 출생 신생아 수는 406,300명이다. 이 중 10.3%, 대략 50,000명 가까운 신생아가 해마다 어머니의 뱃속에서부터 선천성이상아로 태어났다. 시대별로 그들을 지칭하는 호칭은 '선천성 지적장애아, 정신박약아, 발달장애아' 등으로 불러왔으나 이렇게 태어난 신생아 100명 중 3명은 아직도 그 발병의 원인도 알 수 없고 이유도 알 수 없다는 출생의 비밀이 우리를 더욱 숨 막히게 한다. 현대의학이 규명해낸 국민건강보험공단 Q코드(선천성이상아) 출생아의 4,000여 가지 원인 중 100명 중 3명은 아직도 그 원인이나 이유가 밝혀지지 않은 채 선청성 이상아는 계속 태어나고 있는 것이 이 작품이 창작되던 2019년까지의 현실이다.

원인과 이유가 밝혀지지 않는 이 불가사의(不可思議)한 발달장애아의 출생은 신의 실수일까?

아니면 신을 능멸한 오만한 인간에 대한 경고일까?

나는 이 시대를 살아가는 한 사람의 작가로서 '이 문제를 어떻게 예술적 소설작품으로 형상화할 것인가?'에 고민하다 마침내는 이 작품 속에 등장하는 화자를 '그들의 일상을 영상으로 닮는 다큐멘터리 작가'로 변신시켜 우리마을에서 그들과 함께 생활하며 그들의 목소리를 한 마디씩 채

록해 〈그 마을〉이란 단편소설로 그려해보았다.

여섯 번째 〈때로는 달빛도 우리를 슬프게 한다〉는 38선 이남에서 태어나 성장하고 일제강점기를 거치면서 청년 또는 장년으로 살아온 지식층 계열의 인텔리겐챠(intelligentsia)들이 1945년 조국광복 이후 정치적 억압이나 강권없이 자발적 의지로 북으로 넘어간 월북 1세대와 그들의 자식 세대들이 공산화된 북녘에서 어떤 역할을 담당하며 살아가고 있는가를 천착해본 소설이다.

사람마다 다 그런 것은 아니지만, 열정이 넘치던 청년 시절에는 대다수가 다 정신적으로는 진보주의자요, 육체적으로는 에너지가 끓어 넘치는 행동주의자다. 그들은 자신을 낳아주고 길러준 부모 세대들을 향해 '꼰대 세대'니 '뒷방늙은이'라고 답답해하면서 자신의 진로 문제나 일상적 삶의 문제도 소통하기를 꺼린다. 그렇지만 패기만만하던 청장년 시절은 남가 일몽처럼 자신도 모르게 후딱 지나가 버리고, 매달 보름만 되면 밤하늘 높이 떠올라 어디론가 거침없이 흘러가는 둥근달을 보면서 자신도 모르게 뜨거운 눈물을 흘려 보기도 하지만 젊은 시절 그렇게 자신있게, 패기만만하게 외쳐댔던 사회주의는 3대로 이어진 김일성주의로 변질돼 자신의 신상을 더욱더 옥죄어오고, 그의 몸에서 태어난 자식은 그의 고향이 있는 남쪽 사회를 분열시키고 북녘사회가 필요로 하는 남쪽의 주요 인사들을 소리소문없이 납치해 북으로 끌고가는 임무를 수행하는 남파공작원이라는 사실을 알고부터는, 도리어 자신이 버린 남쪽 땅 흙 한 줌을 갖다 달라고 자식에게 애원하는, 북으로 간 어느 공산주의자의 가족사를 소설로 그려본 작품이다.

일곱 번째 〈아버지의 팔심〉은 전통적 가부장제 아래서 한 가정의 울타리가 되고 가족의 생계를 유지해 나가던 아버지의 〈팔심〉이 탈선하거나 자가당착의 가치관에 매몰돼 가정폭력의 근원으로 변질될 때 폭력을 일삼는 당자는 물론 제3세대 페미니즘 사회에서 성장하고 활동하는 자녀들의 의식세계를 어떻게 병들게 만들어 황폐화하여 버리는가? 그리고 그 야만의 폭력 아래서 허덕이던 가족 구성원들 전체가 종국에는 어떻게 망가지고 해체되면서 마침내는 우리 사회마저 병들게 하는가를 서간체 문체로 그려본 가정소설이다.

여덟 번째 〈그해 4월의 체험〉은 인간의 통과의례 중 이승에서 한평생을 다 살고 저승으로 떠나간 조상의 주검 문제를 다룬 200자 원고지 308매 규모의 중편소설이다. 학산문학 1992년 겨울호를 통해 최초로 발표할 때 이 소설을 읽은 독자들은 어떻게 보았는지 모르겠지만 인문적 교양이 부족했던 30년 전에, 인도문화사를 파고들며 화장의 본질을 이해하고, 세계 주요 선진국의 묘지 제도를 연구한 자료를 정리해 80~90살 잡수신 집안 어른들께 설명해 드리며 21세기형 새로운 개념의 〈명당〉을 찾는 문제는 〈분묘 이장 통보서〉를 받은 내 인척 종가 종조부나 종백부만큼이나 그 당시에는 진땀나는 일생일대의 대과업이었다.

요사이는 사회적으로 화장에 대한 인식들도 많이 개선되고 확장되어서 자연스러운 통과의례 중의 하나로 받아들이지만 우리 종가의 관할 지방자치단체로부터 〈분묘 이장 통보서〉를 받을 때만 해도 '화장은 조상을 두 번 죽이는 행위'로 금기화되어 있었고, 그 반만년 넘게 우리 민족의 의식

세계를 지배해 온 풍수지리설의 영향으로 실정법의 구속은 뒤로 미뤄두고라도 아무 곳에나 묘지를 조성할 수가 없었다.

이 소설의 핵심은 "화장이 과연 자기 조상을 두 번 죽이는 행위인가?" 하는 문제 제기와 "300년 전 찾기 힘든 명당에 모셨다는 우리 종가 16대 조 할아버지 묘지를 그 후손들이 지켜보는 앞에서 파묘했을 때 그 무덤 속 실상은 어떠한가?" 하면서 육안으로 확인해 본 풍수지리설의 참모습을 그 후손들이 자기 눈으로 확인하는 이야기이므로, 굳이 이 소설의 제목을 좀 촌스럽고 학생 백일장 같은 데서나 만나 볼 수 있는 〈그해 4월의 체험〉이라 명명했다. '그해 4월'은 200년 전, 어느 영남학파 명문대가 조상의 명당 묘지가 백일하에 파묘된 시점을 의미하고, '체험'은 풍수지리설의 실질적 진상과 허상을 그날 모인 수십 명의 후손들이 직접 자신의 눈으로 확인하는 자리였기 때문에 굳이 '그해 4월' 다음에 '체험'이라는 명사를 덧붙여 길게 지었다.

아직도 나의 46년 된 〈묵은 창작 노트〉에는 시작은 해놓고 끝을 내지 못한 장편이 두 편 있고, 중·단편이 세 편 있다. 마음 같아서는 하루라도 빨리 마치고, 2010년부터 한문으로 창작된 우리나라 고소설 십여 편과 고어체 한글로 창작된 500여 편의 우리 선조들이 남겨주신 소설들 중 초판본이나 원본을 구할 수 있는 소설들을 요사이 젊은 MZ 세대들이 온전히 말의 의미를 이해하며 편하게 읽을 수 있도록 편역 작업에 몰두하고 싶다.

그렇지만 두 달에 한 번씩 동네 주치의를 찾아가 혈압과 콜레스테롤 수치를 체크 할 때마다 더 나빠지는 수치 앞에 무릎을 꿇으며 "죽이려면 빨리 끌고 가시오." 하고 대들고 싶은 심정이다. 하지만 이승을 떠나던 날 그렇게 고통스러워하시던 내 선친의 임종 모습이 자주자주 눈앞에 어른 거려 더욱더 기가 죽는 심정이고, 요사이 젊은 작가군들 중 템포 빠른 감각적인 문체로 개성있는 작품을 발표하는 몇몇 작가들이 부럽고 그들과 소통하듯 뒤따라가기엔 힘이 부치고, 만용을 부리기엔 고희가 넘게 살아온 연치가 태클을 건다.

눈에 거슬리고, 독자 제위의 마음에 들지 않는 글일지라도 아무쪼록 너그러운 마음으로 일별해 주십사 하고 부탁드리며 이 글을 마친다. ●

서동익(徐東翼)

소설가. 북한전문가.

저자 서동익은 1948년 경북 안강(安康)에서 태어나 향리에서 성장기를 보내다 1968년 해군에 지원 입대하여 7년간 현역으로 복무했다. 만기 전역 후, 6.25 한국전쟁 휴전협정 체결 후 남북 관계와 북한 동포들의 삶을 연구해오다 1997년 국가정보대학원을 수료했다.

1976년 중편소설 〈갱(坑)〉으로 제11회 세대신인문학상을 수상하고 문단 등단 후 남북 분단으로 인한 〈한국현대소설문학의 반쪽현상〉과 〈왜소성〉을 발견, 나름대로 이를 극복하는 장편소설을 집필하다 북한 동포들의 일상적 라이프스타일과 생활용어 속의 정치용어, 경제용어, 은어 등에 막혀 실패했다. 이후 직장을 대북전문기관인 자유의 소리방송(전문집필위원), 통일부(학술용역), 국방일보(객원논설위원), 인천남동신보(주간 겸 논설위원), 사)북방문제연구소(부소장 겸 연구이사) 등에서 근무하며 30여 년간 북한을 연구해 왔다.

주요 북한연구 저서로는 《북에서 사는 모습(북한연구소, 1987)》, 《인민이 사는 모습 1, 2권(자료원, 1996)》, 《남북한 맞춤법 통일을 위한 사회주의헌법 문장 연구(사단법인 북방문제연구소, 2007)》, 《남북한 맞춤법 통일을 위한 조선로동당 규약 문장 연구(북방문제연구소, 2007)》 외 다수 논문이 있다.

문학창작집으로는 서동익 소설집 《갱(坑, 자료원, 1996)》, 장편소설집 《하늘 강냉이 1~2권(자료원, 2000)》, 《청해당의 아침(자료원, 2001)》, 《퇴함 1~2권(메세나, 2003)》, 《장군의 여자 1~2권(메세나, 2010)》 등이 있으며, 장편소설 《청해당의 아침》이 1960년대 한국의 문화원형과 전후 세대의 삶을 밀도 있게 묘사한 작품으로 선정되어 2010년 6월 1일부터 한 달간 KBS 라디오 드라마극장에서 드라마로 제작되어 국내는 KBS AM 972khz로, 국외는 KBS 한민족방송망을 타고 중국 동북3성 · 러시아 연해주 · 사할린 · 일본 · 미국 등지로 방송된 바 있다.

고소설 편역(변역) 작품집으로는 저자 불명 한문소설 《강도몽유록(OLIN, 2013)》, 윤계선 한문소설 《달천몽유록(2013)》, 임제 한문소설 《원생몽유록(2013)》, 신광한 한문소설 《안빙몽유록(2013)》, 저자 불명 한문소설 《수성궁몽유록(2013)》, 《피생명몽록(2014)》, 김시습 한문소설 금오신화 전집 내 《용궁부연록(2015)》, 《남염부주지(2015)》, 《취유부벽정기(2015)》, 《이생규장전

(2015)》, 외 인현왕후전(2015), 계축일기(2015), 최치원전(2015), 신채호 원저 《조선상고사 1, 2권(2018년)〉, 《조선사연구초(2019년)》, 《조선사론(2019년)》, 《독사신론(2019년)》 등이 있다. 또 한국 근현대 소설문학의 징검다리 역할을 한 신소설 현대어 편역 작품집으로는 이인직 신소설 《혈의 누(2020)》, 《귀의 성 1, 2권(2020)》, 《은세계 1, 2권(2020)》, 《치악산 상, 하권(2020)》, 장지연 신소설 《애국부인전(2021)》, 이해조 신소설 《구마검(2021)》, 《모란병(2021)》, 《빈상설(2021)》, 《원앙도(2021)》, 《자유종(2021)》, 《화의 혈(2021)》, 구연학 신소설 《설중매(2022)》, 안국선 신소설 《금수회의록(2022)》, 《공진회(2022)》, 최찬식 신소설 《추월색(2022)》, 《안의 성(2022)》, 《금강문(2022)》 등이 있다.

그동안의 창작활동으로 《제11회 세대신인문학상(1976)》, 《제8회 인천문학상(1996)》, 《남동구민상(1996)》, 《인천광역시문화상(2004)》, 《남동예술인상(2011)》 등을 수상했다. ●

서동익 소설집
아버지의 정인

2022년 09월 15일 1판 1쇄 인쇄
2022년 09월 20일 1판 1쇄 발행

지은이 서 동 익
펴낸이 김 송 희
펴낸곳 JMG(자료원, 메세나, 그래그래)

우편 21444
주소 | 인천광역시 부평구 하정로 19번길 39, 가동 B01호(십정동)
전화 | (032)463-8338(대표)
팩스 | (032)463-8339(전용)

홈페이지 www.jmgbooks.kr

출판등록 | 제2015-000006호(2010. 08. 09)
ISBN 979-11-87715-09-7   03810
ⓒ 서동익, 2022. Printed in Korea

본 도서는 인천광역시와 (재)인천문화재단의 후원을 받아 '2022 예술표현활동 지원사업'으로 선정되어 발간되었습니다.